KB202200

한국의 아리랑 문화

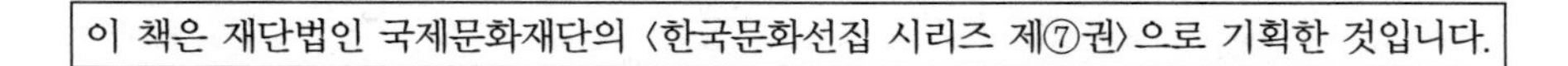
이 책은 재단법인 국제문화재단의 〈한국문화선집 시리즈 제⑦권〉으로 기획한 것입니다.

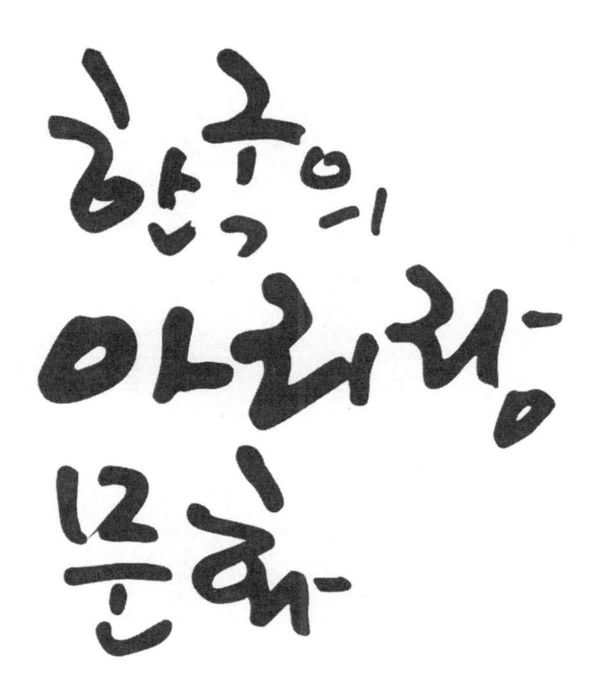

국제문화재단 편 ● 김태준 · 김연갑 · 김한순

도서출판 박이정

| 머리말 |

재단법인 국제문화재단(The International Cultural Foundation)은 한국문화의 올바른 해외 소개와 국제간 문화 교류를 목적으로 1968년 2월에 조직된 민간단체입니다. 따라서 금년은 국제문화재단이 설립된 지 43주년이 되는 해입니다. 그동안 본 재단에서는 『한국문학의 해학』, 『한국의 선비문화』, 『한국의 불교문화』, 『한국의 민속문화』, 『한국의 법률문화』 등 '한국문화 시리즈' 전 10권을 비롯하여 '한국문화 시리즈 별권'으로 『한국문화의 제문제』, 『한국인과 한국문화』를 발간한 바 있습니다.

또한 '한국문화선집 시리즈'를 새로 기획하여 『한국문화의 뿌리』, 『한국의 무속문화』, 『암행어사란 무엇인가』, 『한국의 풍수문화』, 『한국의 판소리문화』, 『한국의 규방문화』를 연속해서 발간해 왔습니다. 본 재단에서 발행한 위의 책들은 영문판·일문판으로 다시 출간하여 국내외 한국학 관련 연구 단체에 널리 배포하였는데, 이번에 출간하는 『한국의 아리랑문화』는 '한국문화선집 시리즈' 제7권으로 새롭게 꾸민 것입니다.

주지하는 바와 같이, 문화란 극히 복합적인 관념의 집합체인지라 폭넓은 포괄개념을 지니고 있어 저마다 이에 관한 다양한 정의를 내릴 수 있습니다. 혹자는 사회구성원에 의해 학습되고, 공유되고, 양식화되고, 전승되는 속성을 지닌 복합적 총체를 문화로 보기도 합니다. 이러한 견해에 비추어 보면, 현재

한민족 구성원 모두에게 학습 · 공유 · 양식화 · 전승되어 살아있는 실체로 존재하는 우리의 '아리랑문화'를 본서의 주제로 기획 · 출간하는 것은 매우 뜻 깊은 일이라고 하겠습니다. 본서에서 거론되고 있는 아리랑 관련 글들을 통하여 국내외 독자들이 『한국의 아리랑문화』를 제대로 파악하고 이해하는 데 많은 도움이 되기를 바라 마지않습니다.

한민족에게 있어 아리랑이 지니고 있는 구체적 의미와 함께 본서의 내용을 잠시 살펴보기로 하겠습니다.

"아리랑 아리랑 아라리요/ 아리랑 고개로 넘어간다"

이러한 후렴으로 시작해서 다시 이 같은 후렴으로 이어지고 끝나는 한민족의 노래 아리랑은 우리의 삶과 정서를 대표하는 민요이며, 민중의 슬픔과 기쁨의 정조이고, 민중의 서사시입니다. 지구 위 백 수십 나라에 퍼져 사는 우리 민족은 물론 세계에 널리 알려진 한민족의 교향곡이며, 한민족의 문화표상(文化表象)이기도 합니다. 최근 중국이 동북지방 조선족의 민요인 아리랑을 자국의 국가주요무형유산으로 등재했다고 합니다. 이것은 옛 고구려성인 호산장성(虎山長城)을 만리장성의 시작이라고 억지를 쓰는 역사왜곡, 동북공정이 우리의 대표 무형문화재인 아리랑에까지 미치는 형국입니다.

금번에 세 분의 필자가 참여하여 기획 · 발간한 『한국의 아리랑문화』는 한국의 대표 문화인 아리랑을 한국문화론적 시각으로 접근한 책입니다. 제1부 〈아리랑이란 무엇인가?〉에서는 이러한 아리랑을 문화론, 비교문화론으로 개괄하고 있습니다. 고구려의 성(城) 호산장성이 중국의 만리장성처럼 벽돌로 쌓은 전성(磚城)이 아닌 고구려 전통의 석성(石城)이듯이, 한 민족의 고유 돌림 노래인 아리랑은 신라 사뇌가(鄉歌)의 전통을 이은 고려가요의 분절(分節) 형식의 전통을 계승하였습니다. 실로 아리랑은 남북한은 물론, 세계가 함께 부르는 한민족 문화의 표상입니다.

제2부 〈아리랑, 그 길고 긴 내력〉에서는 아리랑의 역사를 중심으로 문헌상에 나타나는 19세기 말부터 '민족의 노래'로 규정되는 1960년대까지의 지속과 변이상을 살폈습니다. 곧 아리랑을 '한국의 대표적인 민요의 하나'라는 테제에서 '민요의 하나이나 전 분야에 확산되어 독립적인 '아리랑문화'를 형성한 노래 그 이상이다'로 전환하기를 주장하고 있습니다. 이런 맥락에서 오늘의 본조아리랑을 존재케 한 1926년 개봉된 나운규 감독의 영화 〈아리랑〉, 그리고 그 주제가 〈아리랑〉의 자장(磁場)을 주목했고, 이를 통해 기존의 민요 아리랑들이 동반 상승된 문화현상을 부각시켰습니다.

아리랑의 속성을 공시매체성으로 파악하고 이를 제도권에서 어떻게 이용했고, 민족운동 진영에서는 이에 어떤 대응이 있었는가를 중요하게 다루었습니다. 이어 디아스포라 아리랑, 특히 중국 동포사회의 아리랑이 중국 무형문화재로 지정된 사태를 심각하게 살폈습니다. 결국 남북 분단과 해외동포 상황 하에서는 어느 정도 민족주의의 필요성이 있으므로, '민족의 노래 아리랑'도 그런 맥락으로 필요하다는 주장을 하였습니다.

제3부 〈아리랑의 분포와 그 양상〉은 각 지역 아리랑의 형성 배경과 변이상, 그리고 오늘의 실상을 살폈습니다. 이 과정에서 각 아리랑의 특성이 확인되는데, 특히 '아리랑고개'와의 연관성을 갖고 있는 문경아리랑, 그리고 이의 영향으로 형성된 잦은아리랑(H. B. 헐버트 채보)의 관계를 깊이 있게 다루었습니다. 결론 부분인 '아리랑, 통일을 지향하는 전승으로'에서는 민족 재통합과 국가브랜드화에 기여하는 전승 목표를 미래상으로 제시하였습니다.

제4부 〈여러 아리랑의 음악적 특징〉에서는 노래로 부르는 여러 아리랑의 음악적 특징에 대해서 고찰하고 있습니다. 문헌과 음반에 전하는 수많은 아리랑 중 우리나라에서 민요로 불리어진 아리랑을 중심으로 〈긴 아리랑〉, 〈아리랑〉, 〈밀양아리랑〉, 〈진도아리랑〉, 〈정선아리랑〉, 〈강원도아리랑〉에 대한 음

악적 특징을 살피고 있습니다. 각 민요의 채보된 악보를 함께 수록하여 독자가 직접 그 민요를 불러볼 수 있게 하였으며, 그 민요가 노래된 지역, 어울리는 장단, 가락과 시김새의 특징, 말붙임새 그리고 메기는 소리의 사설 등을 서술하여 각 아리랑의 음악적 매력을 느낄 수 있도록 하였습니다.

이상으로 『한국의 아리랑문화』의 내용을 요약해서 살펴보았습니다만, 본서가 한민족의 아리랑과 아리랑문화를 국내외 독자들에게 널리 알리는 개론서의 구실은 물론 아리랑에 관한 학문적 접근을 시도하고자 하는 관련 학자들에게 하나의 디딤돌 역할을 충실히 하기를 바라 마지않습니다. 특히 지난 6월 중국 국무원이 아리랑을 중국 국가주요무형유산으로 등재하여 혼란스러운 이때에 한민족의 정체성과 한국문화의 원형으로서 『한국의 아리랑문화』를 발간한 것은 시기적으로 매우 적절하다고 생각합니다.

본서 또한 추후 영어로 번역되어 해외의 유명 대학 도서관과 한국학 관련 연구 단체에 무상으로 배포될 예정이지만, 이 책이 관심 있는 독자들에게 한국의 아리랑문화에 관한 이해의 폭을 넓혀 주는 계기로 작용하기를 바라는 마음 간절합니다. 앞으로도 본 재단에서는 한국문화와 관련된 도서를 계속 발간하여 이를 국내외에 널리 소개하는 재단 본연의 사업을 지속적으로 펼칠 것을 약속드립니다.

끝으로 『한국의 아리랑문화』의 기획 취지에 맞춰 옥고를 보내 주신 필자분들께 깊이 감사드리며, 본서의 기획 · 편집 과정에 많은 도움을 주신 본 재단의 전홍덕 상임이사, 송주승 이사, 육재용 이사, 김의한 감사에게 고마움을 표합니다. 또한 어려운 여건 속에서도 '한국문화선집 시리즈' 출판을 계속 맡아 주신 박이정출판사의 박찬익 사장께도 감사의 뜻을 전합니다.

2011년　8월

국제문화재단 이사장 龍巖　全 信 鎔

| 차례 |

제1부

〈아리랑〉이란 무엇인가?

김태준
(동국대학교 명예교수)

1. 〈아리랑〉, 한민족의 문화 표상

〈아리랑〉은 한국을 대표하는 한민족의 민요이며, 민중의 서사시이며, 한문화의 상징적 문화표상이다. 한민족이 사는 곳이라면 어디를 가더라도 이 노래가 없는 곳이 없는 민족의 노래이며, 한민족이라면 어느 세계에 살든지 〈아리랑〉 한 두 절은 흥얼거릴 수 있는 한민족의 존재증명이다. 지금 민족이 남북으로 나뉘어 있지만, 〈아리랑〉은 남과 북이 함께 호흡하는 숨결 같은 노래이며, 함께 먹고 사는 쌀과 같은 민요이다. 세계 백 수십 나라로 흩어져 사는 민족의 목숨 같은 노래, 민족의 정서(情緖)이며 문화표상이다. 한민족의 민요 중의 민요, 노래 중의 노래이며, 세계가 인정하는 한민족 문화의 제1 상징이다. 한국에서 처음 열린 서울 올림픽에서는 대회 공식음악이었으며, 조선민주주의 인민공화국에서는 자기 문화의 총화로 〈아리랑 축전〉을 세계에 자랑했다. 북경 아시안 게임과 2000년 제 100회 아테네 올림픽 때에는 남과 북이 한반도기(旗)와 함께 〈아리랑〉을 국가(國歌) 대신 함께 불러 입장한 한민족의 애국가이다.

"아리랑 아리랑 아라리요/ 아리랑 고개로 넘어간다"
A-rirang a-rirang arariyo A-rirang gogae-ro neo-meoganda.

〈아리랑〉은 이런 두 줄의 받는소리(후렴)와 이어지는 메김소리(辭說)의 돌림노래로, 보통 뒤에 오는 후렴을 먼저 부르는 노래 형식이 이 노래의 특징이 되었다. 본디 메나리로 논밭에서 일하며 부르는 농부가이며 일 노래[勞動謠]가 놀이 노래[遊戱謠]로 발전한 모습을 보여 주는 대목이리라. 거듭해서 다시 부르는 받는소리는 그래서 앞 소리이며 다시 뒷소리(후렴구)로 거듭 부르고, 이것은 저 〈청산별곡〉의 "얄리 얄리 얄라성 얄랄리 얄라"라는 노래처럼 분절식(分節式) 가요의 받는소리(餘音)의 전통을 이었을 터이다.(丁益燮 〈진도지방의 민요고〉 『어문학논집』 5, 전남대, 1969.)

〈아리랑〉은 "아리랑 아리랑 아라리요"라는 받는소리를 바탕으로 사설을 섞어 메기는 돌림 노래이다. 받는소리에, 즉흥적 메김소리로 엮어 가는 사설은 저절로 일 노래나 사랑 노래로 제격이었다. 민요가 본디 문학의 한 갈래이지만, 이 메김소리는 영락없는 즉흥시문학이다. 〈판소리〉가 노래이면서 그 노래 말은 문학이듯이, 〈아리랑〉 또한 노래이면서 그 노래 말은 문학이다. 노래 말을 즉석에서 고쳐 지어 부를 수 있는 것이 〈아리랑〉 사설의 특징이고 장점이며, 이 점에서 작은 판소리라 할 만한 우리 문학의 특징적 장르이다. 그러나 판소리가 감상하는 문학이라면, 〈아리랑〉은 누구나 어디서나 부를 수 있고, 사설을 만들어 부를 수 있다는 점에서 삶의 노래, 삶의 문학이라는 특징이 두드러진다. 〈밀양 아리랑〉만이 이 받는소리를 앞소리로 부르지 않지만, 이렇게 후렴을 앞에 놓는 악곡 구조는 이 민요가 일 노래의 성격을 버리고, 오락이나 즐기기 위한 노래로 아주 바뀌어 간 모습을 보여주는 것이리라(草野妙子 『アリランの歌』, 1984, 白水社, 46쪽).

〈아리랑〉의 역사는 일찍이 강원도의 〈정선(旌善) 아리랑〉, 경상도의 〈밀양(密陽) 아리랑〉과 전라도의 〈진도(珍島) 아리랑〉 들의 향토 민요로 발달하여, 시대가 내려오면서 여러 지방 민요로 널리 퍼졌다. 그러나, 이제 〈아리랑〉은 여러 지방 이름과 더불어 수십 개 지방 민요로 발전하고, 그 스스로 열린 성격으로 다른 여러 장르와 결합하여 '아리랑'이란 종합문화로, '한문화(韓文化)'의 한 표상(表象)으로 되었다.

민요로서 〈아리랑〉의 역사는 고려시대까지 올려 잡기도 하여 응당 그 역사는 오래일 터이지만, 지금 우리가 향유하는 〈아리랑〉의 모습은, 근대가요의 성격이 짙게 배어 있다.(김시업, 〈근대민요 아리랑의 성격형성〉『전환기의 동아시아문학』 창작과비평사, 1985. 225쪽.) 1865년 대원군(大院君)이 경복궁(景福宮)을 중수할 때 온 나라 안에서 동원된 일꾼들 사이에서 유행가가 되었다는 주장들이 그럴 법하다. 지금까지 밝혀진 구체적 기록으로는 1896년 조선 조정의 고문관이 되었던 미국 선교사 헐버트(Hulbert, Homer Bezaleel. 1863-1949)가 서양식 악보로 기록을 남겨 준 데서부터 발자취가 뚜렷하다. 헐버트 박사는 언어학자이며 역사학자로, 1886년(고종 23) 나라에서 세운 교육기관인 육영공원(育英公院)의 교수로 초빙되어 정부의 고문을 겸했고, 지리 사회 교과서『사민필지(士民必知)』(2권 1책)를 순 한글로 지어 낸 한국학자이기도 했다.

음악에 조예가 깊었던 그는『한국소식(Korea Repository)』에 〈한국의 향토음악(Korea Vocal Music)〉이란 제목으로 〈아리랑〉의 악보와 영문 번역 가사를 기록해 남겨, 근대 아리랑의 역사를 만들었다. 1920년대 후반 나운규(羅雲奎, 1902-37)의 영화『아리랑』의 출현은 이 기록을 바탕으로 경기 통속민요 〈본조 아리랑〉으로 발전하는 역사를 추동했다. 춘사(春史) 나운규는 1926년 무성 영화『아리랑』의 대성공을 포함하여 39살의 짧은 생애 가운데 3편의 아리랑 영화를 만들었고, 이것은 근대 아리랑의 역사를 새로 썼다. 따라서 귀중한 기록을 남겨준 선교사 헐버트와 영화『아리랑』에 생애를 걸었던 춘사 나운규의 선견지명이 없었다면, 오늘과 같은 한국 아리랑의 역사는 기대하기 어려웠을 터이다.

특히 헐버트의 공헌은 이 조선 민요 〈아리랑〉의 음악사와 문화사의 의의를 훌륭히 해석하고 전해 준 평가에서 두드러졌다. 그는 이 〈아리랑〉을 채보(採譜)해 남겼을 뿐 아니라, 한국 민속음악의 환경과 평가를 시도한데서 훌륭한 문화사가였다. 그는 "포구(浦口)의 어린애들도 부르는 이 〈아리랑〉은 조선 사람의 희로애락이 녹아 있는 노래이며, 조선 사람은 즉흥곡의 명수로, 바이런이나 워어즈워드에 못지않은 시인들이라고 칭찬을 아끼지 않았다.(김연갑, 〈헐버트의 아리랑〉 해설. 신나라 레코드사) 바이런(Byron, G.G. Noel 1788-1824)이라면 영국 낭만파의 대표 시인으로 정열의 시인, 반역아(反逆兒)로 영국 사교계에서 추방되어 여러 나라로 방랑한 파란만장한 삶의 소유자이며, 워어즈워드(Wordsworth, W, 1770-1850)는 영국을 대표하는 낭만파 시인으로, 자연과 사람에 대한 사랑을 알기 쉽게 노래한 호반(湖畔)의 시인이었다. 헐버트는 조선 사람이 이들에 못지않은 시인들이라고 할 만큼, 조선 사람의 이 〈아리랑〉 사랑의 역사를 세계적 낭만주의 시인의 반열에 올려놓았다.

그리고 "포구의 어린애들…"이라는 지적은 〈아리랑〉이 한촌의 어린이들에게까지 널리 불리는 모습을 그리고, "즉흥곡의 명수"라는 대목에서는 아리랑의 사설이 즉흥적으로 지어 불리고 있었던 아리랑의 장르적 미학과 근대적 역사를 증언한다. 게다가 그가 이 노래를 "조선 사람들에게 '쌀'과 같은 노래"라고 한 대목에 이르면, 이것은 쌀이 한국 사람의 가장 귀한 생명의 양식이었듯이, 〈아리랑〉은 조선 민족의 삶의 양식과 같은 노래였음을 증언해 주는 귀중한 평가일 터이다. 헐버트가 조선에 온 19세기 말의 조선 사람들이 궁핍한 생활 속에서도 〈아리랑〉이라는 정신의 쌀, 문화의 쌀로 사는 문화, 바이런과 워어즈워드와 같은 시인으로 세계에 소개되는 사실 또한 〈아리랑〉의 소중한 역사임에 틀림없다. 이 〈아리랑〉 노래가 정선과 밀양과 진도 밖에도 전국적으로 널리 불렸던 모습은 1920년대 후반에 영화 『아리랑』을 제작한 춘사 나운규가 고향 함경도에서 철도 노동자들의 〈아리랑〉을 배웠다는 증언 밖에도, 여류 소설가 강경애(姜敬愛)가 "아리랑 타령을 제법 멋들어지게 부르며 우리 집 앞으로 지나다니던 나무하는 아이들"이라고 증언한 수필(〈고향의 창공(蒼空)〉, 이상경 『강경애전집』, 758쪽) 등에서도 확인된다.

이런 이천만 즉흥시인들의 〈아리랑〉은 지역에 따라 시대에 따라 그 모습을 바꾸어 오늘에 이르렀다. 강원도 〈정선 아라리〉를 비롯하여, 그 노래와 노래말은 수 천 가지를 헤아리고, 지금도 만들어지고, 또 만들어 갈 〈아리랑〉은 현재 진행형이다. 아리랑은 노동요이며 향토의 사랑 노래이며, 이별의 노래에서 한민족의 독립의 노래, 민족의 한(恨)과 민중의 애환(哀歡)과 풍류(風流)를 담아내는 서사시다. 역사와 함께 이어 갈 한문화의 꽃이다. 〈아리랑〉은 〈정선 아라리〉와 〈밀양 아리랑〉과 〈진도 아리랑〉이라는 한국의 향토 민요에서 남(한국)과 북(조선민주주의 인민공화국)이 함께 사랑하는 애국가와 문학과 종합예술로 한문화의 상징으로 되었다. 남 · 북은 물론, 세계 백 수십 나라에 흩어진 한 민족이 다 함께 사랑하는 노래이며, 부르면서 울고 웃는 민족의 문화이며, 정서(情抒)의 활화산(活火山)이다. 민족의 민요일 뿐 아니라, 서사시로서 문학이며, 어떤 장르와도 결합하는 한국문화의 씨앗이다. 한민족 문화의 자랑일 뿐 아니라, 세계 문화유산으로 역사와 함께 이어갈 영원한 가능성의 노래다.

장르를 초월한 이 아리랑문화는 한 민족 · 조선 민족의 '문화 상징'이 되었다. 세계에 흩어진 한민족을 하나로 묶어주는 민족의 풍류(風流)이다. 일찍이 민족에 "가르침을 베푼 근원[設敎之源]"으로 유 · 불 · 선 삼교(儒佛仙三敎)를 포괄하며, 뭇사람을 교화하는 조화로운 정신으로 풍류이다. '풍류'나 '풍월(風月)'의 '풍(風)'은 일찍부터 동아시아에서 자연의 한가함이나 예술의 정서와 사람의 품격을 드러내는 뜻으로 존중된 개념이다. 중국에서도 『시경(詩經)』 시(詩)의 첫째 원칙으로 '풍(風)'은 '국풍(國風)' 곧 민요를 가리켰고, 또한 시로 아랫사람을 교화하는 풍화(風化)와 윗사람을 풍자(諷刺)하는 뜻을 모두 가진 동양의 정신사상이다. 이것은 한국 신학자 유동식(柳東植) 교수가 〈한(一) ← 포함삼교(包含三敎)〉 〈멋 ← 풍류도〉〈삶 ← 접화군생(接化群生)〉으로 풀어, "한 멋진 삶의 문화"로 설명한 풍류의 정신에 이을 수 있다.(유동식, 『풍류도와 한국의 종교사상』, 연세대학교 출판부, 68-71쪽.)

2. 받는소리, “아리랑 아리랑 아라리요”

“아리랑 아리랑 아라리요”는 한민족을 대표하는 민족민요로 〈아리랑 타령〉이고, 〈아리랑 타령〉을 부를 때의 메김소리(앞소리)와 받는소리(후렴)이기도 하다. 이 받는소리는 민요 〈아리랑〉의 형식이고 내용이며, 처음이며 마지막이라 할 〈아리랑〉 노래의 바탕이다. 이 두 줄 형식의 대구(對句)법이 바탕을 이루는 민요로,

“아리랑 아리랑 아라리요/ 아리랑 고개로 넘어간다”

는 두 구절이 메김소리가 되고, 받는소리 놀이 노래이다. 한국 민요의 특징은 후렴에서 들어난다고 하지만, 한국을 대표하는 민요로 〈아리랑〉은 후렴인 이 받는소리를 메김소리 곧 앞소리로 먼저 부르고, 뒤에 뒷소리로 다시 부르는 데서 특징적이다. 말하자면 〈아리랑〉은 이 받는소리에서 시작해서 받는소리로 끝나는 노래이다. 그래서 음악에서 〈아리랑〉을 정의할 때, ‘아리랑’ ‘아라리’ ‘아라성’ 등 ‘아리랑’을 뜻하는 말이 들어가는 뒷소리를 가진 민요”라고 하고(이보형 〈아리랑 소리의 근원과 그 변천에 관한 음악적 연구〉, 『한국민요학』 5호, 한국민요학회, 1997, 83쪽). 혹은 이 뒷소리(후렴)는 바로 “아리랑의 전부”라고도 한다.(김연갑, 〈후렴은 아리랑의 전부〉, 『아리랑, 그 맛, 멋, 그리고』, 집문당, 1988, 28쪽.) 그만큼 〈아리랑〉에서 이 받는소리는 〈아리랑〉의 바탕 중의 바탕이 된다.

그러나 노래의 바탕으로 ‘아리랑’의 말뜻과 기원과 역사에 대하여는 모두 뚜렷한 정설이 없고, 이런 성격이 노래의 신비성을 더한다. 그러나 단순한 여음(餘音)으로만 볼 수 없는 것은 “아라리가 난다(났네)”든가 “아리 아리, 쓰리 쓰리”와 같은 ‘아리’-‘아라리’-‘아리랑’ ‘아리랑 고개’ 등의 의미망이 〈아리랑〉 이해의 중요한 고리임을 지나칠 수 없다.

〈아리랑〉 기념품 - (평양)

이런 "아리랑"이라는 노래 이름의 의미망과 함께, '〈정선 아리랑〉 〈밀양 아리랑〉 〈진도 아리랑〉' 등 이른바 3대 아리랑의 역사와 지방요(地方謠)의 한계를 뛰어넘어 민족요(民族謠)로 세계적 애창곡으로 발전한 성격 모두가 해명과 발전의 관심사임은 물론이다.

"아리랑 아리랑 아라리요/ 아리랑 고개로 넘어간다"

〈아리랑〉은 이 후렴(後斂), 곧 받는소리가 메김소리(先唱)로 노래의 바탕을 이루는 돌림노래이다. 이 요소가 한국 민족 민요 〈아리랑〉의 이름이며 노래의 성격이며 정서의 제일 바탕을 이룬다. 따라서 본문 가사는 고정되기보다는 부르는 환경이나 지방이나 즉흥에 따라서 바꾸어 부를 수 있고, 이것이 아리랑의 특징이며 무한히 발전할 수 있는 〈아리랑〉의 생명력이다.

일반적으로 민요는 놀이의 한 양식이고, 특히 뒷소리를 앞소리(메김소리)로 바꾸어 부르게 된 변화에서 이 민요의 제일 특징을 볼 수 있다. 그래서 아리랑

연구가에 따라서는 "후렴은 아리랑의 전부"라고 했다. '아리랑'이라는 노래 그대로가 이 노래의 대표 소리를 따서 부른 이름이며, 이 노래의 맛과 멋과 흥이 모두 이 '아리랑'의 이름과 이어져 있다. 이렇게 민요 〈아리랑〉은 후렴을 먼저 부르는, 이 노래의 이런 성격이 민요의 이름으로 발전한 것일 터이다.

지방요로서 〈정선 아라리〉와 〈밀양 아리랑〉과 〈진도 아리랑〉은 가락이나 가사의 주제들에서 지역적 특성이 두드러지고, 이 지방 아리랑들에 공통 요소로 〈아리-〉가 기본임은 주목할 대목이다.(김시업, 〈근대민요 아리랑의 성격형성〉)

3. 아리랑의 미학

(1) 아리랑의 근대성

〈아리랑〉은 시작된 연원이 뚜렷하지 않고, 〈아리랑〉의 성격을 이해하려면 '궁중의 아악(雅樂)이나 양반 사대부의 시조(時調)나 판소리와 다른 민요의 이해가 필요하다. 서민 민중의 노래로 있었음에 틀림없지만, 지금 〈아리랑〉과 같은 민요는 근대 이후에 주로 발전한 민중음악 양식이다. 민요로 〈아리랑〉이라 하면 일반적으로 경기 지방에서 주로 불리는 〈본조 아리랑〉을 가리킨다.(김영운 〈아리랑 형성과정에 대한 음악적 연구〉, 『한국문학과 예술』 제7집, 6쪽, 숭실대학교 문예연구소, 2011, 3.) 〈경기 아리랑〉이라고도 불리는 이 통속 민요는 1926년에 나운규(羅雲奎) 감독 주연의 무성 영화 《아리랑》의 주제곡으로, 시대의 슬픈 선율을 주조로 하고, 그래서 아리랑은 슬픈 노래라는 이미지를 만들었다. 〈아리랑〉이 슬픈 노래라는 이미지는 영화 《아리랑》에서 이 노래가 여덟 번이나 불렸다는 영화의 성격에서 벌써 두드러졌고, 다음으로 주인공의 이별이 이루어지는 '아리랑 고개'의 이별장면과 관련이 깊다. 이 아리랑 고개가 신작로로 닦여 없어지게 되었을 때의 신문 기사는 이 〈본조 아리랑〉의 성격을 이해하는 실마리가 될 만하다.

> "〈아리랑 아리랑 아라리요〉의 소리가 조선 삼천리 방방곡곡에서 때로는 '우울'의 노래로, '영탄'의 곡조로 때로는 또한 명랑한 행진곡이 유량한 음율로 노소(老少)와 남녀를 물론하고 조선 사람의 정조(情操)와 정서(情緖)의 가장 훌륭한 대표적 표현으로 되어 있는 〈아리랑〉 노래를 만들어 낸 아리랑 고개"......(『조선중앙일보』, 1935.11.1.)"

이렇게 말하는 신문의 논조는, 〈아리랑〉이 슬픈 노래, 영탄(詠嘆)의 곡조를 주조로 하는 노래라는 성격을 뚜렷이 해 주었다. 여기서 말하는 '우울의 노래' '조선 사람의 정조'로서 '슬픔'은 다음에 이어지는 〈아리랑 고개〉에서 정서가 반전한다. '아리랑 고개'는 넘어가는 고개, 고향을 등지고 떠나는 이별의 고개, 이향(離鄕)의 고개이다. 그래서 "나를 버리고 가시는 님"은 십리(十里)도 못 가서 발병이 난다는 내용으로 이어진다. 농경문화의 고향 마을에서 이별이란 바로 죽음과 슬픔을 뜻한다. 그래서 〈아리랑〉은 처음부터 이별을 노래해서 슬픈 정서를 강화했다. 그뿐이 아니고 이 영화가 만들어지고 이 슬픈 노래가 유행했던 일제치하의 식민지 공간은 스스로 태어나고 자란 고향이면서 자기의 것이 아닌 곳, 말하자면 고향이면서 타향인 빼앗긴 땅이었다. 식민지라는 타향이었다.(姜信子, 『日韓音樂 노트』, 岩波書店, 1998, 99쪽.) 그리고 이런 식민지라는 타향에 사는 사람들에게 한 가지 기댈 곳으로 민족이라는 의지처, 이 민족의 동질성의 보루로 '비장(悲壯)함'이 있었고, 민요 〈아리랑〉은 이런 민중의 슬픔을 대변하는 민족 정서였다고 할 만하다.

'눈물', 그렇다. 〈아리랑〉은 슬픈 노래, 눈물의 노래이다.

"아리랑 아리랑 아라리요/ 아리랑 고개를 넘어간다."

이 아리랑의 나라 한국이 일제에 식민지로 전락하는 역사의 소용돌이 속에서, 만주와 동아시아 천지를 떠돌며 항일 운동에 평생을 바친 김산(金山=張志樂, 1905-1938)의 전기 『아리랑(Song of Arirang)』은 〈아리랑〉의 역사와 성격에 대하여 보기 드문 흥미로운 견해를 전해준다. 조선의 항일 투사였던 김산이 구술(口述)하고 미국 종군 여기자였던 님 웨일즈(Nym Wales, Helen Foster Snow)가 영어로 기록해 남긴 이 전기는 서장(序章)과 25장으로 된 김산의 구술 자서전이다. 이 가운데 제1장이면서 주인공의 생애의 개략을 말하는 〈회상〉의 머리 대목에서 민요 〈아리랑〉은 조선 민족의 운명의 상징으로 주제로 되고 있다.

"우리는 지금 마지막 아리랑 고개를 넘어가고 있다"

이런 감상적인 말로 스스로의 경력과 민족의 운명을 요약하면서, 그의 회상은 뜻밖에도 한 편의 〈아리랑론〉으로 발전한다.

> "조선에는 민요가 하나 있다. 그것은 고통 받는 민중들의 뜨거운 가슴에서 우러나온 아름다운 옛 노래다. 심금을 울려주는 아름다운 선율은 슬픔을 담고 있듯이, 이것도 슬픈 노래다. 조선이 그렇게 오랫동안 비극적이었듯이 이 노래도 비극적이다……"

여기서 〈아리랑〉은 아름답고 비극적이기 때문에 심금을 울리는 조선의 민요이며, 300년의 역사를 이어 온 슬프고도 아름다운 노래라고 정의했다. 전쟁의 시대, 남의 나라를 떠도는 혁명가의 민요론이라는 다분히 감상적인 성격이 강하며, 300년이라 한 아리랑의 역사 또한 그 근거가 미상이다.

그러나 김산의 이 '아리랑론'은 '슬픔의 민요론'이란 점에서 주목할 만하며, 그는 아리랑의 이 정서와 관련하여, "심금을 울려주는 아름다운 선율은 슬픔을 담고 있다"는 선율의 미학으로 연역했다. 그리고 이 아리랑의 비극성을 조선의 비극적 역사에 근거해서 논증을 삼고 있다. 유랑하는 조선 청년은 유랑의 땅 만주 벌판에서 서양 기자를 상대로 자갸의 전기적 생애를 조국의 슬픈 운명과 이 한편의 민요로 상징했다.

민족 예술로써 민요에 대하여 설명하고자 할 때, 먼저 이 민요의 역사와 성격을 논의하는 것은 당연한 방식일 터이다. 김산은 여기에 덧붙여서 아리랑의 한 절을 눈물로 불렀을 터이고, 자갸의 슬픈 이야기의 시작과 함께 자연스럽게 튀어나온 이 감상적 민요의 정서에 서양인 청자는 비상한 감명을 받았음에 틀림없다. 한 망명 조선인의 전기로 쓴 이 책의 제목이 민요의 제목인 '아리랑'이란 점은 아리랑의 역사에서 상징적인 대목이 아닐 수 없다.

"아리랑 아리랑 아라리요/ 아리랑 고개를 넘어간다.
아리랑 고개는 열두 구비/ 마지막 고개를 넘어간다.

청천 하늘엔 별도 많고/ 우리네 가슴엔 수심도 많다.
아리랑 아리랑 아라리요/ 아리랑 고개를 넘어간다.

아리랑 고개는 탄식의 고개/ 한번 가면 다시는 못 오는 고개.
아리랑 아리랑 아라리요/ 아리랑 고개를 넘어간다.

이천만 동포야 어데 있느냐/ 삼천리 강산만 살아 있네,
아리랑 아리랑 아라리요/ 아리랑 고개를 넘어간다.

지금은 압록강 건너는 유랑객이요/ 삼천리 강산도 잃었구나.
아리랑 아리랑 아라리요.

김산이 남겨 준 이 '아리랑' 노래와 〈아리랑론〉은 아주 중요한 아리랑의 근대

적 성격과 아리랑론으로 주목된다.

민족 민요로 〈아리랑〉의 수난은 일제 말기 일본 작가의 작품 속에서도 조선 민족의 수난의 상징으로 그려져 있어서 주목할 만하다, 일제 말기 1942년에 조직된 이른바 제1회 대동아문학자대회에 직접 관련했던 전중영광(田中英光, 1913-1949)의 『취한 배(酔いどれ船)』(1949)는 작품의 후반에서 나름의 〈아리랑론〉을 다루고 있다. 조선에 8년이나 산 일본 작가의 아리랑론은 "귀족적인 미모의 여배우로 지금은 기생이 되어 있는 조선여성 한은옥의 〈아리랑〉과, 우에노(上野) 음악학교 출신의 소프라노로 그 또한 기생이 되어 동생을 동경의 사립학교에 보내고 있는 보조개가 예쁜 여자 전설랑의 고풍스런 아리랑"의 사연으로 녹록찮은 아리랑론을 이루고 있다.

한민족이 태평양 전쟁에 이용되면서, 한민족이 있는 곳이면 어디서나 아리랑 노래가 불려졌고, 또 원래의 노래가 반항적인 요소를 지니고 있다는 이유로, 일제는 이 노래를 금지시켰다. 그리고 북쪽 지방의 아리랑이 모내기노래로 만주 등지의 유랑자들을 중심으로 슬픈 정조인데 반하여, 남쪽의 아리랑은 흥겹고 쾌활하게 함께 부르는 노래였다는 이해에서 각도 아리랑을 모두 배운다는 주인공 판본(板本)의 다짐도 이들 여성들을 통해서 이룩된 조선 이해의 방식이었을 터이다. 그것은 작가의 '영원한 여성상'으로 주인공 노천심(노천명)을 통해서 이루어져야 할 계획이었을 터이다. 그러나 시인 노천심은 물론, 귀족적 여배우 출신의 한은옥도 아닌 기생 전설랑을 통해서 팔도 아리랑을 다 배운다는 계획도 이룩될 수 없었던 사정 속에서, 민요 〈아리랑〉으로 상징되는 한민족의 운명도 밝은 전망을 가질 수 없는 슬픈 아리랑론으로 낙착된다.(김태준, 「일본문학에 나타난 한국 · 한국인상」, 『한국문학의 동아시아적 시각』 3. 집문당, 211쪽.)

(2) 아리랑의 악곡 구조

〈아리랑〉의 악곡 구조는 대체로 돌림노래 구조를 가진 2부분 형식으로 짜여지고, 반복부로 후렴 대목을 사설보다 먼저 부르는 특징을 가졌다. 이것은 한국의 다른 민요에서도 그 보기가 없는 특이한 성격이며, 노래의 전개 방식에서도 메김소리와 받는소리가 묻고 대답하는 대구법적 형식으로 특징적이다.

노래로서 〈아리랑〉의 특징은 말할 것도 없이 그 악곡과 선율의 성격에서 가장 잘 들어난다. 가장 널리 불리는 곡목으로 〈본조 아리랑〉의 경우, 메김소리 둘째 소절과 받는소리 둘째 소절(제2 제4 소절)이 같은 선율로 되어 있는 것이 두드러진 특징이며, 이것은 노래에 안정감을 주는 악곡 구조이다. 게다가 받는소리 첫째 구절, 곧 제 3소절을 가장 높은 음으로 시작해서 차차 낮아지는 구조로 변화를 극대화하여 자연스럽게 마지막 제4 소절로 이어지는 묘미가 뛰어나다.

특히 이 독창의 사설이 시작되는 제 3소절은 아리랑 노래 전체를 산을 그리듯이 꼭지점까지 끌어 올려 차차로 내려 다음 소절의 첫소리로 이어지는 악곡 구조로 한 폭의 산수화를 닮았다. 이것은 돌림노래에서 독창 대목의 첫마디의 소리를 강조해서 노래의 ：맥스를 이루면서 1옥타브를 밑으로 흐르게 만든 구성법이다. 일본의 쿠사노[草野妙子] 교수는 민족음악의 선구자 크루트 싹스(Curt Sachs)의 텀부링 스트레인(Tumbling Strains)의 악곡구조로 이 대목을 설명하고, 여기에 파도처럼 움직이는 한국적 장식음의 잔잔한 흐름이 더하여 노래 전체의 특징을 이룬다고 평가한 바 있다.(草野妙子, 앞의 책, 47-51쪽.)

그런데 〈아리랑〉의 '솔라도레미'라는 5음 구성은 특히 경기도와 황해도, 충청도의 일부 지역에 분포되어 있고, '경조(京調)'라고 부르는 이런 5음법 음계(音階)로 만들어진 〈본조 아리랑〉이 나운규의 영화 『아리랑』을 유행시킨 것은 자연스러운 흐름이었을 터이다. 이 '경조'의 음계를 일본의 음계와 닮아 있다고 하는 논란이 없지 않았지만, 이 점에 대하여 쿠사노 교수는 이것을 한국 전통음악의 중핵(中核)이며 한국 민요의 특징이라고 평가한 바 있다.

쿠사노 교수는 특히 리듬으로 보아 〈아리랑〉의 음악성이 같은 5음계를 쓰는 일본과 아주 다른 특징을 뚜렷이 했다. 그것은 작곡가나 음악학자가 편의상 이 곡을 3/4 박자로 쓰고 있지만, 그 악보를 보고 연주하는 외국의 합창단이 아니라면, 한국 사람들은 결코 단순한 강약약(强弱弱)의 3박자로는 노래하지 않는다는 설명이다. 북 장구가 아니라도 한국 사람들은 주위에 있는 도구나 무릎장단을 치면서, 가장 전통적인 표준적 장단인 중모리로 노래하는 것을 볼 수 있고, 혹은 굿거리장단을 친다는 점을 상기시켰다. 그의 〈아리랑〉 예찬은 이렇게 이어진다.

> "맑은 공기에 잘 어울리는 한국 사람의 독특한 소리로, 목침 반주를 곁들여 부르는 〈아리랑〉 노래는 아무래도 세계의 어디에도 없는 고유한 멋이 있다" (草野妙子, 같은 책, 50-51쪽)

4. 아리랑의 정서

(1) 심금을 울려주는 아름다운 선율, 슬픔

〈아리랑〉을 '국풍(國風)'과 같은 옛 민요의 정신에서 살피자면, 이 민중의 노래를 이룩하고 읊은 민초(民草)들의 정서에 주목하게 된다. '아리랑'의 정서는 바로 이 노래 속에서 찾아야 할 터이다. '아리랑'이라고 하는 한 마디 주제어(主題語)나 이 한 마디를 노래하는 멜로디만으로도 민족의 동질성을 확인하게 하는 이 노래의 첫째 정서는 노래를 이룩해 온 민족의 슬픔과 기쁨일 터이다.

〈아리랑〉은 한국 사람들이 슬프면 슬퍼서 부르고, 기쁘면 더욱 기뻐 부르는 삶의 노래이다.

민요로서 〈아리랑〉의 첫째 정서는 "아리랑 아리랑 아리라리요"를 부르는 받는소리, 곧 뒷소리를 메김소리로 먼저 부르는 멜로디에서 벌써 스며나고, 다음으로 '아리랑'을 반복하는 노래 말에서 재확인 되는 '슬픔'이다. '아리랑'의 멜로디는 '도-솔' 혹은 '솔-도'로 시작하는 모티브의 음역(音域)이 한 옥타브 안에서 움직이는 동형진행(同型進行)으로, 그것은 한민족의 바탕 정서로 슬픔을 드러낸다. 슬퍼서 친밀하고, 한 소절만 들어도 다음 소절에 어떤 곡이 이어질지를 짐작할 수 있는 친밀감에 넘친다. 게다가 '아리랑'이라는 알듯 모를 듯, 소리시늉말[擬聲語]인듯, 짓시늉말[擬態語]인 듯한 주제어를 반복해서, 이 말의 정에 겨워 서러움이 흠뻑 묻어나는 노래이다.

왜 아리랑을 말하면서 슬픔을 말하는가? 그것은 아리랑이 가진 슬픈 정서 때문이다. 슬픔이란 무엇인가? 그것은 참 마음의 움직임이다. 칠정(七情), 곧 사람의 일곱 마음 가운데서도 슬픔은 가장 직접적으로 터져 나와 속일 수 없는 순수한 마음의 움직임이다. 참 마음[眞情]이다. 「체루송(涕淚頌)」을 쓴 뛰어난 수필가 김진섭(金晉燮)은 "눈물이 없다는 것은 마음이 없다는 것을 뜻한다"고 말한 바 있었다.

일찍이 18세기의 청순한 문학청년 심노숭(沈魯崇, 1762-1837)은 먼저 떠난 사랑하는 아내의 무덤가에 지내면서, 제사를 올리며 곡하여 눈물을 흘리면 제사를 지냈다고 여기고, 그렇지 않으면 제사를 지내지 않은 것과 같다고 여겼으며, 눈물이 나면 '신이 내 곁에 왔구나'라고 여기고, 그렇지 않으면 '황천길이 멀구나'라고 생각해서 「눈물이란 무엇인가(淚原)」란 글을 짓는다고 했다.(심노숭 『눈물이란 무엇인가』, 김영진 옮김, 태학사, 35쪽.) 그의 글을 좀 더 읽어보자.

"눈물은 눈에 있는 것인가? 아니면 마음(심장)에 있는 것인가? 눈에 있다고 하면 마치 물이 웅덩이에 고여 있는 듯 한 것인가? 마음에 있다면 마치 피가 맥을 타고 다니는 것 것과 같은 것인가? 눈에 있지 않다면, 눈물이 나오는 것은 다른 신체 부위와는 무관하게 오직 눈만이 주관하니 눈에 있지 않다고 할 수 있겠는가? 마음에 있지 않다면, 마음이 움직임 없이 눈 그 자체로 눈물이 나오는 일은 없으니 마음에 있지 않다고 할 수 있겠는가? 만약 마치 오줌이 방광으로부터 그곳으로 나오는 것처럼 눈물이 마음으로부터 눈으로 나온다면 저것은 다 같은 물의 유(類)로써 아래로 흐른다는 성질을 잃지 않고 있으되 왜 유독 눈물만은 그렇지 않은가? 마음은 아래에 있고 눈은 위에 있는데 어찌 물인데도 아래로부터 위로 가는 이치가 있단 말인가?"
(김영진 옮김, 『눈물이란 무엇인가』, 태학사)

시대가 내려와, 『백조(白潮)』파의 시인이며 신극 운동에도 참여했던 홍사용(洪思容)은 토속적 관심으로 민요시를 쓰면서 우리 민요의 슬픈 정서를 다음과 같이 논한 바 있었다.

"사람마다 입만 벙긋하면 모두 노래다. 젊은이나 늙은이나 사내나 계집이나, 모두 저절로 되는 그 노래! 살아서나 죽어서나, 일할 때나 쉴 때나, 허튼 주정, 잠꼬대, 푸념, 넋두리, 에누다리, 잔사설이 모두 그대로 그윽한 메나리 가락이 아니면 무어냐. 산에 올라 〈산타령〉, 들에 내려 〈양구양천〉, 〈아리랑〉 타령은 두 마치 장단, 늘어지고, 설운 것은 〈육자배기〉. 산에나 들에나 메나리 꽃이 휘늘어져 널려 있다.

뫼가 우뚝하니 섰으니 웅징스럽다. 물이 철철 흐르니 가만한 눈물이 저절로 흐른다. 수수께끼 속 같이 곱고도 그윽한 이 나라에 바람이 불어, 몹쓸 년의 그 바람이 불어서, 꽃은 피었다가도 지고, 봄은 왔다가도 돌아선다. 제비는 오건마는 기러기는 가는구나. 백성들이 간다. 사람이 운다. 한(恨) 많은 뻐꾸기는 구슬픈 울음을 운다. 울음을 운다. 무슨 울음을 울었더냐. 무슨 소리로 울었더냐. 뼈가 녹는 시름? 피를 뿜는 설움? 아니다. 그런 것이 아니다.

문경(聞慶)의 새 재는 웬 고갠고. 굽이야 굽이야 눈물이 나네.
우리는 간다. 고개를 넘는다. 굽이야 굽이야 산 길은 굽이졌다. 굽이야 굽이야 눈물도 굽이친다. 아! 이 고개는 무슨 몹쓸 설움의 고개이냐."

(홍사용(洪思容) : 〈조선은 메나리 나라〉, 『별건곤(別乾坤)』 12 · 13 합병호, 1928. 5.)

이렇게 말해서, 한민족의 민요, 메나리의 슬픈 정서로 일별하였다. '메나리'는 본디 경상도 · 강원도 · 충청도 동북지방에 전승되는 노동요로, 김매기 노래를 뜻한다. 옛 문헌에는 〈산유화(山有花)〉라고 하고, 풀어서 '뫼 노래'로, 이런 가락을 가진 〈강원도 아리랑〉〈정선 아리랑〉〈한 오백년〉 등을 메나리토리라고 했다.

이 가운데 뒤에 든 메나리토리로 〈강원도 아리랑〉과 〈정선 아라리〉는 물론 우리 민족 아리랑 장르의 원조일 터이다. 그러나 이들과 함께 든 〈한 오백년〉 또한 강원도 아리랑의 하나로, 특히 이 노래는 "'아리랑'이나 '아라리'로 시작하는 후렴을 더불지 않으면서 청승맞은 음악이 주조를 이루고," '한(恨)'을 노래해서 주목된다.

이에 비하여 경기도와 서울을 중심으로 하는 경기 민요권은 굉장히 화려하고 서정적인 특징을 자랑한다. 그리고 전라도는 육자백이 권이라고 하는데, 〈진도 아리랑〉으로 대표되듯이 장중한 맛이 있다. 이른바 판소리를 생각게 하는 노래다.(진용선 〈삶의 소리, 민족의 소리 아리랑〉, 겨레문화답사연합 홈페이지.)

한국 3대 향토 아리랑의 하나로 〈진도 아리랑〉은 특히 여음(餘音)으로 받는소리가 사설보다 훨씬 중요한 기능을 가졌다고 평가되는 점에서 주목된다. 그것은 〈진도 아리랑〉의 생명이 그 사설보다는 〈여음(餘音)〉의 가락의 묘미에 있다고 하는 성격에서 두드러진다.(정익섭 ; 〈진도지방의 민요고〉 『어문학논집』 5, 1969.) 일찍이 『호남가단연구(湖南歌壇硏究)』를 내서 문학지리(文學地理) 연구를 선편한 정익섭(丁益燮) 교수는 이점을 특히 강조한 바 있다. 어느 민요라 하더라도 〈여음〉 곧 받는소리의 음조미(音調美)가 없는 곳이 없을 터이지만, 〈진도 아리랑〉의 경우는 더욱 그 특색이 두드러지기 때문이다.

아리아리랑 쓰리쓰리랑 아라리가 났네
아, 아리랑 응응응 아라리가 났네.

받는소리는 소리[音]의 구성에 있어서 모음, 유음(流音), 콧소리[鼻音]가 서로 조화있게 어울려 반복되고 있다는 것이다. 그리하여 그 부드럽고 매끄러운 소리의 흐름은 자연적이며, 정감적인 맛을 한결 더해 주고 있다. 이런 음조미의 받는소리가 각 절마다 반복으로 끼어들어 〈진도 아리랑〉의 묘미는 이 도도한 흥취에 있다는 지적이다. 그뿐 아니라, 〈진도 아리랑〉은 그 사설 또한 장장 30절에 이르며, 그 가사가 민감한 생활 감정을 드러내는 즉흥성과 흐드러진 기지로 공감을 자아내게 하는 박력이 있다.

가령 여기 몇 절을 들어 보기로 한다.

① 서산에 지는 해는 지고 싶어지느냐
날 두고 가신 님은 가고 싶어 가느냐.

⑩ 너 보고 날 봐라 내가 너 따라 살거냐
눈으로 못 보는 정에 너 따라 살제.

①번 가사는 날 두고 떠나는 임을 보내는 마음을 엉뚱하게도 서산에 지는 해에 비겨 스스로를 위로한다. ⑩의 가사는 상대방의 약점을 은근히 노리면서, 그의 의사에 반하는 스스로의 행동을 강요하는 저의가 엿보이는 빈정댐과 상대방을 강압하는 어투가 잘 나타난 사설이다.

〈사진: 진도 아리랑 기행, 남도잡가 무형문화재 강송대 명창과 함께, 필자〉

(2) "심금을 울려주는 아름다운 선율, 슬픔"

한민족을 대표하는 민요 〈아리랑〉의 민족 정서는 3.1운동 이후 『아리랑』 영화의 영향 속에 "심금을 울려주는 아름다운 선율, 슬픔"의 정조로 폭발했다. 동시대의 작가이며 영화사가이기도 한 안종화(安鍾和)의 증언은 이렇게 이어진다.

> "게다가 우리나라 고유의 향토적인 정서가 속속들이 파고드는 아리랑의 슬픈 멜로디가 곁들여져 있었다. 따라서 관객들은 이 한편의 영화에서 잠재되어 있었던 민족의식과 쌓이고 쌓인 울분 및 반항심을 되찾을 수 있었고, 그래서 또한 영화 『아리랑』에 완전히 공감할 수 있었다. 라스트 신에서 영진이 정신을 회복하고 손에 수갑을 채인 채 아리랑 고개를 넘어가면서 불러대는 주제가 〈아리랑〉에 모든 관객은 나라 없는 백성의 설움과 서글픈 한을 뼈저리게 느끼면서, 영진과 더불어 뜨거운 눈물을 흘린 것이다."
>
> (안종화 『한국영화측면비사』(개정판), 현대미학사, 1998, 105-106쪽.)

이 증언은 영화에서 주제가로 부른 노래 〈아리랑〉의 정서가 폭발적이었던 것을 알려 주는데, 영화에서는 주제가 〈아리랑〉이 모두 여덟 곳에서 불려졌다. (기미양, 〈영화 아리랑과 주제가의 관계〉, 『영화 〈아리랑〉과 나운규의 재평가』, 102쪽 참조. 사단법인 아리랑 연합회, 2008.) 여주인공이 바이올린 반주에 맞추어 처음 부른 것으로부터, 주인공 영진(나운규 분)이 오기호를 죽이고 왜경에게 잡혀 아리랑 고개를 넘어 갈 때 〈아리랑〉을 불러 전송하는 클라이맥스까지 8번이 나온다.

영화 『아리랑』과 마찬가지로 스스로의 생애를 구술한 김산의 『아리랑(Song of Arirang)』의 정서 또한 고향을 버린 이산(離散)의 '슬픔'이 주조를 이루었다.

> "조선에는 민요가 하나 있다. 그것은 고통 받는 민중들의 뜨거운 가슴에서 우러나온 아름다운 노래다. 심금을 울려 주는 미(美)는 모두 슬픔을 담고 있다. 이것도 슬픈 노래다. 조선이 그렇게 오랫동안 비극적이었듯이 이 노래도 비극적이다"

위의 증언에서 두드러지듯이, 〈아리랑〉은 고통 받는 민중들의 뜨거운 가슴에서 우러나온 모두 슬픈 노래였다. 더구나 조선의 역사가 오랫동안 비극적이었다는 것은 일제의 속박의 역사와 관련됨은 물론이다. 1900년대 초 외세(外勢)의 침략과 이로 인한 민족의 수난의 역사가 이 '슬픔'의 원인임을 뚜렷이 하는 대목이다.

마침 올해는 경술국치(庚戌國恥) 100년이 되는 해이지만, 일본은 경술년에 조선을 보호국으로 강압하면서 제일 먼저 독도(獨島)를 시마네 현(島根縣)에 올려놓았다. 그보다도 더 먼저 청일전쟁에 이긴 1898년 9월 경부철도 조약 체결권을 거머쥐고, 1910년 한국을 강점한 뒤로는 토지조사사업으로 1918년까지 조선 전 국토의 50,4%에 이르는 땅을 총독부의 수중에 넣었다. 이에 소작권

마저 빼앗긴 남부 농민들은 만주로 강제 이주를 당해야 했다. 그 결과 1916년에 30만이던 조선이민은 1930년에는 그 배수인 60만, 1938년에는 100만 명에 이르렀다. 그리고 제1차 세계 대전 이후 자유도항제(自由渡航制) 명목으로 1925년까지 13만 명과 1934년까지 53만 명의 조선 사람을 일본으로 이주시키는 인구의 대이동을 감행했다.(姜信子, 『日韓音樂ノ－ト』岩波書店, 1998, 104쪽 외.) 이 시대는 이렇게 자기가 태어나고 자라난 고향 땅이 식민지 통치 아래 빼앗긴 남의 땅이었고, 이런 민족 공동의 실향(失鄕) 체험은 '민족'이라는 이념의 고향심상(故鄕心象)을 예비했다. 특히 일제의 조선 강점의 식민지 공간은 동아시아적 실향의 공간이었다. 다시 돌아가거나 스스로 시원(始原)으로 삼을 장소를 잃어버린 사람들의 불안은 세계적 넓이의 이동을 부추겼고, 이에 비할 수 없이 처참하한 싸움의 현장에 김산과 같은 독립운동가들이 있었다. 김산의 『아리랑』은 이런 독립 투쟁 속에서 나왔다. 그리고 나운규의 영화 『아리랑』과 근대민요로 아리랑문화를 이룩하기에 이르렀다.

여기서 〈아리랑〉은 민족의 서사시가 되었다. 2010년에 세계적으로 풍파를 일으킨 위키리크스 폭로 미국 외교 전문 가운데에는 김정일(金正一) 조선 국방위원장이 북조선을 방문한 현정은(玄貞恩) 현대 그룹 회장과 나눈 면담 내용 가운데, 북녘의 집체극 〈아리랑 축전〉 공연에 대하여 언급한 내용이 들어 있어 주목된다. 곧 김 위원장은 "아리랑 공연에서 미국인들이 싫어하는 미사일 발사 대목을 삭제하는 등 미국인의 취향에 맞게 수정했으며, 한국인들이 싫어하는 많은 군인들이 출연하는 장면을 학생들로 대체했다"고 말했다고 했다.(『세계일보』 2011년 1월 3일자 Segye.com. 뉴스) 이것은 북녘이 만들어 자랑하는 민족 서사시 〈아리랑 축전〉의 한 모습이다.

〈아리랑〉은 민족의 풍류(風流)이다. 〈아리랑〉은 〈흰옷〉과 함께 민족문화의 한 상징으로 이르기도 한다. 국정 국어 교과서의 교과의 하나였던 나손 김동욱(羅孫金東旭)의 〈아리랑과 흰옷〉은 민족문화의 특색을 민요 아리랑과 흰옷을 함께 묶어 기린 바 있다. "아리랑이 휘늘어지고 간드러지게 꺾여 가는 애처로운 가락, 나라 밖에 나가서 노래를 들으면 누구나 향수에 사로잡히지 않을 수 없는 아리랑! 나를 버리고 가시는 임에게 앵돌아지는 그런 반항의 자세, 그 고개를 넘어가는 임도, 그 임을 보내는 임도 흰옷을 입었을 정서, 현실을 체념하면서도 언젠가는 다시금 일어서는 반항의 자세"는 이 또한 아리랑의 민족정서일 터이다.

이런 정서를 문정희의 시 〈새아리랑〉에서는 마지막 구절에 "허리 구부리고 울던 흰옷들의 쓰라린 사랑"으로 형상화했을 터이다. 그 '흰옷들'은 "허리 구부리고 울던" 민초(民草)들일 터이며, 그 민초들은 "천 굽이로 살아나는 흰옷들"이다. 아리랑은 이렇게 "천 굽이로 살아나는 흰옷들"의 사랑이다. 여기 시를 옮겨 본다.

〈새 아리랑〉 (문정희)

님은 언제나 떠나고 없고
님은 언제나 오지 않으니
사방엔 텅 빈 바람
텅 빈 항아리뿐
비어서 더욱 뜨거운 이 몸을
누가 알랴
그 위에 소금 뿌려
한세월 곰삭은
이 노래를 누가 알랴
기를 쓰고 피어나는 이 땅의 풀들

저 눈 밝은 것들은 알랴
떠나는 발자국이 님인 것을
돌아오지 않는 것이 님인 것을
그래서 더 보고 싶은 것이
우리 님인 것을
아리랑 고개로 넘어간 님을 기다리며
밭고랑처럼 길고 긴 생애를 사느니
세상에는 없는
고무신 같은
된장국 같은
백자 항아리 같은
기막힌 이 사랑을 누가 알랴
냉수 한 사발의 사랑이
폭풍보다 더 무서운 힘인 것을
너무 울어
가벼워질 대로 가벼워진 이 살갗이
지진보다 더 무서운 힘인 것 님과 나 사이에는
꽃이라고 할까
새라고 할까
청산처럼 숨쉬는
아름다운 생명이 있어
아리랑 아리랑 아라리요
온몸으로 흔들리는 노래를 부르며
이 땅에는 사시사철 기다림이 피어나느니
곁에 있는 것은 님이 아니리
안을 수 있는 것은 님이 아니리
결혼한 것은 님이 아니리
멀리 있는 것.
그래서 두 눈이 아리도록 그리운 것만
우리 님이리

아리랑이리
홀로 푸른 하늘 바라보면서
푸른 하늘 굽이굽이 새겨둔 설움
바라만 보아도 말갛게 차 오르는 눈물
질경이 같은
엉겅퀴 같은
뙤약볕 같은
어지럽고 슬픈 살 냄새
허리 구부리고 울던 흰옷들의
쓰라린 사랑이여
천 굽이로 살아나는
아리랑이여.

소설가 조정래는『태백산맥』에서 이 〈아리랑〉에 대하여, "아리랑 아리랑, 그 눈물겨움과 아슴함과 그러면서도 휘드러져 감기고 다시 풀려 흐르는 그 유연함은 무엇일까"고 감탄하고 있다.

2000년대와 함께 세계 피겨 여왕이 된 한국의 아이콘 김연아 선수는 "스스로 어떤 문화에서 커 왔기에 그렇게 아름답고 우아한 피겨 여왕이 되었는지를 보여 줄 문화"로 드디어 〈아리랑 환상곡〉을 골랐다고 해서 〈아리랑〉은 최근 세계 뉴스에 올랐다. 그동안도 안무가(按舞家) 데이비드 윌슨이 그미의 프리 스케이팅의 주제곡으로 종종 〈아리랑〉을 추천했다고 했다. 그러나 그미의 한 목표였던 올림픽을 성공적으로 끝낸 지금이야말로 한국 사람의 사랑과 관심에 보답할 적절한 때라고 믿어 연아는 드디어 〈아리랑곡〉을 선택하게 되었다고 했다. 〈아리랑〉을 중심으로 한국전통음악을 편곡한 〈하미지 투 코리아(Homage to Korea)〉는 김연아가 조국 대한민국에 보내는 러브 레터라며, 지금은 전 세계가 주목하는 스포츠 영웅이자, 한국의 아이콘인 김연아가 어떤 문화에서 커 왔는지를 보여줄 시기라고 했고, 한국문화를 세계에 알리고 싶다고 했고, 이

정점에 〈아리랑〉이 있다는 뜻일 터이다.

그리고 그 기회가 와서 김연아는 2011년 4월 드디어 "〈아리랑〉을 타고 세계로 점프" 한 소식(통신사 뉴스와이어)이 감미로운 〈아리랑〉의 선율과 함께 전 세계로 퍼졌다. 모스크바 메가스포르트 아레나 세계 피겨 선수권대회에서 공개된 김연아 선수의 프리 스케이팅의 음악이 〈하미지 투 코리아〉의 〈아리랑〉 곡이다. 〈하미지 투 코리아〉는 〈아리랑〉의 받는소리(후렴구)를 현대적으로 해석한 배경음악으로, 이 장면을 소개한 기사는 "구슬픈 선율에 녹아든 감정을 막바지에 쏟아내는 데 초점을 맞춘 곡"이라고 소개했다.(한겨레, 2011.4.29, 김연기 기자) MBC 방송국의 지평권 음악감독과 미국 헐리우드 영화음악의 거장 Robert Bennett의 공동 편곡으로 만들어진, 이 〈아리랑〉은 국악과 양악의 적절한 조화로 현대감각에 맞도록 오케스트라로 재편곡 된 곡목이며, 세계 스케이트계의 여왕 김연아 선수의 연기와 함께 세계인의 가슴에 깊은 감동을 선사했다.

특히 "느리고 장중한 분위기의 구음(口音)이 흐르는 가운데 스텝 연기에 조금씩 속도를 붙이며 슬픈 감정을 최고조로 끌어올린 뒤, 웅장한 관현악의 아리랑 선율과 함께 빙판을 활주하는 코레오 스파이럴이 이 날의 연기의 압권"이라는 평판을 얻었다.(박민영 기자, 인터넷 한국일보 2011, 4.)

〈아리랑〉은 민족의 애환과 한(恨)을 풀어내는 슬픔과 감동의 노래이다. 아리랑 고개는 슬픔의 열 두 고개라 하지만, 아리랑을 부르며 넘는 고개는 슬픔이 기쁨을 이겨본 적이 없는 고개의 이야기만을 전한다, 아리랑이야말로 슬픔이 기쁨을 이겨본 적이 없는 한국의 정서이다. 아리랑은 기쁨의 노래이다. 〈아리랑〉의 정서를 가장 한국적으로 역사화한 영화 『아리랑』을 만든 춘사 나운규의 회고는 이를 웅변한다.

"내가 여러 해를 일본 기타 해외로 돌아다니다가 귀국하여 처음 내놓은 작품이 『아리랑』이었습니다..... 4년 전에 처음 서울 단성사에서 봉절(封切)이 된 후 오늘까지 평양, 대구, 부산 등 주요 도시에서 16회나 상영이 되었다 하는 터인즉, 나로서는 도리어 팬 여러분의 지지가 이렇듯 두터운 데에 송구(悚懼)한 마음을 금할 길이 없을 뿐이외다.

지금에 이르러 생각나는 것은 그 『아리랑』을 촬영할 때에 내 자신은 전신(全身)이 열(熱)에 끓어오르던 것을 기억합니다....... 그래서 이 한편에는 자랑할 만한 조선(朝鮮)의 정서를 가득 담아놓는 동시에, "동무들아, 결코 결코 실망하지 말자" 하는 것을 암시(暗示)로라도 표현하려 애썼고, 또 한 가지는 "우리의 고유한 기상은 남성적이었다," 민족성이라 할까 할 그 집단의 정신은 의협(義俠)하였고 용맹(勇猛)하였던 것이니, 나는 그 패기(覇氣)를 영화 위에 살리려 하였던 것이외다.

(나운규 〈아리랑과 사회와 나〉, 『삼천리(三千里)』 1930.7월호.
김갑의 편저 『춘사나운규전집』(집문당), 473-4쪽 재인).

(3) 아리랑은 슬프고도 기쁜 노래

그러나 〈아리랑〉은 슬프고도 기쁜 노래이다. 춘사 나운규가 영화의 제목을 『아리랑』으로 삼은 데는 같은 이름의 노래를 통하여 당시 우리 농촌의 생활상과 민족의 애환(哀歡)을 담고자 한 데 있었음에 틀림없다. 그리고 〈아리랑〉 영화를 만든 26살(1927년)부터 『아리랑』 제3편을 만든 35살(1936)까지 10여 년에 걸쳐서 세 차례나 〈아리랑〉 제작을 거듭한 춘사의 열정은 슬픔을 넘어서는 작가의식을 표방한다. 『아리랑 후편』은 『아리랑』과 같은 예술적 성과를 이루지 못하였다. 그러나 『아리랑』이 거둔 예술적 성과의 덕을 입어 1년간 계속된 상영에도 관객이 그치지 않았고, 단성사의 경영주 박승필에게 상영권을 넘긴 뒤에도 관객이 그치지를 않았다. 그리고 1936년 조선에 유성영화가 도입되기까지 『아리랑』과 『아리랑 후편』은 조선의 무성영화를 대표하는 작품이었고, 유성영화 이후에도 『아리랑』과 같은 예술적 경지에 이른 작품은 없다는 평가를 얻었다.(「아리랑과 나운규」, 최창호 · 홍성광 『한국영화사』 일월서각, 128-9쪽.)

게다가 축구를 좋아하고 세계에 내노라하는 한민족이 특히 한일 축구 전에 이기고 부르는 아리랑과, 월드컵에서 4강을 이루며 함께 부른 아리랑은 누가 뭐래도 기쁜 노래다. 아테네 올림픽에 남북한의 선수가 한반도기를 앞세우고 공동 입장하며 함께 부른 〈아리랑〉, 내가 따라 부른 아리랑은 분명 기쁨의 눈물 나는 흥겨운 노래였고, 기쁨의 아리랑이다. 너무 기뻐서 눈물이 나는 노래이다.

많은 아리랑의 각편 가운데서도 〈진도 아리랑〉과 같이 아련하면서도 정서적인 노래가 있는가 하면, 〈밀양아리랑〉과 〈서도 아리랑〉, 〈단천아리랑〉과 같이 곡 자체가 흥겨운 가락도 있다. 그래서 〈아리랑〉은 슬픔과 기쁨도 있다고 하여 애환의 가락으로 일러온다. 나운규는 아련하면서도 정서가 있고 흥겨운 감정도 안겨들면서 누구나 쉽게 부를 수 있는 통속적인 〈아리랑〉이 필요하다 하여 당시 진보적인 연극 단체인 단성사의 음악부에다 새로운 가락을 만들어 줄 것을 의뢰하였다고 했다. 그리하여 새롭게 편작된 가락이 〈신아리랑〉이다, 신아리랑은 그 당시 단성사의 바이올린 연주가였던 김영환(金永煥)의 편작이라고 했다.(최창호 · 홍성강 지음 『한국영화사』, 일월서각, 106쪽. 김영환은 동방예술단 작사 작곡가)

영화 『아리랑』은 우리 민족의 얼을 담고 있으면서 여기에 반일사상을 은은히 깔고 있어서, 그 중압에 시달리는 가난한 조선 농민들에 대한 사랑과 위안을 담고 있었다. 게다가 주인공을 미친 사람으로 설정하여 작가가 하고 싶은 말을 미친 사람처럼 쏟아내는 방식으로 주제에 연결시키는 수법이 크게 유효해서, 이 작품은 폭발적인 반향을 일으키는데 성공할 수 있었고, 이것은 '아리랑'의 이미지를 극대화하고 민족의 노래 〈아리랑〉의 민족 정서를 극대화하는 효과를 얻고도 남음이 있었다.

특히 전통민요 〈아리랑〉을 제목과 주제로 선택하고, 8번이나 반복되는 주제가를 활용하여, 이 노래를 부를 때마다 주제로 향한 정황을 정점으로 촉진시켜, 영화의 성공은 물론, 아리랑 정서의 확산에 크게 이바지 했다. 이것은 신민요 〈아리랑〉을 전국에 흘러넘치게 했을 뿐 아니라, 아리랑의 문화로 확충하는 계기로 이어졌다.

이어서 필자의 〈아리랑〉 문화 체험을 여기에 덧붙인다. 벌써 20여 년 전에 일본의 민속학회의 회장을 맡고 있는 노 교수와 함께 나는 남한 각지를 여행한 일이 있다 지금도 뚜렷하게 잊히지 않는 기억은, 이 이웃나라의 노(老) 민속학자가 전국을 돌며 한국의 노인네들을 찾아 묻는 질문이 꼭 한 가지가 있었다.

"아리랑은 슬픈 노래예요? 기쁜 노래예요?"

이런 질문 자체가 엉뚱하고 흥미가 있었지만, 그보다 나를 더 긴장하고 놀라게 한 것은 한국 노인들의 그 대답이었다. 그 대답은 뜻밖에도 거의 모두가 이구동성으로 "기쁜 노래"였다는 사실이다. 이 일이 있은 뒤로 나에게 〈아리랑〉은 "슬픈 노래이며 동시에 기쁜 노래"로 되었고, 이 아리랑 체험은 '아리랑'으로 하여금 나의 중요한 관심사로 되게 했다.

그렇다. 〈아리랑〉은 그 사설이 슬프고 그 가락 또한 슬픈 노래이나 〈정선 아라리〉로부터 지역마다 다른 아리랑이 있고, 부르는 사람마다 다른 아리랑, 다른 정서의 〈아리랑〉이 있다. 이렇게 수많은 아리랑이 있고, 슬프고도 기쁜 노래라는 점에서 아리랑의 영원성이 있다고 할 만하다. 민족의 역사와 함께 슬퍼하고, 함께 기뻐할 노래 〈아리랑〉, 체념이 있는가 하면, 결코 체념할 수 없는 '끈기'가 있고, 눈물이 있는가 하면 기쁨이 있는 노래. 슬프면 슬퍼서 부르고, 기쁘면 기뻐서 부르는 노래이며, 슬프면 슬퍼서 울고, 기쁘면 기뻐서 우는 노래가 『아리랑』이다.

또 하나 나는 동아시아 학술회의에 나가면 연회 때에는 언제나 〈아리랑〉을 부른다. 그런데 국내에서 동아시아 국제회의가 열렸을 때 중국인 노 교수가 부른 〈아리랑〉의 일화는 잊을 수 없었던 아리랑의 체험이었다. 북경대학 한어계(韓語系) 노교수 위욱승(韋旭昇) 선생의 『해동삼유록(海東三遊錄)』에 보이는 〈아리랑〉 일화이다.

"테이블에 앉아 서로 간에 이야기꽃을 피웠다. 하가(芳賀徹. 동경대) 선생은 환갑을 넘은 나이로 평소에는 학자다운 근엄함과 차분한 멋이 있어 보였는데, 오늘 저녁에는 매우 유쾌하고 활발한 것이 젊은이 같아 보였다. 그는 사람들과 함께 노래도 부르며 이야기로 웃음꽃을 피웠다. 그였는지 아니면 김사엽(金思燁) 선생이었는지, 그것도 아니면 자리에 있던 누구였는지 나에게 노래를 부를 것을 제의했다. 나는 북한과 중국 조선족 노래를 꽤 많이 배웠다. 하지만 그때는 이런 자리와 분위기에 적당한 노래가 갑자기 떠오르지 않았다. 그러다가 따뜻하고 즐거운 분위기에 이끌려, 조선 전역의 민간에서 오랫동안 전해 내려온 '아리랑'을 떠올리고는 곧바로 목청을 돋우어 노래를 불렀다. 좌중에서 누군가가 노래를 따라 불렀다. 노래가 끝나자 자리는 박수소리와 환호, 그리고 뜻밖이라는 놀람과 기쁨의 감정으로 가득 찼다. 나의 어설픈 노래 소리가 이런 효과를 내다니 생각지 못한 결과였다. 어쩌면 그것은 한국인들이 어렸을 때부터 아주 익숙한 민요를 중국인이 부른 것을 처음 들어보았기 때문이었을 지도 모른다. 또 어쩌면 그들이 그 노래가 예술의 정치적 내용을 강조하는 북한과 중국 연변(延邊)에는 전해지지 않았을 것이라고 생각했었기 때문인지도 모르겠다.

내가 아직 생각에 잠겨 있을 때, 다른 사람의 노랫소리가 또 시작되었다. 자리는 온통 웃고 떠드는 소리로 가득했다. 하가 선생이 종종 분위기를 주도했다. 일흔에 가까운 김사엽 선생과 다른 한 노선생이 먼저 자리에서 일어나려는 듯 했다. 자리를 뜨기 전에 그는 내가 선창하여 다시 한 번 아리랑을 부를 것을 제의했다. 내가 먼저 시작하자 모두가 한 목소리로 함께 노래를 불렀다. 노래가 끝나자 박수소리가 이어졌다."

(韋旭昇; 해동삼유기(海東三遊記), 국학자료원, 2011, 서울)

5. 아리랑 고개, 한민족의 심상공간

(1) 민요 〈아리랑〉에는 '아리랑 고개'가 등장한다. 〈아리랑〉은 〈본조 아리랑〉이라고도 하는 경기 아리랑에서부터 거의 각 지방의 아리랑에서, "아리랑 아리랑 아라리요/ 아리랑 고개로 넘어간다"는 바탕 가사를 메김소리나 받는소리를 가지기 마련이고, 혹은 반복한다. 이 요소는 〈아리랑〉의 가장 중요한 핵심 내용으로 혹은 "아리랑 고개로 날 넘겨주소"라든가 "아리랑 고개는 열 두 고갠 데, 나 넘어갈 고개는 단 고개로다"는 여러 변이 형식이 존재한다. 다만, 민요 〈아리랑〉에 '아리랑 고개'가 핵심 요소로 되는 것은 1920년대 이후의 일로 보이므로, 이 '아리랑 고개'는 민요 〈아리랑〉이 민족 민요로 성장하는 중요한 요소로 되었다고 할 만하다.

그리고 서울의 미아리 고개 넘어 돈암동에서 정릉으로 가는 '아리랑 고개'를 비롯하여, '문경 새재의 아리랑 고개, 상주 우석여고 옆을 지나 천주교 공원 묘지 길 등 한국의 여러 지방에 '아리랑 고개'가 땅 이름으로 남아 있다. 그러나 '아리랑 고개'는 본디 지리공간이 아닐 터이며, 한민족을 대표하는 민족민요 〈아리랑〉이 만들어 낸, 민족의 심상공간(心象空間). '마음의 고개'일 터이다. 혹은 이 민요에서 유래된 것에 틀림없는 마음의 고개, 역사지리 공간으로 여러 지방에 존재한다. 그러나 이 또한 〈정선 아리랑〉〈진도 아리랑〉〈밀양 아리랑〉 등 3대 지방 아리랑에 원류를 두면서, 1920-30년대 나운규(羅雲奎)의 영화 『아리랑』(1926)과 박승희(朴勝喜)의 연극 〈아리랑 고개〉 (1929) 등 일제 강점기의 민족적 시련의 반항적 예술 활동에서 크게 촉발되었다고 할 만하다. 영화 〈아리랑〉을 제작한 나운규는 고향 회령(會寧)에서 남쪽 노동자들에게서 처음으로 〈아리랑〉 노래를 듣고, 서울에 와서 찾은 아리랑으로는 강원도 아리랑뿐이었다고 증언한 바 있다.(나운규, 〈아리랑 등 자작 전부를 말함〉, 『삼천리』 1937.)

아리랑 아리랑 아라리요
아리랑 고개로 넘어간다.
나를 버리고 가시는 님은
십리도 못 가서 발병난다. 〈경기아리랑〉

여기서 '아리랑 고개'란 이 노래의 이름이며 주제어이기도 한 '아리랑'과 짝을 이루는 〈아리랑 타령〉의 열쇠 말이며, 민요의 고향, 한민족의 심상공간으로 크게 자리 잡았음을 알 수 있다. 그리고 이 작품의 배경 공간으로 '미아리 고개'는 서울의 아리랑 고개로, 그리고 이후에 만들어진 각종 아리랑 고개의 원조로 지리개념으로 자리했다. 나운규 원작, 감독, 주연의 영화 〈아리랑〉의 충격은 상상을 뛰어넘는 것이었다. 영화 〈아리랑〉이 장기 상영하여 2년에 접어들어도 관객이 줄지 않았고, 이어 〈아리랑 후편〉과 〈아리랑 이후〉라는 작품으로 이어지면서, 〈아리랑〉 영화 개봉관 단성사는 영화 개봉관으로 자리를 굳혔고, 단성사는 '아리랑 극장'으로 이름을 날렸다. 1937년 8월14일 나운규의 장례식에서는 〈아리랑〉을 장송곡으로 불렀다.(윤봉춘, 〈아리랑〉을 만들 때, 『조선영화』 1호, 1936. 11월호 ; 김종욱, 〈영화 '아리랑', 이것이 원본이다〉에서 재인)

이런 영화 아리랑의 감동으로 민요 〈아리랑〉은 국민의 가요, 민족의 노래로 되었고, 〈아리랑 고개〉의 배경 공간으로 미아리 고개는 서울의 아리랑 고개이며, 아리랑 고개의 대명사로 지리공간이며, 동시에 한국민족에게 이별의 심상공간으로 자리매김했다. 한편 민요 〈아리랑〉의 각 편에서는 '아리랑 고개'의 성격을 여러 가지 개념으로 그려주고 있어서, 한국 사람들의 다양한 아리랑 고개 상을 가늠할 수 있다. 여기 몇 개의 보기를 살펴보기로 한다.

① 아리랑 고개는 웬 고갠가
넘어갈 적 넘어올 적 눈물이 난다. (〈해주 아리랑〉)

② 아리랑 고개는 얼마나 먼지
한 번 간님은 왜 못 오느냐. (〈영천 아리랑〉)

③ 아리랑 아리랑 아라리요
아리랑 고개로 넘어간다.
아리랑 고개는 웬 고갠가
구름도 바람도 쉬어가네. (〈여성 독창곡〉, 평양)

④ 아리랑 고개는 열 두 고갠데
나 넘어갈 고개는 한 고개로다.

⑤ 아리랑 아리랑 아라리요
아리랑 고개로 나를 넘겨주소 (〈정선 아리랑〉).

위에서 ①번은 지금 그 명맥이 겨우 남아 전하는 〈해주 아리랑〉의 일절로, 아리랑 고개가 "넘어가고 넘어오는 때마다 눈물이 나는 고개"라고 했다. 여기서 아리랑 고개는 "넘어가고 넘어오는 고개"이며, 넘어가고 넘어올 때 마다 "눈물이 나는 고개"이다. 이렇게 "넘어 가고 넘어 올 때 마다 눈물이 나는 고개"는 "웬 고개"인가를 스스로 물어 슬픈 고개, 눈물의 고개임을 강조하는 뜻이 담겨 있다. 그리고 이렇게 아리랑 고개가 눈물의 고개라는 심상은 '심상공간'으로써 뿐 아니라 구체적 실제 지리개념으로 인식되기도 한다.

이런 보기는 '문경 새재'의 경우도 있다. "문경 새재는 웬 고갠고/ 구부야 구부구부 눈물이로구나"고 하는 이 노래에서는 심상의 '아리랑 고개'가 현실의 '문경새재'로 바뀐 모습을 보여준다. 문경 새재[鳥嶺]는 영남의 대표적 고개의 하나이다. 여기가 '영마루'로, 양(洋)의 내장처럼 '구부구부(꾸불꾸불)'하여, 이긴 산길을 지나자면 눈물겨웠을 터이다.

②번 노래 또한 사라져 가는 아리랑 가운데 하나인 〈영천 아리랑〉의 한 대목으로, 아리랑 고개가 "먼 고개"임을 암시하고, 한번 간님은 오지를 못하는가 하고 자문하듯 절규하는 방식을 통하여 이별의 고개, 눈물의 고개임을 나타내고 있다. ③번 노래는 북녘에서 불리는 여성 독창곡으로(김연갑 〈아리랑 고개는〉, 『팔도 아리랑 기행1』, 1994, 집문당, 284쪽), 아리랑 고개가 "구름도 바람도

쉬어 넘는 고개"로 개념화하고 있다. "구름도 바람도 쉬어 넘는 고개"라면 우리 시조문학에서 자주 등장하는 사랑과 이별의 상투어투로, 그 너머에 임이 계시다면 쉬지 않고 넘으리라는 결연한 사랑의 의지를 가진 상투어구로 표현했다. 그리고 ④번 노래는 아리랑 고개가 한 고개만이 아니고 많다는 뜻을 열두 고개로 상징한 보기이다. 항일 혁명 투사로 김산(金山 ; 張志樂)의 아리랑론 가운데에도 "열두 고개(구비)"란 구절이 보이므로, 이것은 꽤 일반화된 개념일 터이다.

> 아리랑 아리랑 아라리요/아리랑 고개를 넘어간다.
> 아리랑 고개는 열두 구비/마지막 고개를 넘어간다.

(2) 민요 〈아리랑〉은 '아리랑'이라는 슬프고 낭만적인 열쇠 말과 함께, '아리랑 고개'가 결코 이 슬픔에 좌절할 수 없는 강한 극복의 의지를 드러내서 반전의 의지를 표상한다. 아리랑 고개에서 이런 극복의 의지는 일제 식민지 시대의 암울했던 민족사적 질곡 속에 불굴의 혁명투사로 김산의 『아리랑(Song of Arirang)』에서 김산 스스로의 '아리랑론'과 함께 두드러져 있다.

물론 '아리랑 고개'가 이 민요 〈아리랑〉의 바탕이 되는 핵심요소인가에 대해서는 주장들이 갈려져 있는 것이 사실이다. 그것은 1920년대 이전의 〈아리랑〉 노래들에서 '아리랑 고개'가 나타나지 않는다는 데 바탕하고 있는데, 이것은 〈아리랑〉의 기원설과도 관련하여 그리 간단한 문제가 아니라 할 수 있다. 곧 〈아리랑〉의 기원을 고대로 올려 잡는 주장과 이것이 근대에 이룩된 근대민요라는 주장과 맞물려 있으며, 근대에 이룩된 대부분의 〈아리랑〉이 '아리랑 고개'를 후렴의 바탕요소로 변화시키고 있기 때문이다.

게다가 이 '아리랑 고개'는 이 민요의 가장 핵심적 주제 요소로써 민요의 심상지리(心象地理)이며, 미아리의 '아리랑 고개'와 같은 실지의 지리개념이 아닐 터이다. 이런 심상지리야 말로 중요한 민요적 민족적 정서이며, 이런 심상

안중근 의사 서거 101주년 기념 평화기행 중 조선족 식당에서
북녘 가수들과 함께 아리랑을 부르며(2011. 3. 대련)

지리가 민족 민요로 〈아리랑〉의 폭발적 에너지로 되었을 터이다.

청천 하늘에 별도 많고/ 우리네 가슴엔 수심도 많다.
아리랑 아리랑 아라리요/ 아리랑 고개를 넘어간다.

아리랑 고개는 탄식의 고개/ 한번 가면 다시는 못 오는 고개
아리랑 아리랑 아라리요/ 아리랑 고개를 넘어간다.

이천만 동포야 어데 있느냐/ 삼천리강산만 살아 있네.
아리랑 아리랑 아라리요/ 아리랑 고개를 넘어간다.

지금은 압록강 건너는 유랑객이요/ 삼천리강산도 잃었구나.
아리랑 아리랑 아라리요/ 아리랑 고개를 넘어간다.

이 슬픈 '아리랑 고개'의 심상을 '희망의 고개'로 형상화하려는 곳에 나운규의 영화 『아리랑』의 주제가 있었다. 그것은 나운규 스스로 이렇게 회고한 바에서 두드러져 있다.

"아리랑 고개 그는 우리의 희망의 고개라, 넘자, 넘자, 그 고개 어서 넘자 하는 일관한 정신을 거기 담자, 한 것이나, 얼마나 표현되었는지, 저는 부끄

러울 뿐이외다."

(나운규 〈아리랑과 사회와 나〉,
『삼천리(三千里)』 1930.7월호. 『춘사나운규전집』(집문당), 474쪽).

이런 〈신아리랑〉 노래의 보급은 삶의 여러 상황을 '아리랑 고개'로 상정했고, 그래서 아리랑 고개는 "눈물의 고개"에서부터, '슬픔의 고개'로 상정되고, 혹은 '문경 새재'나 '백두산 고개', '월출 동령(月出東嶺)' 등 실제의 지명이기도 하고, "웬 고개"나 "정든 님 고개" "이별의 고개" "탄식의 고개" 등 심상의 고개, 민족 수난을 상징하는 심상공간"으로 크게 상징화 되었다.

(3) 아리랑 고개, 한민족의 심상공간

나운규의 영화 『아리랑』이 3편까지 나오는 동안 이번에는 연극 〈아리랑 고개〉가 나와 인기를 이어갔다. 1929년 박승희(朴勝喜)의 『아리랑고개』는 11월 극단 토월회(土月會)의 재기작품으로 상연되어, 작가 스스로 이끌던 토월회 태양극장의 중요한 간판 작품이 되었다. 그리고 세월이 흘러 1940년, 중국 시안[西安]에서는 실험극장 광복군 예술대장을 지낸 독립 운동가이자 예술가 한형석(韓亨錫, 1910-1996) 작곡의 오페라 『아리랑』이 무대에 올랐다.

호를 '먼구름'이라 한 한형석의 창작 오페라인 이 작품은 아리랑 산을 배경으로 시골 처녀 목동이 사랑을 맺고, 이곳에 일장기가 꽂히자 도망한 사람들은 아리랑을 부르며 싸워 주인공 부부는 이 싸움에서 장렬히 싸워 죽는다. 작가 한형석은 각본과 작곡에서 주인공과 연주까지 1인 7역을 담당 열연해서 지역신문에 호평을 받았고, 작가 탄생 100주년 기념으로 부산에서 기념공연이 열렸다. 예술종합학교 민경찬 교수는 이 작품이 한국 최초의 오페라로 알려진 현제명 작곡의 오페라 『춘향전』(1950)보다 11년 앞선다고 고증했고, 일제 침략극에 맞서 아시아의 평화연대를 호소했던 아리랑의 정신을 평가했다.(한겨레, 2010. 12.22.)

6. 〈아리랑〉의 문화 – '한(恨)'과 '풍류'

'한(恨)'은 가장 한국적인 슬픔의 정서이다. 같은 동양 사람이라도 중국이나 일본 사람에게는 원(怨)은 있어도 '한'은 없다고 한다. 중국어 사전의 '한(恨)'의 본뜻은 "원망한다"는 뜻이며, 일본어 사전에서도 같은 뜻이다. 이들 나라들 사전에서 '한'을 설명하는 뜻에서도 한국 사람의 '한'과 다른 뜻을 확인할 수 있다. 물론 좀 더 적극적인 뜻으로 "삶을 짓밟는 세력을 향한 영혼의 분노의 불길, 못다 산 삶에 대한 미련의 줄이며, 사람다운 삶을 살게 해 달라는 영원한 호소"라고 정의할 수도 있다.(문동환 『아리랑 고개의 교육, 민중신학적 이해』, 49쪽, 한국신학연구소, 1985.) 이런 뜻에서라면 '한'은 민중의 몸부림치는 실존적 외침이며, 극복해야 할 역사적 물음일 터이다. 그리고 일제의 식민지 수탈에서 조선 사람의 한의 정서는 이런 실존적 물음이었을 터이다.

우리 사상과 철학의 독특한 경지를 개척한 역사 철학자 함석헌(咸錫憲, 1901-89)은 '한'의 대명사인 씨ᄋᆞᆯ[民衆]을 "민족과 하느님에 봉사하는 존재"로 파악하여 고난 사관으로 『뜻으로 본 한국역사』를 썼다. 이런 뜻에서라면 "우리 민족의 고난의 역사를 헤쳐 온 씨ᄋᆞᆯ들의 고난의 노래, 다 헤아릴 수 없이 많은 〈아리랑〉, 앞으로도 우리 역사와 함께 새로 불러 갈 〈아리랑〉의 '한'의 정서는 고난 속에 승리할 극복의 정신이 아니고 무엇이랴?

따라서 민족의 노래, 역사와 함께 이어갈 〈아리랑〉의 문화는 민중 신학자 안병무(安炳武)의 『선천댁』의 민중관(民衆觀)으로 이어갈 수 있을 터이다. 씨올 사상을 이은 그는 스스로의 어머니를 민중으로 그려냈다. 그미는 "여자로서의 존엄성을 밟히고 또 밟혔으나 그로 인해 약해지지도 않고, 후퇴하지도 않았다. 일어나고 또 일어나면서 자기에게 맡겨진 일을 해냈다"(안병무 「되돌아보며」, 『선천댁』, 1996, 범우사). 그러나 이렇게 "밟히고 또 밟혀도 그로 인해 약해지지도 않고, 후퇴하지도 않고 일어나고 또 일어나면서 스스로의 길을 열어가는" 한국 사람의 한은 "고난 속에 승리할 극복의 정신" 이라 할 터이며, 이야말로 아리랑의 정신, 풍류(風流) 사상을 연역할 수 있을 터이다.

이런 풍류를 노래한 〈아리랑〉에는 강원도 민요의 하나인 〈한 오백년〉이 있고(김연갑 「한 오백년의 유래」, 『아리랑 시원설연구』, 명상, 2006). 〈밀양 아리랑〉의 '풀림의 미학'이 있고, 한을 삭이며 부르는 〈진도 아리랑〉이 있다.(진용선 「삶의 소리, 민족의 소리 아리랑」)

> "아무렴 그렇지 그렇구 말구/ 한 오백년 살자는 데 웬 성화요./ 한 많은 이 세상 야속한 님아/ 정은 두고 몸만 가니 눈물이 나네."(〈한오백년〉)

〈아리랑〉처럼, 받는소리(후렴)를 먼저 부르고 본 사설을 부르는데, 느린 중모리 장단에 맞고, '미 · 라 · 도'가 주요 음이며, '미'로 시작하고 '라'로 마쳐서 메나리조에 속한다. 후렴의 가락으로 보아서 본조 〈정선 아라리〉가 변하여 생긴 강원도 아라리의 일종이고, 두문동 72 의사의 고사와 관련하여, 고려 500년 역사를 보듬는 풍자정신을 엿볼 수도 있을 터이다.

그리고 〈진도 아리랑〉은 유난히 여자가 남자의 행실에 푸념을 하는 가사가 많고, 소리군도 모두 여성들인데, 여자들이 한을 삭이면서 부르는 듯 한 소리라고 했다(진용선 ; 위의 글). 수년 전 진도를 찾아 남도 잡가 무형문화재 예능보유자이며 진도 아리랑 보존회 회장 강송대 명창의 진도 아리랑은 귀에 남은 남도 정서의 정수박이다.

남원 지방 문인의 수필 〈아리랑 고개〉는 우리 아리랑 고개의 정서와 한(恨)을 초극하는 삶의 지혜와 풍류의 〈아리랑 고개〉 이야기이기에 여기 덧붙인다.

〈아리랑 고개〉 – 형효순(수필가)

그날 어머니의 모습이 지금도 선명하게 생각난다. 날마다 흰 저고리에 검정 치마를 입고 일만하던 어머니가 아니었다. 남색 치마에 살구 색 저고리를 입은 엄마가 아리랑을 구슬프게 불렀다. 그런 어마는 너무나도 낯설었다.

아리랑 아리랑 아라리요 아리랑 고개로 나를 넹겨 주소

까닭 없이 자꾸만 눈물이 쏟아졌다. 엄마의 손을 잡고 돌아오면서 엄마가 그렇게 슬프게 부르던 아리랑 고개가 어디에 있는지 궁금했다. 나무 한 짐 짊어지고 넘어 네 힘들다는 풍곡재보다 높으냐고 물어 보았다. 외갓집을 가려면 언제나 풍곡재를 넘어야 했는데, 맴(마음)속에 있제, 아리랑 고개는 사람 산에는 없어. 수월한 사람도 있고, 넹기기 어려운 사람도 있제. 아부지한테 노래 불렀단 소리 말어, 덴겁하실라. 알았제?

조금 더 자란 뒤 나는 화전놀이가 열리는 꼴감산에 가지 않았다. 어머니가 또 슬픈 소리로 아리랑을 부를 것 같아서였다. 어머니의 화전놀이는 해마다 더 슬퍼졌다.

아버지가 돌아가신 뒤 우리는 태산보다도 더 높은 산 위에 서 있었다. 어머니는 그 아리랑 고개를 넘어야 우리를 키울 수 있었다. 어머니는 더 이상 화전놀이에 가지 않았다. 어머니의 아리랑 고개를 이해하기까지는 그리 오래지 않았다.

화전놀이는 시집 온 동네에도 있었다. 어느 봄날 장구 치는 마을 형님 앞에서 그날 어머니처럼 나도 노래를 부르고 춤을 추었다. 어머님의 아리랑이 목울대를 타고 넘어왔다. 꾸역꾸역 쏟아져 나오는 울음을 삼키느라고 노랫가락이 끊겼다. 장구 치던 마을 형님이 장구채로 내 어깨를 쳤다. 네 설움 때문에 우리 설움까지 건드리지 말라는 경고였다. 결국 어머니처럼 살지 않겠다고 해 놓고 어머니만큼도 못하고 사는 자신이 서러웠으나, 힘들 때마다 어머니의 아리랑이 사무쳤다.

"살다보면 아득하게 보이던 아리랑 고개도 넘고 있는 거야"

그 훨훨 춤추는 그녀의 춤사위에서. 고단한 어제의 일상과 내일의 희망이 너울거린다. 그녀가 넘어야 할 아리랑 고개가 노래 속에 잠시 내려앉아 쉬고 있었다(수필집 『재주넘기 삼십년』).

7. 〈아리랑〉, 세계의 노래, "쌀의 노래"

〈아리랑〉은 한국을 대표하는 민요로, 노래 중의 노래이며. 한국 민족문화를 대표하는 문화 상징, 한문화의 표상이다. 한 개 지방의 민요로 시작하여 노래 중의 노래로 되었을 뿐 아니라, 한민족의 생활사, 정서와 신명의 역사를 이룩한 문화의 정신으로 거듭났다. 이것은 한민족의 상생하는 기운이며, 이제 〈아리랑〉 문화만으로 한민족은 세계 문화의 한 패러다임을 이루었다. 한국학 중앙연구원은 『한국의 문화 상징 21(〈21 Icons of Korean Culture〉)』의 영문판으로, 백두산 · 금강산 · 훈민정음 · 한복 · 김치 · 고려인삼 · 비빔밥 등을 소개한 영문 해설집에 〈아리랑〉을 포함한 바 있다.

〈아리랑〉은 본디 뿌리가 뽑힌 씨올들의 노래이다. 고향에 살 수 없어 아리랑 고개를 넘어가는 민중의 고향 노래, 망향의 노래이다. 이 〈아리랑〉이 한민족의 노래로 폭발적인 생명력으로 하나의 거대한 문화가 된 것은 모진 광풍에도 다시 일어나는 풀뿌리들의 고향 찾기의 역정이었을 터이다. 1920년대의 영화 『아리랑』과 연극 『아리랑 고개』가 그렇고, 1930년대의 김산의 『아리랑』이 그렇다. 수를 헤아릴 수 없는 수많은 〈정선 아라리〉와 〈밀양 아리랑〉과 〈진도 아리랑〉의 각 편 밖에도 세계로 흩어져 나간 헤아릴 수 없이 많은 이산자(離散者)들의 아리랑은 그들의 존재 증명이며, 생명의 노래였음에 다름 아닐 터이다.

한민족은 남북으로 갈려 60년의 세월을 흘러 보냈지만, 북녘 또한 남과 다름없는 〈아리랑〉 노래와 아리랑의 정서로 아리랑문화를 자랑한다. 북녘 아리랑은 특히 민족 단합, 평화의 노래로 대집단 체조로 된 〈아리랑 공연〉을 과시하고, 1976년 관현악으로 쓰이면서, 주체음악으로 활용하고 있다. 이 해에 발표된 북한 공훈 예술가 최성환(1936-1981)의 관현악곡 『아리랑환상곡』은 개량 국악기 편성으로 작곡하여 세계적으로 널리 알려진 명곡으로 평가 연주되고, 2000년 고 김대중 대통령 평양방문 때 공식 음악회 첫 순서로 공연되었으며, 로젠 마젤이 지휘한 미국의 뉴욕 필이 2007년 2월 27일 대동강변의 동평양 대극장의 연주회에서 다시 연주한 바 있다. 이 곡은 세계 100여 개의 관현악단이 벌써 연주한 곡으로, 한민족 〈아리랑〉의 이름을 세계에 드날렸다.

우리 민요 〈본조 아리랑〉을 기조로 만든 환상곡으로, 전주에는 주제를 느끼게 하는 해금(奚琴)과 가야금의 짧은 대화가 있고, 이어서 해금으로 연주되는 첫째 주제에 이어, 둘째 주제는 아리랑 원곡의 리듬인 중모리 장단의 분위기가 관현악으로 잘 표현되고, 셋째 주제는 현악기로 한민족의 낙천적 민족성이 강조되었다. 그리고 소금 독주로 제3주제는 수난시대를 상징한 선율이 애절하고, 마지막 대목은 민족의 영광된 미래를 표현하는 서정적 리듬으로 마무리를 장식했다는 평가를 받았다. 남쪽에서도 신나라 레코드사에서 발매하여 널리 알려졌다. 우리 정부가 세계 각 나라의 구전(口傳) 및 무형문화 유산 보존 단체에 주는 〈아리랑 상(The Arirang Prize)〉은 이런 우리의 '아리랑'을 가치 있는 세계 문화유산의 상징으로 만들어 온 아리랑의 역사이다.

세계로 퍼진 아리랑의 한 보기는 〈아버지의 땅에서 부르는 자유와 생명의 노래, 아리랑 부르스〉로 한국에서 공연된 재팬 코리안 가수 아라이 에이치[新井英一]의 〈청하(淸河)의 길〉이 감동적이다. 청하는 경상북도에 있는 아라이의 아버지의 고향이고, 〈청하의 길〉은 처음으로 한국의 아버지의 고향을 찾아가는 여정과 스스로의 인생을 6장 48절의 노래 가사로 엮었다. 〈아리랑〉 곡에 맞추면서 제1장 '여로(旅路)' 제3장 '회상' 제6장 가족 등으로 8절 씩 부르면서, 특히 제3장 〈회상〉에서는 아버지 얼굴도 모르는 고철 장수 홀어머니 밑에서, 장물아비로 감옥에 간 어머니 사건으로 스스로 '조센징'임을 알게 되는 가족사를 회상하는 이 소절 밑에 〈아리아리랑 스리스리랑 아라리요/ 아리랑 고개로 넘어간다〉는 〈아리랑〉 후렴을 중간에 한 번 더 삽입해서〈아리랑〉의 민족적 의미를 부각하였다. 얼굴도 모르는 아버지의 고향 〈청하 가는 길〉의 여로(旅路)를 통해서 그는 스스로의 성(姓)과 이름 "아라이[新井]"가 "아리랑"에서, '에이지'의 "영일"이 아버지의 고향의 '영일만(迎日灣)'의 '영일'에서 나왔다는 사실을 알고 뿌리 의식에 감격했다. 〈청하가는 길〉은 그의 삶의 길인 동시에, 민족의 길이고, 아리랑의 길이었다.

영화 ≪아리랑의 노래≫

고향으로 돌아오지 못한 일제의 '위안부(慰安婦) 피해자 배기봉 할머니의 슬픈 이야기는 오키나와의 토카시키 섬에 〈아리랑 비(碑)〉로 남았고, 그의 사연은 영화 ≪아리랑의 노래≫로 만들어졌다. 오키나와 본섬에서도 다시 떨어진 외딴 섬 도카시키 섬에는 태평양 전쟁의 피해자로 7명의 일본 '위안부'가 있었다고 하며, 그 가운데 맏언니가 배기봉 할머니였다. 전쟁도 막바지로 치달았던 1944년 10월 오키나와 본섬까지 끌려 온 배기봉은 나하시(那覇市)가 폭격으로 모두 파괴된 것을 보며 도카시키 섬으로 옮겨졌다고 했다.

다른 7명과 함께 이곳 작은 섬에 남겨진 것이 배기봉의 첫 번째 기억이라 했고, 이 운명의 여인들은 '빨간 기와집'으로 불리는 위안소에 갇혀 살았다.

그리고 전쟁이 끝난 30년 세월 뒤, 1972년 오키나와가 일본의 한 현(縣)으로 복귀되면서 조선 여인 배기봉의 기구한 이야기가 세상에 알려지기 시작했다. 1984년 한국교회여성연맹에서 처음으로 진상조사에 나섰고, 배기봉 할머니의 존재는 일본군 위안부의 문제를 일본에서 관심을 갖게 하는 실마리가 되었다. 그리고 살아서 고국에 돌아오지 못했던 배기봉 할머니의 슬픈 사연을 간직한 도카시키 섬의 아리랑 비는 세 개가 세워졌다. 재일교포 영화감독 박수남 감독의 영화 ≪아리랑의 노래≫를 찍은 이 섬의 촬영장에는 아리랑비가 세워졌다. 영화가 만들어진 10년 뒤에 이 섬의 주민과 시민들이 기금을 모아 아이랑 비를 세우고 공원을 만들었다. 아리랑 비는 "생명의 순환"을 형상화했다고 한다. 살다 죽고 다시 나고..... 아리랑비의 가운데는 한반도에서 가져온 돌을 놓았다. 비석은 뒤로 한반도를 향하고 섰다. 비석을 둘러 내려오는 달팽이 모양은 바닥으로 내려오며 이곳 도카시키 섬의 어린이들이 그려놓은 돌로 장식되어 있다.

(〈세계 뉴스, 2008, 10, 16, 인용)

〈토카시키 섬의 아리랑 비의 하나 – 'アリラン''평화' 등의 문구가 보인다〉

한민족의 민요 〈아리랑〉을 세계의 노래, 한민족 문화의 상징으로 되게 한 『아리랑(Song of Arirang)』의 저자 님 웨일즈(Nym Wales)의 만년의 「아리랑 회고」는 이 소론의 결론으로 그 뜻을 곱씹는다. 이 책의 저작 53년 만에 남긴 님 웨일즈의 회상의 다음 글은 스스로의 책은 물론, 한국의 아리랑문화의 위상을 가늠하고 있다.

> 근래에 와서 많은 한국 사람들이 나에게 『아리랑(Song of Arirang)』이 한국인들에 대하여 쓴 책으로 최고의 책이라고 말해 주었다, 일본의 저명한 이와나미(岩波) 출판사는 이 책을 그들의 세계명작선집(WORLD CLASSICS) 속에 포함시키고 있다. 또한 내가 듣기로는 이 책을 읽음으로써 일본 사람들이 한국 사람을 대하는 태도가 달라졌다고 하며, 한국 사람이 그들 자신들을 대하는 태도 역시 달라졌다고 한다.
>
> ……나는 오랫동안 『아리랑』이 영화만이 아니라 웅장하게 짜인 그랜드 오페라의 훌륭한 소재가 될 수 있다고 생각해 왔으며, ……그리고 거기에서 〈아리랑〉은 한 곡조의 노래이자 배경이며 작품의 주제가 되어야 한다.
>
> 내가 여기에서 그 오페라에 대해 제안하고 싶은 것은 내가 가장 좋아하는, 영국에서 16세기부터 불러온 민요 "초록 소매(Green Sleeves)"를 영화의 한 주제곡으로 정하는 것이다. 이 노래의 곡조는 낡아빠진 것이 아니며, 잊히지 않는 아름다운 곡이다.
>
> 나는 지금이야말로 한국인들이 더 할 나위 없이 좋은 소재인 『아리랑』을 대본으로 한 영화 제작과 그랜드 오페라 공연을 실현시키기 위하여 구체적인 계획을 세울 때가 되었다고 생각한다. 그것은 혁명과 복잡한 국제 문제들은 배경으로 한 일대 비극의 국제무대가 될 것이다.
>
> (님 웨일즈의 "아리랑 회고문" 백선기 지음: 『미완의 해방노래』, 정우사, 74-77쪽)

여기서 언급된 〈초록소매〉는 본디 켈틱 민요로 켈틱(Island Celtic Musik) 음악에는 놀랍게도 우리 음악과 비슷한 노래들이 많아서 일찍부터 우리 〈아리랑〉 등과 함께 이야기되기도 했다. 영국 성공회를 설립하고 왕비와 이혼 한 뒤에 왕비 캐서린의 하녀 볼린과 결혼하여 엘리자베스 1세를 낳은 볼린과의 사랑의 전설로 널리 알려진 민요이다.

일찍이 프랑스의 저명한 비교문학자 폴 아자르는 영국의 자장가에 대하여 이렇게 말한 바 있다.

> "민족이 지니고 있는 혼, 그것도 빛이 닿지 않을 만큼 어둡고 깊고 아득한 곳에서 나오는 듯 한 자장가, 영국의 대부분의 자장가는 멜로디에 지나지 않는다. 모음이 많이 들어가고 같은 음이 되풀이 되고, 단순한 리듬이 강하게 박혀 있고, 낭랑한 완전 압운(完全押韻)으로 만들어져 있다. "태초에 리듬이 있었다." 이 진리를 이들 자장가는 훌륭하게 실천하고 있다. 말하자면 인생의 첫걸음을 내디디려고 하는 갓난아이에게 먼저 리듬을 불어넣어 주는 것으로 우주의 질서를 소중히 하는 정신을 가르치려고 하는 것이다."
>
> (폴 아자르; 『책, 어린이 어른』, 석용원 번역, 새문사, 119-120쪽)

이 말은 덴마크와 같은 북구(北歐)의 나라들에서 아동문학이 발달된 데 비겨 영국 등 서구에서 동화보다는 자장가와 같은 동요가 발달한 사정을 설명한 대목이지만, 가사보다도 멜로디가 중요함을 말해 준다. 이런 영국의 민요와도 비교되는 우리 아리랑의 받는소리의 정서는 삶의 진솔한 원초적 정서를 예술화 한 보기일 터이다.

님 웨일즈가 한국의 민요 〈아리랑〉을 영국의 켈틱의 민요와 비교하고, 프랑스의 비교문학자 폴 아자르가 북구의 동화와 영국의 자장가를 비교한 견해에 접하면, 우리의 〈아리랑〉을 인도 타밀(Tamil)의 자장가 〈탈라뚜(Thalaattu)〉와 비교한 견해도 떠오른다(김정남 ; 아리랑, 타밀 자장가 탈라뚜에서 왔는가?). 이 주장에 따르면 이 〈탈라뚜〉에서 후렴으로 부르는 반복구가 아리랑의 받는소리처럼 '아리랑' '아라리요' 들처럼 '아리-'로 시작하는 반복구로 되어 있다는 것이다.

아리라 아리라 아라리요(Arira Arira Arariyo) (또는 아라리로 Arariro)

그리고 이 말의 어간이라 할 '아리(ari-)'는 "아리다" "쓰리다"와 같은 뜻을 가진 어머니의 마음 고통을 나타내는 말이라고 한다.

캐나다 한국 타밀 연구회와 아리랑 연구소를 이끈다는 김정남씨의 이런 주장은 〈아리랑〉의 어원설이나 기원설과도 관련되는 것이어서 여기 함께 적는다.
최근에 SBS 방송에서 특집 보도된 〈아리랑의 숨겨진 이야기 고개〉 4부작(2010년 10월 23일 방송)은 한국 아리랑문화의 세계성을 잘 보여 주었다. 일본 호소다(細田)학원 고등학교 아리랑 연주단의 아리랑 사랑의 보기로부터, 미국과 캐나다에서 찬송가로 불러온 역사와 진정한 세계의 히트송 〈아리랑〉, 그리고 〈일본 민주당 국회의원의 아리랑 유세〉까지 아리랑의 세계화 보고서라 할 만 했다. 특히 한국 취재단과 미국 ABC 방송국 공동 취재로 이루어진 뮤직 인텔리젼스 솔루션 분석 결과는 세계적으로 가장 널리 사랑받는 찬미가 〈어메이징 그레이스(Amazing Grace)〉와 〈아리랑〉 곡을 절대 분석 평가해서 현격하게 아리랑이 높은 평가를 보였다는 보고 등 세계의 노래가 된 한문화의 이야기는 무궁할 것이다.
일찍이 헐버트의 말을 빌어, 〈아리랑〉을 〈쌀의 노래〉로 되새기며, 현대시인의 〈쌀의 노래〉를 이끌어 결론을 삼는다.

쌀의 노래

불러보자
너는 가없는 우리들 넋의 이름이고
들판 속의 한 마을이로다.

오, 자식내이 잘 하는 조선의 어머니

고구려에서 양양까지
청천하늘엔 별도 많고
우리네 구들장은 이렇게 따뜻하구나

날은 저물었다 밝아오고
숨찬 고개 한 구비씩 돌아가면
눈이 모자라게
머리 검은 겨레들 물결친다.

멀리 가는 나라여
길은 멀어도 노래는 끝없으니
눈물로 땅으로
맥질한 몸뚱이들아
네 몸 수천 년의 길 따라 들어 거면

해 뜨고 바람 부는
너는 셀 수 없이 많은 우리들의 내일이로다.

(이상국 〈집은 아직 따뜻하다〉(창비, 1998))

제2부

아리랑, 그 길고 긴 내력

김연갑
(사/한민족아리랑연합회 상임이사)

1. 아리랑에 의한 아리랑 읽기

「인간은 얼마나 음악적인가」의 저자 존 블래킹(John Blacking)은 음악을 동서고금 모든 문화권에 존재하는 '지극히 보편적인 인간 속성으로 언어나 종교에 버금가는 인간 특유의 형질'이라고 규정했다. 또한 어떤 진화론자는 음악을 "집단 구성원 간의 결속을 강화시켜주는 일종의 원숭이 상호 털 고르기 기능을 한다"고 했다. 그런가 하면 당나라 시인 한유(韓愈/768~824)는 "사람이 노래를 하는 것은 생각이 있어서 나오는 것인데, 입에서 나와 소리가 되는 것은 모두 마음에 편안하지 못함이 있어서이다."(不平則鳴)라고 하였다. 그리고 로베르 주르뎅(Robert Jourdain)은 『음악은 왜 우리를 사로 잡는가』에서 인간의 음악 인지능력에는 "가사가 기억나지 않으면 선율도 기억하지 못하지만, 선율을 기억하지 못해도 가사는 기억한다"고 했다. 이와 함께 베로니카 베치(Veronika Beci)는 『음악과 권력』에서 '역사에 때로는 동조하고 때로는 유린당하고 때로는 저항하는 음악 또한 역사와 동등한 가치를 지닌다'라고 했다. 음악의 본질, 기능, 동기, 선호(인지)조건, 전승 상황을 각각 말한 것인데, 여기에 우리의 아리랑은 적확하게 들어맞는 노래이다. 굴곡진 근대사에서의 역할과 디아스포라 아리랑 상황이나 남북 간의 단가〈아리랑〉 합의 상황, 그리고 근대백년 압축 성장에서 푸념과 격정으로 시대를 관통하여 불러 온 정황들을 대비하면 그렇다. 이 아리랑을 우리는 한민족의 상징으로, '민족의 노래'라는 위상을 부여하여 불러 오고 있다. 기억의 공동체 공유물로써…….

그럼에도 아리랑은 판소리와 같은 인접 장르와는 다르게 아직 어느 분야에서도 확정된 가치로 자리매김하여 향유하거나 연구하지 못하고 있다. 그 이유는 민요이고, 가요이고, 문학이고, 공연예술이고, 민족 상징이기까지 하여 한 분야의 연구 결과로만 성격을 규정할 수 없기 때문이다.

지금까지는 주로 민요, 그 중에서도 구비문학과 민속음악에 한정하여 논의되어 왔음으로 그 세계가 온전하게 평가를 받지 못하였다. 때문에 민속음악으로만 보아서도, 문학으로서의 구비시가(口碑詩歌)로만 보아서도, 특정 지역의 향토사 입장으로만 보아서도, 당연히 정한론적(情恨論的) 정서로만 보아서도 안된다. 이제는 한정된 경향성까지도 넘어서서 통섭의 학제적(Interdisciplinary) 연구 대상으로 삼아야 한다. 그런가 하면 아리랑의 연행 주체를 적어도 지역공동체 나아가 민족공동체라고 보아 민족 문화적 체험의 맥락에서 접근해야 한다는 것이다. 곧 '민요 아리랑'에서 '아리랑문화'로 대상화 해야 한다는 것이다.

그러므로 이제는 '아리랑은 우리 민요의 하나이다'라는 명제에서 '아리랑은 민요의 하나이나 아리랑은 민요만이 아니다'란 명제를 수용해야 한다. 아리랑의 오늘의 위상은 오히려 영화 〈아리랑〉 같은 비민요 장르의 기여에 의해 부여되었다고 보기 때문이다.

이를 위해서는 아리랑에 대한 인식을 아리랑 연행 주체, 아리랑의 시간적 주기성 그리고 아리랑의 공간적 범주를 틀거리로 하는 분석틀을 마련할 필요가 있다. 아리랑이 개인 · 단체 · 사회 · 국가적 차원에서 행해지는 것을 인식해야 하는데, 그렇지 않고 특정 시기, 특정 장르에 귀속시키거나 소수자의 한풀이였다고 이해하면 당연히 청산되어야 할 전통쯤으로 취급되어 온전한 이해를 가로막게 될 것이다.

여기에서는 이상의 요소들을 염두에 두어 아리랑문화의 비평적 단계를 마련하기 위한 사실 확립에 역점을 두고자 한다(물론 연구서가 아닌 한계도 있지만). 유감스럽게도 아리랑은 새롭게 대두하게 된 기호학적 분석 단계는 물론, 위상적(Topological) 서술단계나 연대기적(Chronological) 서술 단계도 벗어나지 못하였기 때문이다. 따라서 당대적 맥락과 연관 지어 질문을 가능하게 하는 기초를 마련하기 위한 작업이다.

조선조 말, 국책적 토목공사인 경복궁 중수 공사 7년은 이 땅에서 연행된 모든 공연문화가 융합하는 계기였다. 특히 궁중예술을 비롯한 상류층 문화가 민간 대중예술을 만나고, 그 결과 민중예술이 대중예술로의 자리를 점하는 전환의 시점이었다. 바로 이 때 아리랑도 민간전승체인 토속 아리랑에서 전혀 다른 차원의 문화 영역 속의 아리랑으로 확대되었다. 한갓 특정지역 농투성이 소리를 넘어서 다양한 상황을 반영한, 일종의 공시매체(公示媒體)로 거듭난 것인데, 개인적인 애소의 사연은 물론이요 세상사의 긴요한 이야기를 담아 나로부터 타인에게 말을 거는 소통의 수단으로 삼은 것이다. 특히 1920년대 중반, 민족 영화로 기능한 영화 〈아리랑〉과 그 주제가 〈아리랑〉의 등장으로 전 사회 문화 영역에 영향을 주어 독립적인 '아리랑문화'로 형성되었다. 또한 일제강점기라는 시대 상황에 저항하는 '아리랑문화운동'을 형성하기도 했다.

이로부터 아리랑은 역사공동체 시기뿐만 아니라 분단과 이산의 역사에도 '민족의 노래'라는 위상을 부여받아 오늘에 이르렀다. 이렇듯 민족공동체 문화로 자리 잡는 동시에 그 주류인 노래는 '민요는 사라져도 아리랑은 다시 태어난다'는 명제를 확보할 만큼 견고한 전승력으로 그 존재를 분명히 하여 왔다. 이런 배경에서 아리랑은 다른 민요에 비견될 수 없을 만큼의 지대한 관심을 받게 되었고, 그래서 우리는 '처음 어디로부터 와서 오늘의 모습이 되었나'라는 아리랑의 내력을 묻게 되고, 도대체 '아-리-랑'이란 말의 의미는 무엇인가라는 어원을 따지게 되고, 정선아리랑과 본조아리랑은 어떤 관계인가라는 파생관계와 지역적 전승범위를 묻기에 이르렀다. 더불어 왜, 어떻게, 무엇을 담아 노래하는가라는 유기체적 기능과 생태적 성격도 묻기에 이른 것이다.

아리랑은 아직 해답을 가진 문화는 아니다. 오히려 많은 질문을 갖고 있는 장르이다. 아리랑과 아우른 사회적 관계망을 '아리랑문화'라는 개념으로 표현하고, 또한 분석개념으로도 칭하면서 매우 다층적인 분석을 요하게 되었기 때문이다. 그러므로 이 문화는 서로 만나 변화하는 접변(Acculturation)의 혼성화, 잡종화(Hybridization)의 결과이기 때문이다.

이제 본원적인 아리랑의 어제인 역사, 오늘인 전승과 분포상황, 그리고 내일인 위상과 기능을 묻기로 한다.

(1) 아리랑, 아리랑문화의 개념

우리 민요의 종가적(宗家的) 위치에서 정수(精髓)로 꼽히는 아리랑, 아리랑은 '문화어'이다. 그런 까닭에 '아리랑'이라는 용어는 그 쓰임과 의미가 매우 다양하다. 그 실상의 하나가 바로 북한에서의 '아리랑민족'이라는 용어의 모호성이고, 가수 나훈아가 '트로트 가요'란 말을 '아리랑'으로 부르자는 제안의 모호성이다. 전자는 민족동질성을 강조하는 '한민족'이란 개념의 변용으로 남북간의 정치적 모호성을 담고 있는 용어이고 후자는 마치 향찰 표기의 신라 가요를 '향가'로 부르는 것과 같이 우리가 가장 널리, 가장 좋아하는 가요 장르를 우리식으로 불러야 한다는 인식에서 비롯된 '한국적 음악양식'의 대체 용어이다. 이렇게 그 적합성 논란과 함께 아리랑문화의 함의는 간단치 않음을 알게 한다.

우리는 여러 아리랑을 부르고 있다. 아리랑의 종류와 그 사설을 '50여 종에 6천여 수'라고 한다. 여기에는 여러 지역의 이름을 딴 것(진도 · 밀양 등), 기능에 따라 부르는 것(뗏목아리랑 등), 후렴의 음가를 명칭으로 한 것('아라성') 그리고 음악적 특성을 이름에 얹어 부르는 것(긴아리랑 · 엮음아라리) 등이 있다. 특히 조국을 떠나 해외에 사는 동포들이 지어 부른 창작 아리랑 등도 포함한다. 그런가 하면 영화(나운규 감독 〈아리랑〉)·연극(박승희 원작 〈아리랑고개〉)·무용(배구자·최승희·조택원의 작품 〈아리랑〉) 같은 무대작품 뿐만 아니라 담배 〈아리랑〉 같은 생활용품 등도 있다. 또한 일제강점기 조선인의 희생으로 이뤄진 일본 내 탄광이나 터널 같은 시설 주변에 있는 '아리랑고개'나 '아리랑마을' 같은 지명과 그 배경도 포함된다.

이와 같이 아리랑문화는 통시적으로 중층적인 의미와 역사성의 적층으로 하여 그 이해가 쉽지 않다. 이런 사정이어서 굳이 개념화를 위해 나눈다면 광의와 협의, 그리고 최협의로 구분할 수 있다.

광의(廣意)의 아리랑은 백두대간 중앙 강원과 경상권의 메나리조 아라리를 그 연원으로 하는 소리 장르와 여기서 확산된 문화 현상을 포함한다.

결국 이 광의의 아리랑 개념은 '민족 상징'까지를 말하는 것인데, 이 시대에 아리랑을 주목하여 논하는 이유가 바로 여기에 있다. 이는 오늘의 아리랑에 대한 위상과 그 평가이기도 하다.

협의(狹意)의 아리랑은 소리·노래·음악으로서의 아리랑을 말한다. 그러니까 기층성을 확보하여 전승력을 갖고 불리어지는 민요 아리랑과 신민요·유행가 아리랑, 최근의 다양한 가요, 그리고 국내외에서 연주되는 악곡 모두를 포함한다. 즉 '음악 아리랑'이 된다.

이 아리랑은 전승체의 유형적 핵심(후렴-동일체의 원칙)을 구심력으로, 지역적 기층성을 원심력으로 하여 그 자장(磁場)하에 또 다른 아리랑을 창출시킨 것이다. 이 때문에 아리랑은 '하나이면서 여럿이고, 여럿이면서 하나인 것, 같으면서도 다르고, 다르면서도 같은 연유'이다.

최협의(最狹意)의 아리랑은 아무 수식 없이 그냥 '아리랑'이라고 부르는 것을 말한다. 이는 1926년 10월 1일 극장 〈단성사〉에서 개봉된 영화 〈아리랑〉의 주제가로 탄생된 노래이다.

민족영화로 평가된 영화 〈아리랑〉의 주제가가 저항적인 노래로 불리기 시작하여 전국은 물론 동포사회까지도 확산되었다. 1930년대를 기점으로 신(新)아리랑, 본조아리랑 등의 이름으로 불리다 모든 아리랑의 대표, 또는 가장 중심적인 아리랑이라는 위상을 부여 받아 아무 수식 없이 아리랑으로 불리게 된 것이다.

그만큼 주목을 받은 것인데, 다양한 기능과 성격을 지녔기 때문이다. '귀여움을 받는 아이는 이름이 많다'는 말과 같이 모두 선호한 결과임을 알 수 있다. 세마치장단의 2행 1연에 2행의 후렴을 갖는 정형성과 함께 탁월한 보편성을 지닌 노래이다. 그리고 다음의 제4절 사설로 정전화(正典化 ; Canon) 되었다.

> 아리랑 아리랑 아라리요/ 아리랑고개로 넘어 간다
> 나를 버리고 가시는 님은/ 십리도 못가서 발병 난다
> 청천하늘에 잔별도 많고/ 이내 가슴에 수심도 많다
> 풍년이 온다네 풍년이 와요/ 이 강산 삼천리 풍년이 와요
> 산천초목은 젊어만 가고/ 인간에 청춘은 늙어만 가네

정리한다면 최협의 아리랑은 이 아리랑과 이를 재해석 한 비민요 장르 작품까지를 말한다. 예컨대 북한의 최성환 작곡 〈관현악곡 아리랑〉 같은 관현악곡이나 2011년 김연아의 〈오마주 투 코리아 / Homage to Korea〉 배경음악 〈아리랑〉(서희태 · 지평권 · 로버트 버넷 편곡)같은 퓨전 아리랑까지도 아우른다.

(2) 아리랑의 발생과 그 배경

아리랑의 기원은 우리 민요의 기원이다. 그리고 아리랑의 기원은 메나리조(아라리 · 메나리의 창조(唱調)/미 · 솔 · 라 · 도 · 레의 5음 음계) 아리리의 기원이다. 이렇게 보면 민요의 기원은 곧 메나리조 아라리의 기원이고 아리랑의

기원이다. 메나리조가 우리 음악문화 형성의 출발이었고, 그 바탕에서 아라리, 다시 여기에서 재형성된 것이 아리랑이란 것이다. 그런데 아리랑의 어원론·의미론·생태론이 아울러 정리되지 않은 현 상황이어서 아리랑의 역사를 제시할 수는 없다. 어떤 분야든 그 분야 연구의 단초는 유래와 역사를 밝히는 일이지만 아리랑은 발생설과 어원설에 발목을 잡힌 듯 1960년대 국문학과 역사학자에 의해 논의된 바 있으나 이후 학문적으로 심화의 단계를 밟지 못했다.

다만 총론적으로는 현재 메나리조가 백두대간 중부 산악권을 중심으로 어떤 음악문화권보다 분명한 적층성(백두대간 중앙)과 전승범위의 광역성(강원도·경상도 전체 그리고 함경도·충청북도·경기도·전라북도·중국 동포사회 일부)을 갖고 있다는 사실을 단서로 '산은 문화를 가두고 물은 문화를 푼다' 또는 '강은 동질성을 푸는 동안, 산은 이질성을 키운다'는 의미에 기대어 아리랑의 역사를 재구(再構)해 볼 수는 있을 것이다.

우리 음악문화 권역을 '백두대간 이서권(以西圈)과 이동권(以東圈)으로 구분하고 각각을 강 유역으로 구분하는 것을 논의하자는 주장(노동은, 「노동은의 세 번째 음악상자」, 2010, 106쪽.)을 경청할 때 한강음악권이 예성강음악권, 임진강음악권, 경기아산만음악권과 융합하는 상황에서 메나리조의 확산과 아리랑사(史)전개를 함께 볼 수도 있다는 사실도 아리랑사 재구에 단서를 제공해 준다.

이제 백두대간 강원·경상권의 중앙부에서 불리는 메나리조 아라리의 형성과 그 배경을 살피기로 한다. 단 메나리조 아라리에는 아라리·잦은아라리·엮음아라리가 존재하는데, 이들은 중심 분포지가 나누어져 있으나 본래는 아라리가 기능을 다양화하는 과정에서 파생된 것으로 본다. 그러므로 이 논의에서는 일단 아라리로 통칭하기로 한다.

다음 인용문은 민요가 국학의 주요 주제로 조명을 받게 되는 1930년대 초의 민요론으로 최영한의 〈조선 민요론〉(≪東光≫ 33호, 1932, 5.)의 일부이다. 민요의 역사를 민족의 역사로 말하여 그 심원(深遠)을 제시하였다.

"붉은 땅에 푸른 풀이 싹 돋는 조선에 있어서 반만년의 오랜 역사를 가진 조선인의 원시적 생활이 또한 그러하였을 것도 사실인즉 조선 민요의 역사는 조선민족의 생활의 최초로부터 시작하였을 것이다."

우리 역사는 70~80만 년 전으로 추정되는 구석기 시대로부터 시작된다. 이때는 타제석기 같은 사냥 도구를 써서 이동하며 먹을거리를 구하는 시기로, 무리를 지어 공동체 생활을 했다. 한강 상류지역인 영월과 평창에서 구석기 유적이 발굴되어 남한강 상류와 연결된 일대는 구석기 시대부터 사람들이 살았던 곳임을 알 수 있다. 이 지역에 살던 이들은 사냥과 함께 나무열매 · 나무뿌리 · 견과류 같은 것을 채집하고 하천과 강을 가까이하여 물고기를 잡아먹고 살았다. 그러므로 이들도 같은 시기 충남 공주군 석장리 유적의 사슴 그림처럼 매우 단순한 원시종합예술 형태를 취했을 것이다. 그러나 이들이 오늘의 우리 직접 조상 즉, 메나리조 아라리를 형성시킨 조상은 아니다.

① 예맥의 시대 출현, 아라리

메나리조(調 : 토리 · 제 · 선법 · 길 · 중심음 · 시김새 · 음악어법)는 백두대간 강원 · 경상권 중심에 정착한 이들이 형성한 노래의 음악적 본질이다. 이 지역에서 수렵과 농경으로 처음 정착생활을 시작하며 음악문화를 형성한 이들은 퉁구스족 일파인 예맥(濊 · 貊 : 춘천-맥, 강릉-예)과 한강 이남의 한족(韓族)이 만나 정복 · 흡수 · 동화에 의해 고조선을 형성시킨 시기에 살던 이들이다. 청동기시대로 집안 생활과 지배 · 피지배 계급사회가 나타났으며, 비로소 사유재산이 나타나는 초기 성읍국가의 발생기이다. 그리고 이들은 삼국시대에 들어 영서지역이 백제에 들게 되고, 5세기 말에 고구려의 남하정책으로 강원도 전체가 고구려의 판도에 들게 되어 강원도와 경상도 산악지대에 삶의 형태를 고착시켰다.

이번에는 아라리의 형성 단계를 민요 일반론에 따라 재구하기로 한다. 하나의 민요가 형성되는 데는 대략 다음의 단계를 거친다. 곧 아라리의 형성 단계이다.

첫 번째 단계, 어떤 이(들)의 힘내는 소리나 신앙적 놀라움에서 어떤 말이 토해지는 단계이다.

두 번째 단계, 말이 반복되다 박자가 형성되는 단계이다.

세 번째, 박자가 있는 반복되는 말에 감정이 더해지는 단계이다. 곧 사설적 요소가 확정된 것이다.

네 번째, 말이 박자와 감정이 실려 반복되어, 의미있는 말로 대체가 되며 선율이 형성되는 단계다. 곧 음악적 요소가 확정된 것이다.

다섯째, 선율에 실린 말이 되풀이 되면서 토막말로 대체 된다. 이 단계까지 연행성과 가변성으로 하여 전적인 구술로 존재하는 단계이다. 곧 음악외적 또는 연행적 요소가 확정된 것이다.

마지막 단계, 선율의 고정화와 사설의 배치로 하나의 민요가 형성 된다. 이로부터 구비전승의 단계이면서 비로소 지역 공동체적 재창조 과정으로 존재하게 된다. 이를 맥락적으로 다시 정리하면 첫 번째 단계는 원초적이지만 감정 기원적 선율이 작용한 것이고, 세 번째 단계는 언어 기원적 선율이 드러나는 과정이고, 네 번째 단계는 거의 독립적인 하나의 민요가 형성되는 기원적 선율로 확정되는 단계이다.

아라리도 위와 같은 단계를 거쳤을 것이다. 이를 지역성을 고려하여 정리하면 다음과 같다. 즉, 백두대간 강원 · 경북 중앙 일대에 자리 잡은 예맥족은 처음 단조로운 몇 마디 말을 단순 리듬에 얹어 반복, 되풀이 한다. 이 반복은 리듬을 형성하는 가장 기본적인 요소로써 구비전승의 요체이다. 그러므로 이 반복음이 산과 같은 자연물에 대한 외경심에서 주술성과 신호성을 띤다. 그것은 산의 반향음인 '메(山)아리'로 이를 산신(山神)의 화답으로 인식한다. 바로 이 반향음 '아~리~' 또는 '아~라~리'를 되풀이한 것이고, 그 의미는 원초적이고 단순한 '소리' · '노래' · '말'이다. 이는 '옹아리', '벙어리', '메아리'라는 우리말에서 확인이 된다. 이때는 피네간(R. Finnegan)의 주장처럼 본원적으로 이름이 없었을 것임으로 곧 아라리가 곡명이고, 사설이고, 여음이다. 이로써 '아라리'는 정체성의 요소가 되어 오늘의 아리랑 후렴에서 '아라리요'나 '아라리가 낳(났)네'로 전승될 수 있었다.

그리고 세월이 흐르면서 강원과 경상도 지역 중심으로 전승되어 오다, 여말선초(麗末鮮初) 정선 지역의 〈아라리설화〉로 그 존재를 드러내며 오늘의 메나리조 아라리, 즉 '정선'아라리로 정착 된다. 이후 잦은아라리 · 엮음아라리로 기능에 따른 분화가 있고 주변지역의 형태로도 유형화된다. 그러다 조선말기 경복궁 중수공사를 계기로 문경(聞慶)의 아리랑(아라리)이 불려지게 되었다. 여기에서 각색 연예패와 군중들의 근대적 인식에 의해 파생된 새 아리랑(1896년 H. B. 헐버트 채보 아리랑/잦은아리랑/舊아리랑)이 크게 유행을 하면서 오늘의 잔국적 아리랑 분포상(1911년 총독부 전국 7개도(경상남도 제외) 조사자료에는 20여종 56편의 아리랑이 수록되었으나 제주도는 확인되지 않는다. 이런 현상을 조영배는 『한국의 민요 아름다운 민중의 소리』에서 제주도에는 독자적인 아리랑이 없다며, 이를 근거로 제주민요권은 육지민요권과 다르다는 독특한 주장을 한다.)을 있게 한 것이다.

(3) 전승 배경 · 기능을 담은 명칭

아리랑을 명칭상으로 분류한다면 구연 상황을 감안하여 일반 민요와 같이 고유명, 파생명, 기능명으로 분류할 수 있다. 즉, '정선아라리'는 고유명이고 '긴아라리'와 '엮음아라리'는 '아리리'에서 파생된 것임으로 파생명이다. 그러나 '진도아리랑'이나 '밀양아리랑'과 같이 지명이 붙은 것은 처음에는 고유명이었으나 세월이 지나면서 일반화된 것이다. 오늘날 이런 지명 아리랑은 대체로 고유명이다.

그런데 기능명을 부여한 아리랑은 찾기 어렵다. 예컨대 '논매기아리랑' 같은 것인데, 굳이 구체화 한다면 충북 중원의 '아라성'이 있다. 또한 논매는 소리 기능이 있지만 명칭은 고유명이다. 또한 개체가 아닌 유형에서 찾는다면 '민족의 노래 아리랑'을 일종의 기능명으로 볼 수가 있다. '민족의 노래 아리랑'이라고 할 경우 일반적인 민요나 노래의 하나로 보기보다는 공동체적 단위에서 오프닝이나 피날레 그리고 민중적 합창으로 불려지는 경우를 '포괄적 기능'으로 볼 수 있기 때문이다.

어떻든 곡명은 그 노래의 정체성을 가장 직접적으로 지시하는 기호이기에 선결문제이기도 하다. 이제 1911년~1912년 조선총독부가 조사한 〈통속적 독물 급 리언 리요 조사에 관한 건〉(通俗的 讀物 及 俚諺 俚謠 調査 關 件)과 이후 조사 시기를 가늠할 수 있는 세 가지 자료를 대상으로 아리랑 명칭(종류)을 살펴보기로 한다. 먼저 다루게 될 자료는 조선총독부가 각 도 지사에게 지시하여 각 군수가 관내 초등학교 교장을 동원, 민요 · 속담 · 독물(이야기) 등에 대한 간접 조사 보고 결과이다. 조사 목적은 두 말할 여지없이 당시 식민제국이었던 영국이나 프랑스 같은 나라의 선행 사례를 답습한 것으로, 조선 내에서 인적 물적 착취와 특정 지역의 군사적 활용을 위한 정보 취합이 목적이며 일차적으로는 식민지 경영을 위한 정책안 마련이다. 그 방법은 당연히 정한론(征韓論/무사(武士) 사이코 다카모리의 주장으로 1873년 격렬한 논쟁을 거처 명치유신 이후 일본사회 격동(激動)을 반영한 대조선 정벌론)의 위장술인 문(文)을 가장하여 무(武)를 준비한다는 문장적 무비론(文裝的 武備論)에 입각해서이다. 그럼에도 이 조사는 공식적인 민속 조사의 첫 사례일 뿐만 아니라 아리랑 역사의 의미있는 시사점을 담고 있다는 점에서 주목할 만한 결과물이다.

① 1911~1912 조선총독부 조사자료

1년 여에 걸친 전국 대상 조사 자료에는 총 20여종의 아리랑이 수록되었다.

이 중에는 곡명을 '아라리'로 쓴 것과 지역명을 쓴 파생명은 없다. 단 '아라리'는 명칭이 아닌 여음소(素)로만 쓰였다. 이런 사실은 이 시기 전후의 상황과 대비할 때 주목 되는 현상이다. 수록 아리랑은 다음과 같다.

> ① 아리랑歌 ② 阿朗歌 ③ 아리랑打令 ④ 酒色界의 雜歌 ⑤ 어르렁타령 ⑥ 아르렁打令 ⑦ 어르렁타령 ⑧ 啞而聾打詠 ⑨ 아리랑타령 ⑩ 啞聾歌 ⑪ 阿朗歌 ⑫ 아르랑타령 ⑬ 아르릉타령 ⑭ 啞利聾打令 ⑮ 아리랑타령 ⑯ 어르렁打令 ⑰ 愁心歌 ⑱ 아르렁타령 ⑲ 아르랑打令 ⑳ 아르랑歌

이상과 같이 표음(表音)상의 곡명은 총 18가지이다. '아리랑타령'과 '阿朗歌'만 두 번 나오고, 16가지는 모두 다르다. 이 같은 현상은 아리랑의 곡명이 당시 지역마다 다르게 불렸다는 것과 결과적으로 단일형으로 정착되지 않은 단계임을 보여준다. 이런 현상과 시점을 주목하면 그동안 양주동과 이병도를 중심으로 한 한자 음전(音轉)현상을 들어 제기한 어원설들은 무익한 것이 된다. 특히 1956년 〈아리랑 曲의 由來〉에서 제기한 이병도의 '낙랑 자비령설(樂浪 慈悲嶺說)'은 '낙랑'을 '아라'의 고어로 해석한 것이며, 동시에 아리랑이 한사군 이북에서 한반도로 왔다는 위험한 설이다. 즉 고조선 멸망 후 고조선과 예맥(濊貊)의 땅에 한(漢)나라가 설치한 4개의 군현 중 낙랑군의 경계인 자비령을 넘어 한반도로 이주한 일단의 부족이 이별을 고하며 부른 노래로, 그래서 곡조가 애조적(哀調的)이라고 했다. 결국 이는 아리랑이 중국에서 이주한 노래라는 확대 해석이 가능한 황당한 괴설(怪說)이다. 이처럼 1960년대의 일부 국학자들의 어원설은 풍화를 겪고 있다. 아리랑의 문화적 속성을 이해하지 못하고 자신들의 기록문학(역사) 연구를 위한 보조 정도로 인식한 결과이다. 이런 억측의 후유증은 후학들에게 아리랑의 어원과 기원설을 비학문적 영역으로 낙인찍게 하여 방치하게 하였다.

그리고 '타령'을 쓴 것이 12가지나 나오는데 반해 토속요에서 쓰는 '소리'나

'노래'를 쓴 것은 확인되지 않았다. 이런 점에서 이 시기 아리랑의 비기능적 잡가화 현상을 볼 수 있게 한다. 이를 정리하면 다음과 같다.

첫째, 곡명과 여음에서 오늘의 음가 '아리랑'을 쓴 경우는 네 가지이다. 이는 비로소 이 시기부터 '아리랑'이 중심 술어로 합의를 얻어가고 있는 단계임을 보여준다.

둘째, 한자를 혼용한 것이 13가지, 곡명에 '가'(歌)를 쓴 것이 5가지(① ② ⑩ ⑪ ⑳)이다. 이는 실제 조사시 창자의 응답이 아니라 문식 있는 이들의 개입 결과이다. 곧 수집과 보고 단계에서 수정 · 가필이 가해졌다는 것이다.

셋째, 다른 곡명으로 쓰인 것이 두 가지(④ ⑰)가 있다. 이는 응답자가 곡명을 틀리게 말했거나, 아니면 실제 이 시기 해당 지역에서 아리랑 사설로 불린 것일 수도 있다. 때문에 이중 ⑰수심가와 아리랑 사설 간에는 서로 넘나들었고, ④'주색계…'라는 명칭에서는 아리랑이 술자리의 권주가로 불린 것임을 알 수 있게 한다.

넷째, 순 한글로 표기된 것은 7가지이다(⑤ ⑦ ⑨ ⑫ ⑬ ⑮ ⑱). 그런데 이 경우는 공교롭게도 모두 '타령'을 붙이고 있다. 이 타령은 토속요에서는 별로 쓰이지 않는 것이라고 볼 때 잡가 아리랑임을 드러낸 것이다.

다섯째, 빈도수를 보면 '아리랑'이 네 번 나와 가장 높다. 이 시기 유형을 지향하고 있음을 알 수 있다.

여섯째, '랑'(9), '렁'(4), '롱'(3), '릉'(1) 순으로 나타났다. '랑'으로의 지향성을 보여 준다. 다시 말하면 아리랑은 '아리'와 '랑'의 복합어로, '아리'+'x'에서 x는 허사이며 동시에 어원과는 무관함을 알게 한다. 그러므로 이를 어원 문제에 적용하면 산(뫼/山)의 반향음(反響音) '뫼아리'를 '뫼'(산)+'아리'(소리)의 복합어로 보아 이 '아리'를 어원소로 본다. 아리의 의미는 소리(聲), 노래(歌), 말(言)로 이해 할 수 있게 된다.(이 경우는 마치 파푸아 뉴기니의 칼률리(Kaluli)족의 의식요 '기살로'(Gisalo)가 '노래' · '노래 짓는 행위' · '노래 형식'을 포괄하는 의미를 갖고 있는 것과도 같다.)

일곱째, 지역명을 쓴 경우가 없다. 지역적 주체화가 이루어지지 않은 상황을 알려주는 동시에 조사된 지역 아리랑이 1890년 전후 전국적으로 유행한 잡가 아리랑임을 추정케 한다. 이상과 같이 명칭은 여러 정보를 갖고 있다.

② 27종 수록 〈朝鮮民謠 아리랑〉

앞의 1910년대 초 상황은 1930년의 상황과 비교하면 많은 차이가 있다. 다음 자료는 역시 총독부가 주재한 것으로 김지연이 기관지 ≪조선≫에 발표한 〈朝鮮民謠 아리랑〉이다. 여기에는 27종의 아리랑 명칭이 수록되어 있다.

> 신아리랑 · 별조(別調)아리랑 · 아리랑타령(打令) · 원산(元山)아리랑 · 밀양(密陽)아리랑 · 아리랑타령(2) · 강원도(江原道)아리랑 · 아리랑세상(世上) · 서울아리랑 · 정선(旌善)아리랑(3) · 엮음아리랑 · 영일(迎日)아리랑 · 서산(瑞山)아리랑 · 하동(河洞)아리랑 · 정읍(井邑)아리랑 · 순창(淳昌)아리랑 · 공주(公州)아리랑 · 양양(讓陽)아리랑 · 안주(安州)아리랑 · 창녕(昌寧)아리랑 · 구례(求禮)아리랑 · 아리랑고개 · 남원(南原)아리랑(2)

총 27종 중 18종이 지명을 썼다. 이는 주목되는 현상으로 에스닉(Ethnic)적 곡명이며, 명칭의 자극 전파(Stimulus Diffusion) 현상으로 어떤 아리랑의 문화적 충격의 결과로 형성된 결과이다. 아리랑이 의미 있고 가치 있는 노래로 인식된 결과물로 영화 〈아리랑〉과 그 주제가 〈아리랑〉의 성가가 절정을 이루는 1929년 전후에 나타난 현상이다. 1926년 10월 개봉한 영화 〈아리랑〉과 그 주제가 〈아리랑〉의 영향에 1926년 10월 음반으로 나와 불리게 된 밀양아리랑 유행의 결과가 더해진 것이다.(지역명을 앞세운 이 유형은 1921년 이상준(李尙俊/1884~1939)의 『신찬속곡집』에 수록된 '강원도아리랑'이 있지만 주제가 〈아리랑〉과의 동반상승으로 널리 불린 밀양아리랑의 존재감과는 비교가 되지 않는다.) 이 중에 전자의 문화적 충격이 작용했다.

또한 신·별조·세상·엮음·고개와 같은 성격과 형태를 표현한 것이 5종으로 확인 된다. 이 역시 이 시기에 어떤 아리랑을 기준으로 선후를 구분할 필요가 있게 된 결과와 토속적인 아리랑이 통속화 한 현상을 반영한 것이다.

③ 방송 송출 자료

글쓴이가 조사한 바로는 최초로 전파를 탄 아리랑은 1927년 4월 16일 전광수의 피리 연주 〈아리랑타령〉이다. 이로부터 1945년 4월 28일 〈아리랑집〉 송출까지 18년 간의 상황을 정리한 아리랑 명칭 결과는 또 다른 변화상을 보여준다. 명칭·종류의 확대와 그 변화가 뚜렷하다.

> 아리랑타령·아리랑(阿里鄕·阿里娘)·신(新)아리랑·아리랑歌·아리랑舊調·舊아리랑·밀양아리랑·嶺南아리랑·충청도아리랑·南道아리랑·金剛山아리랑·永同아리랑·긴아리랑·강원도아리랑·元山아리랑·大邱아리랑·아리랑調·아리랑小唄·春夏秋冬아리랑·京아리랑·아리랑世上·流行아리랑·모던아리랑·함경도아리랑·聞慶새재·聞慶아리랑·경복궁아리랑·全羅道아리랑·江原道메나리아리랑·아리아리랑·아리랑夜曲·新調아리랑·아리랑고개·古調아리랑·長調아리랑·珍島아리랑·旌善아리랑·아리랑春景·江南아리랑·아리랑江南·아리랑술집

총 41종인데, 앞의 예와는 다르게 지역 명을 쓴 현상이 또 다르게 나타난다. 즉 경상도·함경도·강원도 같은 광역 지명이 나타나는 현상으로, 이는 구역 지명이 아닌 영남·금강산·경복궁·강남·문경새재 등 지역 명소 같은 특정 처소나 상징물(Cultural Icon)을 구체화한 것이다. 이는 이미 지역의 특수성이나 명소를 타지에 알리는데 아리랑이 유용한 매체임을 인식한 결과와 지역화한 현상이다. 또한 춘하추동·유행·모던·술집·야곡 같은 것은 아리랑이 유행

가('대중가요'란 표현은 1941년에서야 등장한다.)로 등장함을 반영한 것이다.

이런 현상을 통해 알 수 있는 것은 아리랑의 명칭은 일반 민요와는 다르게 그 음악적 정체성과는 별개로 형성되었다는 사실이다.

이상과 같이 아리랑의 명칭은 다른 민요나 노래와는 변별되는 독자성을 갖고 있음을 보여주었다. 이와 함께 아리랑을 고유화하는 현상은 또 있다. 바로 후렴의 존재이다.

(4) 정체성, 동일체의 인자, 후렴

후렴은 민요의 각 행(行)이나 연(聯) 끝에서 반복되는 짧은 구(句)나 문장이다. 반복율과 유성무사(有聲無詞)와는 다르게, 각 편의 사설 내용을 강조하거나 또는 대립시키면서 형식상의 통일을 기하여 음악적, 시적 효과를 유발시키는 기능을 한다. 후렴의 필요성은 여러 사람이 함께 노동을 하면서 지루함을 달래고 능률을 높이기 위해 일정한 간격을 두고 되풀이 하는데 있다. 아라리의 경우 독창과 윤창에서는 후렴이 필수적이지 않거나 불규칙적이지만, 일노래(잦은 아라리 · 중원아라성 · 문경아리랑)로 불릴 때는 거의 필수적이다. 이런 사정으로 보아 논농사 노래는 조선후기 이앙법 수용 이후의 것임으로 이 후렴은 덧붙여진 것이 된다.

그런데 이 같은 후렴에 대해 기능성이 아닌 또 다른 맥락에서 보면 이는 민요의 형성시 첫 모습일 수도 있다. 즉 최초의 민요는 후렴 형태였을 수 있기 때문에 하나의 민요에 다른 형태와 기능의 후렴이 잠재해 있다는 것이 된다.

또한 아리랑의 경우는 음성 상징적인 효과나 의미로써 민요의 분위기를 돋우고, 가창이나 음역을 흥겹게 해주는 기능이 탁월하다. 음소로 보면 율동감을 느낄 수 있는 'ㅇ'[ŋ]음이 특히 많고, 힘차고 강하게 느끼게 하는 'ㅋ'과 'ㅊ' 같은 음이, 애잔함을 느끼게 하는 후렴에는 'ㄴ'과 'ㅎ'이 주로 쓰인다. 〈보리타작노래〉의 '옹해야', 〈아리랑〉의 "아리랑 아라리요", 〈청산별곡〉의 '얄리 얄리 얄라셩', 〈한림별곡〉의 '긔엇더 니잇고' 같은 예에서 알 수가 있다.

그런데 후렴은 본질상으로는 리듬을 살리고 흥을 돋우기는 하나 그 자체는 '무의미한 시구'(Nonsense-Verse)로써 그 사설에서 상황을 구체적으로 드러내지는 않는다. 그러므로 지속되어 온 본 사설과는 성격이 같지 않아 몰입되어 온 이전의 정서를 차단시켜 상황을 종료시키는 기능도 있다. 이것은 정선아리랑의 경우에 뚜렷하게 느낄 수 있는데, 같은 정서의 사설이 연이어 진행되다가 다른 상황이 전개될 때에야 후렴이 등장하는 예가 바로 그런 이유에서이다. 그런가 하면 소리를 고르고 음정을 잡는 준비의 기능으로써 불규칙한 위치에 있기도 한다. 반면에 유희성이 강한 아리랑의 후렴은 반드시 정해진 위치에 놓이게 된다. 적어도 오늘의 아리랑에서 후렴은 아예 사설(가사)의 일부로 동화되었다고 볼만큼 밀착되어 있다.

본래 후렴구란 창곡이 필수적인 역할을 하는 선후창 민요에 존재하는 것이라고 볼 때, 아리랑은 전국적으로 다양한 창곡을 갖고 있는 독창 민요임으로 후렴구 '아리랑 아리랑 아라리요'를 갖고 있는 것은 이례적인 형태이다. 이는 그 만큼 다양한 기능으로 불리고 있다는 증거이기도 하다.

이제 살피는 아리랑 후렴은 의미나 형태에 대한 논의이기 보다는 아리랑의 개념을 이해하고 각 아리랑 간의 관계를 설명하기 위해서다. 즉 살핀 각각의 아리랑이 어떤 인자로 동일체를 이루고 있는가를 확인해 보자는 것이다.

① 후렴소(素) 아라리, 아리랑의 인자(因子)

후렴 형태를 확인할 수 있는 자료의 출현은 1790년대부터이다. 완전하진 않지만 후렴의 형태로 볼 수 있는 것으로 두 가지가 있다. 하나는 1790년 필사한 이승훈(李昇薰/1756~1801)의 7언절구 변형체 〈農夫詞〉에 '아로롱 아로롱 어희야'(啞魯籠 啞魯籠 於戱也)이다. 이를 후렴사(詞)로 본다는 것이다.

또 하나는 필사본 동학혁명 관련 문집 『통유호령문』(通諭湖嶺文)의 기록이다. 여기에는 '근일에 아이들이 입만 열면 아나란 아나란 아아리를 부른다'(近日小兒開口唱 아나란 아나란 아아리가 잇다.)의 1행이다. 역시 아리랑 후렴 형태의 앞선 형태들로 보는 것이다. 두 가지 모두 오늘의 형태와 비교할 때 불완전한 모습이다.

다음은 외국인의 기록에서 확인되는 후렴이다. 유감스럽지만 아리랑의 완전한 형태를 확인시켜주는 최초의 문헌상 기록은 일본 신문의 기사이다. 1894년 5월의 일본 『우편호우지신문』 기사 〈조선의 유행요〉이다. 번역상 문제가 있을 수 있지만 비교 자료로는 문제가 없을 듯하다. 후렴소는 볼드체로 표시하기로 한다.

㉠ 〈조선의 유행요〉

아라란(랑) 아라란(랑) **아라리**요
아리란(랑) 아얼쑤 **아라리**-야

2행 3음보 형태는 오늘과 같다. 이는 본 사설이 2행 3음보라는 것에서 영향을 받은 것인데, 이 구조의 논리가 외재적 간명성(簡明性)으로 작용하여 쉽게 기억되는 체계성을 지닌다.(이 때문에 아리랑이 공시매체로 민중들에 의해 채택되었을 것이다.)

특히 1행의 종결어가 '아라리'임이 주목된다. '아라리'가 후렴소이며 동일체 원칙의 요소로써 이미 19세기 통속화 과정에서 정착된 것임을 보여 준다. 그래서 이 '아라리'는 '아리랑'이라는 곡명의 본래 모습임을 추정케 하는데, 민요의 명칭은 후렴의 주 어사나 사설의 첫 어사가 그대로 쓰이는 경우가 많다. 이렇게 볼 때 '아라리'가 마지막에 위치함은 가치 있는 사실이다.

그리고 2행의 '아얼쑤'를 주목한다면 이는 민요의 감탄사 기원설에 따라 고형이 된다. 이 문제는 채록자가 입국하여 관찰한지 몇 년 후인 1896년 기록한 미국 선교사 H. B. 헐버트(Homer Bezaleel Hulbert/1863~1949)의 논문 〈KOREAN

VOCAL MUSIC〉(『THE KOREAN REPOSITORY』)에서 확인되는데 영문과 한글 표기를 옮기면 다음과 같다.

ⓛ A-ra-rung

A-ra-rung a-ra-rung **a-ra-ri**-o
a-ra-rung ol-sa pai ddio-ra
아르랑 아르랑 **아라리**오
아르랑 얼싸 배 띄어라

역시 1행 종결어가 '아라리오'이고, 2행에서 '얼싸'를 쓰고 있어 앞의 '아얼쑤'와 비교가 된다. 다만 여기에서는 단순한 감탄사라기보다는 '배 띄어라'를 수식한 것으로 보아 차이가 있다.

다음은 미국에서 녹음되어 전해지는 최고의 음원 자료이다. A. C. 플래쳐(Alice C. Fletcher) 녹음 〈Aar-ra-rang〉인데 1896년 7월 24일 미국에서 녹음되어 미국 의회도서관에 소장되어 있다.(고음반연구회 정창관 입수 · 공개) 당시 미국을 방문했던 한국인 세 명으로부터 녹음한 것 중 두 사람이 아리랑을 불러 수록 되었다. 이들이 부른 후렴은 다음과 같다.

ⓒ **아라랑**

아라랑 아라랑 얼수 **아라리**야

110여 년 전의 녹음이라 상태가 고르지는 못해도 형태는 분명하게 확인이 된다. 후렴이 단 1행뿐이다. 이는 두 가지로 추정이 가능한데, 하나는 앞의 자료와 비교해 볼 때 창자들이 선발된 이들인 만큼 유식한 이들이기에 아리랑을 정확하게 부르지 못한 결과일 수 있고, 또 한 가지는 실제 단행의 후렴만으로 불렀을 수도 있다는 것이다. 앞에서 살핀 『통유호령문』과 같은 경우이다.

그런데 이 자료에서도 '얼수'가 확인된다. 결국 세 자료에서 보이는 '아얼쑤'나 '얼싸'나 '얼수'는 같은 것으로 보며, 당시 하나의 유형이었음을 알게 한다. 그렇다면 이 '얼수'(쑤)는 무슨 뜻이며 어디에 연유한 것일까? 그런데 일단은 ㉡에서 '배 띄어라'를 수식한 것을 주목할 필요가 있다. 즉 이 소리는 뱃일에서의 힘내기 소리를 수용한 것으로 보게 된다는 것이다. 이는 근대적 아리랑 출현을 경복궁 중수 7년의 공사 시기의 인적교류 결과로 볼 때 그 동원된 부역꾼들이 문경새재를 넘어 충주에서 뱃길로 공사장에 도착한 것과 연관이 있다고 보게 된다. 더불어 외국인들이 월미도(인천)를 통해 입국하여 뱃길로 서울에 들어오는 과정에서 뱃길을 이용했음과 무관하지 않다는 것이다. 즉 한강 뱃길에서 들은 아리랑으로 추정하게 하는데, 이는 충주 중원의 논농사 소리인 〈아라성〉 후렴에 '아리랑 얼싸 아라성아'가 나온다는 사실에서도 가늠이 되는 것이다.

이번에는 음악가 이상준이 1923년 『신찬속곡집』에 수록한 3편의 아리랑 후렴을 살핀다. 오늘의 본조아리랑 출현 이전 상황으로 의미 있는 대비가 된다.

㉣ 아리랑타령

아리랑 아리랑 **아라리**오
아리랑 띄여라 노다 가게

㉤ 긴아리랑타령

아리랑 아리렁 **아라리**가 낫네
아리랑 띄여라 노다노다 가게

㉥ 강원도아리랑

아랑 아리랑 **아라리**요
아리랑 띄여라 노다노다 가게

이 ㉣~㉥의 세 가지는 1910년대부터 20년대 중반 서울에서 불리던 아리랑이다. 동일 채록자 이상준에 의한 것으로 후렴은 전체적으로 같으나 '아랑'을 쓴 것과 같이 부분적으로는 다르다. 세 가지 모두 1행에 '**아라리**'가 쓰였다. ㉢에서는 '아라리'가 목적어로 쓰였다. 즉 '아라리를 낳다(낫다)'가 된다. 이는 후렴의 변이상에서 의미 있는 대목이 된다.

그리고 2행에서는 '띄여라 노다 가게'를 쓰고 있다. 이는 앞에서 살핀 얼싸 '배 띄어라'가 '얼싸 배 띄워 놀다 가게'로 확대된 형태로 본다.

그런데 1926년 개봉된 영화 〈아리랑〉과 주제가 〈아리랑〉의 유행 시점인 1929년을 맞으며 2행의 후렴이 달라진다. 1926년 10월 1일 개봉 당시의 주제가 〈아리랑〉 후렴은 다음과 같다.

㉦ 주제가 〈아리랑〉

아리랑 아리랑 **아라리**요
아리랑 고개로 넘어 간다

이 후렴은 '모든 아리랑의 후렴'이라고 말할 만큼 널리 불린다. 외국인도 부르는 것이어서 정형성을 획득한 것이다. 1930년대 이후 많은 아리랑 후렴 후행에서 이 '아리랑 고개로 넘어간다' 형을 쓰게 한 것이다. 일례로 강원도 정선에서 불리는 아라리의 후렴도 이를 쓴다.

그런데 다음의 두 가지 후렴은 '아라리가 낫네' 형이다.

㉧ 밀양아리랑

아리아리랑 쓰리 쓰리랑 **아라리**가 낫네
아리랑 어절씨구 **아라리**가 낫다 (1)

아리당닥쿵 쓰리당닥쿵 **아라리**가 낫네
아리랑어절씨구 **아라리**가 낫네 (2)

㉨ 진도아리랑

아리아리랑 쓰리쓰리랑 **아라리**가 낫네
아리랑 응-응-응 **아라리**가 낫네

후렴을 '아라리요(오)'형과 '아라리가 낫(낳)네'형으로 대별할 때 이는 후자이다. 그리고 1행에서 '쓰리'의 쓰임을 주목하여 '쓰리'형이라고도 한다. ⓞ의 (2)는 1980년대부터 밀양지역에서만 불려지는 것인데 역시 '아라리'를 고정시켰다. 자연스런 동일체 원칙화 현상이다.

그런데 이 '쓰리랑'에서 중요한 단서를 얻게 된다. 즉 '랑'은 '쓰리랑'에서 3음화에 따른 '첨가임이 분명하다는 것이다. 이는 결국 '아리랑'에서의 '랑'도 첨가된 것임을 알게 한다. 이런 맥락에서 '아-리-랑' 3음은 본래적인 것이 아니라 ㅇ+ㄹ+ㅏ+ㅣ음소의 결정체라는 주장은 유효하다.(〈청산별곡〉의 여음 '얄리 얄리 얄라셩'도 같다.)

이상에서 9가지 아리랑 후렴을 살폈는데 볼드체 부분 '아라리'가 모두 공통으로 쓰였음이 뚜렷하게 확인된다. 이것이 어원의 최소 실사(實辭)이며, 동시에 동일성의 단서, 즉 유전형질(DNA)이다. 결국 노래 아리랑은 '아리' 또는 '아라리'를 함유한 후렴 여부가 장르적 정체성을 확정시켜 주는 것이 된다. 아리랑은 이를 통해 곡조와 사설과 기능을 장르 속으로 포괄시킨다. 후렴에서 "아리아리랑 쓰리쓰리랑 아라리가 낳네"라고 노래한 이유가 분명해진다. 그리고 이 '아라리'로 하여 강원도의 아라리는 모든 아리랑의 모형(母型)임도 증명한다.

한편 북한의 경우는 조금은 다르다. 민속음악 연구가 리동원의 『조선민요의 세계』(평양출판사, 2002)에서 인용하면 다음과 같다.

"민요 〈아리랑〉이라고 하면 〈아리랑〉구에 의하여 후렴구가 생겨나고 여기에 선창구가 결합되어 절가를 이루면서 발전한 서정민요군을 말한다. 민요 〈아리랑〉이 커다란 가요군을 이루고 계보적으로 발전한 특색있는 민족가요로 형성되게 된 것도 〈아리랑〉 후렴구로 관련되어 있다."

생소한 '절가'나 '서정민요군'을 제하고 후렴 여부가 장르를 규정한다는 데는 우리와 일치한다. 북한이 아리랑을, 단군과 함께 민족 정통성 차원에서 중시함이 알려진 만큼 아리랑에 대한 인식도 각별하다. 2000년대 들어 〈대집단체조와 예술공연아리랑〉 공연을 연례화하면서 〈통일아리랑〉, 〈강성부흥아리랑〉 같은 창작품을 생산해 냈다.

이들은 후렴을 단순화시켜 두 유형으로 구분한다. 내용상의 의미를 중요시하고 있는데, 제1형은 '넘어간다'형인데 다음과 같이 불려진다.

아리랑 아리랑 **아라리**요
아리랑 고개로 **넘어간다**

제2형은 '넘겨주소'형으로 다음과 같다.

아리아리랑 스리스리랑 **아라리**가 낫네
아리랑 고개로 날**넘겨주소**

후렴소가 있는 전행을 중심으로 '아라리요'형과 '아라리가낫네'형으로 분류하지 않고, 후행의 '넘어간다'와 '넘겨주소'에 의미를 부여하여 분류했기 때문이다. 즉 제1형은 '불우한 처지와 이별의 애상을 표현한 것으로 선율이 비조적 음향'을 띄게 했다. 제2형은 '밝고 낙천적인 생활정서를 표현한다'고 한 것이다. 그래서 오늘의 창작 아리랑에서는 이 제2형을 주로 쓰고 있다.

어떻든 그 해석은 남북 간에 차이를 갖고 있다 하더라도 동일한 구조, 동일한 사설, 동일한 음가를 갖고 있음은 분명하다. 이 후렴의 존재는 아리랑을 다른 노래와도, 어느 순서에서도, 또는 다른 노래를 압도하거나 왜소하게 들리지 않게 하는 요소이면서 스스로 존재감을 분명히 하는 중요한 요소이다. 결국 남북 아리랑은 다르면서도 같은 아리랑인 것이다. 그 후렴의 같음으로 하여…….

(5) 아리랑의 성격 변화

정체성을 갖고 지역 명을 쓰며, 오늘에까지 불려오는 형태는 세 가지가 전승된다. 하나는 민속음악 전승 계보상의 파생 유형이고, 둘은 민속문화적 영향으로 형성된 유형이 있고, 셋은 창작 유형이다. 첫째 유형은 공동체의 기층문화에서, 그 공동체의 필요에 의해 형성되고 파생된 것으로 강원도와 경상도 일대의 메나리조 아라리이다. 이 경우 아라리류의 전승 관계는 음악성과 형식과 적층 현상에서 분명하게 확인이 된다. 즉 일정 지역의 기층문화 행위로 전승되는 소리이며 그 가치를 음악적 원류에 두는 것이다.

둘째 유형은 밀양아리랑이나 본조아리랑이나 진도아리랑과 같이 근대에 들어 형성된 것들이다. 그런데 만일 이 유형을 첫째 유형과 같은 전통적인 아리랑이라고 할 때, 전통은 과거와 현재의 계승이지만 항상 인과관계의 끈만으로 이어지는 것은 아니며, 그것은 때로 생물학적 용어를 빌면 격세유전(隔世遺傳) 형태로 나타난다. 이는 첫째 유형을 원형(Mutter Melode)이라고 할 때, 둘째 유형은 변이(Varianten Bildung)형이 된다. 그런데 이 변이형까지는 민요의 익명성(匿名性)이 반영되어 민요적 속성이 분명히 존재하는 것이다.

셋째 유형은 신민요 아리랑과 같이 어떤 개인의 의도로 창작된 아리랑을 말한다. 그리고 1930년대 중반으로부터 형성된 유행가 아리랑과 그 테마에 의한 작품이 이 유형이다.

이렇게 볼 때 '아리랑의 성격 변화'란 아리랑의 지속과 변화에서 주류 아리랑이 무엇이며 그 성격이 어떤 것인지를 말하게 된다.

이상의 분류는 아리랑의 양식적 측면과 문화적 측면을 주목한 것으로, 첫 번째는 아리랑의 내적(음악) 변화를, 나머지 두 유형은 외적 통시성과 객관적 사료 확정에 주목을 한 유형이다. 흔한 말로 '문화는 단순함에서 복잡한 것으로 진행한다'(A · P. Merriam)는 명제 그대로이다.

그렇다면 이러한 아리랑의 유형에서 그 원류와 그로부터 오늘에까지의 성격 변화상은 어떻게 제시할 수 있을까? 마냥 '심원(深遠)에 있는 노래'라는 수식의 대상으로 '신비의 세계'로만 남겨둘 수 밖에는 없다. '역사'로 풀어낸 생활문화로 함께 해야 할 것이다.

아리랑의 생성에서 지역으로의 확산, 그리고 근대에 이르러 다양한 상황과 혼류하며 성격을 변화해가는 과정은 민요의 변이현상과는 현격하게 구분되는 사회문화적 현상이다. 그럼에도 어느 과정까지는 구비전승 과정과 대상임으로 기록 중심의 역사학과는 다른 관점으로 재구해야 한다. 그러므로 단순히 과거의 사실을 밝히려는 작업만으로는 불가능한 대상으로써 '어떻게, 왜 기억되어 왔는가'를 살피는 것이 더 적절하기도 하다. 역사를 일종의 집단기억 현상이라고 볼 때, 아리랑 역시 집단기억을 전승하려는 구비적 기록이기도 하다.

> "아리랑타령이나 도라지打令 같은 곡조는 일조일석에 이루어진 것이 아니고, 오랫동안 여러 사람의 입에 오르내리는 과정에서 취사선택되어 집단의 공감을 주는 것으로 정립되어 오늘날의 민요가 되었을 것이다.
>
> 민요의 '謠'가 '歌'와 달라서 선정적인 곡의 지배를 받음이 없이 어느 정도 창자의 감정에 따라 즉흥적으로 불리어지는 것도 타당하기에 민요에 있어서 음악성을 중요시하는 것이다.

민요가 현실적으로 불리어지는 과정에서 보면 가사보다는 음률적인 요소에 지배되므로 문학성보다는 도리어 음악성이 강하다.
따라서 민요사는 그 음율 면에서 민족음악사와 동시에 연구되어야 한다."

인용문은 임동권의 『한국민요사』(문창사, 1964) 중 아리랑을 언급한 부분이다. 이를 논점별로 다시 정리를 하면 다음과 같다. 단 여기에서의 '아리랑타령'은 문맥상 '본조아리랑'을 지칭한 것으로 보기로 한다.

① 아리랑이 오늘의 모습으로 불리게 된 것은 유구한 세월을 거쳐 온 결과이다.
② 아리랑은 수많은 소리 중 공감을 얻어 취사선택된 소리다.
③ 즉흥적이라 해도 정해진 선율이 사설보다 지배력이 큰 노래이다.
④ 민족음악사 측면에서 연구되어야 한다.

이상은 다분히 민요 일반론에 입각한 것이기는 하나, ①·②는 유용한 논지이다. 아리랑은 일반 민요의 개념과 범주를 넘어선다. 전승과 변이 과정마다 성격을 달리하여 확산되었기 때문이다. 토속민요·통속민요·신민요·유행가 아리랑까지 확산되었을 뿐만 아니라, 영화·연극·무용·문학·상호 등 전 장르로 확산되었다. 그러나 장르적 중심은 민요, 노래로서의 아리랑이다. 다음은 각 시대마다 아리랑이 어떤 상황과 만나 어떤 아리랑이 주류를 이루며, 어디에 의탁하는지를 정리한 것이다. 전체 아리랑사의 장르적 흐름을 보여주는 것이다.

① 토속아리랑

토속아리랑은 지역공동체가 공동작으로 지어 부르는 것으로, 무문자(Non-Literate)사회에 흡수된 기층성을 갖고 자족적 생활의 일부로 불린다. 기능·악곡·사설, 특히 음악적으로 유형화되어 지속과 변용의 과정을 거쳐 전승된다. 이는 악곡과 사설에서 통사구조를 갖고 있는 전승 중심지 강원도와 경상도,

그리고 주변 지역에서 메나리조로 전승되는 아라리류로 아라리(정선아라리)·잦은아라리(강릉아라리)·엮음아라리(정선아라리)·중원아라성·문경아라리 등이 여기에 속한다.

이 '토속아리랑'을 '향토아리랑'이라고 하기도 하나 '통속'의 상대적 개념이 '토속'이므로 '향토'는 적절한 용어가 아니다. 그런데 이러한 문제와는 다른 차원에서 토속민요와 통속 민요에 대해서는 논의를 필요로 하게 한다. 그것은 토속민요는 기층에 바탕을 하고, 통속 민요는 대중문화에 바탕을 두어 생성되었다는 전제로써 전자는 노동의 기능, 후자는 유희적 기능의 소리로 단정한다. 이 전제라면 아라리(정선아라리)는 노동요가 되어야 한다. 과연 아라리는 노동요인가? 이런 결과는 '통속 민요는 유희적인 기능을 갖는다'는 전제에 견인되어 대립적 범주인 토속아리랑을 설명하게 된 결과이다.(박관수, 「민요의 설정 재고」, 2011, 41쪽.)

이러한 일반 민요론적 분류나 개념을 아리랑에 적용할 때는 예외성이 있음을 유의해야 함을 알게 한다.

② 잡가 아리랑

잡가는 많은 논의에도 불구하고 그 성격과 구체적 텍스트 규정에서 혼란을 겪고 있다. 1984년 정재호에 의해 『한국잡가전집』(계명문화사, 전 4권)이 발간되면서 '잡가집 소재 텍스트는 곧 잡가'라는 인식을 갖게 한 오류에서부터, 잡가는 대단히 '작위적인 의도로 이뤄진 기록 문학'이라는 김학성의, 「잡가의 사설 특성에 나타난 구비성과 기록성」,(『대동문화연구』 제33집, 1998.) 같은 글들에 의해 장르적 규정을 하려는 데에 기인한 결과이기도 하다. 그런데 아리랑의 경우 그 지속과 변이상의 연속선성에서 본다면 다만 상업적 출판물 '잡가집'에 수록되었을 뿐이지 '잡가적 성격만을 띠고 잡가로만 출현한 것'은 아닌 것이다.

〈경복궁 영단가〉(景福宮 詠短歌)에서 '잡가 타령'이란 표현과 「매천야록」에서 '잡조'라는 표현이 있는 것으로 보아 '잡스런 소리'의 의미인 잡가는 이미 경복궁 중건 때에도 있었음을 알 수 있다.(註解樂府, 고려대학교, 1992.) 그렇다고 반드시 잡가 아리랑도 있었다고 단정 할 수는 없다. 다만 경복궁 중수 공사 직후에 구성, 필사된 장편 가사 〈한양가〉에는 '아리랑타령'으로 나오고 있어 중건 공사 기간에도 불렀을 가능성은 충분하다.

잡가는 전통음악적인 인식을 갖고 창작한 감상용 노래이다. 감상용이란 전통적인 전승 상황에 기반을 둔 것이 아니라 창자와 청자가 구분되어 의도된 목적으로 연주되는 근대식 무대용 음악이다. 그러므로 잡가 아리랑의 수행 주체는 관기 또는 소리기생으로서 예술음악인으로 볼 수 있다.

1910년대 서울 지역에서 형성되어 전문인들에게 전승되는 긴아리랑이 이 잡가의 전형이다. 창법과 호흡에서 어느 정도의 음악적 기량이 없으면 부를 수가 없다. 주로 1910년대와 20년대 잡가집과 음반에 수록되어 전해졌는데, 사설 역시 창작 음악의 속성대로 고정되어 전승 되었다.(같은 잡가라도 잦은아리랑은 사설에서 다른 민요의 것을 수용하는 등 잡종성을 보이는 것과는 차이가 있다.) 이 잡가는 앞의 토속민요와 함께 구비시가로서의 전승 상황과 사적 변동이 주목된다.

③ 통속 아리랑

'통속'이란 용어는 학술적 용어이지 전승지역에서 쓰이는 용어는 아니다. '통속적'이라는 말에서 짐작이 되듯이 어느 정도 부정적인 의미인 '세속적으로 유행하는 현상'의 노래다. 글쓴이는 이 통속아리랑을 '토속아리랑에서 파생되었거나 토속 아리랑을 변용한 것으로 전승지역에 고착되지 않고 널리 불리는 아리랑'이라고 규정한 바 있다.(김연갑, 「아리랑, 그 맛 멋, 그리고」, 집문당, 1988.) 그러므로 메나리조 아리랑을 전통음악 어법으로 세련미를 더해 재구성한 서울제 정선아리랑이나 한오백년, 그리고 문경아리랑이 그것이다. 특히 1894년 『매천야록』에 수록된 '신성염곡 아리랑타령'과 H. B. 헐버트 채보 〈A-ra-rung〉도 통속아리랑이 된다.

성격상 잡가와 일정 부분 중첩되기도 하나 통속아리랑은 그 모형(母型)으로 토속아리랑을 갖고 있다는 점에서 변별된다. 예컨대 진도아리랑의 경우 그 형성 배경과 시기에 관하여 논란이 있긴 하지만, 토속민요인 '산아지타령'을 전문 음악가 박종기가 변용, 형성시킨 것이라는 주장이 설득력을 얻는 예에서처럼 토속민요에 기반을 둔 것이라면 잡가가 아닌 통속아리랑이 되는 것이다.

④ 신민요 아리랑

잡가 아리랑이 전통 음악적 어법으로 구성된 것이라면, 신민요 아리랑은 서양(일본식)음악 어법을 중심으로 구성된 것이다. 이런 점에서 곡종 명에서 신민요로 표기되었을 뿐 아예 유행가인 경우가 더 많은 이유가 여기에 있으며 전승민요 분야보다는 문학이나 대중음악 분야에서 더 심화된 연구가 이뤄진 이유도 여기에 있다.

이하윤(異河潤/1906~1974)은 잡지 ≪삼천리≫ 1936년 2월호에서 신민요를 '유행가도 아니고 민요도 아닌 그 중간식 비빔밥'이라고 하고, 이어 '재래의 조선 소리를 얼마간 그냥 본떠서 음조를 서양 악보에다 맞춰서 부르는 것'이라고도 했다. 이는 동시대의 평론가 최영한이 '향토적 깊은 견해를 가진 민요 창작도 없고 음악화 시킬 민요 작곡가도 없기 때문'(조선민요론, ≪동광≫ 제33호)이라고 동조하여 신민요를 다소 부정적으로 본 것과도 통한다.

그런데 1934년 조선방송협회(JODK) 제2 조선어 방송에서 신민요를 모집하며 '종래 조선민요는 애조를 띄는 것이 많아서 민족 발전상에 큰 영향이 있음으로 이번 신민요에는 특히 그 점을 피해야 한다'고 하여 시대적 출현의 필요성을 드러냈고, 고정옥(高晶玉/1911~1969)은 신민요를 '시인 자신의 개성을 죽이고 민요의 정신에 입각해 널리 민중에게 불리기 위해 지은 노래'라고 하여 일정 부분 긍정적으로 보기도 했다. 신민요의 모호한 정체성이 이 같은 해석을 있게 한 것이다.

한편 30년대 말쯤에 와서는 각 음반사에서 '신민요'라는 곡종 명을 쓴 노래가 많이 나오게 되었다. 그러자 신민요에 대한 관심이 고조되어 김사엽과 을파소(金鍾漢) 같은 이들의 글이 발표되는데, 이중 김사엽은 1937년 2월에 조선일보에 발표한 〈예술민요존재론〉 첫 회에서 특별히 신민요에 대해 다음과 같이 부기하였다.

> "지금 이곳에 문제 삼으려는 신민요는 그 어의가 새로이 창작한 민요란 뜻이나 이 명칭은 대단히 불충분한 단어이며 어폐(語弊)가 많다. 레코드 회사에서 발매되는 소위 창작민요를 신민요다 명명하여 보급된 까닭에 이에 따라 신민요다라고 도리어 그 사명과 작용에 있어서 예술민요다함만 같지 못하다."

용어상의 혼란을 지적하였는데, 용어의 혼란은 곧 개념의 혼란인 것이다. 반면 을파소는 같은 신문에 발표한 〈신민요의 형태와 정신〉(1937.2.6)에서 매우 합리적인 해석을 전개하고 있다. 즉 신민요를 다음의 8가지로 규정하였는데, 거의 유일한 학문적 신민요론이다.

① 생산면에서는 자연발생적인 민요에서 작곡가에 의해 대변적(代辯的)으로 제작된 것
② 문학 방면은 향토성의 패배. 시대성의 승리
③ 인생에 대하여 부정적 정신
④ 음악면에서는 가요곡에의 접근
⑤ 단선법의 독보

⑥ 전수 상태로는 기계예술(레코드 · 라디오)과의 악수
⑦ 소비 체계에서는 전수 기간이 매우 짧은 것(도시에 유행하다가 농촌에 서 사라짐.)
⑧ 노래하는 것보다 듣는 것이 위주가 되어 노동민요의 상실임.

이 논지는 오늘날 그 관심이 신민요론에서 잡가론으로 이동한 것을 대비하면 오늘의 신민요에 대한 시각보다 오히려 더 전문적이라고 할 수 있다.(이렇게 신민요에 대한 논의가 활발했던 것은 명치 말년부터 대정 초에 일어난 일본의 '신민요 운동'의 영향이 미친 결과일 수도 있다.)

음악적으로는 7 · 5조에 3박자 왈츠계가 많고, 반주에서는 전통악기와 서양 악기가 함께 쓰이는 소위 선양합주(鮮洋合奏)가 일반적인 형태이다. 시기상으로는 유행가보다 앞서 출현했지만 유통은 같은 체계에서 이뤄졌다. 이런 점에서 유행가와 변별이 쉽지 않지만 음반에서 곡종 명을 '신민요'라고 명시하고 있음에서 분류가 가능하나 절대적이지는 않다. 이런 이유로 신민요는 통속민요에서 유행가로 넘어가는 과도기에 나름의 역할을 한 장르로 평가한다. 신민요계 아리랑의 위치도 바로 여기에 두게 된다.

⑤ 유행가 아리랑

일제강점기의 유행가는 일본 엔카를 기반으로 한 노래 형식이다. 이런 맥락에서 유행가의 출현은 1910년대 중반부터 서울과 평양의 권번과 기생학교에서 전통적인 음악 질서를 버리고 엔카의 2박자 계열 노래를 레퍼토리로 택하면서 시작되었다. 그 상징적인 노래가 일본연극을 번안한 〈장한몽〉의 주제가 〈장한가〉이다.

이렇게 시작된 일본식 노래는 30년대 들어 유행가로 노래문화의 주류에 위치하게 된다. 이런 상황은 공교롭게도 영화 〈아리랑〉의 흥행 정점인 1929년과

연접되어 주제가 〈아리랑〉은 일부 유행가 가수에 의해 레퍼토리로 전이되면서 그 장르가 유행가로 표기되기도 했다. 그 유명세를 유행가가 이용한 듯도 한데, 〈제3아리랑〉·〈그리운아리랑〉 등 20여 종의 유행가가 등장하여 그 영향관계를 짐작할 수 있다.

한편 일제강점기 친일적인 가요 중에 아리랑 가요도 포함이 되어 있다. 주로 1940년 초, 전선위문과 국민가극에 삽입된 아리랑류가 이에 포함되는데, 〈만주아리랑〉·〈아리랑만주〉·〈애국아리랑〉 등이 그것이다. 이 유행가 아리랑은 기존 아리랑 장르에서 언급하지 않은 부분으로, 아리랑사에서는 친일 문제와 관련하여 도외시할 수 없는 국면이기도 하다.

이상에서 살폈듯이 민요론적 개념의 아리랑은 토속아리랑과 통속아리랑이다. 이들이 원기층을 이루어 또 다른 아리랑 창출을 가능하게 했다. 잡가 아리랑은 일면 민요적 성격을 갖고 있는 반면 신민요와 유행가 아리랑은 창작으로 민요로 볼 수가 없다. 그리고 토속아리랑은 생활성이 강조되고, 잡가아리랑과 통속아리랑, 신민요아리랑은 전문성이 강조되고, 유행가아리랑은 상업성이 전제되는 특징이 있다.

창자 측면에서는 토속아리랑만이 비전문가이고, 나머지는 모두 전문적 음악인들에 의해 형성되고 불려졌다. 이런 배경에서 음악적 특징·사설·기능·목적이 토속 아리랑과는 다르고 전파 방식과 범위도 당연히 다르다. 물론 아리랑은 이런 민요적 성격의 유무로만 가치가 평가되지는 않는다. 노래라는 점에서 현재성 또는 동시대성이 중요한 것이다.

이상과 같은 성격 변화상의 주체들은 아리랑이 종적인 확산과 횡적인 변이를 거듭하는 과정의 결과물들로 하나의 유기체이다. 이미 있었던 것이 새로운 것을 있게 하고, 새로운 것이 이미 있었던 것을 다시 새롭게 하는, 동시적이고 중층적이며 역동적인 선후 관계의 양상이다. 변화와 지속이 동시적으로 이루어지면서 확대 재생산되는 현상, 즉 자기복제에 의한 자기증식 현상이다. 이 중에 신민요와 유행가 아리랑은 탈맥락적이어서 연행상황과 민요 아리랑 간의 관계성에서 주목을 하게 한다.

⑥ 아리랑문화

노래 아리랑의 지속과 변이의 전 과정, 민족문화운동의 한 축으로서의 기능, 그리고 아리랑이 생활문화를 넘어 저항·대동·상생성으로의 형성, 드디어 '민족의 노래'로의 위상을 확보하는 전 과정과 현상까지를 포괄하여 표현하는 용어는 무엇일까? 이를 '아리랑문화'로 개념화하여 표현할 수 있을 것이다.

아리랑은 6, 70년대 어원론과 기원론에, 80년대 장르적 성격 규명 중심의 의미론에, 90년대 지역적 존재 양상을 주목한 생태론에 관심이 주어졌다. 그러나 이의 총체적인 접근이 없었기에 심화된 결과를 얻지 못했음이 사실이다. 이의 결정적인 문제는 바로 아리랑을 독립 장르로 인식하지 않은 결과로 통합적 시각의 결여가 있을 수밖에 없었고, '아리랑은 민요의 하나다'라는 명제를 전제로 대상화 한 편협성에 있다.

아리랑을 과연 노래로만 보는 것이 옳은가? 나운규 감독 영화 〈아리랑〉과 무성영화 〈아리랑〉의 전후 맥락을 논외로 하고 주제가 〈아리랑〉만을 대상화하는 것이 과연 옳은가? 이를 간과한 결과는 매우 심각하다. 다시 말하면 영화 〈아리랑〉 유행의 탄력성이 극에 이르는 1930년을 기점으로 여타의 아리랑을 동반 상승시킨 것이 주제가 〈아리랑〉인데 이에 대해서 국악계는 전통 민요가 아닌 신민요라는 이유로, 영화학계에서는 타 장르인 민요 또는 노래 장르라는 이유로, 국문학계에서는 근대 시가의 일부인 유행가라는 이유로 서로 타자화하여 고립시켰다. 이 결과 타 장르로의 확산이나 민족문화운동의 실상, 특히 세계화한 동시대성 등을 주목하지 못하게 했다. 곧 아리랑문화로 개념화 하지 못하게 한 원인이 된 것이다.

그런데 문제는 이 아리랑문화의 중심에 있는 본조아리랑의 실체를 놓친 것이다. 1961년 통일운동 과정에서 '민족의 노래'로의 절대한 위상을 부여받았음에도, 1990년 남북간의 단일팀 단가로 합의함으로써 '아리랑 통일'을 이뤄낸 역사성도, 오늘에 와서는 '한국 압축 성장을 견인한 힘의 노래'(월드컵 응원에 대한 해외 언론)라는 평가를 받는 위상과 상징성에 대한 제도적 관심을 받지 못한 것이 사실이다. 이는 넓게는 아리랑 장르의 위상이고, 좁게는 본조아리랑의 탁월한 보편성과 분명한 동시대성으로 어떤 노래, 어떤 노래문화와도 비교가 되지 않는 특징이며 가치이다. 이 특성과 가치는 국가브랜드로 육성해야 할 신개념의 문화로 결코 '전통' 또는 '정통성'과 대비하거나 충돌시킬 성질의 것이 아니다. 아리랑문화는 전통문화와의 비교 대상이 아닌 별개이기 때문이다.(그런데도 2004년 문화재청은 아리랑을 포괄적으로 국가 중요무형문화재로 지정하자는 논의에 〈노들강변〉(신불출 작사, 문호월 작곡, 신민요)도 지정해야 되느냐며 반대했다고 한다. 과연 이 논리가 가당한 문화재 전문그룹의 논리인가? '아리랑'이란 포괄성과 개별성조차 구분하지 못한 것도 문제지만, 문화의 전승이 반드시 특정 개인의 고유 기능에 의해서만 가능하다는 문화재보호법이라는 논리에 닫힌 것이 더 큰 문제이다.)

이런 현상에서 볼 때 아리랑문화는 이미 있는 것이지만, 이제 새롭게 인식해야 할 대상이다. 그래서 글쓴이는 1930년대 민족 · 항일 · 조국의 의미확대를 계기로 형성된 문학 · 무대예술 · 생활문화 그리고 상징성까지를 모두 포괄하여 '아리랑문화'로 표현한다. 그러므로 이 아리랑문화는 1940년대 발견된 개념으로써 아리랑의 성격인 동시에 위상이기도 하다. 아리랑은 그야말로 전통성과 계보성을 가진 가요군(歌謠群)이라는 장르성을 갖지만 이를 기반으로 한 아리랑문화는 통섭(統攝)을 앞당겨 실천한 문화인 것이다.

2. 근대민요 아리랑의 부각

(1) 역사에의 의탁, '신성염곡 아리랑타령'

앞에서 아리랑의 형성과 그 이후의 성격변화에 대해 살폈다. 이를 통해 확인할 수 있는 것은 민요 또는 노래 아리랑은 전체 아리랑문화의 중심 장르이긴 해도 이를 내세워 아리랑의 장르를 민요 또는 노래로 한정하는 것은 불합리하다는 사실이다. 이를 전제로 할 때 중심 장르인 민요 또는 노래 자체도 일반적인 민요론의 해석을 벗어나게 됨을 짐작하게 된다. 이제 살피게 되는 문헌 소재 아리랑의 실상이 바로 그것을 말해줄 것이다.

옛 문헌에 민요가 기록되는 경우는 드물다. 고려시대 일부의 개인 문집에 한역(漢譯)되어 수록되거나 조선 중기 특정 지역 농요가 임금과 관찰사와 조우하여 기록된 바가 있지만, 이 역시 독립적인 기록이 아니라 임금의 행차나 부사(府使)의 유세를 기록하며 경과적으로 언급한 것이다. 아리랑 역시 마찬가지다. 당시의 관리나 지식인들에겐 아리랑은 '쓰여질 수도 없고, 쓰여질 필요도 없는 역사'였다. 이는 단적으로 472년 간의 『조선왕조실록』 2077책의 방대한 기록 속에 아리랑이 한 번도 언급되지 않았다는 사실에서 알 수가 있다. 그럼에도 두 말할 여지없이 역사가 아리랑일 수는 없지만 아리랑은 역사의 일부가 될 수 있음은 분명하다.

그런데 조선조 후기에 들어서서는 적어도 아리랑만은 다른 민요와 다르게 주목을 받아 문헌에 기록되기에 이르렀다. 그 첫 기록은 1790년 필사한 이승훈의 『蔓川集』에 '아로롱 아로롱 어희야'(啞魯籠 啞魯籠 於戲也)라는 시구화이다. 이는 윤선도의 〈어부사시사〉 중 '지국총 지국총 어사와' 같이 어떤 노래의 여음을 음차한 것으로 보듯이 이 역시 '아리랑 아리랑 아라리야'를 음차한 것으로 본다. 이승훈은 1801년 신유박해 때 처형당한 가톨릭 신자로 그의 생활권이

경기도였음으로 농요로 불리는 아리랑을 한시화한 것으로 본다.

다음은 1892년 판본 가사집인 『五倫歌』 서문에서 평양감사 민병석(閔丙奭/1858~1940)이 愁心歌와 '雜타령'을 언급했는데, '雜타령'을 아리랑으로 추정하는 것이다. 결국 전자는 경기도 한강유역의 농요를 한시화한 것으로 '아로롱', 후자는 이 시기 전후 수심가와 짝을 이뤄 언급한 '잡타령'으로 아리랑의 조재를 들어낸 것이다. 이는 경복궁 중수 후의 아리랑 상황이기도 하다.

이로부터 아리랑은 기록에서 산견(散見) 된다. 그런데 근대에 이르러 등장하는 아리랑은 민요 그 자체의 존재로 등장하기보다는 역사적 사건이나 인물에 의탁되어 나타난다. 이런 연유로 특히 문헌 기록 아리랑은 이미 정치 민요의 성격을 지닌 것이다. 그래서 역사적이고 사회적인 시각에서 접근해야 한다. 이제 살피게 되는 근대사 속의 아리랑 기록들은 바로 이를 실증해 줄 것들이다. 사료적 가치를 고려하여 원문 중심으로 살피기로 한다.

'아리랑'이란 오늘의 음가(音價)로, 완전한 각편이 우리 문헌에 기록된 것은 황현의 『매천야록』에서다. 즉 〈새로 생긴 사랑의 노래 아리랑타령〉(新聲艶曲, 謂之阿里娘打令)이다. 1894년 정월을 기록한 내용에서 고종이 불길한 꿈을 꾼 것을 서두로 하여 소리꾼을 불러 아리랑을 부르게 한 상황을 내용으로 하고, 그 끝은 일본 공사 오토리 게이스케(大鳥圭介)가 궁궐을 침범하여 더 이상 아리랑을 듣지 못하였다고 했다. (그러므로 넓게 잡아 오토리 게이스케가 일본 공사로 고종에게 내정개혁을 강요하러 궁중 난입을 한 1894년 6월 21일까지 아리랑을 즐겼고, 이 기사를 쓴 시점은 1894년 6월 이후가 된다.)

① 고종과 민비가 즐긴 연가(戀歌)아리랑

이 기록은 황현이 전남 구례 은거처에서 구입한 여러 자료들과 방문 인사들을 통해 전문한 것을 정리한 것으로, 기사에 등장하는 아리랑은 직접 듣고 기록한 것은 아니다. 이 사실은 궁중 내 사정을 잘 아는 가주서(假注書) 승지

이최승(李最承)이 전한 것이다. 아리랑을 언급한 기사의 전문을 옮기면 다음과 같다.

> "1월에 임금이 낮잠을 자다가 광화문이 무너지는 꿈을 꾸고 깜짝 놀라 잠에서 깨어났다. 임금은 크게 불길하게 여겨 그 해 2월 창덕궁으로 이어(移御)하고 즉시 동궁(東宮)을 보수했다. 이 때 남도의 난리가 날로 급박해졌음에도 토목공사는 더욱 공교함을 다투었다. 임금은 매일 밤마다 전등불을 켜놓고 광대들을 불러 '신성의 염곡'(新聲艷曲)을 연주하게 하였는데 '아리랑 타령'이라 일컫는 것이었다. 타령이란 부르는 노래를 일컫는 우리말이다. 민영주(閔泳柱)는 원임각신으로써 뭇 광대들을 거느리고 아리랑타령 부르는 것을 전담하여 광대들의 실력을 평가해 상방궁에서 금은을 내어 상으로 주도록 했다. 이 일은 오토리 게이스케(大鳥圭介)가 대궐을 침범할 때에 이르러서야 중지되었다."

전통적인 왕실 기록 방식대로 임금이 꿈을 꾸었다는 것으로 시작하여, 불길한 꿈을 잊기 위해 아리랑을 들었다고 했다. 그 아리랑을 신성염곡, 즉 '새로 생긴 고운 노래' 또는 '새로 생긴 연가(戀歌)'로 표현했다. 그리고 이를 부른 이들은 궁중의 음악기관인 장악원(掌樂院) 악사가 아니라 유랑광대 창우들이고, 이들 중 잘 부르는 이를 선별하여 상방궁(尙房宮)에서 상을 주고, 이를 민영주가 맡았다고 했다. 공교롭게도 지방의 민요가 궁중에 유입되어 재확산되는 고려속요의 상황을 보여주는 『고려사』의 상투적 표현을 연상시키지만, 통속 아리랑으로서의 유통 상황과 그 시점을 알려주는 의미있는 기록이다.

궐내에서 당직을 맡는 가주서(假主書) 이최승에게 듣고 다시 기록하는 과정에서 경과적으로 언급했고, '타령'에 대해서는 설명을 한 반면 '아리랑'에 대해서는 언급하지 않은 것이 아쉽긴 하다. 그러나 '신성염곡' 이란 표현을 통해 아리랑의 출현 시기와 성격을 보여주었음은 큰 의미를 갖게 한다. 즉, 이로부터 멀지 않은 시점에서 출현했고, 남녀 간의 애정을 담은 노래라는 것이다.

그런데 다음 기사에서는 아리랑이 연행되는 상황과 사설의 편린을 확인시켜 준다. 역시 이최승을 통해 기록한 내용으로, 앞의 내용보다 구체적인 궁중 내 모습을 다루고 있다.

> "…매번 궁중의 곡연(曲宴)에서 흥이 오르면 양전은 비스듬히 기둥에 기대어 접부채와 곡삼(曲蔘)을 비 오듯 땅에 떨어트렸다. 무격(巫覡)이나 광대로 창을 하고 악기를 연주하는 자들은 하룻밤을 지낸 다음 말미를 청하여 세모시와 부채 · 칼 등속을 으레 한 짐 짊어지고 나왔다."

유랑 연예패의 공연 상황, 즉 앞의 기사에서 '금은을 내어 상으로 주도록…'이란 표현은 귀한 '곡삼' 등속을 주었다는 것으로 재확인하게 되고, 연희자들을 궁에서 기거하게 했다는 등의 사실을 전해준다. 2005년 개봉한 이준익 감독의 영화 〈왕의 남자〉의 일부 내용을 연상시킨다.

② 최고(最高)의 아리랑 각편(Version)

그리고 이어지는 다음의 기사에서는 관객으로서의 고종과 민비의 모습과 연행자의 모습을 묘사했다. 아악과 향악이 일반화된 궁정에서 천인(노동은, 『노동은 세 번째 음악상자』, 2010, 262쪽.)의 노래가 불린 것이다.

> "한번은 밤이 깊었는데 노래하며 악기를 연주하는 소리가 들려 액례를 따라 소리를 찾아가 한 전각에 이르고 보니 휘황하기가 대낮처럼 밝은데 양전이 편복으로 산만하게 앉아 있는 것이 보였다. 섬돌 아래로는 머리띠를 하고 팔뚝을 드러낸 채 노래하고 북치는 자들이 수십 명인데 잡된 소리로 노래하는 것이었다. '오는 길 가는 길에 만나 즐거워라 죽으면 죽었지 헤어지기 어렵더라' 음란하고 비속하여 듣는 자들이 모두 얼굴을 가렸으나 명성황후는 넓적다리를 치면서 '좋지 좋지'하며 추임새를 하였다."

각 기사에서 '휘황하기가 대낮처럼…'이란 표현은 앞의 인용문 '임금은 매일 밤마다 전등불을 켜놓고…'와 일치하고, '양전은 비스듬히 기둥에 기대어…'는 '양전이 편복으로 산만하게 앉아…'라는 좌객으로서의 모습도 일치한다. 그런데 "머리띠를 하고 팔뚝을 드러낸 채 노래하고 북치는 자들이 수십 명인데 잡된 소리(雜調)로 노래"했다는 기술은 비교적 구체적인 연희 상황으로 규모와 복색과 레퍼토리를 기술한 것으로써 주목된다. 특히 불린 노래의 사설 일절을 기록한 것인데, 바로 아리랑의 실제 각편이다. 이를 글쓴이가 다음과 같이 두 줄로 행갈이를 하였다.

"오는 길 가는 길에 만나 즐거워라(來路去路逢情歡)
죽으면 죽었지 헤어지기 어렵더라"(死則死兮難舍旃)

위의 사설은 이최승의 전언(傳言)을 다시 황현이 한역한 것이라는 상황을 감안하면 이는 아리랑 전승 사설이 분명하다. 물론 반드시 아리랑만의 사설이라고는 단정할 수 없어도 이 문맥에서는 아리랑 사설이 분명하다. 이는 비교자료에서도 확인이 되는데, 1911~1912년 조선총독부 조사 자료 『俚謠 · 俚諺及 通俗的 讀物等 調査』 중 경기도 안산군(京畿道 安山郡)에서 채록한 것으로 1970년대 조사를 수록한 『한국민속종합보고서』 안산편 자료이다.

총독부 조사 〈아르랑〉

아르랑 아르랑 아라리야/ 아르랑 아르랑 아라리야
오다가다 만난임을 / 죽으면 죽었지 나 못 놓겠네
아르랑 아르랑 아라리요

간다간다 간다더니/ 오늘날은 정말 가네
아르랑 아르랑 아라리요

가기는 갈지라도/ 정을랑은 두고 가게
아르랑 아르랑 아라리요

한국민속종합보고서 : 안성편 〈안성아리랑〉

아르랑 아르랑 아라리요/ 아르랑 아르랑 아라리요
오다가다 만난 님을/ 죽으면 죽었지 나 못놓겠네/ 아르랑 아라리요

간다간다 간다더니/ 오늘날은 정말 가네/ 아르랑 아르랑 아라리요
가기는 갈지라도/ 정을랑은 두고 가게/ 아르랑 아르랑 아라리요

볼드체로 표기한 사설과 일치한다. 두 자료 간의 기록 시차는 통신 상황과 매체의 다양성이 오늘과 같지 않은 상황과 지역 간 전승이 인적교류에 의해서만 이뤄진 상황을 감안하면 이 같은 현상은 아리랑이 매우 넓은 지역에서 불렀음을 보여주는 것이다. 또한 노랫말의 변이도 없다는 점에서 같은 것임은 이의가 없다.(물론 전래되는 관용직 표현의 수용이고, 궁중에서 부른 이들이 안산지역에 기반을 둔 소리패일 수도 있다.) 그야말로 아리랑의 보편성을 확인시켜주는 것이다.

다만 앞에서는 '새로 생긴 연가'라고 표현한 반면, 뒤에서는 구체적인 사설을 들어 '음란하고 비속'하다고 표현했다. 이로써 단조롭고 반복적이며 도식성과 말초적 정서간의 상호관계를 통해 통속성의 원칙을 지향한 전형적인 당시 유랑소리패의 아리랑에 대한 평가인 것이다. 다시 말하면 비도덕적 탈선을 드러내어지러운 세상에 사는 서민들의 비애를 그대로 반영한 것에 다름 아니다. 이를 처음 전한 이는 그렇지 않다 하다라도 황현의 기록 의도는 이 같은 해석을 반영한 것일 수도 있다. 그러니까 황현은 당대 삶 속에서 향유되고 소통된 실체로 아리랑의 맥락(Context)을 전해 준 것이다.

이런 맥락에서 볼 때 이 각 아리랑의 근대성 획득은 내용과 함께 청중의 존재와 계급성의 변화 결과로 봐야 한다. 유랑연예패들의 공연을 궁중에서, 고종과 명성황후와 내관들이 청중이 되어 시정의 연가 '신성염곡 아리랑타령'을 들었다는 사실은 같은 사설이라 해도 전혀 다른 각 편을 생성시킨 것이

되기 때문이다. 이런 점에서 이 아리랑 각편은 이미 정치성을 띤 것이기도 할 뿐만 아니라 문헌에 수록된 사실 자체에서 아리랑은 정치 민요의 실체를 보여 준 것이 된다.

(2) 화려한 헌사, '아리랑은 쌀'

근대 아리랑사에서는 다소 이례적인 두 가지 자료를 접하게 된다. 바로 외국어에 의한 아리랑 기록인데, 영문의 아리랑론과 일문의 신문 기사다. 외국인이 아리랑을 다루었다는 점에서, 이 시기 전후의 우리 기록과는 또 다른 의미를 지닌다. 우리와 다른 객관적인 시각으로 느끼고 기록했기 때문이다. 특히 1890년대 중반이라는 시점과 영어권과 일본에 전해졌다는 점에서 아리랑사에서뿐만 아니라 문화사나 외교사에서도 짚어 볼 자료이다. 먼저 살피는 것은 1893년 인천을 통해 경성에 와서 처음 아리랑을 들었고, 이에 대한 글을 1896년 2월 『THE KOREAN REPOSITORY』에 발표한 H. B. 헐버트의 〈KOREAN VOCAL MUSIC〉이다.(같은 필자에 의한 『THE PASSING OF KOREA』(1906)의 농요를 기술한 것과 함께 주목되는 음악 문헌이다.)

이 〈한국의 합창음악〉이란 글은 우리 음악을 포괄적으로 살핀 논문으로 이중 마지막 단원에서 아리랑을 다루었다. 8편의 각편과 후렴을 담고 아리랑에 대한 의미있는 평가를 하였다. 비로소 사설과 후렴의 완성된 구조를 드러낸 시기와 그 사설의 지역적 배경을 알려주고, 외국인 특히 영어권 지식인(외교관과 여행가)들에게 아리랑을 통해 조선이 정겨운 나라로 인상을 갖게 했다. 더불어 일제의 아리랑에 대한 악의적인 해석을 희석시키는데 기여했다는 점에서 헐버트의 업적으로 평가를 하게 한다.

① 최고의 아리랑, 최초의 채보

A-ra-rung a-ra-rung a-ra-ri-o
a-ra-rung ol-sa pai ddio-ra
아르랑 아르랑 아라리오
아르랑 얼싸 배띄어라

서양 오선보에 채보하였다. 이는 아리랑으로서는 최초의 서양식 채보이다. 국악학자 만당 이혜구 선생은 '채보는 천만어(千萬語) 보다 중요하다'라고 했듯이 당연히 평가받아야 할 업적이다. 이 악보와 함께 헐버트는 '대략 782절의 많은 사설이 전해진다'고 하며 후렴과 함께 사설을 제시했다.

후렴을 '합창부'로 표현하고 사설에 앞서 먼저 부른다(The chorus first and then the following)고 했다. 그리고 이를 그대로 음역(音譯)하여 표기하는 등 세심함을 보였다. 앞에서 언급을 했지만 2행 3음보격의 완성된 후렴 모습을 기록한 것으로는 이것이 가장 앞선다. 그리고 '얼사'나 '배띄어라'에서 한강 뱃길이 전승의 한 배경이 되었음도 추정하게 한다.

서사적인 맥락으로 이해한 듯 각 사설의 내적 기능을 설명하며 제시한 6절은 다음과 같다. 이중 앞의 두 편을 제외하면 네 편은 오늘날 전승되지 않는 사설이다.

㉠ On Sai Jai's slope in Mun-gyung town
We hew the pak tal namu down
To make the smooth and polished clubs
With which the washerwoman drubs
Her masters clothes
(문경새재 박달나무
홍두깨 방망이로 다 나간다
문경새재 박달나무
빨래 방망이로 다 나간다)

㉡ I cannot from my good-man part.
To say good-bay will break my heart.
See here, I have him by the wrist.
However he may turn and twist
I won't let go.
(이별의 슬픔 가슴을 에이네
나는 내님을 보낼 수 없다네
가려는 내님의 허리를 잡아
내님을 보내지 않으리)

㉢ I asked the spotted butterfly
To take me on his wing and fly
To yonder mountain's breezy side.
The trixy tiger moth I'll ride
As home I come.
(나비야 이내몸 날개에 실어
산너머 언덕에 데려다 다오

㉣ The good-man lingers long away.
My heart is sad. I fear - but nay,
His promise, sure, will hold him fast.
Though long I wait, he'll come at last.
Back! Fruitless tears.
내 님은 나를 두고 떠나가지만
나는 님의 약속 오래 간직하리
하염없는 눈물로 산다 해도
긴긴 세월 나는 님을 기다리리

㉠은 문경아리랑의 대표사설이다. 이 사설은 1930년대 까지 본조아리랑에서도 불렀고, 북한 명창 김관보의 창에서는 50년대 까지도 불렀다.(청년학생 가곡집, 연변인민출판사, 1955.) ㉡은『매천야록』기사 속의 사설로 볼 수 있다.

그런데 이 두 사설에 대해서 '현실의 지배에서 벗어나 타이탄(Titan)의 땅으로 달려 나가려는…'이라는 설명을 하였다. ㉢과 ㉣에 대해서는 '한국인의 삶을 너무나 진실되게 그린 사설'이란 설명함으로써 ㉣까지가 독립된 한 편의 아리랑 노랫말 단락으로 이해한 듯하다. 그런데 헐버트는 곳곳에서 세심하게 주의를 기울였음을 드러냈다. 이 사설을 소개하고 다음과 같이 부연 설명을 하였다.

"이상과 같이 사설을 영어로 옮겨보니 조금은 어설픈 느낌이 든다. 한국적인 맛과 멋이 없어진 듯하다. 그러나 이 사설에서 한국인의 정서를 알 수 있는 몇몇 구절을 찾을 수 있을 것이다. 그리고 우리의 대중음악과 비교해 볼 때, 인간의 본성은 같다는 것, 비록 외모가 다르지만 같은 감정을 갖고 산다는 것을 알게 될 것이다."

라고 하여 이 글이 단순한 인상기가 아님을 읽을 수 있다. 사실 이 시기 전후 일부 선교사들은 '문명과 야만'이란 이분법에 따른 타자의 시선으로, 아니면 조선을 '축소된 미국 창조'의 대상으로 인식하였다. 그래서 조선에 대해 '낯설어하기 → 분석하기 → 왜곡하기'를 하였다. 그러나 헐버트는 이와는 달랐다. 이는 그의 인간다움에서 비롯된 것이겠지만 거기에는 남다른 한국에 대한 애정이 보태진 결과이다. 그의 대표적인 저술 『THE PASSING OF KOREA』의 첫 면에는 이런 대목이 있다.

"비방(誹謗)이 그 극에 이르고 정의가 점차 사라지는 때에 나의 지극한 존경의 표시와 변함없는 충성의 맹세로써 대한제국의 황제 폐하에게, 그리고 지금은 자신의 역사가 그 종말을 고하는 모습을 목격하고 있지만 장차 이 민족의 정기가 어둠에서 깨어나면 '잠이란 죽음의 가상이기는 하나' 죽음 그 자체는 아니라는 것을 증명하게 될 대한제국의 국민에게 이 책을 드립니다."

이러한 인식에서 쓰여진 이 아리랑론은 그대로 아리랑을 부르는 조선에 대한 헌사(獻辭)가 되었다. 글의 도입 부분에서 아리랑을 개괄하며 한국인과의 관계를 쌀과 같다고 표현한 것은 특히 그렇다.

② '아리랑은 쌀'

> "한국인에게 이 노래는 마치 그들의 식생활에서 쌀이 차지하는 것과 같은 비중이다. 다른 것들은 단지 주변적인 노래일 뿐이다. 그래서 누구나 언제 어디서나 이 노래(아리랑)를 들을 수 있다. 오늘날의 한국인에게 이 노래는 마치 미국에서 십수년 전 〈Ta-ra-raboom-di-ay〉라는 노래가 유행했던 것과 비교될 만하다."

당시 조선인에게 쌀은 곧 신앙의 대상이었다.

이에 아리랑을 비유하였으니 극진한 헌사가 아니겠는가? 더불어 미국의 음악 교과서에 수록된 미국 민요 〈Ta-ra-raboom-di-ay〉와 비교한 것도 마찬가지이다. 이는 거의 동시대 유럽의 인상파 화단에 일류(日流 : Japonism)를 형성한 일본 대중미술 우키요예(浮世會)에 대해 빈센트 반 고흐(Vincent van Gogh)의 평가와 비교할 만하다.

> "일본 작가들의 작품을 지배하는 그 극도의 명쾌함을 보면 그들이 부럽다. 그들은 마치 조끼 단추 채우는 것만큼이나 수월하게 잘 고른 몇 개의 선만으로 형태를 그려냈다."

일본 우키요예에 대한 고흐의 이 평가와 비유는 H. B. 헐버트의 아리랑에 대한 평가와 비유에는 비교가 되지 않는다. 그럼에도 고흐의 당시 평가는 일본 미술이 유럽에서 선풍을 일으키게 하는데 기여를 했다. 이러했듯이 만일 H. B. 헐버트가 선교사가 아닌 음악가로서 미국에서 실제 아리랑을 연주하며 이 같은 평가를 했다면 그 시기 아리랑의 한류를 앞당겼을 수도 있다고 본다.

다음 인용문은 아리랑의 사설과 이를 구사하는 것에 대한 평가이다.

"내가 알기론 대략 3580일 정도로 불려왔고, 1883년쯤에 대중적으로 인기를 누렸다고 한다. 이 노래의 최근 형태는 명확하게는 알 수가 없으나 내 생각에는 아무도 그 정확한 편수를 알지 못한다고 본다.

사실 한국인은 즉흥 연주의 숙달한 명수이기 때문에 톤은 부르는 이들마다 다르다. 그러나 후렴구는 다음과 같이 정형화되어 있다. (중략)

사설은 신화나 민요, 자장가나 권주가, 그리고 여행과 같은 일상이나 사랑에 대한 사연 등 모든 것을 담아 노래한다. 그래서 한국인과 그들의 노래는 머더구스의 동요이며, 바이런의 시이며, 레무스아저씨인 동시에 시인 워즈워드이기도 하다."

노랫말을 즉흥적으로 구사하는 한국인들을 세계적인 바이런이나 워즈워드와 같은 시인에 비유했다. 역시 그의 인식이 작용한 표현인데 이 진술에는 몇 가지 논점이 제기된다. 그것은 '문경새재…'로 시작되는 사설은 기록 시점으로부터 10여년 전부터 불려왔다고 한 사실이다. 이는 근대 민요로서의 아리랑 발생 시점을 추정하는데 유용한 진술이다. 즉 1935년 김지연이 『朝鮮民謠アリラン』에 조사한 3가지 경복궁 중수 관련설을 비롯하여 일제강점기의 여러 논자들이 아리랑 발생을 경복궁 중수공사(1865~1872) 7년의 인적교류를 계기로 하였다고 보았는데, 바로 H. B. 헐버트가 제시한 1883년은 이 시기에 근접한다.

이를 확대하면 이 공사 기간에 문화적 충격을 준 아리랑은 바로 문경아리랑이 된다. 왜냐하면 '문경새재…'라는 대표사설은 그 만큼 민중들에게 공감을 얻어 불릴 수 있었다는 것으로 전국 8도에서 반강제적으로 부역 온 젊은이들이 이에 공감을 한 것이 된다. 다시 말하면 문경인들의 고난이 집단기억(Collective Memory)으로 작용하여 민중 가요화 한 배경을 자신들의 처지와 동일시했다는 것으로, 수난이 점철된 새재의 사연, 공사 기간 영남의 산물을 충주까지 넘기는 문경인들의 고역(苦役), 공사에 쓰이는 각종 도구의 자루로 특산물 박달나무가 일시에 공출당한 상실감…, 이런 문경인들의 원상의식(原傷意識)을 공감했다는 것이다. 그 결과는 이 '문경새재…' 사설이 1930년대까지 여러 아리랑에 전승되고, 진도아리랑에서는 '문경새재는 웬 고갠가/ 구부야 구부구부가 눈물이로고나'로 변이되기에 이르렀다. 그리고 간도로 떠나는 조선의 실상을 예민한 감수성으로 받아들인 나운규는 1914년 고향 회령에서 이 아리랑을 듣고 10여년 후 영화 〈아리랑〉의 주제와 주제가로 형상화했다. 공동체적인 습관과 어법에 의한 암기와 체화(Absorbing)로 변용(Adjustment)한 것이다. 이는 이 사설의 당대적 기능을 알려주는 대목이다.

③ 아리랑의 해외 소개

백두대간 강원·경상지역 메나리조 아라리가 문경아리랑으로, 이것이 경복궁 중수 공사장에서 확산의 계기를 맞게 된 전후의 상황을 순차화하였다.

1. 메나리조 아라리계 〈문경아리랑〉

↓

1-1. 경복궁 중수 공사장에서 변이

↓

2. 변이형, 헐버트 채보 〈아르랑〉

↓

3. 영화 〈아리랑〉 주제가

이 계보에서 함께 논의되는 것은 2의 변이형 출현시기에 아라리(1)가 함께 불렸을 것이나 강한 토속성으로 하여 변이형을 형성시키지 못했다.

마지막으로 살피는 것은 어원에 대한 문제이다. 헐버트는 자신이 여러 사람들에게 확인한 어원을 다음과 같이 제시했다.

"아르-란 말은 한국말로 러시아를 뜻하는 '아라사'의 '아라'로 국가의 운명에 대한 러시아의 영향력을 예언하는 것이라고 했다. 또 다른 이는 이 말이 특정 한자의 음을 번역한 것이라며, -낭군을 사랑합니다, 나는 내 낭군을 사랑해요-라고 하였다."

이렇게 나름의 조사 결과를 제시했는데, 아리랑에 대한 관심이 지극했음을 알 수 있다. 당시 조선인이면 입에 올릴만한 나라 러시아의 제국적 야망과 '나의 사랑하는 낭군'(我愛郎)과의 강요된 이별을 의미한다는 반응을 수용한 것이다. 당시 아리랑이 왜, 어떻게 불렸는지를 보여준다.

이 시기 '아라사 아차하니 미국이 밀구온다/ 영국은 영글렀다 일본이 일등이다'라는 〈아미일영아리랑〉 사설의 출현 배경(김연갑, 『제국의 황혼』, 〈아리랑으로 경계하다, 『21세기북스』, 2010.)이기도 하다. 러시아가 부동항 확보를 위해 남진하지만 결국은 가장 가까이에서 정한론으로 별러온 일본이 조선을 차지할 것이라는 민중 예언을 담은 것이다.

이렇게 헐버트는 〈KOREAN VOCAL MUSIC〉에서 아리랑을 문학적으로나 음악적으로 가치있는 한국 문화임을 제시했다. 그리고 이런 아리랑론을 1897년 영국 여류 여행가 B. 비숍(Isabella B. Bishop)의 여행기 『Korea and Her Neighbors』, 1907년 선교사 H. R. 알렌(Horace Newton Allen)의 저서 『THINGS KOREA』, 1910년 뉴욕에서 출간된 W. L. 허버드 편찬의 음악사전 『HISTORY OF FOREIGN MUSIC』를 통해 확산되게 했다.(김연갑, 「헐버트의 재평가」, 헐버트 기념사업회, 2010.)이미 19세기부터 외국인에 의해 아리랑이 세계에 알려졌는데, 이런 사실을 통해 '민족 또는 역사에 의탁하여 말해지는 아리랑'이라는 위상이 결코 작위적인 수사가 아님을 알게 한다.

(3) 일제가 주목한 공시매체(公示媒體), 아리랑

아리랑 역사에서 일본과 일본인들은 중요한 의미를 갖는다. 1910년 이전에 침략의 방책을 찾기 위해, 병탄 이후에는 식민정책을 찾기 위해, 아리랑을 제도권에서 정치적으로 활용했다는 사실, 이 때문에 아리랑을 정치적인 노래가 되게 했기 때문이다. 살피게 될 자료는 1894년 5월 『유우빈호우치신문』(郵便報知新聞) 〈朝鮮 流行謠〉라는 기사이다. 청일전쟁을 취재하러 온 종군기자의 기사인데, 알려진 바대로 이들은 신문·통신사의 기자이지만 철저한 첩보 수집가들이기도 했다. 그래서 조선인들이 자신들을 어떻게 인식하고 있는지를 취재한 것이고, 이 과정에서 아리랑이 이를 알려주는 공시매체임을 간파한 것이다.

> "다음의 〈조선의 유행요〉 2·3수는 한 애국지사가 지은 것으로써 조선인이 일본의 위력에 압도당함을 원망하고 군주의 폭정을 비난하고 또 불우한 처지를 한탄하여 부르는 것이다. 이 노래가 처음 세상에 나왔을 때에는 나라에서 이를 입에 담지 못하게 했으나 지금은 산간벽지의 아이들이나 포구의 아이들까지도 입에 담고 있다."

기사 제목대로 당시 아리랑이 매우 널리 불리고 있는 상황을 제시했다. 그리고 그 유행하는 노래는 백성들이 일본과 조선국 군주를 비판하며 백성 스스로가 처지를 비관하며 부른 것이라고 했다. 처음에는 부정(不貞)한 노래였으나 지금은 세상이 부정(不正)하고, 부정(不淨)한 세상임을 아이들까지도 이 아리랑을 통해 노래한다고 하였다. 이런 상황을 일본의 지식인들과 일반 독자들에게 전한 것이다.

이는 아리랑을 자국 독자들에게 알리려는 의도는 실질적인 조선 민정 탐지에 있음은 물론이다. 이런 사실은 당시 대표적인 조선 정탐꾼의 한 사람으로 알려진 경제관료 노부오준뻬(信夫淳平)이가 1897년 〈仁川理事廳〉 이사관으로 부임하여 3년을 보내고 돌아가 조선에 대한 정보를 취합, 1901년 출판한 『韓半島』

의 존재에서 들어난다. 그는 앞에서 살핀 헐버트의 악보까지 수록하여 다음과 같이 기술하였다.

> "이 노래는 곡조(音韻)가 좋을 뿐이지 그 말이 무슨 뜻인지 알 수가 없다. 조선인 두, 세 명에게 그 뜻이 무엇인지 물었으나 답을 듣지는 못했다. 여기에 '한성사범학교 헐버트씨가 그 일절을 채보한 것'을 옮겨 놓았는데, 독자들이 불러보기 바란다. 그러나 듣기에 따라서는 망국적인 음조가 느껴지는 것은 참으로 묘하다. 그러나 어스름한 달밤에 남산 왜성대(倭城臺) 길을 걷다 철모르는 아이가 무심하게 부르는 아리랑을 듣는다면, 그 애가(哀歌)에서 다듬이 소리와 어울려 역사의 흥폐(興廢)와 인간사의 비애를 느끼게 하여 감개무량함과 아름다운 시구를 떠올려 흥얼거리게 하기도 한다."

역시 조선에 대한 정탐 보고인데, 이 중에 '망국적 음조', '애가', '역사의 흥폐', '인간사의 비애'…, 이렇게 아리랑을 부정적으로 기술하였다. 이는 헐버트의 아리랑론을 읽었음에도 불구하고 이런 표현을 쓴 것이다. 이는 이들이 조선 사정을 정탐하는 최종 목적을 드러낸 것으로 보게 된다. 생활양식이 다르면 그 음악의 가치 체계도 다르게 봐야하는 문화 상대주의를 몰각한 것을 넘어 한나라의 운명을 거론한 정치적 발언 자체가 자신들이 가서 경영해야 한다는 정한론과 다르지 않다. 그런데 이들의 아리랑에 대한 악의적 해석은 이 뿐만이 아니었다. 1905년 조선 사정을 구체적인 사진으로 들어내 일본 독자들에게 지배의 대상으로 제시한 『韓國寫眞帖』에서 다음의 아리랑 사설 2편을 수록한 사실에서 분명히 알 수 있다.

> "일본이 이겼네 아라사가 졌다네
> 졌으니 이제 항복을 해야잖나
>
> 아리랑 아리랑 아라리요
> 아리랑 노래로 울기만 하네

문경새재 박달나무
홍두깨 방망이로 다 나간다"

첫 편은 조선의 민심을 읽고 의도적으로 각색 또는 창작한 것이 분명하다. 물론 후렴 후행의 '아리랑노래로 울기만 하네' 역시 그렇다. 결과적으로 조선의 처지를 자신들이 보호해야 한다는 어이없는 논리를 아리랑을 이용해 들어낸 것이다.

① 아리랑을 통한 민중의식 탐문

청일전쟁을 승리로 이끈 위세로 러일전쟁까지 승리한 일본 무력이 조선을 향해 있다는 자만심까지 담고 있다. 즉 승전의 위세와 당시 유행하는 '문경새재… 다 나간다'를 배치시켜 나라의 상실(喪失)을 강조한 것이기 때문이다. 실제 통감부의 설치로 '조선'은 상실되어 가고 있었다.

이상에서 아리랑을 통한 침략의 정당성을 찾으려 한 일제의 저의를 아리랑을 통해 살폈는데, 이런 시도가 바로 〈조선의 유행요〉란 기사를 통한 보고이다.

인천 제물포 살기는 좋아도
왜인 등살에 나는 못살아 홍

에이구 데구 홍 귀찮고 성가시다 홍
단 두리만 살자꾸나 에구데구 싫다 싫어 홍

아라랑 아라랑 아라리요
아리랑 아얼쑤 아라리-야

산도 싫고 물도 싫은데
누굴 바라고 여기 왔나

인천 제물포는 토지나 기후는 살기에 좋은데 일본인들이 들어와 살게 되면서 살기 어려운 땅이 되었다는 하소연이다. 그리고 살고 있는 현실 자체를 회의하였다. 그런데 문제는 이런 일본에 대한 적대감을 직접 본국 독자들에게 보도한 저의이다. 그것은 단적으로 그들에게 이미 인천이 일본인에 의해 거점화 되었다는 자신감을 보도하여 조선 이주를 유도한 것이다. 이들은 이미 명치유신 이후 정한론(征韓論)이 일반화한 시점으로 조선과 만주를 정복해야 한다는 인식이 팽배해 있었던 때이다. 그러므로 자국 농민의 조선 이주 개척을 유도하는 결과를 얻었다는 사실에서 알 수가 있다.

이런 의도는 조선 조정의 무능과 이에 대한 타파를 병합의 명분으로 내세웠다. 즉, 두 번째 사설에 대한 해설에서 "군주와 왕비(고종과 명성황후)가 주연상(酒宴箱)만 끼고 노는 것을 비아냥거린 것"이라고 한 것과 세 번째 사설을 고양이 먹이가 될 서족(쥐새끼)으로 대비해 "백성들이 군주를 위하여 무거운 세금을 내고 있는 실정을 노래한 것"이라고 한 태도가 이를 분명히 한 것이다. 1912년 조선총독부 조사 자료에 의하면, 부평지역 공립보통학교에서는 〈산타령〉으로, 황해도 지역에서는 〈풍자요〉로 조사되었을 만큼 보편화된 민중의 저항적 하소연을 역이용한 보도이다.(이 기사는 같은 해 말 일본에서 홍석현(洪奭鉉/1872 ~?)편으로 조선 개척민들을 위한 회화책 『新撰朝鮮會話』에 재 수록된 사실에서 이의 활용도가 어떠했는지를 알게 한다. 이의 필사본이 하버드대학에 소장되어 미주지역에도 유포되었음이 확인된다.)

그런데 이 해설에서의 가렴주구의 조정과 힘없는 백성을 대비한 천적(天敵)관계는 의외에도 영화인 나운규에게는 일제와 조선으로 대비되어 나타나서 주목된다. 영화 〈아리랑〉의 첫 화면이 바로 고양이가 쥐를 노려보는 장면으로 시작된 사실이다. 이는 절묘한 반전이기도 하다.

한편 아리랑을 통한 일본의 이 같은 조선 탐문은 의외의 결과로 나타나기도 했다. 그것은 일본의 관심에 부응한 조선인의 보고행위(報告行爲)(?)가 있게 된 사실을 말한다. 이 말은 순수하게 아리랑 연구나 소개의 목적이 아니라

일본이 원하고 필요로 함에, 또는 그들이 필요로 하는 부분만을 선별해서 이를 우리 스스로 제공한 혐의를 말한다. 바로 1920~30년대 일본에서 번역가 · 시인 · 민요연구가 · 수필가로 활동한 김소운(金素雲/1907~1981)의 일본 내 아리랑 관련 집필 행위를 말한다.(이는 1938년 김문집(金文輯/1907~?)이 발행한 창작집 『アリラン峠』의 광고문에서 '언어예술의 극치! 9천만 국민의 미적 향연!'으로 표현한 것과도 일치한다.) 김소운은 총독부 기관지 『매일신보』의 독자 투고를 통해 수집한 자료를 일본에서 『諺文朝鮮民謠集』으로 발행하고, 문학작품(시)을 일본에 번역 소개하였을 뿐 아니라 자신의 조선관을 적극 집필을 통해 제시했다. 이에 대해 우리는 그동안 매우 긍정적으로 평가를 해 왔다. 그러나 이는 '제국 질서'하의 조종된 행위라는 시각에서 다시 논의하게 한다. 마치 야나기 무네요시(柳宗悅/1889~1961)의 조선 민예론(특히 광화문 철거 반대)을 조선의 입장에서 쓴 것으로 오인하여 예우했던 것과 마찬가지로, 김소운의 행위에 대해서도 오해하고 있었던 것이다. 바로 위의 시각으로 볼 때 김소운의 행위는 한마디로 '조선 정서의 일본에의 헌상(獻上)'이었던 것이다.

김소운은 1928년 12월 일본 『民俗藝術』(제1권 12호)에 〈朝鮮民謠의 律調〉 -아리랑의 音樂的 形態-를 발표했다. 이는 일본 내에서의 아리랑에 대한 관심이 고조되는 상황에서 발표한 것으로써 6쪽 분량에 4종의 아리랑(헐버트 채보 아리랑 · 강원도아리랑 · 긴아리랑 · 신아리랑) 악보를 수록하는 등, 동시대 국내의 어떤 아리랑 기사보다도 비중 있는 글이다. 그럼에도 이 글은 아리랑을 일본에서, 일본인을 위해 쓰인 글이라는 혐의를 벗을 수 없는 논조이다. 단적으로 앞에서 문제 삼은 아리랑을 '망국적'인 노래라고 한 것을 그대로 답습한 사실 때문이다. 이를 김소운의 모든 행위에 연역적으로 적용하는 것은 문제가 있음은 물론이다. 그런데 이와 함께 적어도 다음의 상황은 긍정하지 않을 수 없다. 그것은 바로 "일본 문자를 加하지 않은 이 지순한 조선서적"(동아일보. 1933. 2. 28)이란 수사로 지나칠 정도의 평가를 받아온 『諺文朝鮮口傳民謠集』

(동경 제일서방, 1933)의 일본 내 출판 배경에 대한 의구심이다. 〈매일신보〉 독자투고 자료를 중심으로 경성제대 조사 자료와 기타 2·3종의 자료를 취합한 것일 뿐 자신의 직접 조사가 아닌데도, 서문에 참여한 일본의 유명 거물급 인사들의 김소운에 대한 '극찬'은 과분하기 이를 데 없다. 이는 당시 조선총독부의 의도적 지원과 동원에 의한 것이다. 이 역시 조선 정서의 일본에의 헌상이 아닐 수 없다. 이런 배경을 그동안 우리는 도외시해 온 것이다.

이상에서 제한적이지만 19세기 말로부터의 일본 기록의 아리랑을 살폈다. 이들은 전승 사설이 아닌 사회성이 강한 것들이라는 점에서 당시 민중들의 의사소통권(意思疏通權)이 아리랑을 통해 이뤄지는 국면임을 알 수 있다. 나아가 이 시기 인천과 같은 개항지 임노동자의 집결지에서는 조선의 위기의식을 공유하려한 공동체의 체제유지적 기능을 갖고 불렸다. 이런 상황에서 일제는 지식층의 매체인 문집이나 신문이 아닌 아리랑을 공시매체로 주목했던 것이다. 아리랑은 이러한 역사에의 의탁 현상 때문에 일반 민요에서의 참여와 관찰만큼이나 동시대 문헌 기록을 주목해야 할 것이다.

3. 근대사의 만화경, 아리랑문화

우리 근대사는 반드시 민족과 역사를 함께 말하는 '민족사'로 통하는 운명을 갖고 있다. 그만큼 근대에 들어서서 '민족'을 자각(Self-Knowledge)했기 때문일 것인데, 흔히 '민족주의는 위기를 먹고 자란다.'(앙드레 슈미드, 「제국 그 사이의 한국」, 휴머니스트, 2007.)고 하듯이 실제 우리 근대사는 수난으로 점철되었다. 그 이전의 역사 몇 백 년에 비견되는 시련을 압축적으로 갖고 있는 것이기도 하다. 물론 환희와 격동도 있었지만 극단적으로는 국가 상징인 국호와 국기, 그리고 국가 조차도 외세의 간섭으로 우왕좌왕(右往左往)하여 주체적으로 제도화 하지 못한 상황이었음에서 민족주의는 있었어도 민족 국가는 없었다고 말해진다. 민족주의가 감정적인 애국주의와는 다르게 어느 정도의 정치적 · 철학적 이념화로 형성된다. 제도에서 정한 나라노래 국가(國歌)는 없었어도 민중들이 나라를 사랑하자며 부른 애국가(愛國歌)는 있었음으로 애국주의는 있었다. 그런데 아리랑이 경복궁 중수 공사장에서 나라의 권세를 비판하며 불렸고, 임금(『매천야록』, 1894년 정월)도 궁중에서 계급을 초월하여 불렀으니, 이 아리랑 상황은 분명 근대로의 전환이며 애국주의에서 민족주의로의 진화를 보여주는 것이다. 이런 맥락에서 아리랑은 단순한 민요로 독해 될 대상이 아님을 알게 된다.

1910년대 이전의 상황은 앞에서 보았지만 이제 살피게 되는 1920년대부터의 아리랑 상황은 그야말로 만화경이라 할 만큼 다양하고 다층적이고, 돌출적이기까지 하다. 이를 통해 아리랑이 해외 동포사회의 '고국문화 유전자'로 기능하게 되는 배경과 노래로서 시간의 풍화를 비켜가게 되는 이유도, 왜 공시매체로서의 역할을 하게 되었는지도 알게 된다. 결국 '민족의 노래'로서의 아리랑 재탄생, 재발견의 시대임을 확인할 수 있다. 이로써 아리랑은 적어도 한민족 근대사의 축약어(Contraction Word)로 읽음직한 것이다.

(1) 영화 〈아리랑〉, 주제가 〈아리랑〉의 탄생

"사실상 映畵는 小說을 征服하였다(〈승일, 라디오 · 스폿 · 키네마〉, 『별건곤』 12월호, 1926.)

"아리랑 寫眞이 한번 나온 後로 '아리랑 아리랑 아라리야…'은 고만 '코리맨라-멘르'로 流行하게 되었다."(〈인기배우 나운규군 문답기〉, 월간 『學生』 3월호, 1929.)

이 두 인용문은 무관한 것 같지만 상관관계에 있다. 전자는 영화〈아리랑〉의 흥행 성공을, 후자는 주제가〈아리랑〉의 유행상을 말한 것이기 때문이다. 그런데 실은 이 말을 이렇게 간단히 비교하고 넘길 만한 것이 아니다. 왜냐하면 전자는 도입된지 20여년 밖에 되지 않은 일천한 역사의 영화 장르가 역사상 문자시대 최고의 장르인 소설의 대중적 인기를 능가했다는 선언인 것이고, 후자는 나운규가 영화〈아리랑〉을 감독하여 '아리랑 아리랑'이 모든 유행을 능가했음을 말한 것이니 그렇다.

이제 이 두 문장의 진의를 각각의 자료들을 통해 확인해 보기로 한다.

> 눈물의 아리랑, 웃음의 아리랑
> 막걸리 아리랑, 북구(北丘)의 아리랑
> 춤추며 아리랑 보내며 아리랑 떠나며 아리랑
> 문전의 옥답은 다어디로 가고
> 동양의 쪽박이 웬 일인가
>
> 근사(謹謝) 초일(初日) 대만원
> 보라!
> 이 눈물의 하소연!
> 일대 농촌비시(一大 農村悲詩)
> 누구나 보아 둘 이 훌륭한 사진 오너라 보아라"

1926년 10월 1일 서울 단성사에서 개봉을 하며 낸 신문 광고 첫 부분이다. 앞부분에서 민요 아리랑의 정한을 강조하며 가사를 통해 영화의 주제를 제시하였다. 쪽박을 차게 되었으니 농촌의 슬픈 시가 아리랑이라 한 것이다. 이는 영화 〈아리랑〉과 나운규를 비중 있게 언급한 안종화의 『한국영화측면비사』에서 "우리나라 고유의 향토적인 정서가 속속들이 가슴을 파고드는 아리랑의 슬픈 멜로디가 곁들여져 있었다."는 기술은 이를 부연한 것이다.

그런데 영화 〈아리랑〉의 줄거리로는 앞에서 살핀 가사가 불릴 만큼 조선 내의 모순적 상황이 있다고 보기 보다는 단순하기까지 하다. 어찌 보면 단순한

치정과 살인의 사연으로만 볼 수도 있다. 그러나 시나리오로(재구성된 것이긴 하지만)나 영화평을 보면 이 단순함에 나운규의 영화적 장치가 숨겨 있음을 알 수 있다. 예컨대 첫 장면에 견원지간(犬猿之間)을 비유하여 고양이와 쥐를 배치시켜 일본과 조선과의 앙숙(怏宿) 관계를 암시한 것이라거나, 주인공 영진이를 미치광이로 만들어 현실을 냉소한 것이라거나, 친일 앞잡이가 여주인공을 겁탈하다 낫에 찍혀 죽는다는 상황을 일본의 강압적인 식민통치와 그에 대한 저항으로 그린 것이 그것이다.

바로 중첩된 우의(알레고리)로 '일제 식민통치의 정수리를 조선낫으로 찍으려 했다'(최금동, 아리랑연구회 좌담회, 1992)는 영화적 의도를 읽을 수 있다. 이를 좀 더 부연하면, 연약한 여주인공 영희를 일제에 침략당한 조선으로 표현하고, 일제의 착취상을 천상민과 오기호의 배역으로 나타낸 것이다. 또한 사막에서 목이 타 죽어가는 남녀를 조선의 현실로, 물을 가지고 희롱하며 여자를 탐하려는 대상(隊商)을 일제로, 침략당한 조선 현실을 대상에게 간 여인으로 표현한 것이 모두 그렇다. 이것은 분명히 나운규가 영화적 연출력으로 위장시켜 보여준 것이다. 당시 관객들은 그래서 당연히 이를 알아차렸다. 이런 처지에서 살아가던 관객들은 영화를 '나의 이야기', '나의 영화'로 동일시하여 치유적 효과를 얻기도 했던 것이다.

> "따라서 관객들은 이 한 편의 영화에서 잠재되어 있던 민족의식과 쌓이고 쌓인 울분 및 반항심을 되찾을 수 있었고, 그래서 또한 영화 〈아리랑〉에 완전히 공감할 수 있었다. 라스트 신에서 주인공 영진이 정신을 회복하고 손에 수갑을 채인 채 아리랑고개를 넘어가면서 불러대는 주제가 아리랑에 모든 관객은 나라 없는 백성의 설움과 서글픔을 뼈저리게 느끼면서 영진과 더불어 뜨거운 눈물을 흘린 것이다."

이는 안종화의 『한국영화측면비사』 중 라스트 신에서 주제가가 불린 상황을 부연한 대목이다. 가슴 밑바닥에 있던 민족의식이 반일감정으로 솟구쳐 오르지만 어쩔 수 없이 아리랑을 부르는 행위로 시위를 할 수밖에 없었다. 관객은 늘어났고, 조선인이면 꼭 봐야 하는 영화로 퍼져나갔다. 그 결과로 주제가 〈아리랑〉은 영화보다 먼저 전국에 퍼져나갔다.

유례를 찾을 수 없을 정도로 1926년으로부터 1953년까지 거듭 거듭 전국을 순회상연하고, 일본과 중국 동포사회에까지 상영되었다. 1938년 일본 영화인들의 한 좌담회에서 밝힌 바와 같이 오사카 지역에서 의외의 흥행을 거뒀다는 사실 등을 상기하면, 이 상황은 중국 동포사회에서도 마찬가지였을 것이다. 그러므로 이 영화를 오늘날 우리 영화사 첫머리에 놓고 '민족영화 제1호'로 부르는 것에 이의를 제기하지 않는다.

① 민족의 영화, 민족의 노래, 탄생

"문 – 풍년이 온다. 풍년이 온다. 이 강산 삼천리에 풍년이 온다. 아리랑 아리랑 아라리요 아리랑 고개를 날 넘겨주오. 하는 이 노래는 누가 지었어요? 한동안은 그것이 벌써 10년은 되었지만 그때 서울이든 시골이든 어디에서든지 어린 아이 어른 할 것 없이 모두 즐겨 부르던 아리랑의 이 주제가를 누가 지었어요?

답 – 내가 지었소이다. 나는 국경 회령(會寧)이 내 고향인 것만치 내가 어린 소학생 때에 청진(淸津)서 회령까지 철도가 놓이기 시작했는데 그 때 남쪽에서 오는 노동자들이 철로 길을 닦으면서 '아리랑, 아리랑'하고 구슬픈 노래를 부르더군요. 그것이 어쩐지 가슴에 충동을 주어서 길 가다가도 그 노래 소리가 들리면 걸음을 멈추고 한참 들었어요. 그리고는 애련하고 아름답게 넘어가는 그 멜로디를 혼자 외어 보았답니다(중략).

내가 예전에 듣던 그 멜로디를 생각하여 내어서 가사를 짓고 곡보는 단성사 음악대에 부탁하여 만들었지요."

작고 7개월 전인 1937년 1월, 잡지 『三千里』가 수록한 나운규와의 대담기사이다. 회령 국경지대에서 자란 탓에 중국과 러시아와 일본 문화까지도 접했다고 했다. 그리고 괴나리봇짐을 지고 남부여대 조국을 등져 북간도로 넘어가는 길목이어서 어린 나이에 민족의식에 눈을 뜨게 되고, 그래서 일본인 감독하의 철도 노동자들의 고역(苦役) 현장에서 부르는 아리랑을 감수성으로 받아들일 수 있었다는 요지이다. 그러다 1918년 간도(間島)로 넘어가 명동학교에 입학했으나 일본군에 의해 학교가 소실되어 만주와 연해주를 떠돌게 되었고, '먹고 살기 위해' 러시아 백군에 입대하여 용병생활까지 했다. 이어 1921년 서울 중동학교를 거쳐 연희전문학교 문과에 입학(?)하여 친구 윤봉춘(尹逢春)과 함께 극장 〈우미관〉을 출입하며 영화 감상에 몰두하기도 했다.

그러던 와중에 북간도 시절 도판부(圖版部)사건(독립운동관련 문서 제작 및 송달 업무)이 문제가 되어 일경에 피체, 1년 6월의 형을 언도받아 청진형무소에서 복역했다. 이 때 독립투사 이춘성(李春成)을 만나 호 춘사(春史)를 받기도 했다. 1923년 12월에는 〈예림회〉라는 신극단에 입단하여 본격적인 예인의 길로 접어들게 되었고, 이때 안종화(安鍾和) · 김태진(金兌鎭) · 주인규(朱仁奎) 등을 만나 영화계에 진출하게 되었다. 드디어 1924년에는 부산에 설립된 조선키네마주식회사 연구생 입사를 첫 출발로 윤백남 원작, 안종화 감독의 〈海의 悲曲〉에 단역으로 출연했다. 이어 인정을 받아 다시 출연한 〈심청전〉에 심봉사 역을 하면서 배우로서의 가능성을 인정받았다. 그리고 1926년 조선키네마프로덕션에서 제작한 〈농중조(籠中鳥)〉에 복혜숙과 함께 출연하여 비로소 존재를 알리게 되었다. 그리고 드디어 1925년 영화 〈아리랑〉의 감독 · 주연 · 시나리오를 총괄, 천재성을 발휘하게 되었다. 이런 과정은 나운규가 자신의 연출 작품에서 민족문제를 저변에 깐 영화를 만들어 낼 수 있었던 배경을 알게 하는 것이다.

> "라운규가 〈아리랑〉을 취급 대상으로 선택하고 여기서 주제를 돌출해내려고 하였던 것은 〈아리랑〉이라고 하는 어원과 어의를 일제통치시기 우리 민족의 슬픔으로 련결시키고 승화시킬 수 있다고 생각하였기 때문이었다."

북한에서 나운규 탄생 1백년을 기념하여 출간한 『라운규의 수난기 영화』(평양, 1999)에 〈민요 아리랑을 예술적 소재로 선택하여〉란 부분에서 인용한 것인데, 영화 〈아리랑〉을 적극적으로 나운규의 항일성에 근거하여 형성되었음을 강조하고 있다. 바로 이런 시각도 같은 배경을 부각시킨 것이다.

나운규가 고향에서 아리랑을 각인(刻印)하고, 이를 주체화하여 영화 〈아리랑〉으로 형상화 한 것은 다시 정리하면 이렇다. 하나는 어린 시절 일본 · 청국, 심지어는 러시아 문화까지 접한 국경성(國境性), 둘은 소작쟁의에 등에 의한 공동체의 해체로 북간도로 떠나가는 동포들이 두만강을 건너며 눈물로 이별하는 모순을 접한 결과이다. 나운규가 자란 고향은 북간도의 길목이다.(민속학자 이두현 교수는 부모가 간도로 가는 도중 산기를 맞아 급하게 찾아 든 곳이 바로 나운규의 집 사랑방이었고, 그래서 회령을 고향으로 두게 되었다고 한다.) 두만강의 회령 건너편은 중국 용정시 삼합진으로 가장 폭이 좁은 곳이다. 이를 통해 '오랑캐 고개'를 넘어 독립투사들의 성지인 간도 명동학교에 입학(1918)하게 되었다.

영화 〈아리랑〉이 개봉되어 세상에 널리 알려지게 되는 1926년 12월에는 하루에도 백 여 명이 간도(間島)로 떠나는 상황이었고, 이듬해 3월에는 삼천포의 한 마을에 동양척식주식회사가 주선한 일본 이주민 12호가 들어오면서 대신 20호가 간도로 떠나갔다. 고향을, 조국을 떠난다는 것은 '눈물, 눈물, 가시는 사람이나 남아있는 사람이나 모다 끝없는 비애에 잠긴다'(매일신보. 1932. 1. 29)는 탄식과 비분이 두만강가 마을인 회령에는 특히 팽배해 있었다. 이런 사정을 영화 〈아리랑〉과 그 주제가에 담은 것이니 관객들은 이 비탄조 아리랑을,

> "이것은 어쩔 수 없이 울리어 나오는 조선 사람의 혼(魂)에 소리임이 틀림이 없다. (중략) 그러나 어느 나라 어느 민족이고 그들의 영혼이 부르는 노래는 어찌 할 수 없는 것이라 하겠다."(삼성생, 〈토월회의 아리랑고개를 보고〉, 조선일보. 1929. 11. 26)

고 받아 들였다. 이런 일본에 의한 조선 내의 모순과 이로 인한 비탄이 영화 〈아리랑〉 서사의 선-구조(先-構造 : The Prestructure)였던 것이다.

고향에서 아리랑을 가슴에 담은 지 10여 년 후인 1925년 이 같은 역정은 앞에서 인용한 회고담이 발표된 시점으로부터 〈조선일보〉 1938년 11월 1일자 〈명화에 숨은 로멘스〉 같은 기사에서 재확인시켜 주었다.

> "아리랑 아리랑 아라리요
> 아리랑고개로 넘어 간다
> 청천하늘엔 별도 만코
> 이네야 가슴엔 설움도 만타.
> 이 노래가 전 조선의 방방곡곡을 흐르던 때는 지금부터 13년 전 일이다. 아리랑이라면 곧 라운규씨를 생각하게 되고 라운규씨라 하면 곧 아리랑을 연상한다"

나운규, 영화 〈아리랑〉, 그리고 주제가 〈아리랑〉의 관계와 함께 대중적 소통의 단계를 맞고 있음을 말하였다. 임화가 "절대한 인기를 득하여 조선영화로서 흥행 성적의 최초 기록을 만들었다"고 한 평가, 1939년 〈아리랑〉으로 무성영화가 무엇인지를 알 수 있었다고 한 안동수의 증언(『영화연극』, 제1호), '영화가 상영된 뒤로부터 갑자기 민요 아리랑이 유행했다"고 한 조용만의 증언(『경성야화』, 1992)도 같은 관계를 확인시켜주는 것이다. 이로써 80여 년 동안 불려오는 이 아리랑이 영화 〈아리랑〉의 주제가인 것이 분명함과 함께 나운규의 민족의식에서 출발한 것임을 확인 했다. 이를 주제가 〈아리랑〉 형성에 좁혀 주목한다면 나운규는 전문적 작사 작곡자가 아닌 '숙련되지 않은 천재'(Untrained Genius)로서 외래적인 것의 수용으로 재맥락화(Recontextualization)한 '의도된 민속음악' 아리랑을 탄생시킨 것이다.

그런데 이 주제가 〈아리랑〉은 영화 〈아리랑〉 개봉에 앞서 총독부의 탄압을

1918년 명동학교 입학 당시의
교복 입은 나운규 모습

받았다. 가사가 불온하다며 일부를 삭제하라고 했고, 만매의 전단지를 모두 압수한 것이다.(이 때문인지 제1편의 전단지는 사진으로도 확인되지 않고 있다.) 삭제 당한 일절은 '문전옥답은 다 어디로 가고 쪽박의 신세가 웬일이냐' 그리고 '싸우다 싸우다 아니되면 이 세상에다 불을 지르자'이다. 이는 1931년 콜롬비아 레코드사 경성 지사장(支社長) 핸드 포드가 편집, 발행한 『精選朝鮮歌謠選集』 같은 노래책에 칼로 오려지거나 먹칠로 지워져 발매되었다. 이로써 두 가지 가사는 지하에서만 불리게 되었고, 주제가 〈아리랑〉의 성격을 알려주게 되었다.

개봉 이후 영화 〈아리랑〉 관련 자료에서 확인되는 주제가 전 11절은 다음과 같다.

주제가 〈아리랑〉 사설

후렴 : 아리랑 아리랑 아라리요/ 아리랑 고개로 넘어 간다
①나를 버리고 가시는 님은/ 십리도 못가서 발병난다
②청천 하늘에 별도 많고/ 우리네 살림살이 말도 많다
③세상 인심도 무정도한데/ 요내 마음은 유정도 해라
④저기 저 고개 내 마음 안다/ 내 마음 어디 두고 이꼴이 됐나
⑤풍년이 온다네 풍년이 와요/ 이 강산 삼천리 풍년이 와요
⑥산천에 초목은 젊어나 가고/ 인간에 청춘은 늙어가네
⑦문전에 옥답은 다 어디로 가고/ 동냥의 쪽박이 왠말인가

⑧괴나리 봇짐을 짊어지고/ 아리랑고개로 넘어 간다
⑨싸호다 싸호다 아니되면/ 이세상 에다가 불을 지르자
⑩바람이 불며는 비 온다는데/ 어떤 아낙이 빨래하러 가나
⑪서산에 지는 해는 지고 싶어지나/ 나를 두고 가는 님은 가고 싶어 가나

두 가지 가사가 불릴 수 없고, 전단지가 압수당했다는 사실이 알려지게 되면서 가역반응(可逆反應)이 일어났다. 이는 오히려 영화 〈아리랑〉의 민족영화화, 노래 아리랑의 항일화에 일조를 하였다. 이로부터 아리랑은 구비전승이라는 전승 체계, 즉 민요적 층위를 전혀 달리하는 문화로 기호화하여 문화예술 전역에 아리랑을 확산시켰던 것이다.

(2) 영화 〈아리랑〉의 줄거리

주제가 가사는 영화의 서사구조에 긴밀하게 배치되었다. 이 말은 일반적인 주제가처럼 단순하게 영화의 시작과 끝에서만 불린 것이 아니라 내러티브의 기능으로 내용에 따라 배치되었다는 얘기이다.

나운규는 이 줄거리를 자신이 직접 구성했다고 했다. 우선 생전의 증언, 1937년 1월 『三千里』와의 인터뷰 일부를 통해 살펴보기로 한다.

"물음-영화 스토리도 혼자 생각했어요? 어떤 데서 암시를 받았고 또 어떤 뜻을 표현하느라고 애썼어요?

답-이야기는 모두 혼자서 생각해 냈지요. 나는 거기에 표현하려 한 정신은 한 개의 아무 구속도 아니 받는 인간을 그리려 했지요. 그러자면, 미친 사람이 되어야하지요. 미친 사람 눈에는 세상의 모든 권위도, 무서운 것도 머리 숙일 곳도 아무것도 없지요. 제가 웃고 싶으면 언제든지 웃고 제가 하고 싶은 말은 아무 말이나 하고요. 그래서 이 주인공을 철학을 전공하는 미친 사람으로 만들었지요."

이 진술에서 줄거리를 자신이 생각해냈다고 했고, 연출(감독)도 자신이 직접 했다고 밝혔다. 이런 사실은 영화가 개봉되어 히트했고 또한 객관적인 평가가 이뤄진 이후의 증언이기 때문에, 이의 없이 받아들일 수 있을 것이다.

① 이야기의 시작

영화는 처음 '고양이와 개'라는 자막을 띄우는 것으로 시작한다. 이어 남자 주인공 영진과 악질 지주 앞잡이 오기호가 서로 쫓고 쫓기는 장면으로 이어져 일본과 조선, 압제자와 피압박자 간의 필연적 갈등이 영화의 주제라는 사실을 암시한다. 대략적인 줄거리는 다음과 같다.

전답을 팔아 서울 전문학교를 다니던 주인공 영진이는 어느 날 실성한 몸이 되어 고향에 돌아온다. 이에 대해 동리 사람들은 3.1운동 때 일경에 잡혀 고문을 당해 그렇게 된 것이라고 하는 이도 있고, 그냥 어쩌다가 실성을 하게 되었다고 하는 이들도 있었다. 어떻든 지난해 동리의 희망을 안고 서울로 갔던 영진이가 실성하여 돌아온 것에 대해 이 말 저 말이 많았고, 이런 영진이는 동리를 휘젓고 다녀 사람들을 더욱 안타깝게 했다.

이런 영진이를 바라보는 아버지와 동생 영희의 가슴은 쓰리고 답답했다. 그러던 어느 날 영진이의 서울 유학을 위해 진 빚을 갚으라는 마름 오기호가 나타나 행패를 부렸다. 오기호는 오래 전부터 영진이의 여동생 영희를 탐내고 있었다. 그래서 영희를 자기에게 시집보낸다면 빚을 대신 갚아 주겠다고 협박을 했다.

② 이야기의 전개

이런 중에 여름방학을 맞아 영진이의 친구 현구가 찾아온다. 영희를 비롯한 마을 사람들은 반갑게 맞이하지만 정작 친구 영진은 그를 알아보지 못한다.

그렇게 영진이는 전혀 차도를 보이지 않았다.

그러던 어느 날 동양척식회사의 사주를 받은 앞잡이들이 소작할 전답이 없어 고향을 등지고 간도로 떠나는 이들을 위한답시고 말도 안 되는 풍년치레 잔치를 벌인다. 떠나는 이들의 불만을 누그려 뜨리려는 술책이었다. 잔치는 일경이 지켜보는 가운데 풍장굿이 벌어져 풍물 소리는 하늘 높이 마을을 감돈다. 그런데 마을 사람들이 모두 모여 시간을 보내고 있을 때 흑심을 품은 오기호는 혼자 오빠를 돌보기 위해 집에 있는 영희를 욕보이려 들어왔다. 그리고 영희는 오기호를 피하여 이 방 저 방을 뛰어 다녔다.

이런 모습을 멍하니 바라보던 영진이의 눈길은 회상의 먼 사막으로 가 닿는다. 두 남녀가 목이 타 죽어 갈 때 낙타를 탄 대상(隊商)이 나타나, 물을 모래에 뿌리며 여인에게 자신을 따르면 물을 주겠다고 하며 농락을 한다. 결국 여인은 목이 타 괴로워하는 남자를 두고 자신은 대상의 품에 안긴다.

잠시의 환상에서 돌아 온 영진이는 오기호가 영희에게 덤비는 것을 보고 히죽히죽 웃는다. 그의 눈에는 둘이 장난이나 하는 것으로 보였던 것이다. 바로 이 때 굿판에서 이상한 낌새를 느끼고 들어온 현구가 영희를 겁탈하려는 오기호를 보고 이를 떼어 놓으려고 달려들었다. 이 순간, 영진이는 갑자기 발작하여 헛간에 걸린 낫을 빼어 들고 오기호에게 달려든다. 그리고 치켜든 낫으로 이리저리 피하는 오기호를 향해 내려친다. 순간적이었다. 오기호는 선혈이 낭자한 채 헐떡거리다 쓰러져버린다. 이에 영진이는 붉은 피를 토해내는 오기호를 멍한 눈으로 바라본다.

낫에서 떨어지는 붉은 피, 영희와 현구의 파랗게 질린 모습, 여기에 스스로도 놀랬던지 영진이는 제정신으로 돌아온다.

③ 이야기의 결말

사태는 돌이킬 수 없는 지경이 된다. 영진이는 혼란 속에 허공을 바라만 보고 있다. 정신을 되찾은 영진은 들이닥친 일경의 포승에 묶여 결박당한다. 아버지와 영희 그리고 현구의 오열과 동리 사람들이 발을 굴렀지만 영진은 포승에 묶인 채 두 명의 순사에 의해 아리랑 고개를 향해 간다.

고개 마루턱에 오른 영진이는 뒤돌아서서 동리 사람들을 향해 말한다. "여러분 나와 함께 부르던 아리랑을 불러 주십시오. 나는 다시 돌아올 것입니다. 나를 위해 울지 말고 아리랑을 불러주십시오." 이에 동리 사람들은 아리랑고개를 오르는 영진이를 향해 아리랑을 부르고 또 부른다.

이렇게 영진이는 늙은 아버지와 동생 영희, 친구 현구, 그리고 동리 사람들과 아리랑으로 이별을 하게 된 것이다. 아리랑고개를 넘으며….

이 같은 서사를 이끌어 가는 힘은 연출자의 영화적 장치겠지만, 관객들은 이를 마치 아리랑 노래가 끌고 가는 것으로 알았다. 주요 서사의 전개, 도약, 압축에 맞는 가사를 적소에 배치시켜 후렴 '아리랑 아리랑 아라리요/아리랑고개로 넘어 간다'를 고리(環)로 이어가게 했기 때문이다.

(3) 나운규와 장송곡

원작을 쓰고 각색을 했고, 감독(연출)도 하고 주연으로 출연까지 하여 영화 〈아리랑〉을 세상에 내놓은 나운규는 36살에 요절을 했다.(이외 절절한 아리랑 사연을 지닌 김산 · 탁결현 · 윤동주 등이 모두 30대 요절인 들이다.) 그는 굿판을 벌여놓고 '싸우다 싸우다 아니 되면 이 세상에다가 불을 지르리'라고 변혁을 외친 무당이었다. '영화 〈아리랑〉 1편에서 이 땅 정조를 백퍼센트 표현하여 많은 사람을 울리든 명우 나운규씨'(≪삼천리≫ 1935. 12)라는 평가는 다음과 같다.

"영화가 문화사업의 하나라면 민중을 끌고 나가야 한다. 그러나 백 리 밖에서 아무리 기를 흔들어야 그 기가 민중의 눈에 보일 리가 없다. 언제나 우리는 민중보다 보(步)만 앞서서 기를 흔들어야 되리라고 생각한다."(〈아리랑〉을 만들 때, ≪朝鮮映畵≫, 1936, 11)

그리고 연출론은 영화라는 굿판을 통해 시대적 모순을 개혁하려 한 무당의 인식과 기능에 다름 아니다. 다음의 평은 바로 무당의 푸닥거리와 같다.

"……그러면 조선 농촌 파괴를 의미하는 것인가? 그것은 벌써 우리가 알고 있는 사실이다. 아리랑의 노래를 부르지 않아도 북간도(北間島)의 노래를 부르지 않아도 우리의 매일 신문지상으로 보더라도 정확히 알 것이다. 일개 지주(地主)와 소작인(小作人) 간의 투쟁은 미쳐야 행복이라고 제창(提唱)함은 참으로 두뇌를 의심하겠다. 조선인이 다 미친다면 누가 불쌍타 하겠는가."

여기에서 '아리랑' · '북간도' · '지주와 소작인 간의 투쟁' · '미치다' 등의 키워드가 알려주듯 조선 내 사회문제인 농촌의 피폐상을 개혁하려는 의도가 담겨 있다. 이 개혁성을 제2편에서 되물은 것은 제1편에서는 어느 정도 그 성과를 거뒀음을 반증하는 것이다.

그런데 나운규는 변혁을 시도해 놓고는 그 실현을 보지 못했다. 뿐만 아니라 더 가혹해져가는 세상에 대해 비분으로 신음하다 급기야 자신의 몸에 든 병에 함몰당해 1937년 8월 9일 새벽 1시 20분 요절을 했다. 마지막을 지킨 친구 윤봉춘에 의하면 "***의 반지를 전당포에 넘긴 것을 해결 못했다. 내가 죽어 신문에 나면…. 누가 울어줄까?"라고 중얼거리고 눈을 감았다고 한다. 한 대가의 말로는 너무나 '식민지적'이었다. 그러나 영화 〈아리랑〉 제1편의 성공으로 생활의 여유와 자유연애를 구가했던 시절은 기실 제1편보다 나은 작품을 쓰지 못하였으니 그 성공은 '위협의 축복'이었던 것이고, 중국과 러시아를 떠돌던 시절과 회철선 철도 터널 폭파사건으로 일제에 의해 감옥살이를 하고 나와 첫 감독 작으로 연출한 영화 〈아리랑〉 제1편을 대성공 시켰으니 이는 분명한 '신성한 불만족'이 결과한 것이 아닐 수 없다.

3일 후 8월 11일 오전, 어찌된 사연인지 극장〈단성사〉에서 영화인장으로 치르기로 한 영결식이 취소되었다. 일제의 방해였든 내부의 갈등이든 이 역시 '식민지적' 불상사였다. 상여는 빗속을 뚫고 무악재를 넘어 홍제동 화장장으로 가게 되었다. 마치 영화의 마지막 장면 같은 고개를 오르며 찍은 장례 운구 사진에는 영구차 뒤 만장기 속에 일단의 밴드가 따르는 모습이 담겨 있다. 이 악대는 당연히 아리랑을 연주하고 또 연주했다. 기묘하게도 차이코프스키가 자신이 작곡한 〈현악 4중주〉를 장송곡으로 삼았듯이, 나운규도 자신이 지은 주제가 〈아리랑〉을 장송곡으로 삼은 것이다.

사실 무성영화시기에 주제가(음악)는 이미지에 보조적인 역할을 수행하는 '배경음악'으로 사용했을 뿐이지만 영화 〈아리랑〉에서의 주제가는 이와는 다른 다양한 기능으로 쓰였다. 이미지와 서사의 흐름을 추동하고 주제 자체를 표상하는 기능으로 내세웠다. 또한 개봉 이후 영화 외적으로도 기능하여 '주제가가 영화를 끌고 다니는 역할'까지 하기도 했다. 이런 측면에서 이 주제가 〈아리랑〉은 무성영화 시대에 가장 역동적인 음악으로 활용된 사례로, 영화 〈아리랑〉을 의미론적으로 보완하고 개념적으로 규정하기도 한 것이다.

이에 따라 영화 〈아리랑〉과 주제가 〈아리랑〉은 아리랑이 지니는 역사성이 민간 전승으로부터 전혀 다른 차원의 문화영역인 대중예술로 옮겨가게 했다. 그 결과로 민속문화, 그 이상의 확산력으로 다양성과 초역사성을 발휘, 음악사, 문학사, 예술사의 기점에 위치하게 했다.

(4) '모든 노래는 아리랑으로 통한다'

아리랑의 장르 확산이란 잡가 아리랑 또는 주제가 〈아리랑〉이 비민요 또는 비음악 장르에까지 표제나 제재(題材)나 정서로 수용된 현상이다. 이는 아리랑 역사에서나 우리 문화사에서 매우 돋보이는 것이다. 왜냐하면 아리랑의 지속과 변용상을 살필 수 있고, 아리랑이 오늘의 위상에 이르게 한 배경을 영화와 같은 타 장르가 얻은 성가로부터 동반상승(同伴上昇)한 일면이 있다는 사실 때문이다. 무엇보다도 영화 〈아리랑〉에서 비롯된 일련의 아리랑 흐름은 민족문화운동(民族文化運動)의 일면이 있다는 점에서 이런 국면을 소홀히 할 수 없게 된다. 그러므로 타 장르의 사적 흐름, 즉 당대적 국면에 견주어 이해할 필요가 있게 되는데, 각 장르와 아리랑의 위치를 함께 읽기 위해서이다. 특히 아리랑문화에 대한 생산적인 논의를 위해서는 전체 국면을 정리할 필요가 있게 된다.

장르 확산의 첫 사례인 영화 〈아리랑〉은 1926년 개봉된 이후, 국내는 물론 일본과 중국 동포사회까지 상영되었다.(김연갑, 「나운규의 변혁의지」, 개봉80주년 토론회 발표문, 아리랑아카데미, 2000.) 개봉 극장인 단성사를 비롯한 서울의 주요 극장에서 10여 차례나 재 상영을 거듭하기도 했다. 서울에서 개봉 4개월 후 재 상영 한 〈조선극장〉은 다음과 같은 재 상영 광고를 냈다.

> "재 상영의 투서가 산을 이룬 조선영화 대회!
> 못보아 한 되고 다시 보고 싶어 기다리는 조선키네마 제2회 작품, 향토비시 아리랑 전 8권 총지휘 김창선, 원작 각색 춘사 주연 나운규 엑스트라 1천명 조연 그들의 거리에 눈물은 말렀다. 사랑의 맘에 노래는 매쳤다. 오! 왜처라 울분한 호소여!
> 그러나 맘 없는 이들은 그를 대할 때 너털너털 우서만 주더라" (매일신보, 1927, 2, 9.)

'鄕土悲詩'라는 성격과 '왜처라 울분한 호소여!'라는 표현은 시기상으로 의미심장하다. 이러한 광고에 의한 재 상영은 물론이고, 전국의 시장통, 학교 운동장, 마을 공터의 가설극장에서도 상영되었고, 도시의 모금운동이나 기관 · 단체 행사의 이벤트로 상영이 이어졌다. 그런가 하면 다른 영화 흥행에서는 찾기 어려운 〈단성사 순업대(巡業隊)〉라는 이동 상영단과 이를 운영한 임수호(단성사 영업부장)라는 수완이 특출한 인물의 활동도 크게 기여했다. 그렇지만 무엇보다도 이 같은 장기적 상영에 의한 흥행 성공은 주제가 〈아리랑〉을 앞세운 영화 〈아리랑〉이 당시 민중들의 가슴을 달래줄 수 있는 시대정신을 발휘했기 때문임은 두말할 여지가 없다. 단적인 예로 1926년부터 1931년까지의 경기도 안성 지역의 이농 현상을 언급한 보도에서 이 시기 민중 감정의 배경이 어떠했는지를 알게 한다. 〈自作農은 小作農되고, 小作農은 遊離, 5년 동안에 숫자로 보여주는 안성의 농촌 破滅相〉이란 다소 긴 제하의 기사이다.

> "농촌이 날로 파멸하여 자작농이 소작농으로 몰락되어 감은 다시 말 할 것도 없지만은 경기도 안성군은 그 중에도 더욱 심하게 되어 지난 소화 원년 말 현재로 보아 순 소작농 7.375호가 동 5년 말에는 753호가 증가되었다 하며, 작년 말에는 1.549호가 증가되어 8.919호로써 총 호수 1만.1889호의 비례에 의하면 상당한 숫자를 내어 가속도로 소작농이 증가되었는데, 그 위에 소작권까지도 박탈을 당하여 할 수 없이 다른 곳으로 유리(遊離)한 소작농이 과거 5년 동안에 1.347호로써 5년 전 현재 수의 1할 8분에 상당하다고 한다. 이와 같이 떠나가는 원인은 여러 가지가 있지만은 소작권을 잃고 농사 질 경작지가 없서서 그리 된다고 한다."(1933. 9. 10. 매일신보)

총독부 기관지 ≪매일신보≫의 기사치고는 매우 직접적이고 고발적인 제하이다. 오죽했으면 이런 정도의 보도를 했겠는가를 감안하고 보면 이보다 더한 농민의 유리가 있었고, 이에 따른 원성 또한 훨씬 컸음을 짐작하고도 남는다. 바로 이런 상황으로 말미암은 민중 감정이 일정 기간 영화 〈아리랑〉의 주제의식과 동행했던 것이다. 그 동행의 기간이 1920년대부터 1950년대 중반까지였으니, 분명 집단적 영화 보기를 통해 소속감을 갖게 되었고 '사회의 관습적 기억'

이 되어 주제의식은 언제든 재생 될 수 있었다.(북한의 〈아리랑축전〉은 이런 맥락에서 있을 수 있는 하나의 아리랑 작품, 또는 '민족'을 무대화 한 '정체성을 상품화'한 작품이다.) 당연히 관객들은 가창 경험의 집적으로 주제가를 정형화 시켰고, 이에 따라 공감대가 확장되어 독자적인 정체성(Identity)을 확보하였음은 물론이다.

사실 전통적인 농업사회에서 농지조사와 임야조사를 통해 농토를 국유화하거나 일부의 기득권 세력과 일본 이주농민들에게 돌아가게 한 총독부의 정치적 행세는 근근이 공동체적 삶을 영위하던 소작농들과 그보다 못한 궁민(窮民)들의 삶의 터전을 송두리째 뽑아버린 것이다. 이 때의 절망감과 적개심이 바로 영화 〈아리랑〉을 '민족영화'로 평가하게 한 것이었다.

나운규 감독의 1937년 작 〈오몽녀〉에 출연한 배우 김일해(1906~1992)는 당시 민중들이 공감했던 대목을 주인공 영진이가 미쳐서 조선낫으로 악질 지주 앞잡이를 찔러 죽이고 아리랑을 불러제키는 장면이라면서 다음과 같이 설명했다.

> "자기 자신을 숨기고 미쳤다는 것…, 일본 놈 죽이는 것, 큰일 날 거 아니야. 야단나니까 미친 거야. …, 아리랑, 자기의 슬픈 감정을 아리랑으로 부른 거야. 아리랑 부르면 눈물이 나는 거야. 신나는 거야. …"(강태근, 「일제강점기의 상해파 한국영화인 연구」, 한국외대석사논문, 24쪽.)

라고 했다. 그리고 조정래의 대하소설 『아리랑』에서는 이를 더 적극적으로 드러냈다.

> "나는 도망 다니면서 사람들이 독립을 다 잊어버린 것이 아닐까 하고 의심하고 회의 했었다. 허나 그건 외로움과 두려움에 몰리고 있는 내가 잘못 생각한 것이었다.
>
> 〈아리랑〉을 보고 내 잘못을 깨달은 거지. 활동사진에 그 많은 사람들이 몰려들고 노래가 그렇게 퍼져 가는 건 뭘 말하는 것인가. 그건 바로 조선

민요 〈신아리랑〉, 고복수 · 강남향 · 이난영 노래, 반주－오케레코드(k1264)

사람들이 가슴가슴 마다 독립의 염원을 뜨겁게 품고 있다는 증거 아닌가."

이 대목을 60여년 후의 소설적 기술일 뿐이라고 의구심을 가질 필요는 없다. 나운규와 함께 활동했던 이경손(李慶孫 · 1903~1979)이 "단성사가 터질듯 했다. 개봉 날만이 그런 것이 아니었다. 날이 갈수록 만원이었다. (중략) 마치 어느 의열단원(義烈團員)이 서울 한구석에 폭탄을 던지는 듯한 설렘을 느끼게 했다. 그것도 비밀이 아니라 공개적으로 느끼게 했다"(이경손, 무성영화시대의 자전, 신동아, 1964, 12)고 한 선언적 평가가 입증해 주기 때문이다. 이러함에서 영화 〈아리랑〉의 파급력은 전 분야로 퍼져나갔다.

이번에는 영화 〈아리랑〉 개봉 이후, 각 장르의 아리랑 수용과 그 주체화 상황을 살피기로 한다. 아리랑의 지속과 변이상의 일별(一瞥)이다. 곧 모두 '아리랑으로 통하고 있는 실상'이다.

① 문학과 아리랑

노래 아리랑은 사설 · 기능 · 선율, 이 세 요소에 의해 장르성이 발휘된다. 그러나 이와는 더 확장된 장르 수행이 이뤄지는 경우가 바로 사설의 의미 확대인 문학작품 아리랑이다. 아리랑의 장르성이 '민요 아리랑'에 그치지 않는다는 사실을 가장 직접적으로 보여주는 것이다.

주제가 〈아리랑〉의 사설은 여러 요인으로 하여 전승 사설과 여음의 변개로 새로운 내용을 담아내게 된다. 예민한 감수성의 소유자인 문화예술인들은 자신들의 기록문화에 전승과 변화의 구체적인 모습들을 기록하였다. 이는 문학이나 무대예술 장르에서의 전환 또는 충돌 현상의 결과로써 민요시 · 동요 · 소설 등으로 구체화되었다.

㉠ 민요시 〈아리랑〉

아리랑문화의 주맥(主脈)은 민요 또는 노래이다. 그리고 이를 확장한 가장 뚜렷한 지맥(支脈)은 문학 부문이다. 언어를 표현매체로 하는 작품이며 예술이기에 아리랑의 사설을 문학으로 인식한 결과이다.

그래서 시, 특히 민요시(民謠詩)가 출현하여 구연이 아닌 활자매체 기록으로 존재하게 한다. 민요시는 1920년대 들어 창작되고, 시제(詩題)에서 '아리랑'을, 시행에서 2행의 여음을 쓰는 유형이다. 그런데 동시대 민요시에 대한 인식은 민요와 시에서 전자에 방점을 둔 듯하다. 즉 김동환은 '피압박군의 노래이니만치 집단적 성격을 지닌 민요'(〈조선민요의 특질과 그 장래〉, ≪조선지광≫, 1929 · 1)라고 하여 민요의 한 갈래로 보았고, 김기진도 프로문학을 논하면서 '전해 내려오는 힘 있는 유행가곡'이라고 하며 아리랑 등을 들어 개작하기에 따라서는 '소박하고 무뚜뚝한 힘찬 감정을 표현할 수 있다.'(〈예술의 대중화에 대하여〉, 조선일보, 1930.1.7.)고 하여 시로서의 창작성을 인정하지 않았다.

민요시 자체만으로는 김억 · 김소월 · 김동환 · 홍사용 등이 전래민요에 기반한 시를 잡지 ≪개벽≫ · ≪동광≫ · ≪별건곤≫, 신문 〈조선일보〉 · 〈동아일보〉 등을 통해 발표하면서 그 장르명과 유형이 형성되었다. 일치된 견해는 아니지만 전통 시가의 틀을 계승하고자 하는 노력의 산물이라고 하기도 하고 "민요의 정형적인 율격을 기계적으로 모방하는데 그치거나 탈현실적 애상성에 함몰 당함으로써 근대적 자유시에 대한 지향으로부터 오히려 물러선" 일면도 있다(김권동, 「근대 민요시의 정형성에 관한 연구」, 영남대학 석사논문, 2000, 2쪽.)고 해석되기도 한다. 그런데 고정옥(1911~1969)은 『조선민요연구』(1949)에서 민요의 풍격을 갖춘 시에는 '가끔 수월(秀越)이 있으니 김소월과 김억의

시는 그 일례'라고 하여 이들의 민요시를 장르적 가치로만 평가하기도 했다.

이제 아리랑계 민요시 몇 편을 살피기로 한다. 우선 널리 알려진 김동환(金東煥/1901~1950)의 〈아리랑고개〉이다. 1929년 『조선지광』(83호)에 발표한 것이다.

아리랑고개(俗謠)

천- 리 천- 리 삼천리에
그립든 동무가 모와든다

아리랑 아리랑 아라리요
아리랑고개로 어서 넘자(각 연 반복)

서울-장안엔 술집도 만타
불평-품으니 느는 게지

꽃이- 안폇다 죽은 나문가
뿌리는 살앗네 꽃피겟지

약산-동대의 진달래꼿도
한폭이 먼저피면 따라피네

삼각산 넘나드는 청제비 봐라
정성만 잇으면 어딀 못 넘어

이 작품은 1929년 발표한 것으로, 임동권의 『한국민요집』에는 서울지역에서 전승되는 민요로 수록하고 있으나 전승민요가 아니라 창작 작품이다. 발표 당시 '속요'라고 부기한 것과 유행가집인 『신식낙화유수창가집』에 작가 표기 없이 수록되어 오해를 낳게 한 것으로 본다. 여기에서의 '속요' 표기는 이 시기 곡조가 주제가 〈아리랑〉과 같다는 것을 밝히려 한 것일 뿐이다. 이런 혼란은

1960년대까지도 이어졌는데, 신민요의 장르적 정체성이 모호함의 결과이다. 후렴을 고정시킨 것은 민요시의 전형으로써 주제의 환정적(換情的) 효과를 강화시키는 역할과 제창성(齊唱性)을 갖는데 대중의 유인과 흡입으로 공감을 촉발시키는 기능을 한다.(김권동, 근대민요시의 정형성에 관한 연구, 2000.) 주제는 현실 극복 의지이다. '뿌리는 살았다'나 '따라 피네' 같은 표현은 시적 메시지 이상을 담은 것이다. 구비시가(口碑詩歌)의 현실 대응력과 민중의식을 부각시킨 작품이다.

이번에는 역시 대표적인 민요시인인 김억(金億/1896~?)의 시를 살핀다. 1930년 9월호 ≪別乾坤≫에 발표한 〈패성상녀(浿城商女)의 노래〉이다. 김동환의 작품과는 다르게 표제에서 '아리랑'을 쓰지 않았다.

패성상녀의 노래

連자즌 어야데야 닷감는 소리
잔놋코 아리랑엔 밤도 깁헛네
아리랑 열 두 고갠 興에 넘어도
설은 離別 이고개 난 못넘겟네

바람부니 오늘도 꽃닙은 지네
덧없다 조흔 時節 모다노치고
붓잡나니 뜬 期約 자최도 없네
맘과 맘은 매즐길 바이없슬세

이내생각 江물에 띄우라 해도
바람불면 그대로 方向이 업고
홀너서는 또다시 돌을길 업네
강기슭엔 노랑꽃 오늘도 지네

봄날에 지는 꼿을 하욤업다리
바람에 이 시름은 날지도 안네
그대 탓에 이 날도 잡은이 술잔
혼자로서 아리랑 내노래 하네

바람결에 뜬 봄은 오가는 봄철
잔잡고 노래하며 읊어 보내네
물결따라 千里길 드나는그대
갈량이면 이대로 잇고 나가게

1930년대 중반 포구의 여인들이 부르는 아리랑의 상호 텍스트성을 보여준다. 즉 각 편을 생산하고 수용하는 과정에서, 이미 알고 있던 아리랑에 의존한 것으로 평양에서 장사하는 여인에게 〈아리랑〉을 듣고 쓴 시이다. 1930년 9월인데, 김억 스스로 '사군자의 귀에는 듣기 거북하여 얼굴을 찌푸릴 분도 있을 것이나, 이 또한 같은 세상의 같은 때에 풀길 없는 심사를 노랫가락에 자아낸 것"이라고 하여 봄철의 대동강 선창가 여인들의 아리랑이 민중의 삶을 반영한 노래라고 부연하였다.

율격이 7 · 5조 음수율에 3음보 4행의 연(聯) 구조로 후렴은 없다. 애상적인 내용으로는 1910년대 잡가 아리랑의 성격을 인식하고 쓴 작품으로 본다. 민요의 정형성과 시의 자유성을 아리랑을 통해 표현한 것이다.

다음 작품은 근대화에 의해 농촌의 전통 질서가 해체되어 가는 상황을 환유와 비교의 담론구성을 극대화시켜 경각심을 주는 시이다. 이 경로의 작품이다.

農村 아리랑

이동리 인구는 주러만 가고
하이카라 멋쟁인 느러만 간다

아리랑 아리랑 아라리요
아리랑고개로 넘어 간다(각 연 반복)

면장님 월급은 올라만 가고
집신갑 장마다 나려만 가네

공부간 학생들 쫓겨만 오고
버리간 일꾼들 영영안 오네

아리랑고개가 그 어디메냐
아리랑 아리랑 이고개라네 (≪조선일보≫, 1930. 3. 9)

'줄고 늘고', '올라가고 내려가고', '쫓겨 오고 오지 않고'와 같이 반복의 병치구문으로 농촌의 궁핍과 허영과 좌절을 제시했다. 특히 마지막 연에서 "아리랑고개가 그 어디메냐/ 아리랑 아리랑 이 고개라네"에서는 현실과 고개를 이입시켜 주제를 드러냈다. 그러나 작품성에서는 문제가 없지 않다. 아리랑의 '열린구조' 사설 구성과 역동성을 제대로 살리지 못했음은 물론 근대시로서의 새로운 율격 모델을 창안해 내지 못한 점이 그렇다.

민요시는 '민요를 지향하는 시'나 '민요를 충실하게 반영한 개작시' 또는 우리 구비문학의 특성을 수용하여 민족시 형식을 수립하려 모색한 시이다. 아리랑계 민요시도 이에 포함된다. 이들 민요시는 아리랑의 장르 전이에서 주목 된다. 이런 아리랑계 민요시가 50여 편에 이른다는 사실은 우리 근대시사에서 아리랑의 위치를 가늠하게 해준다.

㉡ 동요 아리랑

1960년대 윤석중에 의해 연작으로 발표된 〈어린이 아리랑〉을 제외한 동요 작품은 10여 편 정도이다. 그 중에 앞서는 작품이 승려(僧侶) 시인 조종현(趙宗泫/1906~1989)의 연작시 〈도희의 저녁〉(아리랑 · 선술집 · 거지떼 · 신문배

달 · 공장누나 · 야시장꾼) 중 일편이다. 1930년 7월 2일자 〈조선일보〉에 발표한 작품이다.(작자는 소설 『아리랑』의 작가 조정래의 선친이다.)

아리랑

달아 달아 달노래 불른 아이들
달노래에 흥겨워 춤도 추더니
아리랑 아리랑 아라리요
아리랑노래를 부르며 노네

후렴의 첫 행에서 주제가 〈아리랑〉과의 동일성을 보여준다. 아이들이 아리랑을 부르며 유희하는 모습을 그렸다. 이 작품은 1930년 아리랑담론에서 제기된 부정적인 사안으로 '어린이들이 아리랑을 철없이 따라 부른다'는 지적을 감안하면 아리랑계 동요로서의 존재감이 확인된다. 문학성보다는 장르 텍스트 자체에 의미를 둘 수 있는 작품이다.

ⓒ 소설 작품

소설에서도 아리랑을 수용하였다. 이는 노래 아리랑 유행상의 한 결과이기도 한데, 극히 단편적인 모습이지만 아리랑의 문화적 확장력을 확인시켜주는 사례이다. 장편소설로는 묵암(默庵)의 〈심판〉(審判)이 있고, 단편소설로는 현진건(玄鎭健/1900~1943)의 〈故鄕〉(1926년), 김유정(金裕貞/1908~1937)의 〈총각과 맹꽁이〉(1933) · 〈만무방〉(1934) · 〈산골나그네〉(1935) · 〈안해〉(1935) · 〈솥〉(1935), 한설야(韓雪野/1900~1976)의 〈過渡期〉, 중편소설로는 강도향의 〈색시〉(1935) 등이 있다.

이상의 작품에서 몇몇 작품을 통해 구체적으로 아리랑이 어떻게 수용되었는지를 살피기로 한다.

〈고향〉

〈고향〉은 1926년 발표된 현진건의 단편소설이다. 아리랑을 수용한 소설로는 첫 작품이다. 당시 심각한 도시 빈민상과 농촌의 피폐상을 그렸는데, 작품의 끝에서 당시 아리랑 상황을 확인할 수 있다.

> "글쎄요. 아마 노동 숙박소란 것이 있지요."
> "세상이 뒤 바뀌자 그 땅은 전부가 동양척식회사 소유에 들어가고 말았다."
> "돌아가셨을 때 힌 죽 한 모금 못 자셨구마"
> "〈참 가슴이 터지더마, 가슴이 터져〉 하자마자 굵직한 눈물 뒤 방울이 뚝뚝 떨어졌다. 나는 그 눈물 가운데 음산하고 비참한 조선의 얼굴을 똑똑히 본 듯하다."
> "서로 붙잡고 많이 우셨겠지요"

인용한 대사들만으로도 이 작품의 전체 내용을 짐작할 수 있다. 그러므로 이 작품에서 불린 아리랑은 여기에 맞은 사설일 것이다. 이 작품에서 인용된 사설은 〈조선일보〉 1929년 11월 27일자에 수록된 〈아리랑고개〉와 동일하다. 이 작품은 다음과 같이 끝을 맺는다.

> "〈자, 우리 술이나 마자 먹읍시다.〉하고 우리는 주거니 받거니 한 됫병을 다 말리고 말았다. 그는 흥취에 겨워서 우리가 어릴 때 멋모르고 부르던 노래를 읊조렸다.
> 볏섬이나 나는 전토는 신작로가 되고요-
> 말마디나 하는 친구는 감옥소로 가고요-
> 담뱃대나 떠는 노인은 공동묘지 가고요-
> 인물이나 좋은 계집은 유곽으로 가고요-"

매우 강한 어투의 저항감이 담겨있다. 지문에서는 '아리랑'이란 곡명을 언급하지는 않았지만 1920년대 말부터 불려진 〈신아리랑〉 또는 〈아리랑고개〉의 사설로 '멋모르고 부르던 노래'임을 알게 한다. 이 사설을 작품의 마지막에 배치한 것은 아리랑을 빌어 주제를 드러내고자 한 것이다. 주제는 일제 식민지에 의한 공동체 해체와 그 아픔이다.

〈審判〉

장편소설 〈심판〉은 묵암(默庵)이란 필명으로 1929년 9월호 월간 ≪文化≫에 연재한 작품이다. 영화 〈아리랑〉의 주인공 '영진'과 '영희'를 그대로 등장시켜 이들을 통해 당시 현실 상황을 우회적으로 제시했다. 여기에서 주인공 영진이가 불렀다. 작품에서 불린 사설 일부는 다음과 같다.

"아리랑고개는 돈만 알아
돈 없는 사람은 꼭 죽겠네

아리랑 아리랑 아라리요
돈 없다 하여도 괄세 마소

하구나 할 일을 다 많은데
망할 놈 화류계 왜 생겼나

아리랑 아리랑 아라리요
이놈의 돈벌인 못할레라

사랑도 아닌데 알랑알랑
이운 것 없어도 원수로다

아리랑 아리랑 아라리요
이몸이 맏도록 보려는가

아리랑고개는 못놈고개
영감표 한 장에 막넘기네

아리랑 아리랑 아라리요
그래도 병들면 날 원망해"

방인근의 장편소설 『아리랑』, 1954년 발간되었다. 소설 작품은 20여편, 장편은 조정래의 대하소설 『아리랑』, 이동희의 『노근리 아리랑』까지 10여종에 이른다.

흔한 사랑타령의 잡가나 유행가의 일절이 아니다. 이 같은 시대적 모순상을 노래한 것은 토속 아리랑이나 잡가집에 수록된 사설과는 다르다. 화자의 강한 자책(自責)을 통해 현실을 고발한 것이다. 이러한 현실 인식은 아리랑의 정체성을 보여주는 것이기도 하다.

〈안해〉

김유정은 1934년부터 4년 동안 29편(번역 1편, 미완성 장편 1편, 10편의 수필 포함)의 작품을 썼다. 일제강점기 농촌사회의 부조리를 그려낸 작품들이 주종을 이루는데, 특히 소작제도의 병폐가 농촌 궁핍의 근본 원인임을 다양하게 그려냄으로써 현실을 비판했다. 그래서 동시대 사회상을 노래한 아리랑이 작품에 자연스럽게 수용될 수 있었는데, 세편의 단편소설과 몇 편의 산문에서 수용이 되었다.

대체적으로 독특한 언어의 발굴과 구사를 통해 식민지 아래서 버림 받고 소외된 인간군에 작가안(眼)을 돌리고, 그들의 존재 의의와 존재양상을 추구하였다.(김영화, 김유정 소설연구, 1975.) 이 중에는 소작인들이 부르는 아리랑의 통속성(대중성)을 구술적 문체로 형상화해 냈다. 그의 생활 반경이 강원도 춘천이어서 강원도의 아리랑을 주로 수용했다.

1935년 〈조선일보〉의 신춘문예에 당선되기 이전인 1933년 3월에 발표한 〈산골나그네〉와 9월에 발표한 〈총각과 맹꽁이〉에서, 1935년 〈매일신보〉에 연재한 〈솥〉, 같은 해 ≪사해공론≫에 발표한 〈안해〉에서도 구어체와 비속어와 농어촌에서 사용하는 관용어를 자연스럽게 구사하였다. 이런 실상은 친구 이상(李箱/1910~1937)이 쓴 〈소설로 쓴 김유정론〉(≪청색지≫, 1939. 05)에서도 확인이 된다. 김유정이 강원도아리랑을 직접 불렀음은 물론, 정서적 이해를 함께 했다고 했다.

"유정은 또 酒姿를 의미 깊게 흘낏, 한번 흘겨보드니 〈김형! 우리 소리합시다〉 하고 그 척척 붙어 올라올 것 같은 끈적끈적한 목소리로 강원도아리랑 팔만구암자를 내뽑는다. 이 유정의 강원도아리랑은 바야흐로 천하일품의 경지다"

이 시기 강원도아리랑은 1923년 이상준의 기록에서나 나운규의 증언 중 1925년 기생들이 불렀다는 것으로 오늘날 "아주까리 동백아 …"로 불리는 것과 같은 것이다.

단편 〈산골 나그네〉는 1933년 3월 월간지 ≪第一線≫ 3월호에 발표한 작품이다. 강원도 산골 주막집 사랑방에서의 하룻밤 풍경을 그렸는데 이 중에 주막 안의 풍경을 "방안은 떠들썩하다. 벽을 두드리며 아리랑 찻는 놈에 거트루 너털웃음 치는 놈, 혹은 숙은숙덕하는 놈…가즌 각색이다."라고 그렸다. 30년대 강원도에서 아리랑이 보편화된 실상의 반영으로 춘천의 한 주막집 풍경을 그려 볼 수 있다.

이는 다음 작품에서도 그대로 확대된다. 주막집 작부로 내세워 곤궁한 살림을 버텨 보려고 하는 과정이다. 월간 ≪신여성≫에 발표한 단편 〈총각과 맹꽁이〉에서는 주인공 뭉태가 계집을 술판에 내세워 돈 벌이를 할 계산으로, "〈요거사 소리좀 해라. 아리랑 아리랑〉 고갯짓으로 계집의 궁둥이를 두드린다."라고 하여 역시 앞의 작품과 같이 서민들의 애환을 아리랑으로 반영했다. 그리고 주인공은 '아리랑타령', '쉬운 아리랑', 그리고 '강원도 아리랑쯤'으로 표현하며 다음과 같이 서술했다.

"내가 밤에 집에 돌아오면 년을 앞에 앉히고 소리를 가르치겠다. 우선 내가 무릎장단을 치며 아리랑타령을 한번 부르는 구나.
아리랑 아리랑 아라리요
춘천의 봉의산아 잘있거라
신연강 배터면 하직이라

산골의 계집이면 강원도아리랑 쯤은 곧잘 하련만 년은 그것도 못 배웠다. 그러니 쉬운 아리랑부터 시작할밖에, 그러면 년은 도사리고 앉아서 두 손으로 응뎅이를 치며 숭내를 낸다. 목구녕에서 질 그릇 물러앉는 소리가 나니까 낭종에 목이 티이면 노래는 잘 할게다 마는 가락이 딱딱 들어 맞어야 할 텐데 이게 세상에 되어먹어야지."

'아리랑타령' 또는 '강원도아리랑타령'인데 이는 오늘날의 〈춘천아리랑〉 또는 〈춘천의병 아리랑〉의 일절이다. 이 시기 김유정에게 '아리랑은 삶에 대한 한(恨)이며 애착을 노래하는 매체였던 것이다. 박녹주에 대한 사랑, 궁핍한 생활, 죽어가는 몸을 아리랑으로 대치시켜 슬픔을 감내하고 삶을 긍정한 작가의 내면을 반영한 것이다.'(김성기, 〈言中言〉, 강원일보) 역시 이 대목도 구술성에 충실하여 아리랑 사설을 대사처럼 소리투대로 사용하였다.

〈만무방〉

1935년 7월 17일부터 31일까지 〈조선일보〉에 연재된 작품이다. 역시 김유정의 현실인식이 반영된 작품이다. 당시 농민의 피폐상을 사실적으로 그렸다.

"농사는 열심히 하는 것 같은데 알고 보면 남는 건 겨우 남의 빚뿐 캄캄하도록 털고 나서 지주에게 도지를 제하고, 장리쌀을 제하고 보니 남은 것은 등줄기를 흐르는 식은땀이 있을 뿐
이 땅 삼천리강산에 늘어 놓인 곡식은 먼저 먹는 놈이 임자"

작품 속의 두 주인공 응칠과 응오가 주고 받은 말이다. 곧 이름없는 조선 농투산이들의 푸념이다. 이런 푸념이 일상임을 보여준다. 1930년대 농촌의 모순을 그린 것인데, 마치 영화 〈아리랑〉(제1편)이나 연극 〈아리랑고개〉의 내용과 통하는 서사이다. 1930년대 중반은 극도의 궁핍과 고리채에 시달리던 시기이다. 이는 이미 1910년대 총독부 토지조사사업의 완료와 동양척식주식회사의

본격적 진출이 완성되는 시기에 구조화된 모순이다. 이는 영화 〈아리랑〉의 '선-구조'였다. 1백 74만여 호(戸)의 소작농 중 75%가 부채에 시달렸는데, 이들의 평균 부채 액수는 65원에 이르렀다. 김유정의 〈따라지 목숨〉에서 주인공 춘호가 2원을 구하는데 방책이 없어 쩔쩔매는 정황을 이 상황에 대비하면 이 65원의 부채는 보통의 굴레가 아니다.(이선영, 김유정, 지학사, 1985.)

한편 김유정의 총제적인 아리랑 인식은 1937년 1월호 ≪女性≫에 발표한 〈13도 여성순례〉에서 확인된다. 두 쪽 분량의 수필이지만 '강원도아리랑' 사설을 들어 강원도 여성의 순박성을 독특하게 그려냈다. 이 작품에는 강원도의 아리랑이 4번이나 나온다.

> '논밭田土 쓸만한건 기름방울이 두둥실/ 계집애 쓸만한건 직조간만 간다네'

공사로 폐유로 오염된 상황과 방직공장의 급증으로 값싼 임금에 팔려가는 누이들의 실상을 그렸다. 강원도 여성의 순박성만이 아니라 강원도 여성들의 처지가 이러함을 제시한 것이다. 이런 정황에서 김유정은 강원도 지역 아리랑의 토속 정서를 체화하여 자신의 작품에 변용한 것으로 마치 내용에 맞게 새로 창작한 것 같이 들어맞게 수용하였다.

이상에서는 영화 〈아리랑〉의 자장 하에 있던 1930년대 출현한 일부 소설작품을 살폈다. 이러한 아리랑을 수용한 소설은 해방 후에 이르러서는 방인근 등에 의해 장편소설로 까지 확대되어 1990년대에는 조정래의 대하소설 〈아리랑〉으로 이어졌다.

ⓔ 전설 · 동화 〈아리랑고개〉

다음은 예외적인 장르의 작품이다. 일반적인 장르명이 아니기 때문인데, '전설 · 동화'(아마도 전래 동화란 뜻인 듯하다.) 작품 〈아리랑고개〉이다. 이 자료는 ≪동아일보≫ 1934년 10월에 3회에 걸쳐 연재된 것으로 이 시기 아리랑 담론의 한 지표로써 유용한 자료이다. 특히 북한이 제시하는 어원설 관련 설화인 〈성부와 리랑 설화〉(리규호, 어원사전, 동북조선민족교육출판사, 1989, 395쪽)의 성격과 동일하여 이 연재로 인하여 확산된 것으로 보게 된다.

> "아리랑 아리랑 아라리요
> 아리랑 고개로 넘어 간다
>
> 우리 땅에서 이 노래만침 많이 불리우는 노래가 있으며 우리 땅 사람치고 이 노래 부를 줄 모르는 이가 있습니까? 아직 이 노래의 생긴 내력과 아리랑이란 말의 뜻을 안다고 하는 이가 없으니 웬 일인가요?"

발표자 김규은(金圭銀)은 '조선사람 누구나 다 알고 부르는 아리랑'의 역사와 뜻을 알게 하는 전설 · 동화가 〈아리랑고개〉라고 했다. 오늘날 우리가 갖고 있는 아리랑에 대한 관심 대상이 이미 이 시기에도 같았음을 알게 한다.

그런데 주목되는 것은 아리랑의 내력을 모르게 된 배경을 세 가지로 제시한 사실이다. 그 하나는 이 노래가 처음 불린 곳이 깊은 두메이기 때문이고, 둘은 처음 부른 이가 이름 없는 더벅머리 산골 아이들이고, 셋은 이 노래를 어떤 돈 많은 부자(富者)가 외부로 퍼져 나가는 것을 막았기 때문이라고 했다. 그야말로 전설적이고 동화적인 사연이다.

줄거리를 요약하면, 첫 회에서는 경상도 노령산맥 천여 호(戶) 고을에 못된 지주가 소작인들에게 도조(소작료)를 받는데 수작을 부리느라고 쌀을 되나 말로 받지 않고 한 알 한 알씩 세면서 알이 실한 것만을 받았다. 바로 지주 권판서(權判書)의 만행인데, 이에 저항한 이가 춘보라는 소작인이다. 그러나 춘보는 권판서 가솔들에게 몰매를 맞고 죽게 되었다.

두 번째 회에서는 춘보의 아들딸인 돌쇠와 순이가 아버지의 원수를 갚기 위해 돌과 칼을 들고 권판서의 집 담을 넘었다. 그러나 이를 알아차린 권판서는 이들을 잡아 곳간에 감금시켜 굶겨 죽이려 했다. 며칠이 지나자 권판서는 두 아이의 송장을 치우려고 문을 열었다. 깜짝 놀랐다. 두 아이가 살아 있었기 때문이다. 아이들이 살았다는 소문이 나자 권판서는 죽일 수는 없어 노령산맥 중턱에 있는 사래 긴 밭을 장기로 가는 일을 시켰다. 그래서 두 남매는 높은 고개를 넘고 또 넘어 고된 일을 하게 되었다.

마지막 회에서는 두 아이들이 아버지의 원수를 갚기 위해 9년을 무리하게 노동을 하며 고개를 넘다 보니 병이 들었다. 그러던 어느 날 돌쇠는 고개턱에서 쓰러져 죽게 되었다. 이에 혼자 남은 순이는 그래도 아버지의 원수를 갚게 되는 날을 기다린다. 이 때 마을 사람들이 두 아이를 불쌍히 여겨 이들이 고개를 넘으며 부른 노래를 함께 불러주게 되었다.

"아려 아려라 쓰려 쓰려라 쓰라린 이 고개
이 고개 넘겨주 이고개 언제 넘나"

이렇게 노래를 불러주었는가 하면 둘이 한 달에 60번이나 넘었던 고개를 '육십령(六十嶺)고개'라고 이름을 지어 불러 주었다. 그런데 노래는 세월이 지나면서 많은 사람들에 의해 어느새 "아리 아리랑 쓰리 쓰리랑"이라고 불리게 되었다는 것이다.

창작임이 분명하다. 일제의 저미가(低米價) 정책으로 지주의 수익이 줄어들게 되자 지주는 소작료를 높이게 되고, 그래서 소작인과의 쟁의가 끝이지 않게 된 조선 사회의 문제를 에두른 이야기이기도 하다. 이미 암태도 쟁의 사건이 조선을 뒤흔들었고, 영화 〈아리랑〉과 연극 〈아리랑고개〉에서도 소작문제를 배면에 두었으니 이 소재는 특별한 것이 아니기도 하나 이를 아동용으로 재구성하여 아리랑의 연원으로 연결한 것과 육십령을 아리랑고개로 배치시킨 것은 각별하다. 이 시기는 사회주의적 문예관과 함께 '우리 설화의 개척' 담론의 한 대안으로 구술성을 서사의 중요한 기반으로 한 동시대적 창작 동화의 고심작이기도 하다.

이상에서 살핀 바와 같이 아리랑 사설은 그 수록 매체를 떠나 상호 넘나듦이 있음을 확인했다. 이는 일반 민요론에서 말하는 기능 · 창곡 · 가사의 관계에서 아리랑은 이 요소간의 관계가 고정적이지 않기 때문에 전문성이 없어도 후렴을 배치하기만 하면 되는 체계성을 지닌 결과일 수 있다. 또는 폴리(J. M. Foley)가 정리한 작시원리와 그리 멀지 않은 결과로 전통의 의존관계, 장르의 의존관계 그리고 텍스트의 의존관계에 의하여 각 편이 형성된 결과일 수 있을 것이다. 오늘의 일부 창작 아리랑을 제외하고는 거의 상호 의존관계(Dependence)로 이뤄진 것이라고 보게 된다.

② 공연 작품 아리랑

아리랑은 1930년대를 기점으로 생활문화 전반에 확산되었다. 그 전모를 잘 보여주는 분야가 바로 공연 작품들이다. 영화는 물론 연극 · 무용 등 1910년대 들어 서양식 실내 공연장의 대두로 유입된 외래 장르까지 아리랑을 변용한 작품들이다. 모두 외래적인 양식인 소위 신문화인 영화 · 연극 · 무용이 그 주류이다.

㉠ 영화 〈아리랑〉

일제강점기 영화 〈아리랑〉은 나운규에 의한 연작 3편, 홍토무 감독에 의한 발성영화 〈아리랑고개〉, 그리고 일본 감독(1941)에 의한 〈아리랑고개〉(오사카에서 제작)까지 모두 5편이 있다. 이 중 그 면모가 어느 정도 드러난 것은 제1편 〈아리랑〉(1926)과 제2편 〈아리랑 그 후 이야기〉이다.(제3편은 발성영화로 〈말문 연 아리랑고개〉로 불렸다.) 제1편은 앞에서 살핀 바가 있고 또 다양한

■二月十三日부터斷然一大公開
◇○□△作品
朴晶鉉氏提供 羅雲奎氏主演
李龜永氏監督 李明雨氏撮影
아리랑(後篇) 14
그後의이약이
朝鮮映畵史上不朽의太陽篇으로
自他업시是認하여도북그럼것업
는斷然한傑作品天下의期待로한
오즉이映畵에集注되엿다보라!

〈아리랑〉 후편 개봉 광고

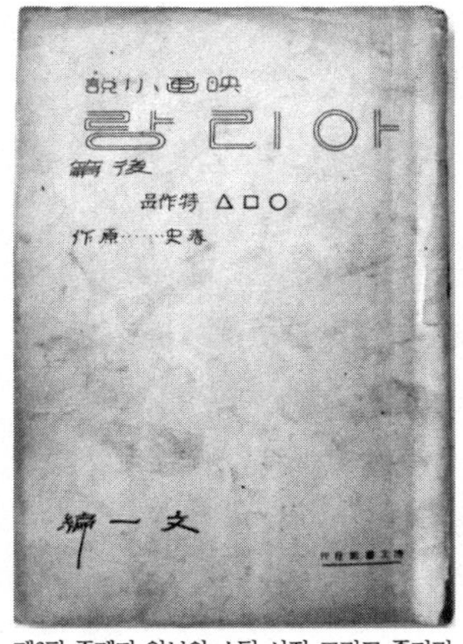

제2편 주제가 악보와 스틸 사진 그리고 줄거리를 담고 있는 후편 『영화소설 아리랑』(문일 편, 박문서관, 1930)

증언과 인쇄 매체가 소개하고 있어 어느 정도 그 전체상을 알 수 있다. 그러나 제2편과 3편은 그렇지 못하다. 다만 최근에 『영화소설 아리랑』 후편의 존재가 확인되어 원전 텍스트(필름)를 대체하지는 못할지라도 전체적인 서사구조와 영화적 장치(Montage 영화기법) 등에 접근할 수 있게 되었다. 특히 그 주제가를 명확히 알 수 있게 된 것도 이 자료의 발굴에 의한 성과이다.

제1편의 경우, 주제가는 영화의 주제가 이상의 기능으로 불렸음은 앞에서 논의되었다. 영화의 서사 전개 과정마다 그에 맞는 가사를 배치하여 전개를 유도했다는 것인데, 이는 작가와 연출자의 의도로써 가사의 내용이 곧 대사의 일부 기능까지 했다는 것을 말한다. 이런 만큼 제2편 영화 〈아리랑〉 주제가도 주목하여 살필 필요가 있게 된다.

제2편은 1930年 2月 13日 ~ 2月 20日까지 단성사에서 개봉되었다. 제작사는 원방각(○□△), 원작 나운규, 감독 이구영(李龜永) · 나운규, 주연 나운규, 출연 윤봉춘 · 남궁운 · 임송서 · 소년척후대 등이다.

제2편의 주제가 〈아리랑 그 후 이야기〉

주제가는 제1편의 곡조에 윤석중 작사의 가사가 불려졌다. 곡조가 1편과 같음은 후편 『영화소설 아리랑』에 수록된 악보가 제1편 악보와 일치한다는 점에서 확인된다. 가사는 지상을 통해 발표된 그대로이다.

제2편 주제가

아리랑 아리랑 아라리요
발빠진 장님아 욕하지 마라
제 눈이 어두워 못 본 것을
개천을 나물어 무엇하리.
아리랑 아리랑 아라리요
뺨맞은 거지야 분해 마라
파리가 미워서 칼 뽑으면/ 벌떼가 덤빌 땐 무얼 뽑나
아리랑 이리랑 아라리요/ 동무야 서룬 꿈 어서 깨라
아리랑 고개로 붉은 해가/ 두 팔을 벌리고 날아든다

앞에는 자조적으로 노래했지만, 이를 참고 견디며 방책을 세울 때 해 뜨는 아리랑고개를 올라설 수 있다는 메시지를 담고 있다. 나운규가 선언적으로 '고개는 희망이다.'라고 했고, 영화에서 "저 너머는 행복이 있다"(나운규, 중외일보 1930, 5, 18)고 한 주제의식을 그대로 반영한 것이다.

그런데 총독부가 제1편 주제가 일부를 삭제했듯이, 제2편의 주제가도 문제를 삼았을 것으로 추정이 된다. 왜냐하면 일본 영화 전문지 ≪키네마旬報≫ (1930. 3. 358호)에는 이와는 다른 주제가가 소개되어 있기 때문이다. 일본 영화감독이 제2편을 일본에 수입하기 위해 조선에 와 이 영화를 보고 귀국하여 쓴 글로, 부정적인 평가와 함께 다음의 주제가를 수록하였다.

제2편 주제가

아리랑 아리랑 아라리요/ 아리랑 얼시구 노다 가세(후렴)
인간 한번 왔다 가면/ 다시 꽃이 되지 않네
해와 달은 매일 뜨지만/ 지난 봄은 오지 않네
예전엔 벗이었건만/ 왜 이리도 무정한가
사람 사는 이 세상은/ 두번 다시 오지 않네
꿈속에서 헤매이니/ 한 평생 슬픔이네
추운 겨울 하늘 아래/ 따스한 옷 입고 싶네

가사가 전혀 다르다. 미래적인 메시지는 없고 처량한 동정심을 유발하는 내용이고, 후렴 전행은 '아리랑 아리랑 아라리요'를 써서 장르의 법칙(Rules of The Genre)을 따르긴 했지만, 후행은 '아리랑 얼시고 노다가세'라고 하여 잡가적 유흥성을 강요하였다. 앞에서 살핀 주제가와는 전혀 다른데, 직접 영화를 보고 쓴 글에 수록한 것이니 예사롭게 보지 않을 수가 없다.

사실 무성영화는 변사의 능력과 기능, 상영시 임석경관(臨席警官)의 여부, 그리고 관객 반응이라는 수용 맥락에서 대사의 일부가 다르게 나타날 수 있다. 그러나 이렇게 주제가가 완전히 다르게 기록된 경우는 특별한 예이다.

이를 어떻게 이해해야 할까? 이에 대해서 단적으로 다음의 두 가지를 상정할 수가 있다. 즉 하나는 총독부의 제제 결과이다. 나운규는 영화 개봉 이전에 지상(紙上)을 통해 주제가를 공개한 이유일 수 있는데, 제1편에서처럼 삭제 당하지 않기 위해 동요작가 윤석중의 가사임을 미리 세상에 알린 것이다. 그럼에도 나운규의 의도와는 달리 삭제를 당했다고 추정하게 된다. 또 하나는 이 가사는 주제가로써 비중을 둔 것이 아닌, 단순히 극중에 삽입된 노래의 등장으로 본다. 이를 듣고 주제가로 잘못 기록한 것이란 해석이다. 두 가지 모두 가능성이 있다.

다음으로 살펴야 하는 것은 제2편에 대한 논쟁과 그 쟁점이다. 이 논쟁은

제1편 〈아리랑〉의 진가를 반증하는 의미가 있기 때문이다. 또한 일제강점기 단일 주제의 논쟁으로는 가장 격렬했던 것이다. 카프계열의 서광제와 이에서 탈퇴한 나운규와의 대립으로 제2편의 작품성을 두고 개봉 중이던 1930년 2월부터 5월까지 격론을 주고받은 것이다. 영화평론가 서광제(徐光霽/1906년~?), 제2편 촬영감독 이필우(李弼雨/1897~1978), 영화동맹 대표 윤기정(尹基鼎/1903~1955), 그리고 나운규 간의 논쟁이다.

- 서광제, 〈영화비평 아리랑後篇〉, ≪조선일보≫, 1930, 2 20~22, 3회
- 이필우, 〈徐光霽氏의 '아리랑' 評을 읽고〉, ≪조선일보≫, 1930, 2, 25~27, 4회
- 서광제, 〈新 映畵藝術運動 及 '아리랑' 評의 批評에 答함〉, ≪조선일보≫, 1930, 3, 4~3, 7, 4회
- 이필우, 〈映畵界를 論하는 妄想輩들에게-製作者로서의 一言-〉, ≪중외일보≫, 1930, 3 23~24, 2회
- 서광제, 〈朝鮮 映畵界의 現段階-왜, 그들과 論爭하게 되는가〉, ≪중외일보≫ 1930, 3, 25~ 4, 2, 2회
- 윤기정, 〈朝鮮 映畵의 製作傾向 一般 製作者에게 告함〉, ≪중외일보≫, 1930, 5, 7 · 9 · 11, 3회
- 나운규, 〈現實을 忘却한 映畵 評者들에게 答함〉, ≪중외일보≫ 1930, 5, 13 · 16 · 18 · 19, 4회

이 같이 네 명의 7차에 걸친 논쟁 과정에서 우리가 택할 수 있는 결론은 다음의 다섯 가지이다.

하나는 이 제2편 〈아리랑〉이 제1편의 성공을 업고 '조선영화 사상 불후(不朽)의 태양 편으로 자타 없이 시인하여도 부끄러울 것 없는 혁혁(赫赫)한 걸작품'을 내세워 제작하였다는 점이다. 그러나 결과는 그렇지 못했다. 그 이유는 총독부 통제 즉, 삭제의 결과였다. 논쟁 중 '고충(苦衷)이 어떠한 것이며 검열 표준

이 어떠한 것쯤은 잘 짐작하실 것'이라는 이필우의 언급에서 알 수가 있다.

둘째는 일반적으로 제2편에서 나운규는 원작 · 각색 · 주연으로만 알려졌으나 실질적으로는 연출자라는 사실이 밝혀진 것이다. 서광제에 대한 나운규의 반론 〈現實을 忘却한 映畵 評者들에게 答함〉에서 알 수가 있다.

세 번째는 제2편에서도 주제가에 대한 비중이 컸다는 사실이다. 이는 나운규의 반론에서 많은 부분을 주제가에 할애를 하고 있음에서 알 수가 있다. 다섯은 '아리랑고개'에 대한 나운규의 해석이 '희망의 고개'라는 사실을 다음과 같이 진술한 점이다.

> "고개는 희망이다. 독백(獨白)에 저 너머는 행복이 있다고 말했다. 그러나 고개가 넘기 어렵다고 낙심(落心)치 말아라. 넘으면 꼭 된다고 말했다. 그리고 넘어가면 행복이 분명히 있다고 말했다."

이러한 그의 확신에 찬 언술에서 아리랑 고개는 희망의 고개였음이 분명하다. 이를 통해 영화 〈아리랑〉의 주제는 '현실 극복'이 된다.

마지막은 제2편 〈아리랑〉에서 평자들은 당시 사회 현실 문제를 강하게 드러내는 영화이기를 기대했다는 사실이다. "영화는 그 사회의 반사경(反射鏡)으로 내부에서 발생하는 처참한 사회적 갈등(葛藤)을 반영하지 않으면 안된다"고 한 언술에서 드러나는데, 이는 그만큼 제1편에서 현실문제를 성공적으로 제시했음을 반증하는 것이다.

이상과 같이 영화 〈아리랑〉은 영화라는 매체적 속성과 함께 아리랑을 민중들에게 크게 인식시키는 역할을 했다. 그 결과로 영화 〈아리랑〉과 노래 아리랑과 '아리랑고개'는 민중들의 안목만큼의 재해석의 대상이 되었다. 이 안목은 일제강점기 보편의 아리랑문화로, 이후 오늘에 까지 아리랑 정서로 확정된 것이다. 물론 지금까지도 '씌여지지 않은 역사'로 이어지고 있다.

연극〈아리랑고개〉 연출자 박진

연극〈아리랑고개〉 원작자 박승희 흉상

㉡ 연극 〈아리랑고개〉

"조그마한 마을에 길동이라는 총각과 봉희라는 처녀가 있었다. 두 사람 사이에는 어느덧 평화한 농촌을 노래하며 사랑을 속삭이었다. 그러나 급작히 변해가는 시대의 사나운 폭풍은 그들의 마을까지 유린하여 마침내 길동이는 정든 고향을 떠나지 않을 수 없게 되었다. 고향과 사랑하는 봉희를 두고 떠나는 길동이나 그들을 보내는 봉희는 그 마음의 쓰라림이야 무엇이랴. 길동이 부자 일행이 마을을 떠날 때에 봉희와 동리 처녀들은 이런 노래를 부르며 눈물로 작별을 한다.

아리랑 아리랑 아라리요/ 아리랑고개를 넘어 간다
나를 버리고 가는 님은/ 십리를 못가서 발병나리
청천하늘에 별도 만코/ 우리네 살림살이 말도 많다

이같이 하여 눈물! 또 눈물로 길동이는 고개를 넘어 멀리 유랑의 길을 떠난다는 것으로 끝없는 비애 속에 잠긴다" (〈풍자희극과 아리랑 고개〉, 조선일보, 1932, 1, 29.)

1929년 박승희(朴勝喜/1901~1964) 원작, 박진 연출, 연극 〈아리랑고개〉의 요약된 줄거리이다.

영화 〈아리랑〉의 서사 구조가 같다. 불려지는 노랫말 역시 주제가 〈아리랑〉 그대로이다. 이렇듯 영화 〈아리랑〉은 바로 연극 장르로 확산되었다. 인접 장르라는 이유이기 때문이지만 그만큼 영화 〈아리랑〉과 그 주제가가 동시대 예술인들에게 공감을 주었다는 사실을 알 수가 있다.

한편 광고문에서 '조선의 민요 〈아리랑〉을 각색하야' 또는 '고유의 민요인 〈아리랑〉을 무대극으로 적당하게 각색한 첫 작품'이라고 한 것, 그리고 '조선 정조를 고조한…'이란 표현에서 민요 아리랑을 인식하였음을 강조하였다.(물론 이 경우 '민요아리랑'은 주제가 〈아리랑〉으로 본다.) 역시 호해의인(湖海依人)의 〈토월회 공연 '아리랑고개'를 보고〉라는 평에서도 마찬가지이다.

> "조선의 대표적인 민요인 아리랑을 연극으로 표현한 아리랑고개는 토월회의 자랑이요 또 조선의 가장 귀(貴)여운 선물이라 하여도 과언이 아닐 것이다."

아리랑이 조선의 대표적인 민요이기에 그 정서를 연극화 했음을 강조하면서, 그렇기에 연극〈아리랑고개〉가 의미가 있다고 하였다. 나운규가 영화 〈아리랑〉을 통해 동양척식회사의 횡포와 악덕 지주의 몰염치에 저당잡혀 살다 고향을 떠나고, 그런 사정을 미친 몸으로 저항하는 서사로 보여 주었듯이 박진(朴珍/1905~1974) 역시 정든 고향을 떠나며 울부짖는 현실을 반영한 것이다.

이로써 연극 〈아리랑 고개〉는 영화 〈아리랑〉의 주제나 주제가와 직접적인 관계를 맺고 있음을 알 수 있다. 이는 당시 평자들의 인식이기도 했다. 〈조선일보〉의 평 〈토월회의 아리랑고개를 보고〉를 쓴 삼성생의 글에서 이 연극의 주제가 영화 〈아리랑〉 주제와 같음을 알게 한다.

> "전답을 잃고 집을 잃고 이 땅을 떠나가지 않으면 안되게 된 그 가엽은 이들의 입에서 눈물 이상 부르질 그 부르지짐도 마음대로 입을 열어서 부르

지즐 수 없는 이에게서 노래가 없지 않으면 안된다.

몇 천년 몇 백년 정든 고향을 떠나서 고개를 넘어 산을 넘어 내를 넘고 바다를 건너는 이에게 어찌하야 노래가 없을 거이냐. 이것은 물론 슬픈 노래일 것이다."(토월회의 〈아리랑고개〉를 보고, 삼성생, 조선일보, 1929, 11, 26)

〈아리랑고개〉에서 정든 고향을 떠나며 울부짖는 상황으로 전개되었음을 제시했다. 그러면서 노래 아리랑이 없으면 안된다는 사실을 전해 주었다.

연극 한 편을 더 살펴보기로 한다. 1929년 2월 23일 제주도에서 아성극단(亞星劇團)이 공연한 작품 〈아리랑〉이다. 기록으로 보아 앞에서 살핀 박승희 원작 〈아리랑고개〉보다 앞서 공연되었다는 점에서 주목을 하게 되는데 특히 당시에 검속을 받았다는 사실을 알게 한다. 이 시기 많은 작품들이 검속을 당했음은 시사해 주기 때문인데, 기록으로 확인되기는 흔치 않다. 그러나 유감스럽게도 상영 중 강제로 중지된 배경을 확인할 수 없는 실정이다.

"전선을 순회 흥행하는 아성극단이 당지(제주)에서 〈아리랑〉이란 **로 흥행 중에 불온하다고 중지를 시키는 동시에 일반관객에게는 해산치 않으면 전부 검속하겠다고 호령을 하면서 출연배우 라*석씨를 검속하는 등 기괴한 활극을 연출하였다는데…"(아성극단, 흥행 중지 不穩하다고, 조선일보, 1929, 02, 23)

불온한 창가에 예민하게 대처했던 상황과 극단주를 검속하지 않고 출연 배우를 검속한 것을 감안하면, 아마도 영화 〈아리랑〉에서처럼 불온한 가사의 아리랑을 관객과 함께 부른 것이 원인이 되었을 것으로 추측된다. 어떻든 이 작품은 당시 아리랑의 확산 상황과 당국이 공연 대본 검열이나 공연 허가와는 별도로 공연 현장에서까지 검속을 했음을 알게 해준다.

아리랑 소재 또는 주제의 연극 작품은 하나의 장르성으로 이어져 오고 있다.

50년대 박진 연출 〈아리랑고개〉, 60년대 악극 〈아리랑〉, 70년대 〈아라리요〉, 80년대 김명곤 작 〈아리랑〉, 90년대 손진책 연출 창극〈아리랑〉, 2000년대 악극 〈아리랑〉 등 다양한 규모와 지방 극단에서까지 많은 작품들이 발표되었다. 최근에는 80년대 민주화 과정의 상황극 이우천 연출 〈아리랑〉과 연극제 출품작 〈밀양아리랑〉이 막을 올리기도 했다.

ⓒ 만담 향토극 〈아리랑 反對篇〉

만담은 오케(OK) 레코드사의 베스트셀러이다. 넌센스 · 스케치 · 폭소극 · 희극으로 갈래명을 달아 발매했는데, 30년대 대중문화의 총아로 등장한 만담에 대해 심훈이나 유치진 같은 주류들은 '엉터리 작난', '연극의 사생아', '연극을 위한 사탕, 연극을 위한 밥' 등으로 비꼬아 비판했다. 1933년 2월 발매한 첫 만담 작품 〈익살맞은 대머리〉(오케 레코드)는 당시 유행가가 5천 매 정도를 발매한데 비해 6개월 만에 2만 매가 팔려 파란을 일으켰다. 그런데 이 만담이 독립적인 장르로 설 수 있게 한 데에는 불세출의 탁월한 만담가 신불출(申不出/1905~?)이 있었기에 가능했다. 조선 3대 야담 · 만담가를 꼽을 때 신정언(申鼎言) · 유추강(庾秋岡)에 앞서 신불출을 꼽는데, 당시 지상에서는 신정언은 '만담계의 원로', 김백소는 '만담계의 중진', 조창석은 '만담계의 지보', 지최순은 '만담계의 공주'라고 하고, 신불출은 '만담계의 권위'라고 표현했다. 다시는 태어나지 않겠다는 뜻의 그 이름부터가 범상치 않다. 이 사람을 오케레코드사 사장 이철이 발탁한 것이다.

만담 향토극 〈아리랑 反對篇〉은 바로 신불출의 성향을 드러낸 대표작이다. 이 작품은 극예술연구회 동인체인 〈신무대〉 제1회 작품으로 1931년 9월 조선연극사(朝鮮演劇舍)에서 탈퇴한 후 동인들을 규합하여 〈단성사〉에서 막을 올린 작품으로 표제로 보아 당시 주류에서 일정 거리에 비켜서 있던 자신의 성향을 반영한 것이다. 영화와 연극의 아리랑 표제 작품들이 세인에 주목을 받자 이를 패러디한 것으로 추정한다.

이 작품은 영화 〈아리랑〉 전후편이 상영되고, 연극 〈아리랑고개〉가 공연되는 1920년대 말, 이에 반기를 든 작품이 된다. 공교롭게도 같은 아리랑을 표제로 하였다. 이렇게 아리랑은 서로 길항 관계에서 배척하고 또한 공존했던 것이다.

㉣ 라디오 드라마 〈그 後의 아리랑〉

외래적인 장르의 실험장이기도 한 1920년대 중반 조선에서 일본의 필요로 개국한 라디오 방송은 대중문화 분야의 혁신을 가져왔다. 음반 · 출판물을 고려하여 모든 장르가 방송에 기대는 상황이었다. 방송은 기존의 신문 매체 효과 그 이상이었기 때문이다. 특히 1930년대 들어서 새로운 장르로 자리 잡은 라디오 드라마는 '듣는 영화, 듣는 소설'이란 이름으로 이목을 끌었다. 이 시기 아리랑을 표방한 드라마 작품이 방송되었음은 매우 시사적이다. 1931년 9월 6일부터 방송된 〈그 後의 아리랑〉이 바로 그것인데, 출연자가 신불출 · 안종화 · 송해천 · 김은숙으로 되어 있어, 앞에서 살핀 〈향토극 아리랑 反對篇〉과의 상관성을 짐작하게 된다.

이 작품 역시 전모는 알 수 없다. 다만 이 시기 신불출의 〈향토극 아리랑 反對篇〉이 공연 중이어서 이 작품도 그의 작품으로 추정할 뿐이다. 이렇게 본다면 신불출은 1930년대 전후 아리랑 장르 수행에 한 중심적인 인물이며 그 위상을 알게 하는 것이다.

㉤ 무용 〈아리랑〉

신무용은 궁중무인 정재(呈才)와 전통 민속춤에 들지 않은 새로운 춤으로써, 그야말로 근대성을 주제로 한 1920년대 말에 정립된 장르이다. 그 출현은 1926년 3월, 일본 근대무용의 선구자이자 세계적인 무용가인 이시이 바꾸(石井漠)가 〈경성공회당〉에서 선보인 것에서부터이다.

아리랑을 주제로 〈아리랑 리듬〉 등 여러 작품을 남긴 최승희

자료상으로 확인되는 작품은 배구자 · 최승희 · 조택원의 작품이 대표적인데, 이들은 우리 민족이 군취가무, 음주가무, 즉 모여 함께 술과 춤과 노래를 즐기는 민족임을 다시 알린 이들이기도 하다. 이 중 1928년 배구자(裵龜子/ 1905~2003)의 〈아리랑〉이 첫 작품으로 확인된다. 배구자는 당시 권번 출신이 아닌 최초의 전문무용가로 격조 높은 무용문화를 보급시킨 선구자이다. 작품의 기교나 예술성은 이어 두각을 나타내는 최승희에게 뒤지지만 대중적인 인기는 최승희를 앞섰던 인물이다.

〈중외일보〉 1928년 4월 20일자에는 배구자가 펼친 춤 〈아리랑〉을 매우 긍정적으로 보도했다.

> "민요곡 아리랑을 자작한 것은 그 동기로부터 우리는 감사하고 싶다. 순진한 시골 처녀로 분장하여 아리랑의 기분을 무용으로 나타내었는데, 그 얼마는 확실히 성공하였다."

아리랑을 작품 제제로 했음을 특히 강조했지만 다분히 신무용임에도 조선의 노래를 택했다는 기특함에 방점을 둔 듯하다. 아리랑의 지속과 변화의 흐름을 보여주는 유용한 기사로써 민요 아리랑을 유전자로 인식한 지평을 가늠케 해 준 것이다.

최승희(崔承喜/1911~?)는 1932년 〈철필구락부〉가 주관하는 〈재만동포위문의 밤〉 행사에서 향토시극 〈아리랑〉을 공연한 것과 1933년 5월 가와바다 야스나리(川瑞康成)의 평으로 유명한 〈신작 발표회〉에서 "조선에 대한 그리움으로 울렁였다. 당신의 춤사위는 우리네 아리랑고개의 너울거림이 아니겠는가…"라는 평을 받은 〈아리랑 리듬〉이 있다. 4년 후인 1937년 2월 20일 서울 〈부민관〉공연 〈아리랑리듬〉이 다시 재공연되었는데, 이때의 평은 다음과 같다.

> "최승희의 창작 무용 가운데서 조선 색채가 제일 풍부한 것은 〈아리랑 리듬〉이다. 침정(沈靜)과 애연(哀然), 그리고 새 땅과 새 삶을 찾으라는 랑만이 샛뜻하게 수 놓여 있는 것은 그의 작품 중의 일품이라고 할 수 있다. 최승희는 아모리 하야도 조선의 흙냄새 속에 그 예술적 천원(泉源)이 숨어있고 여기서 솟아나온 것이 그로 하여금 가장 빛나는 표현을 가능케 한다. 편곡은 바이올리니스트로 이름 있는 목촌(木村)이 하였으며 프로 전체를 통해서 제일 무게 있는 작품이다.
> (조선일보, 1937.02.19.)

최승희의 명성을 중심으로 쓴 기사이긴 하지만 충분한 기획과 준비로 완성도가 높았음을 내보였다. 그런데 신문에 소개된 프로그램 순서에서 '조선 민요조, 아리랑의 리듬을 무용화 한 것'이라고 했다. 이미 알려진 영화나 연극 작품과 달리 창작한 것임을 시사했다. 편곡을 일본인이 담당한 것은 아쉽긴 하지만, 이것으로 일본에서 기획된 작품임을 알 수 있다.

이런 완성도에서인지는 이 작품은 1937년 말 유럽 여러 나라에서 공연되었다. 11월 12일자 〈동아일보〉 기사 〈碧眼에 비칠 아리랑 춤〉에 의하면 이태리 · 런던 · 독일 · 미주지역에서 공연을 예정했다. 그런데 이 후의 보도에는 이 때의 공연에서 배우 채플린 등을 만나기도 했다고 했다. 당시 신문 공연 평으로는 나름의 명성을 얻었던 것이다. 이외에도 최승희는 다큐멘터리 〈금강산보〉에서 아리랑을 선보이기도 했다.

남성 무용가로 대부적인 역할을 했던 조택원(趙澤元/1907~1976)의 작품에도 〈아리랑幻想曲〉이 있다. 1935년 1월, 전국 순회공연 작품으로 창작된 것으로 신무용사에서 "무대무용의 기반과 가능성을 제시한 이론가의 작품"으로 평가했다. 이 작품은 불란서 공연을 위해 창작한 것으로 음악을 일본 작곡가 다가기도오루끼(高木東六)가 편곡했다.

해외 공연문은 1938년 4월 불란서 공연이 첫 시작이었는데 찬사를 받았다. 〈동아일보〉(조선고전예술을 절찬, 1938, 4, 17)에서 '감격한 佛 르브랑 대통령, 조택원 사절에게 악수 청해'라는 외신에서 확인할 수 있다. 이 작품 역시 성공작이다. 아리랑의 세계 보급의 성공사례이기도 하다.

이외 일반 무대용 작품도 있는데 김일선(金一仙)의 〈아리랑 舞〉, 〈콜럼비아 무용단〉의 〈밀양아리랑〉, 李貞嬉의 〈아리랑悲曲〉 등이 있다. 이 중 이정희의 작품은 음악과 조선 유행속곡과 민요조를 중심으로 '自作 · 自演'한 것인데, 고대풍의 아리랑과 현대풍의 아리랑을 형상화 한 작품이라는 평을 받았다.

이상에서 살핀 '아리랑' 표제 무용 작품들은 주로 주제가 〈아리랑〉을 기본선율로 하여 편곡한 것들이다. 우리 음악사에서 이렇게 집중적인 소재로 활용된 노래는 없을 것이다. 그 만큼 아리랑은 1930년대 사회문화의 트렌드 중심에 있었음을 알 수 있다.

ⓑ 오페라테 〈阿哩郞〉

오페라테는 일반적인 오페라보다 규모가 작은 형식의 소가극((小歌劇)을 말한다. 이 작품은 중국 광복군에서 여름 옷 마련을 목적으로 막을 올린 선전용 작품으로 작곡자는 〈아리랑행진곡〉 등 다수의 군가를 작곡한 한유한(韓悠韓/1910~1996)이다. 1940년 서안 실험극장에서 초연했을 때는 전 3막 작품이었다. 장르상으로는 그 동안 우리나라 최초의 오페라로 알려진 현제명의 '춘향뎐'(1950년)보다 무려 10년이나 앞선 오페라테 작품이다.

이 작품은 1944년 3월 1일에는 이범석(李範奭) 연출, 각본 · 감독 · 작곡에 한유한의 〈서안양부가청년당〉(西安梁部街青年堂)에서 재공연되었다. 3. 1운동을 기념하여 광복군 부상병 위문공연이었는데, 주제는 '조국 광복 쟁취 독려'이고 줄거리는 다음과 같다.

시골 처녀와 목동이 '아리랑산'에서 사랑 고백을 한다. 그런데 일본군이 이 산에 일장기를 꽂는다. 이에 동네 사람들은 아리랑을 부르며 마을을 떠나게 된다. 이 과정에서 처녀와 목동은 부부가 되어 함께 항일 혁명군에 입대하여 독립운동을 하게 된다. 30년 후, 청년이 된 목동은 극적인 항일전투에 참여해 승리를 이끌고 장렬한 최후를 맞는다. 이로써 흩어졌던 동네 사람들이 마을로 다시 모여들어 〈아리랑동산〉에 일장기를 걷어내고 태극기를 다시 꽂는다.(김홍련, 「해방 후 아리랑의 창출과 그 음악적 변형」, 부산대학박사논문, 2006.)

아리랑이 항일투쟁과 승전의 원동력임을 보여준다. 이 같은 주제 작품은 국내에서는 공연이 불가능했다는 점에서 귀한 작품이 아닐 수 없다. 이런 상황은 1937년 옌안(延安) 노신도서관(魯迅圖書館)에서 미국 여류작가 님 웨일즈가 조선 혁명가 김산을 만나 나눈 22차의 대담을 풀어 엮은 『SONG OF ARIRAN』(1941)에도 담겨 있다. 즉 조국에서 3. 1운동을 겪는 등 민족의식을 갖고 망명한 중국 내 독립운동가 또는 혁명가의 생애에는 아리랑이 각인 되어 있었다는 사실이다. 그 결과물들이 바로 이 오페라테 〈아리랑〉이고, 『SONG OF ARIRAN』이고, 당연히 영화 〈아리랑〉인 것이다.

③ 유행가 아리랑

유행가는 사회 집단의 평균적인 삶의 애환을 노래로 발현함으로써 대중들로부터 집중적인 사랑을 받는 가요형태의 문화적 향수 수단이다. 그래서 시류에 민감한 내용으로 구성되고, 음악성도 시대적 변화를 예민하게 수용하여 소위 고급음악과는 일정 거리에서 대중의 보편적인 정서와 문화의식을 반영한다. (김광해, 「일제강점기의 대중가요 연구」, ≪의미학≫ 제3집, 1998.) 우리에게 이 유행가의 실체를 구체적으로 체험하게 해 준 것은 1926년 윤심덕의 현해탄 정사사건의 여파로 크게 히트한 노래 〈사의 찬미〉이다.

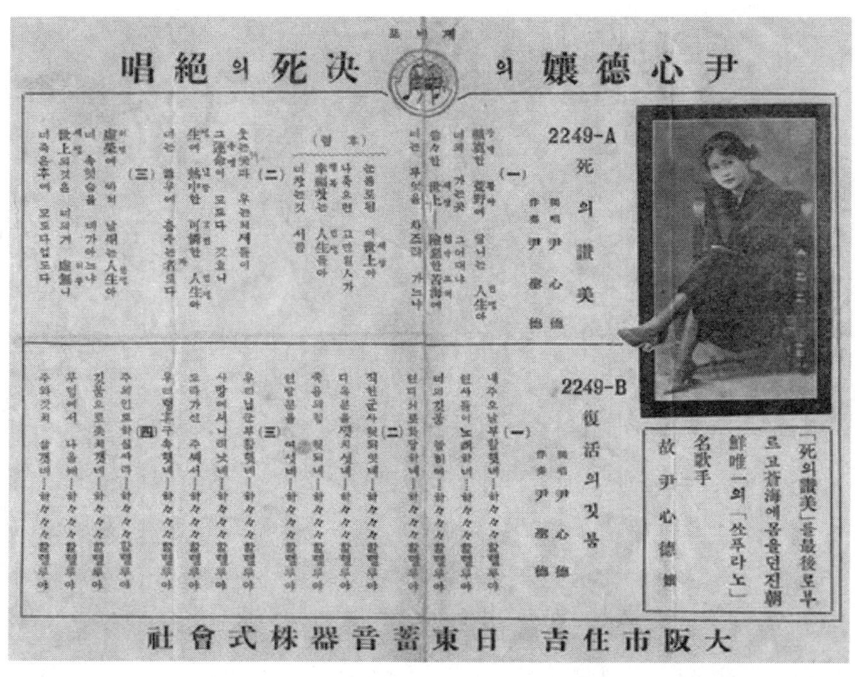
尹心德孃의 決死의 絕唱

2249-A
死의 讚美
作曲 尹心德
作歌 尹心德

(一)
廣漠한 荒野에 달니는 人生아
너의 가는곳 그어대냐
쓸々한 世上 險惡한 苦海에
너는 무엇을 차즈러 가느냐

(二)
눈물로된 이世上이
나죽으면 고만일가
幸福찻는 人生들아
너찻는것 설음

(三)
웃는저꼿과 우는저새들이
그運命이 모도다 갓흐나
生에 熱中한 可憐한 人生아
너는 칼우에 춤추는者로다

(四)
虛榮에 빠져 날뛰는 人生아
너속혓음을 네가아느냐
世上의것은 너에게 虛無니
너죽은후에 모도다 업도다

2249-B
復活의 깃봄
作曲 尹心德
作歌 尹心德

(一)
내주오날부활햇네—하々々々할렐루야
텬사들이노래하네—하々々々할렐루야
너의깃봄 놉히혀—하々々々할렐루야
텬디서로화답하네—하々々々할렐루야

(二)
적혀군사헛되엿네—하々々々할렐루야
디옥문을쟁치섯네—하々々々할렐루야
죽음의힘 헛되네—하々々々할렐루야
텬당문을 여섯네—하々々々할렐루야

(三)
우리님군부활햇네—하々々々할렐루야
사망에서니러낫네—하々々々할렐루야
모다가선 주께서—하々々々할렐루야
우리령혼구속햇네—하々々々할렐루야

(四)
주께인도하심사라—하々々々할렐루야
깃봄으로찬미하겟네—하々々々할렐루야
무덤에서 나올때—하々々々할렐루야
주와갓치 살겟네—하々々々할렐루야

「死의讚美」를最後로무로고蒼海에몸을던진朝鮮唯一의「쏘푸라노」名歌手
故尹心德孃

大阪市住吉 日東蓄音器株式會社

윤심덕의 〈사의 찬미〉 음반 가사지(〈둥지갤러리〉 제공)

“윤 양의 투신 사건은 우리에게 대충동(大衝動)을 주었었다. 그런데 그 윤 양의 초유의 기념으로 하야 〈사의 찬미〉라는 축음판이 우리에게 남아있게 되었다. 그리하야 그 축음(畜音)이 그를 우리 사이에 있어서 영구히 생존케 하는 한 방법이 되겠다. 그는 〈사의 찬미〉라는 가곡과 축음을 통하여 자기의 사정을 영구히 우리에게 말 할 것이다.”(死의 讚美에 대하야, 조선일보, 1926, 8, 30.)

영화 〈아리랑〉이 개봉되기 3개월 전, 현해탄에서의 투신 정사(情死)로 세인의 주목을 받은 윤심덕의 취입 음반이 국내 유입되면서 축음기와 음반이 본격적인 대중문화 매체로 자리 잡는데 영향을 주었다. 이 충격에 의한 기반 구축이 바로 주제가 〈아리랑〉 확산의 기반을 두기도 했다. 이는 유행가 시대의 결정적 기반을 마련하게 되었다.

유행가 아리랑은 1930년대 중반 이후 주도적 장르인 유행가에 표제 또는 소재 그리고 정서로 작용한 노래의 총칭이다. 그런 만큼 이 아리랑 역사에서 독특한 위치를 지닌다. 그것은 아리랑의 악곡과 가사에 개인의 저작 활동 기록이 함께 하게 된 것으로 작곡자와 작사자가 표기되는, 이전의 잡가 아리랑과는 전혀 다른 존재감을 얻게 된 것이다.

이런 유행가 아리랑은 총 40여 종, 여기에 일본에서 출현, 유통된 일본인 작곡 가요까지 포함하면 50여 종에 이른다. 이런 측면에서 적어도 유행가 아리랑은 제국질서 하의 시각으로 보게 한다. 1935년 〈아리랑의 슬픈 정조는 어듸로써 나왔는고〉라는 기사에서 "요사이에 와서는 새로운 〈아리랑〉의 노래가 여러 가지로 나타나며 그 중에는 이 땅의 현실이며 시대색까지도 짜 넣어서 항간에 많이들 불리고 있다."(≪삼천리≫, 1935, 8)는 담론을 형성하였다.(아리랑이 '슬픈 정조'의 대표 장르로 말했는데, 이것은 1930년대 중반의 유행가 정서에서 두각을 나타낸 결과를 따른 것이다. 부정적인 표현이다.)

유행가 아리랑은 '아리랑' 정서를 수용했을 뿐만 아니라, 곡조 곧 노래의 근본이 되는 음계, 그리고 발성까지 모두 우리의 전통(윤중강, 〈꿈꾸는 아리랑〉, 국악방송)과 가까워야 하겠지만 이 시기는 아리랑 표제 자체가 곧 정서를 대변했던 시대였다. 이제 대표적인 몇몇 유행가를 살피기로 한다.

다음의 유행가는 표제뿐만 아니라 정체성과 자기동일화(自己同一化)를 후렴 '아리랑 아리랑 아라리요'로 하고, 가사에서 아리랑을 시어로 썼다.

그리운아리랑
가신 님 발자국 찾을길 없네
몽롱한 안개에 사라졌고나
아리랑 아리랑 아라리요

떠나간 곳이라고 잊지를 마소

엄동이 다 가고 춘삼월이 되면
강산도 봄이라 꽃이 피련만
아리랑 아리랑 아라리요
언제나 우리 님은 돌아오려나

가랑잎 구르는 문허진 전선엔
무심한 달빛만 고요히 흘러
아리랑 아리랑 아라리요
저문 날 종소리에 이 밤도 우네

1939년 이준례 작곡, 선우일선 노래 〈그리운 아리랑〉 가사이다. 신문의 방송란에서 '민중과 영합되는 가곡'으로 선전되어 확산된 유행가이다. 그런데 이 시기 유행가의 경우 거의 음반 발매와 동시에 방송으로 연결되었다. 그래서 음반을 통해 유명해진 가수를 '레코드 가수'라고도 했다. 그런데 이 노래는 '문허진 전선'과 같은 가사에서 직감할 수 있듯이, 1939년 전시 체제라는 상황을 감안하지 않는다면 주제를 파악하는데 오해를 할 만한 작품이다. 이 같은 친일적인 '아리랑'을 과연 아리랑문화에 포함하여 언급해야 하는가?라는 회의가 들기도 한다. 그러므로 1930년대 말에 들어 창작된 작품들은 거의 이런 해석이 가능한 것이다.

〈마지막 아리랑〉은 이면상(李冕相/1908~1989)작곡의 유행가이다. 이면상은 1932년 〈동경음악학교〉를 졸업하고 작곡 활동을 하다 1933년 6월 10일 조선음악협회 주최의 작곡발표회를 통해 활동을 본격화한 작곡가이다. 이 작품은 왕성한 활동을 하던 1936년의 작품으로 이 시기 레코드 업계의 대표적인 인물이다. 작사자로 이하륜, 가수로 채규엽, 그리고 작곡가로 이면상(레코드 인기가수 투표, ≪삼천리≫, 1935, 10)이 꼽혔기 때문이다. 이면상의 작품 중에는 1935년 〈긴아리랑〉(P19195B, 이호 작사)과 〈문경고개〉(조기천 작사)가 있어 아리

1939년 일본 콜럼비아사가 발매한
〈アリラン 唄〉(〈시간여행〉 제공)

아리랑 회엽서(〈아트 뱅크〉 제공)

랑에 관련된 인물임을 알 수 있다.

1936년 발매된 〈모던아리랑〉도 대표적인 유행가이다. 1930년대 들어 근대적이란 의미 또는 '타락'의 상징으로도 쓰인 '모던'(Modern)이란 말이 담론 구성체나 사회구성체에서 효력을 발휘하는 시대임을 그대로 보여준 노래이다. 찰리 채플린 주연의 영화 〈모던 타임스〉가 국내에 소개(조선일보, 1937, 12, 11)되고 〈명치좌〉에서 상영이 된 것도 이 때이다.

이 노래가 나온 1936년은 유성기 음반 판매량이 1백만 장을 돌파하는 기념비적인 해이다. 이를 선도한 것이 이 유행가였으니 동시대 유행어인 '모던'을 쓰지 않았을 수 없었고, 그 중에 아리랑을 앞세우지 않을 수 없었을 것이다. 유행과 아리랑의 합작인 셈이다.

〈아라리나룻배〉는 곡명에서 '아라리'를 쓴 것이 주목된다. 이는 이미 이 시기 남한강 최상류 정선의 아우라지를 노래한 것일 수도 있는데, '아라리'가 아리랑과 동일하다는 사실을 인식한 것으로 보기 때문이다. 실제 방송 송출 곡목에도 〈강원도 메나리아리랑〉이 나오는 것을 보면 이런 추정은 가능하기도 하다.

〈아리랑만주〉는 윤해영과 조두남의 친일행적을 분명하게 보여주는 작품이다. 만주를 꿈의 농지(農地)로 5족(일본 · 중국 · 조선 · 만주 · 몽골)이 협화하여 살만한 곳이라며 이주를 유도한 노래이니 기만적이고 친일적인 아리랑 가요가 분명하다. 이 시기 만주는 특히 조선인의 집단 이주지역은 실제와 다르게 척박하기 이를데 없었다. 그나마 소출을 여러 명목으로 거둬갔을 뿐만 아니라 일제가 대륙침략을 위한 군인 식량조달을 위해 개척을 유도한 곳이다. 이런 정황으로 본다면 1933년 두 사람은 만주 총독부의 요구로 이 노래를 작사·작곡을 했을 것으로 본다.(가곡 〈선구자〉의 성격도 이런 맥락에서 해석이 가능하다.)

〈눈물의 고개〉는 부제를 〈신아리랑〉이라고 했다. 작곡자는 일본의 엔카 대부 고가마사오(古賀政男), 부른 이는 채규엽이다. 이 두 사람은 이미 또 다른 아리랑을 편곡했고, 부른 바가 있기도 하다. 고가마사오는 콜럼비아 레코드사에서 조선에 관한 작품을 18종이나 발매한 인연이 깊은 인물이 기도 하다.(야마우치 후미타가, 〈일제시기의 한국 녹음문화의 역사민족지〉, 2009, 한국학연구원 박사논문, 215쪽.) 아마도 제국시대 일본과 식민지 시대 조선에서 문화권력을 위해 공조하고 공유한 대표적인 인물이 이 두 사람일 것이다. 그런데 이 노래는 이미 조선에서도 크게 유행한 고가마사오 작곡, 채규엽 노래 〈술은 눈물인가 한 숨인가〉(酒 涙 溜息)의 인기를 이용한 작품인 듯하다. 그렇다면 이 시기 유행가는 일본과 거의 같은 시장성에서 유통되었음을 알게 하는데, 일본 내의 아리랑 표제 작품의 유통도 같은 배경이 되는 것이다.

이상의 유행가 아리랑 상황은 다시 두 가지 점에서 눈에 띈다. 하나는 아리랑 표제 작품이 일반적인 상품성 이상의 배경을 갖고 집중 발매되었다는 사실이다. 예를 들면 1935년 4월과 5월의 신문에 시에론 레코드사와 코리아사 신보(新譜) 광고가 나오는데, 코리아사에서는 〈아리랑原曲〉과 〈청춘가아리랑〉을, 시에론사에서는 〈넉두리아리랑〉을 발매한 것이다. 이러한 아리랑 표제 유행가의 발매는 시장 논리 이상의 배경이 있음을 짐작케 하는 것이다.

또 하나는 유명 가수들이 나름대로 각각의 아리랑을 취입했다는 사실이다.

대표적인 가수들로, 채규엽 · 왕수복 · 이애리수 · 김용환 등이 그들인데, 채규엽은 일본 유학파로 1930년 콜럼비아사 전속이 되면서 예명 하세가와 이치로(長谷川一郎), 이명(異名) 동원(東園)으로 첫 아리랑 음반을 취입했고, 이어 1932년 일본에서 당시 최고의 여가수 아와다니 노리꼬(Awwadany Noriko)와 듀엣으로 〈아리랑 노래〉(아리랑 唄 : Uta)를, 이듬해에는 〈신아리랑〉(눈물의 고개)를 취입하였다.

채규엽은 '노래 조선건설의 태양'으로 불렸는데 최초로 독립적인 아리랑 음반을 취입 한 사실은 이 자체만으로도 기억해야 하는 인물이다. 최초의 아리랑 음반 취입이란 상징성과 당대 최고 인기 가수의 취입이라는 위상 때문이다. 그러므로 이 음반 취입이 '아리랑'과 '상업성' 중 어디에 방점이 두어졌는가는 의미 있는 물음이 될 수 있다. 그런데 채규엽이 취입 후 1년이 지난 1932년 〈레코드로 본 조선의 노래〉라는 글에서 이를 피력하여 짐작할 수 있게 되었다.

> "나로서는 처음으로 레코드에 취입하던 4년 전 그 때 10곡을 취입하였다. 그 10곡 중에는 동원(東園)이란 이름으로 가려가지고 취입한 것이다. 우리의 민요로서 유행된 아리랑이다. 나는 그 때 바로 경성여자미술학교에서 음악을 맡아 가르치고 있었다. 그러므로 이런 점 저런 점을 생각하여 아리랑만은 취입할 생각이 없었다. 그러나 회사의 요구인 까닭에 취입은 하였다만은 노래의 내용 현실의 조선을 그린 가사를 취입하고 난잡한 (나를 버리고 가시는 님은 십리도 못가서 발병난다) 가사는 빼어버렸던 것이다(중략). 회사에 내가 물어본 결과 아리랑은 물론 잘 팔렸고 …"(매일신보, 1932, 2, 3)

결국 음반사의 상업적 강권에 의해, 그럼에도 난잡한 가사는 취입하지 않았다고 했다. 오늘날의 본조아리랑 제1절을 부르지 않았다는 것이니 1930년대 들어 총독부의 아리랑에 대한 관심과도 통하는 것이다. 이런 태도는 베로니카 베치(Veronika Beeci)의 소위 음악과 권력론(Musiker und Machtige)의 전형으로써 음악가가 권력과 충돌하고 이와 타협하는 상황을 보게 된다. 이렇게 볼 때 이상의 진술은 단순히 채규엽의 자만심의 표현은 아닌 것이다. 더불어 음반 〈아리랑〉이 판매에서 성공을 거두었다고 한 것을 연역해 보면 그는 조선에서 '음악과 권력'의 관계를 인식하고 그 중심에 있던 최초의 인물임을 알 수 있다.

왕수복은 4가지 아리랑을 부른 '아리랑 가수'이다. 이애리수는 최고의 인기와 스캔들로 인지도가 가장 높은 가수로 아리랑을 크게 유행 시킨 인물이다. 김용환은 〈꼴망태아리랑〉의 히트로 남성 '아리랑 가수'(동아일보, 1932. 12. 28)로 불리면서 〈최신아리랑〉 등을 불러 크게 유행시켰다. 이들은 "거리의 꾀꼬리요, 거리의 꽃으로 이 땅을 즐겁게 꾸미는 훌륭한 민중 음악가, 그들은 레코드계의 가수들"(삼천리, 1934년 11월호)이라며 부각된 시기의 유명인들이다. 이들의 아리랑 사연들은 당시의 미시사(微視史)로써 관심을 가질 만한 텍스트이다.

이 처럼 유행가 아리랑의 집중적인 출현은 음반사로써나 대중음악사 측면에서 매우 이례적인 현상이다. 단순히 주제가 〈아리랑〉의 영향이나 유행상으로만 볼 수 없을 것이다. 사회적으로나 음악시장 구조상에서나 또는 총독부의 정책에서나 모두 영향을 받았으리라고 보기 때문이다. 특히 이런 현상이 동시대 일본에서도 확인된다는 점에서 더욱 그렇다. 그래서 이들 아리랑을 민요 일반론, 또는 토속아리랑 상황의 민요 맥락(Folksong Context)으로만 해석할 수는 없을 것이다. 이의 배경은 대략 다음과 세 가지로 파악할 수 있다.

첫째는 토지조사사업과 산미증산 계획의 결과로 빚어진 만주 이주는 당시 조선 민중 모두가 '나의 일'로 인식했다. 이들은 아리랑의 '십리도 못 가서 발병 난다'라는 사설을 곧 자신의 독백으로 삼았다. '나를 버리고 가시는 님'은 '잃어버린 조국'일 수도 있고, '이웃'일 수도 있고, 사랑하는 연인일 수도 있다. 이런 정서는 분명 영화 〈아리랑〉의 결과이지만, 떠나는 이들과 보내는 이들의 현실 그 자체였다. 이런 사정은 '우리는 조선인'이라는 사회정체성 공유(Shared Social Identity)로 나타나 자연스럽게 어떤 상징을 필요로 하게 되었다. 바로 그것이 아리랑이었다. 이에 따라 아리랑은 떠나가는 이든, 보내는 이든 마음에 담을 수 있게 된 것이다.

이런 배경에서 왜 영화 〈아리랑〉과 그 주제가 〈아리랑〉이 대유행을 하게 되었는가라는 물음에 대해 이런 비유로 설명 할 수도 있게 된다. 즉, 타인의 고통에 공감하는 심리가 내재해 있기 때문에 자기 울음소리에는 반응을 하지 않으나 다른 신생아의 울음소리에는 모두 반응하여 따라 운다는 '신생아성 반응현상(新生兒性 反應現像)'과 같이 이 시기 모두가 고통에 공감하는 심리가 작용한 결과라는 것이다.

둘째는 1930년대는 축음기의 보급과 음반시장의 확대, 그리고 방송망의 확충으로 조선 민중의 정서를 상업적으로 전환시킬 필요가 있었다. 이런 기반에서 홍보 등의 편이성으로 아리랑 표제 음반 발매는 시장성이 충분했던 것이다. 이런 상황을 구조적 측면과 통시적 변화의 측면으로 본다면 음반산업 또는 녹음문화는 '제국질서 성립' 결과물이 된다. 즉, 첫 단계는 1900년대 서구에서의 음반산업 탄생으로 전 지구적 녹음주체를 구성한 단계, 두 번째는 1910~1920년대 일본에서 음반의 국산화로 제국 규모의 유통주체를 구성한 단계, 세 번째는 1930년대 조선에 일본자본의 음반사가 성립되어 식민지 권력의 통제 주체로 부상한 상황이다.

셋째는 조선총독부를 비롯한 제도권으로부터의 퇴폐나 유흥적 상황을 방조 내지는 조장한 결과가 바로 유행가 아리랑을 만연하게 하였다는 사실이다. 바로 〈아리랑우지마라〉·〈아리랑哀怨曲〉·〈아리랑술집〉·〈모던아리랑〉 등이 유흥적이고 퇴폐적인 또는 퇴영성을 반영한 것이다. 토속민요를 '삶의 반영물'이라고 한다면 이 시기 유행가 아리랑은 '시대상의 반영물'인 것이다.

1930년대는 가히 '아리랑의 전성시대'가 된다. 이는 민중 정서, 시장 논리, 그리고 제도권의 정책이 복합적으로 작용한 결과이다. 아리랑문화는 이런 시대상을 담고 있다.

선전가 · 계몽가 〈아리랑〉

선전 · 계몽 활동에서 노래가 중요한 수단으로 쓰인다는 것은 어느 시대든 적용된다. 그러나 식민지 통제 시대만큼 필요하고 절실한 시대도 없었을 것이다. 총독부의 정책을 실효적으로 펼치는데는 바로 이런 선전 · 계몽을 통해 설득을 해야 했기 때문이다. 이 방법에는 바로 선전 · 계몽 내용을 노래로 제작하여 유포시키는 것이다. 당연히 총독부는 이 방법에 아리랑 곡조를 활용했다. 일곡다사(一曲多詞)형 노래, 일종의 '노가바'(노래 가사 바꿔 부르기)이기도 한데, 그 대표적인 것이 종두(천연두) 예방접종을 선전하는 〈종두선전가(種痘宣傳歌)〉이다.

천연두에 걸리면 쥐가 사람의 사지를 오르내리며 물어뜯어 뼈만 남기는 고통과 호랑이가 살점을 베어 내는 듯한 아픔을 준다 해서 '호열자'(虎列刺)라고 불렀다. 과학적 의료 혜택이 전혀 없는 민중들에게는 전염병은 무서움 그 자체였음으로 사회적으로 큰 문제였다. 그래서 일본으로부터 수입해 온 약을 주사로 주입해 면연력을 높여 예방하는 일이 최선이었다. 그러나 민중들은 낯설은 주사를 두려워했다. 이 때문에 예방접종의 필요성을 노래를 통해 계몽하려 했던 것이다.

현재 확인되는 자료로는 1930년 2월 경기도 이천경찰서가 배포한 전단을 통해 아리랑 곡조를 활용한 선전가이다. 전국적으로 시행되었을 것이나 다음의 자료가 유일하다.

종두선전가

一 호열자 염병엔 예방주사
마-마 홍역엔 우두넛키
아리랑 아리랑 아라리가 났네
아리랑 고개를 넘어 간다

二 천하에 일색인 양귀비도
마-마 한번에 곰보된다
아리랑 아리랑 아라리가났네
아리랑고개서 우두 넛세

'아리랑고개서 우두 넛세'를 후렴으로 직접 제시했다. 아리랑의 친근감을 통해 낯설은 주사 맞기를 유도한 것이다. ≪매일신보≫ 1930년 2월 23일자에는 "민요 〈아리랑노래〉의 곡조에 아래와 같은 가사를 지어 부처서 언문(諺文)으로 등사하여 일반에게 배포하였다."고 하여 곡조가 아리랑임을 분명히 했음에서 그렇다. 주사를 두려워하는 산간벽지 촌로들도 아리랑은 알고 있었기에 이를 활용한 것이다.

이외에도 아리랑 곡조가 선전가로 쓰인 예는 또 있다. 〈수안보 온천선권가〉가 있고 ≪조선일보≫가 한글을 보급하기 위해 배포한 〈한글보급 아리랑〉이 확인되기 때문이다. 이런 사실들은 1930년 주제가 〈아리랑〉의 선율이 보편화되었음을 보여주는 동시에 총독부나 기관단체에서 아리랑의 '탁월한 보편성'을 인식하고 활용했음을 알게 하는 것이다.

만화(漫畵)

미술 작품의 경우에도 아리랑을 주제로 한 작품이 발표되었다. 바로 〈靜物 아리랑고개〉라는 작품인데, 이인성(李仁星, 1912-1950)의 작품이다. 개성이 두드러지는 작품으로, 23세 되던 1934년 일본에서 완성, 〈전일본수채회전〉에 출품, 상을 받았다. 1934년이란 시점이 시사하듯 영화 〈아리랑〉과 그 주제가 〈아리랑〉의 일반화에 따른 결과로 출현한 것이다.

1976년 황재의 『아리랑』(삼양출판사)

만화 아리랑은 1933년 〈조선일보〉 인기 연재만화 심산 노수현(心汕 盧壽鉉/1899년~1978)의 〈벽창호〉 시리즈가 그 첫 예이다. 즉, 〈名曲 아리랑〉과 〈심심해서〉가 그것이다. 전자는 상가(喪家) 풍경을 풍자하는 소재로 곡(哭)을 '아리랑'으로 한다는 내용이고, 후자는 화장실에서까지 아리랑 음반을 틀어놓는 유행상을 표현했다. 이 같은 단편 만화는 해방 이후 신문 · 잡지에도 이어졌다. ≪세계일보≫의 〈뚱딴지〉, 월간 ≪방송≫의 〈독창아리랑〉, 〈세계일보〉의 만평 〈필터 담배아리랑〉 등이 그것이다.

아리랑 표제의 장편 만화나 단행본도 발간되었다. 1955년 4월 창간한 월간 ≪아리랑≫에 김경언(金更彦)의 〈아리랑伯爵〉이 연재되었고, 단행본으로는 1976년 황재의 『아리랑』(삼양출판사), 1985년 강철수의 『한양아리랑』 등이다. 80년대까지 이 같은 단행본은 10여 종에 이른다. 이런 실상은 아리랑의 유행상과 보편성을 잘 보여주는 예일 것이다.

상품명(商品名)과 상호(商號)

아리랑이 상품명이나 상호로 쓰였다면 이는 아리랑이 생활문화 속에 함께하고 있음을 알게 하는 것이다. 그 유명세와 상징성을 상업에 이용하려 한 것이기도 한데, 〈아리랑 배〉, 〈아리랑 버선〉, 경성 〈싸롱 아리랑〉, 신의주 〈카페 아리랑〉, 서울 〈북경요리 아리랑〉, 경북 옥산 〈아리랑食堂〉, 경성 〈아리랑菓子〉 등 상호와 상품명이 다양하게 확인 된다. 물론 이는 전국적 대상의 조사가 아닌 인쇄 매체의 단순 검색에서 확인된 것일 뿐이다. 그러니까 실재로는 훨씬 더 많다고 볼 수 있다.

그런데 특이한 것은 해외 동포사회와 조선 내에서 예술단 명칭을 아리랑으로 쓴 예가 확인 된다. 전자는 1932년 러시아 원동 블라디보스톡 신한촌에서 창립된 고려극장 산하 가무단이 탄생했는데, 바로 〈아리랑가무단〉이었고 후자는 〈아리랑보이스〉이다. 후자는 김해송 · 박시춘 · 이복본 · 송희선으로 구성된 보컬 그룹이다. 당대 명콤비들로 이들의 명성은 이후 '꾀꼬리아가씨 아리랑총각'이란 그룹도 탄생하게 하기도 했다.

이상은 그리 어렵지 않게 확인한 결과인데 이름은 이들 예는 모두 1930년 이후 40년대 중반까지의 기간이다. 이 역시 오늘에까지 이어지는 현상이기도 하다.

특히 7, 80년대 해외동포사회의 한국식 식당 이름은 대개 '아리랑'을 쓰는 예가 대부분이라는 사실에서 입증이 된다.

아리랑 회엽서(繪葉書)

규격 '사진엽서' 또는 '회엽서' 중에 아리랑 사설을 담은 것을 '아리랑 엽서'라고 부른다. 그러나 반드시 엽서 형태만은 아니다. 내용은 같지만 규격이 아니고 실제 사진 인화지 상태인 것도 있는 등 다양하다. 이런 엽서는 원래 일본에서 19세기 말부터 20세기 초에 유행한 것으로 주로 1930년대 일본 관광객들을 대상으로 판매한 엽서이다. 당시 조선의 일반화된 이미지와 연관성을 표현한 것인데, 주로 〈경성관광협회〉와 〈남만주철도 교통안내사〉가 판매를 전담했던 것이다.

전체적으로는 일제의 시혜적(施惠的) 통치 상징으로 근대화된 경성 시가지를 담은 것이 주류인데, 특히 경주의 고적을 담은 것, 농촌의 기속과 기생의 모습, 그리고 총독부 시정을 알리는 통계자료와 정책홍보 기사까지 수록한 것 등, 소재별로 세분하면 백 여 종에 이른다. 이 중 '아리랑 엽서'는 기생 사진에 아리랑 사설을 결합시킨 것, 장승같은 풍속 사진에 사설을 결합시킨 것, 사진이 아닌 스케치를 배경으로 한 것 등이다.

30년대 중반 일본 관광객들이 가장 보고 싶어 하는 것이 기생이었다. 이는 일본인들의 조선 기행문에서, 아리랑에 관한 기사는 거의 기생이 함께 언급되는 경우에서도 알 수 있다. 일본인들의 회고담에서도 마찬가지인데, 다음 증언은 일본 전통성악 예능보유자 오카모토 분야(岡本文孫/1895~1996)가 조선방송(JODK) 출연을 위해 방문했을 때를 회고한 대목이다.

> "어느 날 나는 경성으로 가게 되었답니다. 당시 조선은 일본의 지배를 받고 있던 시대였습니다. 나는 일주일 간 연이어 저녁 방송을 하였습니다. 그 때 조선어 아나운서가 나를 소개하길 강본문미라고 하였는데, 이 이름이 바로 오카모토 분야의 조선 말 입니다. 어느 날 나는 초대를 받아 남대문에 있는 요리집엘 갔습니다. 그 곳에는 한 기생이 있었는데, 그녀는 이수정이라는 여성이었습니다. 대단한 미인이었습니다(중략). 바로 그녀가 아리랑을 불러주었던 것입니다. 그 노래는 너무도 아름다웠고 그래서 시나 그림 같은 생각이 들었습니다."(김경원, 분야 아리랑, 월간 ≪아리랑≫, 2002, 4)

역시 기생 이수정과 그녀가 부른 아리랑에 강한 인상을 갖고 있다. 이렇게 1930년대의 아리랑 상황에서 매개의 한 축이 기생이었음은 아리랑사에서 묘한 여운을 담고 있다.

글쓴이가 소장하고 있는 아리랑 엽서를 분류하면, 일본 내 또는 조선에서 판매할 목적으로 한글과 일본어를 병용한 것과 각각 한글이나 일본어로만 된 것이 10여 종이다. 이들은 〈朝鮮民謠 아리랑〉, 〈아리랑打令〉, 〈最新朝鮮風俗 아리랑打令〉, 〈朝鮮民謠 아리랑唄〉, 〈朝鮮情緖 아리랑唄〉, 〈妓生의 舞〉 등으로 각 8매 내외를 세트(Set)로 한 것이다. 모두 일본 제작사의 것으로 가격은 1939년 기준 35~40엔 정도이다.

이들 엽서에 수록된 아리랑 사설과 특히 후렴의 형태는 당시 유행 시기로 보아 곡조는 주제가 〈아리랑〉이다. 사설은 중복을 피하고 정리하면 다음과 같이 총 8절이 된다.

아리랑타령

1. 아리랑 아리랑 아라리요
   아리랑고개로 넘어 간다
   나를 버리고 가시는 님은
   십리도 못가서 발병 난다

2. 아리랑고개는 왜 생겼나
   졍든 님 날 버리고 혼자 가네

3. 아리랑고개는 열두 고개
   님 가신 고개는 어느 고개

4. 청천 하날에 별도 만고
   이네 가삼에 수심도 만타

5. 산천초목은 젊어 가고
   인간의 청춘은 늙어간다

6. 문경 새재 박달나무
   다드미 방망이로 다 나간다

7. 다드미 방망이 팔자가 좋하
   큰애기 손목에 다 나가네

8. 풍년이 온다네 풍년이 온다네
   이 강산 삼천리 풍년이 온다네

위 사진과 사설의 배경은 여성이거나 여성적이다. '일본인은 남성적이고 조선인은 여성적'이라는 이미지를 조작해 식민 지배를 남성의 여성 지배와 등치시키려는 의도이다. 관제엽서나 포스터 등에서도 마찬가지인데, 기생 등 나약한 여성(큰애기 손목)으로 조선을 형상화했고, 공립학교에서는 방정(方正)한 품행만 앞세워 기개와 지조는 담지 않았다. 조선의 역사를 의존과 타율로 일관

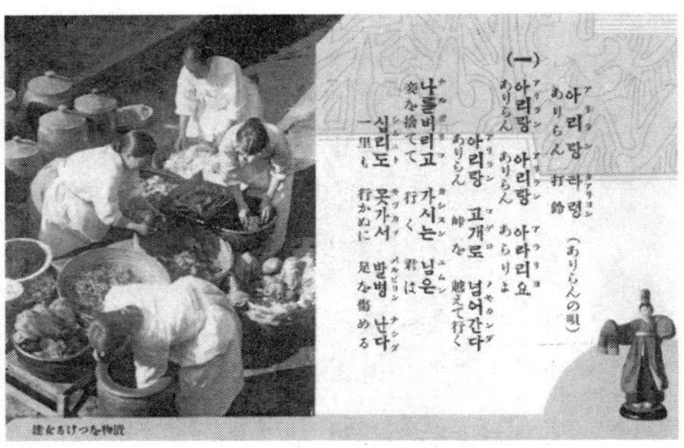

아리랑의 상품화를 그대로 보여주는 엽서류, 대개는 기생의 사진과 함께 아리랑 사설을 수록했다(〈금수강산〉 제공).

하기 위한 정책의 일환이다. 이 아리랑엽서는 세밀하게 보면 제국 질서 아래 조선의 지배 방식을 담고 있는 독특한 사료이기도 한 것이다.

출판물『SONG OF ARIRAN』

1930년대 말 아리랑의 다양성을 확인시켜주는 자료이다. 앞 장에서 살핀 국면과는 또 다른 일례인데, 1920년대 조선 땅에서 예민한 감성으로 살다 조국을 떠난 한 혁명가의 인식에 각인된 아리랑관(觀)을 기록한 자료이다.『아리랑』은 주인공 김산(金山/1905~1938)의 생애를 기록한 것으로 동시대 '이름 없는 또 다른 김산'의 존재와 그들의 가슴에 담긴 아리랑이 무엇인가를 떠 올릴 수 있게 하는 책이다. 이제 김산의 아리랑 진술을 정리하기로 한다. 일제하 그리고 중국동포 사회와 민족문화 운동사의 아리랑 정황을 되돌아보게 하는 자료이다. 또한 이 시기 어떤 사설이 유행을 선도했는가를 알 수 있게 하기도 한다.

김산은 사회주의 혁명가, 항일독립투사, 아나키스트, 국제주의자 · 민족주의자라는 다양한 평가를 받고 있다. 본명은 장지학(張志鶴) 또는 장지락(張志樂)이나 가명은 김산 외에 10여 가지를 사용할 만큼 지하조직에서 활동한 인물이다. 만주 · 북경 · 광동 지역에서 조선 독립운동의 한 방편으로 중국 공산당에 입당, 활동하였기에 늘 일제의 눈을 피해 활동해야 했다.

김산은 3. 1운동 직후 무정부주의(無政府主義)와 톨스토이즘(Tolstoyism)에 심취하여 아나키즘이 성하던 일본으로 갔으나 실망하고 다시 중국으로 들어갔다. 그때 먼저 찾은 곳이 임시정부와 독립운동 진영이었다. 그런데 비조직적인 활동에 만족을 못하고 톨스토이의 고향 러시아로 가려 했으나 뜻을 이루지 못했다. 이런 상황에서 그가 만난 것이 혁명 와중의 중국 공산당이었다. 아시아의 제국주의적 광풍을 중국 공산당 혁명 성공의 결과로 조선 독립을 쟁취할 수 있다는 신념으로 입당하여 헌신하기로 한 것이다. 그는 중국 공산당의 일원이지만 결코 "작은 약소국 조선이 흘린 피가 결코 물에 녹아 흔적도 없이 사라지는 소금처럼(Like salt in water) 되어서는 안 된다"는 각오를 견지하였다.

한 조선 청년의 신념은 1937년 모택동 같은 중국의 대혁명가들을 취재하러 온 미국 여기자 님 웨일즈(Nym Wales)에 포착되어 한 권의 책으로 생애가 기록될 수 있었다. 22차례의 대담을 재구성하여 1941년 미국에서 출간한 『SONG OF ARIRAN』이 그것이다. 이 책 속에는 한 혁명가의 뜨거운 신념과 이를 반영한 아리랑이 담겨 있다.

> "일본 사람들은 위험한 노래를 위험한 사상만큼이나 두려워 한다. 1921년에 한 공산주의자 지식인이 죽음을 목전에 두고 위험한 가사를 하나 만들었다. 또 어떤 사람은 '아리랑고개를 넘어 간다'고 하는 또 다른 비밀 혁명 가사를 하나 만들어 냈다. 이 노래를 불렀다는 이유로 6개월 간이나 징역살이를 한 중학생도 있었다. 나는 1925년에 서울에서 이런 곤욕을 치른 사람을 한 사람 알고 있다."

아리랑을 '항일'과 '공산혁명'과 '투옥'으로 수식했다. 이 시기 아리랑의 성격을 보여 주는 진술이다. '아리랑고개를 넘어 간다'가 위험한 가사라면 조선인의 저항이 담긴 것이란 말이다. 이런 아리랑의 성격을 20세에 서울에서 체험했으니 관념으로만 아리랑을 인식한 것이 아님을 알 수 있다.

> "민요 아리랑은 300년이나 되었다. 그것은 이조 때 씌어 졌으나 아직도 불려진다. 2천만 명이 망명했다. 처형될 사람들은 죽으러 갈 때면 항상 이 노래를 부른다. 처음에는 한 사람이 불렀으나 이제는 모든 사람이 부른다. 중국인 역시 만주에서 그 노래를 부르며, 일본에서도 매우 유명하다. 1910년 이후 5절이 첨가 되었다."

1937년 시점에서 김산이 인식한 아리랑의 역사이다. 특히 조선조 말 처형 직전에 부르는 노래라고 하여 저항적이고 극단적인 상황에서 부르는 노래라고 했다. 이는 김산 자신의 현재 처지를 표현한 것이기도 한데, 아리랑을 개인적 구술 매체로 인식했음을 알 수 있다.

김산은 님 웨일즈에게 조선의 처지를 아리랑에 담아 이렇게 불러주었다. 『Song of Arirang』 첫 면을 장식한 〈아리랑〉이다.

아리랑

아리랑 아리랑 아라리요
아리랑 고개로 넘어 간다
아리랑 고개는 열 두 구비
마지막 고개를 넘어 간다

청천 하늘엔 별도 많고
우리네 가슴엔 수심도 많다
아리랑 아리랑 아라리요
아리랑 고개를 넘어 간다

아리랑 고개는 탄식의 고개
한 번 가면 다시는 못 오는 고개

아리랑 아리랑 아라리요
아리랑 고개를 넘어 간다

이 천 만 동포야 어데 있느냐
삼천리 강산만 살아 있네
아리랑 아리랑 아라리요
아리랑 고개를 넘어 간다

지금은 압록강 건너는 유랑객이오
삼천리 강산만 잃었구나
아리랑 아리랑 아라리요
아리랑 고개를 넘어 간다

3~5절은 살길을 찾아 북간도로 떠나는 처지를 서사적으로 제시했다. 중국 동포들의 마음을 담은 것이기도 하다. 그런데 아리랑고개는 열두 고개라며 넘어가면 다시는 오지 못하는 고개라고 했지만 후렴에서 의지적으로 '넘어 간다'고 한 것으로 표현해 그 곳은 고난을 극복한 결과인 '성취한 세상'임을 제시했다. 이는 이어지는 진술, "이 노래는 죽음의 노래이지 삶의 노래는 아니다. 그러나 죽음은 패배가 아니다. 수많은 죽음 가운데서 승리가 태어날 수도 있기 때문이다."에서 확인이 된다. 극한의 상황에서 불려지는 슬픔 또는 죽음의 노래는 결코 그 자체가 아니라 그 반대편을 향해 부르는 노래라는 말이기도 하다.

"조선에 민요가 하나 있다. 그것은 고통 받는 민중들의 뜨거운 가슴에서 우러나온 아름다운 옛 노래이다. 심금을 울려 주는 아름다운 선율에는 슬픔이 담겨 있듯이, 이것도 슬픈 노래다. 조선이 그렇게 오랫동안 비극적이었듯이 이 노래도 비극적이다. 아름답고 비극적이기 때문에 이 노래는 300년 동안이나 모든 조선 사람들에게 애창되어 왔다."
(In Korea we have a folksong, a beautiful ancient song which was created out of the living heart of a suffering people. It is sad, as all deep-felt beauty

is sad. It is tragic, as Korea has for so long been tragic. Because it is beautiful and tragic it has been the favorite song of all Koreans for three hundred years.)

이 진술은 전통적인 정한(情恨)론과 맥을 같이 하는 내용이다. 이는 동시대 담론에서도 찾을 수가 있다. 토월회의 연극 〈아리랑고개〉를 다룬 기사(삼성생, 조선일보, 1929, 11, 26)에서 "몇 천 년 몇 백 년 정든 고향을 떠나서 고개를 넘어 산을 넘어 내를 넘고 바다를 건너는 이에게 어찌하야 노래가 없을 거이냐. 이것은 물론 슬픈 노래일 것이다."라고 한 것이 그렇고, 〈아리랑의 슬픈 정조는 어듸로서 나왔는고〉(≪삼천리≫, 1935년 8월호, 474쪽)에서 아리랑을 "매듸 매듸의 여정과 애끓는 여음을 가진 이 땅의 정서를 백파-센트로 나타낸 정가(情歌)라고 한 것이 그렇거니와 '슬픈 노래는 아름답다'라고 한 시인 박재삼(朴在森/1933~1997)의 시론 역시 그렇기도 하다. 그러나 이런 정서는 잘 알려져 있다시피 한민족이 푸념과 넋두리의 자탄가로 부른 것이 아니라 절실한 자기 '상처의 응시'라는 사실이다.

이 같은 김산의 인식은 동시대 아리랑을 언급한 어떤 지식인보다도 체험적인 진술이어서 진정성이 담겨있다. 이로써 님 웨일즈는 이 김산의 전기 『Song of Ariran』 표제 '아리랑'으로 표현한 것이다.

이 책은 1941년 미국에서 발행(여류작가 펄벅의 남편이 운영하는 〈존 데이〉 출판사)된 후, 미국 내 맥카시즘의 선풍에 의해 판매금지를 당하기도 했다. 1945년 9월 트루먼 미국 대통령에게 "그나마 한국을 알게 하는 작은 책"으로 전해졌고, 중국, 홍콩, 일본에서 5, 60년대 자국어로 번역 되었으나 정작 우리나라에서는 1946년 월간 ≪民聲≫이 펄벅을 저자로 잘못 소개됐고, 잡지 ≪新天地≫(신제돈 역, 1946년 10월부터 16회 연재)가 초역을 하였을 뿐이다. 그러다 1970년대 중반 언론인 이영희(李泳禧/1929~2010)에 의해 일본어판(『아리랑-조선인 혁명가의 일생』, 1953)이 유입, 복사본으로 유통 되었고, 80년대 들어서야 완역판이 발행 되기에 이르렀다.

공산당 내부의 사찰과 질시, 그리고 국민당과 일본 경찰의 위협이 상존하고 있음을 알면서도 치열하게 활동했으니, '트로츠키파 일제 스파이'라는 오해를 받고 총살을 당한 것은 곧 자살이나 다름이 없었다. 33살의 짧은 생애에 껴안았던 톨스토이즘에서 공산주의를 거치고 국제주의를 만나고 마지막으로 만난 민족주의, 그리고 밤을 지새우며 써낸 각종 선언문이며 시며 소설 작품이며, 그리고 이의 결정체인 『Song of Ariran』에의 진술은 그가 남긴 '김산'으로서 위대한 투혼의 응결이다. 스스로가 "내 인생에 행복했던 기억이라고는 하나도 없다"라고 했지만 "아리랑은 죽음의 노래이지 삶의 노래는 아니다. 그러나 죽음은 패배가 아니다. 수많은 죽음 가운데서 승리가 태어날 수도 있기 때문이다." 라는 발언에서 알 수 있듯이 혁명 활동에 대한 각오를 다지는 어법임을 알 수 있다. 결코 절망을 말한 것이 아니다. 그래서 그의 생애를 슬프다거나 절망이라고 말 할 수는 없다. 『Song of Ariran』에 담긴 20세기 혁명사의 비극을 통해 일제 강점기 이념과 민족, 그리고 저항의 함수관계를 사유하게 하는 힘으로 작용하고 있기 때문이다. 혁명가(革命歌) 아리랑과 함께….

지금까지 영화 〈아리랑〉의 개봉으로 주제가 〈아리랑〉이 탄생된 이후의 여러 국면들을 간략하게 살폈다. 이를 통해 거의 전 장르를 포괄한 것은 물론, 생활문화 전반에 자리 잡은 시기가 이미 일제강점기라는 사실도 확인했다. 특히 오늘의 시각으로 본다면 아리랑은 1930년을 맞으면서 장르와 장르의 융합에 의한 새로운 현상, 다시 말하면 '원 소스 멀티유즈' 또는 '원 브랜드 멀티유즈'의 존재로 진화한 것임을 알 수 있다. 이는 영화 〈아리랑〉과 그 주제가 〈아리랑〉에 의한 문화적 충격의 파장이 얼마나 컸는가를 가늠케 하는 것이며, 동시에 무한한 문화적 생산력을 갖고 인접 장르를 선도하여 컨텐츠화를 실현한 것임을 보여 준 것이다.

(5) 총독부의 황민화 정책, 〈非常時아리랑〉

편년상(編年上) 1930년은 민요사, 특히 아리랑 역사에서 특별한 해이다. 대중적인 일간지 〈조선일보〉에서 〈민요 아리랑에 대하여〉를 연재했고, 총독부 기관지 〈매일신보〉와 ≪조선≫지에서 전국적인 민요(아리랑) 조사를 시행했다. 그리고 '아리랑'을 표제로 한 유행가집 『아리랑民謠集』과 『映畵名曲 아리랑唱歌』 등이 발간되었고, 방송에서 아리랑을 독립 장르로 송출했고, 영화 〈아리랑, 그 후 이야기〉가 개봉되어 주제가 〈아리랑〉이 다시 극장가에 울려 퍼졌다. 또한 이런 유행상을 상업적으로 이용한 음반 유행가 〈아리랑〉이 발매되었고, 아리랑 곡조를 정책적으로 이용한 〈種痘宣傳歌〉 등이 유포된 해이기 때문이다.

이런 배경에는 『嶺南傳來民謠集』을 정리한 경성제국대학 이재욱 등의 전공자 배출로 민요에 대한 인식이 확대 되었고, 일본 내에서의 국민개창운동(國民皆唱運動) 추동력이 조선에도 영향을 미친 결과이다. 이런 상황을 총독부가 주목한 결과 정책적 활용을 모색하여 기관지 『조선』지를 통해 〈朝鮮民謠아리랑〉을 발표하게 한 것이다.

그리고 5년 후, 이를 김지연 개인 명의로 단행본 『朝鮮民謠アリラン』을 발행하게 했다. 이 책은 조선총독부가 김지연을 촉탁으로 위촉하여 민요를 조사하게 하고, 그 중에 아리랑을 주목하여 특화, 제도권에서 아리랑을 자료화 한 최초의 사례로써 자료집을 탄생시킨 것이다. 그러므로 이 최초의 아리랑 자료집을 시각에 따라서는 특별히 평가한다. 즉, 영화 〈아리랑〉의 흥행성공에서 비롯된 상업적 출판물 『영화소설 아리랑』 발간을 '읽는 영화 아리랑'으로 평가하고, 다시 음반 영화설명 〈아리랑〉 발매를 '듣는 영화 아리랑'이 출현이라고 평했듯이, 노래 아리랑의 '읽는 아리랑' 탄생으로 평한 것이다.

그래서 이 글은 ≪조선≫지에 발표 된 이후 동일 내용으로 인식되며 오늘에까지 아리랑 연구의 중요한 텍스트로 활용됨은 물론 그에 따른 평가도 매우 긍정적이다. 그러나 이는 잘못된 평가이다. 이 책에 대해 비판적 접근을 시도하고자 한다. 사실 알려진 바대로 ≪조선≫지는 〈매일신보〉와 함께 총독부 기관리로서 친일적 지식인들의 활동 거점이다. 단적으로 말하면, 이런 곳에서 생산된 것을 자료로써의 활용성만을 부각시켜 평가하는 것이 타당한가에 대해 의문을 갖지 않을 수 없다.

이 평가는 ≪조선≫지 기사가 발표된 지 5년 후, 이를 일부 수정·보완·첨부하여 단행본으로 출간한 『朝鮮民謠アリラン』을 분석, 대비할 때 그 저의가 드러난다. 즉, 단행본 『朝鮮民謠アリラン』은 1930년 총독부 조사의 최종 목적물로, 이를 위해 아리랑을 조사한 것이다. 그러므로 총독부 기관지 〈대한매일신보〉에서 조사한 민요자료를 김소운을 통해 일본에서 발행하게 한 목적도 알게 하는데, 일련의 일본 내 아리랑 관련 집필 사실들도 총독부의 이 단행본 발간 배경과 연동시켜 파악해야 할 것이다.

① 황민화 정책 『朝鮮民謠アリラン』과 非常時아리랑

그 동안 아리랑 연구의 주류는 전체 아리랑 국면을 포괄하지 않고, 문학적 사설 분석과 음악적 선율 분석에 치우쳤거나 지역 민요의 개체적 조명에 모아져 왔다. 그래서 총독부 정책과 밀착되어 탈맥락화한 아리랑과 대중적인 아리랑에 대해서는 관심을 기울이지 못했다. 이런 관점에서 식민지 정책 시행 정점인 1930년대 전후의 상황은 아리랑 국면을 이해하는데 유용한 실례가 될 것이다.

이 책의 저자 김지연(金志淵)은 출생지나 생몰 연대가 확인되지 않는다. 다만 소략하게나마 몇 가지가 확인되는데, 그것은 1913년 강원도 평해공립보통학교 훈도(訓導)로 근무하다 1920년 경상북도 대구여자공립보통학교 훈도(訓導)로 자리를 옮겨 1928년까지 근무했고, 같은 해 조선총독부 직속 기관인 경성제국대학 법문학부 타카하시 토오루(高橋 亨)교수의 조수(助手)로 자리를 옮겼다.

경성제대로의 이 이직(移職)은 총독부가 유교와 불교를 연구하려는 다카하시를 민요 연구로 방향을 바꾸게 하고, 공립학교 근무 경험을 민요조사에 활용하기 위해 불러 온 것이다. 그리고 이후 경성제대 법문학부 타카하시의 조수로서 관련 저술 및 필경(筆耕)을 담당하고 이어 목적 사업인 1929년 시행한 전국 대상 민요조사 업무를 담당했다. 바로 이 경성제대에서의 민요조사 실무 경력을 활용하기 위해 1929년 총독부가 직접적인 정책 마련을 위해 민요 조사를 시행하며 관방 문서과 ≪조선≫지 편집계로 자리를 옮기게 했다. 김지연의 경력, 즉, 보통학교 근무 경력과 경성제대에서의 민요조사 실무 경험을 총독부가 활용한 것인데, 이는 일본에서 조선의 민요집을 발간하고, 관련 글을 발표, '일본식 번역'의 성과를 거둔 김소운을 『매일신보』 민요 수집과 그 정리에 참여하게 한 것과 같은 목적과 방식이다.

그러니까 김지연은 1930년에 민요조사 전문 촉탁직으로 근무하며 ≪조선≫지에 「朝鮮民謠아리랑」을 연재하고 이를 1935년 단행본 『朝鮮民謠アリラン』으로 발행할 때까지 총독부에 재직했다. 결과적으로 김지연의 이 결과물은 지식 담론, 특히 식민지 정책 담론을 주도한 핵심 거점에서 생산해 낸 것이 분명하게 드러난다. 이런 배경에서 이 책의 발행 목적을 밝혀야 하는데, 다음 두 가지로 논점이 모아진다.

하나는 모든 내용을 가타카나와 히라가나로 음과 번역을 병기(併記)한 사실에서 아리랑을 일본어로 부르게 하려는 의도가 있다는 것이다. 이런 의도가 아니고서는 발음과 해석을 병기한 형태의 책을 출간할 이유가 없을 것이다. 이는 아리랑의 일본화로 민족적 정서를 희석시키려 한 것이 분명하다. 이렇게 볼 때 이 책은 그동안 아리랑사의 중요한 자료로 평가되어 왔고 더불어 김지연도 아리랑 연구자로 평가되어 왔지만 매우 적극적인 친일파이며 비민족적인 저의로 출판된 것으로 판단된다. 이것이 새로운 진실이며, 불편한 진실인 것이다.(김연갑, 불편한 진실, 『조선민요아리랑』의 발행 배경, 문헌과 해석 45호, 2008.)

둘은 이 책의 첫 면에 수록한 〈非常時아리랑〉을 유포시키려는 의도였다. 1935년은 일제 식민통치의 정점이면서 중국 본토를 침공하는 시점으로 병참기지 조선 인민들을 비상시국에 이용하지 않으면 안 되었다. 그래서 다음과 같은 〈비상시아리랑〉을 지어 유포 황민화에 이용한 것이다.

非常時아리랑

후렴
아리랑 아리랑 아라리요
비상시 이 때를 알아있나(알겠느냐-필자)

나라가 있어야 집이 있고
집 있은 연후에 몸을 두네

내 몸을 애끼는 맘 미루어
나라와 가정을 사랑하자

십구의 삼오와 삼육년은
평화냐 그 반대냐 갈림일세

세계에 비춰라 태양 마음
평화의 깃발을 휘날리자

극단적 상황을 표현하는 '비상'이란 말을 직접 표제화하여 태양(천황)을 받들라는 협박이다. 1931년 만주사변 이후 전시체제의 분위기로 돌입하면서 쓰기 시작한 이 '비상시'란 말은 주로 1937년 중일전쟁 전후에 널리 쓰였다. 이런 전시 용어를 아리랑에 수식시키며 아리랑의 공시매체적 기능을 식민지 정책에 활용한 것이다. 이는 영화 〈아리랑〉에 의한 저항의식과 해외 동포사회 공동체 의식화에 기여한 〈독립군 아리랑〉과 〈광복군아리랑〉등의 존재를 총독부가 포착하고 상징조작을 한 것이다. 이는 이 책의 발간 1년 후인 1936년 12월 12일

조선방송의 아리랑특집을 일본 NHK가 중계방송하여 일본인들에게 적극적으로 소개한 것도 같은 해석을 가능케 하는 것이다.

그런데 이런 아리랑이 발표되면서 심각한 문제가 확인된다. 그것은 외부적으로는 아리랑의 상징성을 조작하려는 현상이고 내부적으로는 일부이긴 하지만 친일화에 동조한 조류의 형성이다. 전자는 총독부가 제도적 행사인 〈한일합방 30주년 기념〉(일본 히비야 공원) 행사 같은 곳에 호출하는 형태와 정책홍보를 위한 〈만주아리랑〉 같은 노래를 지어 유포시킨 것이고, 후자는 〈애국아리랑〉이나 〈아리랑술집〉 같은 친일적 가요의 등장이다. 물론 일본의 강제화 된 사회문화 시스템에 의해 극히 일각에서 나타난 현상일 수 있지만 이런 점에서 일제강점기 아리랑의 분석에는 식민지적 시각과 함께 제국질서하의 현상이라는 시각에서 검토할 필요가 있게 된다.

그동안 아리랑의 민족문화운동 측면에 대한 조명의 필요성(한양명, 「진도아리랑타령연구」, 중앙대학 석사논문, 1988.) 제기는 있었으나 포괄적이든 개별적이든 이에 대한 접근은 없는 형편이다. 바로 이상과 같은 제현상을 체계화할 때 민족문화 운동사와 아리랑의 위치를 정위시킬 수 있는 것이다.

(6) 훼절 아리랑, 악극 〈아리랑〉

1937년 대동아전쟁을 발발시킨 일제는 모든 체제를 전시체제로 돌입시켰다. 이에 따라 조선의 모든 제도를 제국 질서 하에 두게 되었음은 물론이다. 공연예술계는 당연히 제일 먼저 전선 동원체제로 재편되었으니 이 중에 악극장르는 버라이어티한 성격 때문에 1차적으로 전선 위문 공연에 동원되었다.

1940년 10월 설립된 〈콜럼비아악극단〉이 1942년 1월 〈라미라가극단〉으로 개명되면서 1940년대 악극단을 대표하는 동시에 아리랑 주제 악극의 대표작 〈아리랑〉을 장기간 전국적으로 공연한 기념비적인 단체이다.

- 〈아리랑〉/ 나운규작, 이부풍 구성/ 1943.9.18~22/ 대륙극장
- 〈아리랑〉(7경)/ 이부풍 구성/ 1943.11.27~30/ 제일극장
- 〈아리랑〉(5경)/ 이부풍 구성, 김용환작곡, 이익 연출, 김일영 장치/ 1944.4.1~5/ 제일극장
- 〈아리랑/일어〉/ 이부풍 구성, 김용환작곡/ 1944.4.10~13/ 부민관

이상은 『매일신보』를 통해 확인되는 〈라미라가극단〉의 악극 〈아리랑〉 공연 기록이다. 당시 매체의 제한성으로 이 공연 기록 상황은 극히 일부임은 분명하다. 1940년은 ≪조선일보≫와 ≪동아일보≫가 폐간된 상태라 『경성일보』와 『매일신보』의 광고면을 통해서만 확인할 수밖에 없는 결과이다. 이런 제한적인 기록으로도 이 〈라미라가극단〉의 아리랑 악극 공연은 2년 이상에 걸친 장기 공연으로 확인되어 여러 측면에서 논의의 대상이 될 수 있다. 그런데 이런 아리랑 주제 작품은 제국질서의 당위를 전제하여 알 수 있듯이 1930년대 말, 그러니까 대동아전쟁기를 접어들면서 나타나게 되는 강요된 상황이다. 1932년 평론가 이서구의 다음 진술은 악극 출현의 시점을 재확인시켜주는 글이다.

> "아해들이 부르는 작곡 작사자 아리랑은 노래, 영화, 연극, 무용, 땐스곡, 무엇이든지 그 세력을 펴게 되었다.
> 노래는 金蓮實孃이 조선서 몬저 불렀다.
> 영화는 羅雲奎씨가 主演製作한 것이다.
> 연극은 朴承喜씨가 著作演出하였다.
> 무용은 裵龜子女史가 按舞發表하였다.
> 댄스곡은 씨에론레코드에서 편곡 취입하였다.
> 신아리랑은 필자가 작사 이애리스孃이 불렀다."

이에 의한다면 1932년에는 아직 아리랑을 악극화한 작품이 없었던 것이 확인되어 적어도 대동아전쟁기에 출현한 것임을 반증한다. 영화 〈아리랑〉 개봉 이후 연극 · 무용 · 댄스 · 유행가에서의 아리랑 주제화가 이루어졌는데, 이는

선기층(先基層) 전승민요 아리랑을 영화 〈아리랑〉이 수용, 주제가 〈아리랑〉으로 확산시켰고 이것이 다시 원기층(元基層)되어 연극 · 무용 · 댄스 등의 다양한 장르로 확장된 상황을 순차적으로 보여준 것이다.

같은 양식으로 영화 〈아리랑〉이 원기층이 되어 악극 작품을 형성시켜 대중성과 흥미라는 측면에서 고전 소재 작품들과는 다르게 나타난 현상으로, 음악평론가 황문평의 표현이지만 '우국의 한 방법'으로 악극을 택했다는 표현은 부분적으로는 수긍할 여지가 있게 한다. 그러나 당연히 이 진술을 그대로 받아들일 수는 없다. 왜냐하면 1940년대라는 상황과 이 시기 악극의 공연 양상을 드러내 정리하면 '군국주의에의 복무'라는 기능이 분명하게 확인이 되기 때문이다. 이 점에서 대동아전쟁 시기의 아리랑을 주제로 한 작품들의 검토는 반드시 필요한 이유이다.

이 악극 상황을 구체적으로 이해하기 위해 특성을 살펴보면 다음과 같다. 즉, 악극은 대략 세 가지 측면에서 해석이 된다. 첫째는 일본을 통해 유입된 무대공연용 희가극이나 레뷰와 스케치 정도를 중심으로 구성한 공연 형식을 말하기도 하고, 둘째는 극적인 대화를 노래로 주고받으며 일정한 서사구조를 풀어가는 형식이라고도 하고, 셋째는 배우들이 이미 알려진 주제를 호소하는 버라이어티 쇼 형식이라는 것이다. 결국 악극은 대중음악을 바탕으로 하여 거기에 대중적 소재를 더한 형식을 담은 신파성 대중극으로 복합적인 성격은 장르적 발전을 거듭하며 관객 취향의 변화 과정을 수용하여 생성된 것이 된다.

그래서 악극의 특성을 대중성, 즉 통속성에 두게 된다. 이 통속성은 관객의 중압감을 해방시켜 주어 쾌감을 느끼게 하고 집단적 체험을 통해 위안을 얻게 해준다는 점에서 일종의 카타르시스를 경험하게 하기도 한다. 이는 정화와 배설의 기능이기도 한데, 이를 연극계와 공연계가 합작한 악극단에 의해 적극 활용한 것이다. 특히 1930년대의 상업적 성과와 총독부의 독려와 함께 자본력을 갖춘 음반사(콜럼비아 · 빅터 · 오케이사)의 홍보 전략, 규모 있는 공연장

건립, 가수와 배우의 지위 확보라는 조건이 버라이어티한 악극성장을 가능케 하였다. 1942년 7월 조선연극협회와 조선연예협회의 통합체로 결성된 조선연극문화협회(朝鮮演劇文化協會) 통계로는 가맹 연극단이 8개, 창극단이 3개인데 비해 악극단은 18개가 가입한 상황에서 악극단의 절대적 세력을 확인할 수 있다.

그런데 문제는 이 시기 대중예술계에서 악극단이 왜 중심 역할을 하게 되었는가의 문제인데, 이는 이들의 활동과 작품의 지향성이 어디에 있는가를 살핌으로써 밝혀질 것이다. 이글에서는 악극단에서 공연한 아리랑 주제 작품을 대상으로 이를 살피기로 한다. 유감스러운 것은 전시체제이므로 작품의 1차 자료가 거의 남아 있지 않고, 매체를 통한 작품 평도 없는 형편이어서 단지 신문의 광고면을 통해 정리할 수밖에 없는 한계 상황이다. 그러므로 작품의 구체적인 내용은 거의 언급하지 못하는 형편이란 점이다.

① 〈나니오부시 아리랑〉

〈나니오부시 아리랑〉은 조선악극단이 일본 순회공연을 마치고 〈향토개선 특별공연〉이란 이름으로 1940년 10월 13일부터 10일간의 공연에서 선보인 작품이다. 오케 레코드사를 배경으로 한 OK그랜드쇼단이 극계 인물을 포섭하여 선보인 것이다. 그런데 이 작품을 특별히 '아리랑뽀이스'가 담당했다. 이들은 김해송 · 박시춘 · 이복본 · 송희선, 네 사람으로 구성된 남성 중창단인데, 아마도 이들에 맞게 구성된 것으로 본다. 특히 코믹송으로 인기가 있던 김해송의 장기를 주목했을 것이다.

일반적으로 낭화절(浪花節)로 불려진 이 장르는 일본의 전통 성악으로 로쿄쿠(浪曲)라고도 한다. 병풍같은 것을 칸막이 안에서 샤미센을 연주하게 하여 소리만 들리게 하고, 다른 사람은 관객을 향해 앉거나 서서 노래와 말로 주제를 풀어가는 형식이다. 이러한 무대 형태는 한 사람은 악기를 연주하고, 나머지

세 사람은 일본어 또는 우리말로 아리랑을 주고받았을 것이며 각 지방의 사연이나 영화 〈아리랑〉의 줄거리를 연성화한 내용으로 했을 것이다.

그런데 이 작품이 일본 공연 직후에 구성되었다는 정황과 장르 자체가 일본식이라는 점, 그리고 관객을 주로 일본인으로 했으리라는 점에서 친일적인 작품으로 판단하게 된다. 이 시기는 이미 일본에서 〈아리랑야곡〉 같은 유행가가 유통되고 있었기에 이런 것으로 구성했으리라는 추정 된다. 나니오부시라는 새로운 양식을 이해하지 못한 상태에서는 단순히 아리랑이 일본인들에게 알려진 점을 이용하는 편의적인 방법일 수도 있었을 것이다.

한편 이 나니와부시는 우리의 판소리와 유사한 면이 있어 일본인에게 판소리를 소개할 때 춤을 곁들인 '한국판 나니와부시'로 설명하기도 하는데, 내선일체 정책의 일환으로 유포, 조선화가 시도된 측면이 있어 일본적인 양식을 통해 조선적인 것을 표현하려 했다는 기존의 평가는 일면 타당하나 도입시기 등을 본다면 시정되어야 할 것이다.

② 가극〈아리랑〉

가극〈아리랑〉에 대한 광고문은 이 작품에 대한 유일한 1차 자료이다. 〈매일신보〉 1943년 6월 9일자 광고 전문은 다음과 같다.

> "나운규 원작, 소원(김춘광) 개작 · 각색, 향토민요 아리랑
> 부민관 개관 이후 인기 신기원
> 故나운규가 영화를 세상에 내놓은 지 18년, 그 때의 그 인기
> 오늘의 가극〈아리랑〉은 그 이상 선풍적 대인기, 백만 부민의 화제!
> 아리랑도 금일 한, 누가 이 기회를 잊으리오"

나운규 감독 영화 〈아리랑〉을 바탕으로 해서 구성한 작품임을 강조했다. 영화 〈아리랑〉의 인기를 전제하고, 가극〈아리랑〉이 더 선풍적인 인기를 끌고

있다고 내세운 것인데, 이는 말 그대로 광고적인 표현이다. 영화 〈아리랑〉은 일반적인 영화 유통 구조로는 설명되기 어려운 상영 기록을 세워, 그 위세를 악극이 이용한 것일 뿐이다.

이 작품이 공연되는 시기, 나운규를 추모하는 다음의 기사는 이의 관계성을 보여준다. 이는 위의 광고문에서 영화 〈아리랑〉에 대한 부분을 무색케 한다.

> "아리랑이 완성되어 세상에 나왔을 때 이 영화 아리랑과 이 영화 주제가 아리랑과 함께 조선영화계에서 보지 못한 센세이슌을 일으키었으니 지금도 그 '아리랑' 노래소리(고유한 민요이지만)들리지 않는 곳이 없고, 춤에도, 연극에도, 지금의 영화에도 이용되고 있음은 누구나 아는 일…"

이 작품은 나운규와 영화 〈아리랑〉의 성가가 현재 하고 있음을 알려주고 있다. 이 와중에 공연을 한 것은 추모와 함께 상업적 효과도 기대한 것으로 이해 된다. 그렇다고 제국주의라는 외세를 향해, 소작 지주의 착취로 인한 빈곤의 불만족을 표현한 나운규의 작가정신을 발현했으리라는 기대는 전무할 것이다. 〈라미라가극단〉의 이 작품은 실제로는 1942년 1월 일본에서 막을 올린 후 귀국하여 재구성한 것이다. 김춘광(金春光/1894~1950)작, 이부풍(李扶風/1914~1982) 각색, 김용환(金龍煥) 작곡의 전7경 악극으로 1년 후인 1943년 6월에 경성 〈부민관〉에서, 다시 7월부터 10월까지 장기간 전국 공연을 순회했다.

1942년은 조선연극문화협회(회장 신도효)에서 〈라미라가극단〉이 핵심멤버로 서게 된 해이다. '음악계의 정화'라는 표현에서 알 수 있듯이 대중성에서 성공적인 활동을 했다.

김춘광은 무성영화시대 극장 〈우미관〉의 주임 변사 출신이었으나 극작가로 전향, 대표작 〈검사와 여선생〉으로 명성을 얻었고, 이부풍은 가요 〈알뜰한 당신〉 등 많은 작사 작품이 있으나 이 악극 〈아리랑〉을 각색한 것으로 널리 알려진 인물이다. 이런 인적 구성으로 보아 작품성은 인정받은 듯하다.

그러므로 이 작품은 어느 정도 아리랑의 정서를 반영한 것으로 볼 수 있다. 그 이유는 다음 세 가지 측면에서다. 하나는 해방 후이기는 하지만 김춘광이 〈안중근〉 같은 항일적인 작품을 쓴 것에서 어느 정도는 민족정서를 지키려고 노력을 했을 것이란 기대이다. 둘은 수정 여부는 확인되지 않으나 해방 후에도 다시 같은 작품명으로 막을 올린 작품이란 점이다. 마지막은 이 극단 '라미라'라는 명칭이 '우리 음악 음계 중심음을 서양음계 표기로 적은 것'으로 '서양음악을 하되 우리 것을 기본 기둥으로 삼자'는 취지로 작곡가 안기영이 작명했다는 점이다. 이 세 가지를 감안하면 아리랑의 정서를 표현하려 노력했을 것으로 보게 된다는 것이다.

그러나 이 시기 일제의 국민연극이란 동원체계를 벗어날 수 없었을 것이라는 점에서는 이 작품 역시 기존의 평가를 그대로 수용할 수는 없을 것 같다.

③ 악극 〈아리랑處女〉

악극 〈아리랑처녀〉는 극단 황금좌(黃金座)가 1943년 6월 17일 올린 작품이다. 성전길홍(筬田吉弘) 편곡, 조건 작, 민상 연출의 3막 9장 대형작으로 영등포 〈영보극장〉과 〈제일극장〉에서 연속적으로 공연되었다. 그리고 동년 10월 공연에서는 〈황금좌〉 문예부 작, 이광태 연출의 3막 5장으로 재구성되어 〈제일극장〉에서 재공연하기도 했다.

〈황금좌〉는 1933년 12월에 결성되어 상업연극을 주도한 극단으로, 신파극 〈육혈포 강도〉의 연출로 이름 높은 임성구와 그 일파인 성광현(成光顯)이 대표를 맡고, 배우 26명을 포함하여 연출부 등 총 40여 명으로 출범, 역사극과 애정극 같은 대중극을 주로 하였다. 창단 멤버인 임서방과 임선규도 역시 신파극에 능한 극작가로, 특히 막간극 연출의 권위를 가진 이들이다.

1940년대 김태진 등 새로운 인물들이 참여했으나 다른 극단과 마찬가지로 국민연극으로 전환하여 황민화 정책에 참여했다. 1944년 제2회 국민극경연대회 입선작 〈북해안의 흑조〉와 1945년 제3회 국민극경연대회 입선작 〈개화촌〉을 제작한 사실에서 알 수가 있다. 이 가극 〈아리랑처녀〉는 이런 적극적 친일 작품 발표에 앞서 제작한 점에서 다르게 볼 수도 있으나 기대 가능성은 없다. 다만 해방 후인 1947년 11월 23일 〈황금좌〉에서 다시 공연되었음을 상기하면 그 여지는 더욱 없다고 본다.

그러나 해방 후 친일적인 유행가가 그대로 불렸던 현상과 같이 안일하게 부분적인 수정을 하고 재공연한 것일 수도 있어 친일작품이란 혐의를 벗어날 수 없을 듯하다.

④ 악극 〈아리랑幻想〉

약초악극단(若草樂劇團)이 1943년 7월 막을 올린 작품이다. 신흥악극단약초극계약(新興樂劇團若草劇契約)이 바탕이 되어 결성된 단체인데, 성보가극단과 함께 조선연극문화협회에 가입하지 않고 '신체제 하의 반도 상황의 연극음악 대표로 반도민요 · 가요악단의 정예군 망라'를 내걸고 활동하였다. 극단 주인이 일본인으로 약초극장(이후 스카라 극장) 소속 극단이 되었다. 이 극단은 일본 작품을 그대로 수입, 일본어로 공연을 했다.

광고에서는 '악극 반도의 선율'이라고 하여 구체적인 아리랑 곡 자체를 내세운 듯하다. 이런 추정은 이 시기 대중음악 작곡가로 이름을 날리던 이면상(李冕相/1908~1989)이 여기에서 음악을 맡고, 다른 극단과 다르게 수준 높은 음악시극(音樂詩劇) 같은 장르를 공연했기 때문이다.

음악담당 이면상은 1930년대 중반 '작사자로는 이하윤, 가수로는 채규엽, 그리고 작곡가로는 이면상'으로 꼽힐 만큼 확고한 위치에 있었다. 이런 위상으로 빅터 레코드사의 조선문예부를 직접 만들어 활동하다 1940년대 들어 총독부의 규제로 레코드회사가 활동을 중단했을때 약초악극단 적극 유치로 음악 담당으로 오게 된 것이다. 이미 그는 1935년 〈긴아리랑〉(이호 작사)과 1936년 〈마지막아리랑〉(편월 작사)을 작곡한 바 있기에 이 악극 〈아리랑환상〉을 직접 기획하고 구성했을 것이다. 그런데 극단 대표와 기획자가 모두가 일본인이고, 출연자 중에도 일본인이 대거 참여한 것으로 보아 역시 일본식 변용 악극으로 본다.

〈아리랑幻想〉도 대본이나 관극평이 확인되지 않아 내용을 알 수 없다. 그러나 이 시기 극장에서는 〈일본뉴스〉, 〈소국민진군가〉, 〈조선시보〉, 〈승리의 운수〉 등이 상영되는 상황이어서 '환상'이란 수식어를 쓴 것은 오히려 가혹한 현실에 대한 불만을 억누르려는 일종의 기만이지 않을 수 없다. 즉 오족협화(五族協和/일본 · 중국 · 조선 · 만주 · 몽골의 일체화) 조성과 대동아공영권의 건설을 표방하며 내세운 것이 '환상' · '복지' 등이었다고 볼 때 이 역시 이런 연장선상의 작품으로 볼 수 있다.

이면상의 활동으로 돋보이는 작품이나 친일 성향이 짙은 극단의 공연 작품이라는 사실은 부인할 수 없을 것이고, 월북 이후 북한에서의 아리랑 주제 〈관혁악 문경고개〉등의 작품을 작곡했음으로 이와 연계하여 이해하는데도 도움이 될 것이다.

⑤ 레뷰 〈世界一周 아리랑〉

〈세계일주 아리랑〉은 1944년 8월 13일부터 15일까지 3일 간 〈부민관〉에서 개최된 레뷰 〈향린원 사업조성 음악과 영화의 밤〉에서 황재경에 의해 공연된 작품이다. 레뷰란 1929년 10월 조선극장에서 있었던 〈조선 레뷰〉가 영화 · 경음악연주 · 조선음악공연으로 구성된 것에서 알 수 있듯이 만담을 중심으로 두 세 장르가 어울려 이뤄진 형식을 말한다. 1930년대에 와서는 일반화된 장르로 '애트락션', '레뷰', '뮤지컬 코미디', '오페라타', '보드빌'이 포함되어 '현대의 포퓰라 아트'라고 불리기도 했다. 풍자적 연극형태 또는 뮤지컬 쇼의 원래적 형태로도 보나 '만담계의 기재요 음악계의 거성인 황재경의 자작 · 자연(自作 · 自演) 작품'이라는 당시 광고문에서도 짐작 할 수 있듯이 혼자서 만담과 노래,

악기 연주까지를 담당하는 원맨쇼 형태가 일반적인 장르 기법이다.

이 장르가 유행한 것은 40년대 들어 악극이 성행하게 되면서부터이다. 1941년 초 유치진의 다음과 같은 주장에서 이를 확인할 수가 있다.

> "우리는 창극이니 레뷰니 하는 것을 저급한 예술이라 하여 천시해 왔다. 사실 창극이니 레뷰는 고급의 예술적 견지로 보아서 저급한 예술이기는 하다. 그러나 저급하다 하여 가까이 하지 않으려 하는 이 생각은 인제는 과거의 관념이다."

모든 예술이 신체제(전시 체제)에 복무해야 한다는 취지에서 레뷰의 작품성을 문제 삼지 않는다고 한 부분에 방점이 두어질 발언이다. 곧 레뷰는 전시 체제를 위한 도구로써 필요성이 인정된다는 말이기도 하다.

이 작품은 관련 자료가 몇 종 확인 된다. 음반·방송자료 등에 소개된 것인데, '황재경씨 아리랑 세계일주' 또는 '동서 악기 20수종 세계일주 아리랑, 30수 곡목의 흥미진진한 호화판'이라는 광고문이다. 이를 통해 보면 그가 1936년 10월 콜럼비아 레코드사에서 발매한 〈아리랑 레뷰〉의 내용을 공연에 따라 재구성한 것임을 알게 한다. 이 음반은 황재경이 본조아리랑을 우리말과 영어와 일어로 부르고, 밀양아리랑과 신아리랑, 그리고 영화 〈아리랑〉 제3편 주제가를 불렀다. 그리고 각각의 아리랑에 대해 변사체로 해설과 사연을 덧붙였다. 황재경은 음반 취입 이전인 1935년 5월 방송의 〈만담〉 프로그램에서 〈아리랑〉을 방송한 바 있어 영화 〈아리랑〉 등을 누구보다도 잘 알고 있었다고 본다.

그러나 이 작품이 1936년 발매된 음반의 내용을 그대로 재현했다고 볼 수는 없다. 이 시기는 '적국 미국과 영국을 격멸하자'(敵米英擊滅)를 구호로 내세운 전시체제로써 영어로 부를 수는 없었기 때문이다. 오히려 모두를 일어로 불렀을 가능성이 높기도 하다. 그러므로 내용 중 '미국에 당도한 아리랭이가…' 같은 해설도 하지 못했을 것이다. 물론 주 행사 취지를 만담 형식으로 덧붙여 제시하기도 했을 것이다.

그런데 이런 정도보다 더 적극적인 친일적 공연을 했으리라는 추정은 이 공연이 〈향린원〉(香隣園)이라는 고아원을 후원한 행사 일환이었다는 사실에서다. 이 〈향린원〉이 1940년 친일적인 사회사업가 방수원(方洙源)이 설립하여 일제의 보호 아래 부랑아들이 황국신민으로 잘 자라고 있다고 선전하는 국책적 고아원이기 때문이다. 이런 고아원을 후원하는 공연이었기에 매우 노골적인 전시동원을 독려했을 가능성이 있다는 것이다.

사실 아리랑도 시대마다의 문화사적 맥락 속에서 형성된 결과물이라고 본다면 이 시기의 이런 공연 형태는 그 평가에서 유연할 수도 있다. 그러나 그 변화가 자연적인 수용이나 습합이 아닌, 강요 내지는 굴절과 복속의 결과물이라고 한다면 문제의 심각성은 예사가 아닌 것이 된다. 이러한 상황은 당시 대중예술계를 설명한 다음의 글에서 재해석을 요하게 한다.

> "…연극을 비롯한 공연예술분야의 특수성을 이해할 필요가 있다. 공연분야는 대중선전의 핵심으로 일제의 직접적인 관여가 가장 혹독했다. 토착자본의 취약성으로 공연예술은 거의 항상 가난 상태에 있었다는 점도 고려해야 한다. 이 점에서 재정과 관객 문제가 보장된 일제 말은 무대를 먹고 사는 공연 분야의 슬픈 황금시대일지도 모른다. 공연예술 가운데 이 시기 친일에서 자유로운 이가 거의 없다는 사실은 그 가엾은 반증이 아닐까?" (염무웅·최원식, 「해방전후 우리 문화 길찾기」, 민음사, 2005)

악극이 중심이었던 공연예술 분야가 전시체제 하에 동원될 수밖에 없는 '슬픈 황금시대'였다는 자조적이고 다분히 순환논리적인 설명이다. 그런데 문제는 아리랑 같은 민족적 정서를 친일적 작품에 활용했음에 대해서는 좀 더 적극적인 평가를 해야 할 필요가 있다. 이 시기 어느 분야의 작품이 이런 혐의에서 자유로울 수 있겠는가만, 그렇다고 이 상황에 매몰된 논리로 덮어 둔다면 역사의 발전은 기대할 수 없는 것이다. 그 대상이 아리랑임에는 더욱 그렇지 않겠는가.

이 시기 악극 〈아리랑〉 작품들은 분명 친일로 훼절된 문화예술의 한 분야이다. 그래서 우리가 환기해야 하는 것은 일제 말 '국민총동원 체제'라는 고도로 조직화된 전체주의 체제가 효율적으로 작동된 시기에 자의건 타의건 산출한 아리랑이 바로 악극 작품들이라는 사실이다.

(7) 아리랑문화운동

'아리랑문화운동'이란 아리랑의 저항 · 대동 · 상생정신을 주체화하여 이의 실천을 통한 민족해방운동에 참여한 것을 말한다. 이는 일제강점기를 통해 직접적인 항일운동에, 또는 간접적인 민족사상 고취 운동에 참여한 것인데 일제의 검속 기록들 속에서 그 편린을 확인할 수 있다. 그러나 그 실상은 일제강점기 내내 저류로만 흘러 재구하기는 쉽지가 않다. 물론 일본의 탄광 등 노역의 현장에서 벌어진 저항운동, 중국이나 러시아 등지에서의 항일저항 운동 속에서 함께 한 아리랑 실상들은 독립운동사에 기록되지 않은 것이다.

아리랑운동은 일제강점기 노래문화운동의 한 갈래를 이루었다. 카리브 연안의 소수민족, 북미의 흑인들, 일부 집시 사회가 민요를 통한 저항운동, 그리고 60~70년대 미국의 반전운동 기간의 제3세계 민요운동과도 비교가 된다. 이 아리랑운동은 항일민족운동과 해방 후 민족통합운동, 그리고 70 ~80년대 민주화운동으로 이어져 왔다.

이제 구한말로부터 일제강점기까지의 아리랑 상황을 통해 아리랑문화 운동의 실상을 살펴보기로 한다.

아리랑의 근대성은 경복궁 중수 7년 동안의 상황으로 부터 비롯된다. 가사 〈한양가〉나 『매천야록』에 수록된 궁중의 아리랑 연행 상황에서 짐작이 되듯이 1894년 일본 『우편호우지신문』(郵便報知新問)이 보도한 〈조선의 유행민요〉라는 가사에서 아리랑은 이미 조정에 의해 탄압을 받았다고 한 사실이 있는데, 이는 곧 저항의 수단으로 아리랑을 불렀다는 것이 된다. 이는 아리랑의 근대성을 말하는 것으로 이미 1800년대 말에 분명한 속성으로 지속되었음을 알 수 있다.

〈조선의 유형 민요〉에 수록된 3절의 사설 중 그 첫 절은 다음과 같다.

> 인천 제물포 살기는 좋아도
> 일본놈 등살에 나는 못살아 흥
> 아라랑 아라란 아라리요
> 아리랑 아 얼쑤 아라리야

이 시기 인천은 이미 일본인들에 의해 점거 당한 상태였다. 또한 인천항 축조로 모여든 조선인 임노동자들을 일본 자본주들이 고용하고 있는 상태였다. 바로 이 임노동자들이 이 아리랑을 불러 지역화 한 상태이다. 이런 상황이었으므로 아리랑은 저항 의식을 담아 불릴 수 있었던 것이다.

① 한일합방 반대와 아리랑

살피게 되는 자료들을 통해 앞선 시대의 아리랑 성격과 해방 후의 방향성을 추정할 수 있게 된다. 이제 먼저 살피게 되는 자료는 기독교계에서 경술국치의 부당함을 아리랑 가락에 얹어 노래한 것인데, 1909년 말 한일병탄조약이 이뤄진다는 사실을 어떤 조직보다 예민하게 받아들인 기독교계가 노래로 저항한 것이다. 이는 황해도 연안 읍내 헌병대에 발각되어 조사된 〈한일협약 발표 후의 기독교도 속요 선전(俗謠 宣傳)에 관한 건〉에 '하기(下記) 아리랑 속요'로 일역되어 전해지는 자료이다.

> 1. 노세 노세 소년 시절에 놀고보세/ 노백(老白)이 되면 못 노나니
> 2. 이런 세상은 어떤 세상이뇨/ 세상을 표박(飄泊)하는 일본의 세상
> 3. 한일협약 맺어진 것 누구 탓인가/ 우리 동포의 미개 때문 아닌가

4. 마셔라 마셔라 마셔버리자/ 있는 돈 술이나 마셔버리자
5. 마시고 써보자 돈아껴 무었하리/ 있어야 끝내는 일본인 수중인 걸
6. 마셔라 마셔 마셔버리자/ 매일매일 취하여 장쇄(長碎)나 해볼까

전체 맥락을 고려하여 글쓴이가 음보와 행갈이를 하였다. 자료상으로는 후렴이나 곡조 표기를 하지 않아 어떤 아리랑 곡조인지 알 수가 없지만 5년 후 회령지역까지 유행하여 나운규가 들은 H. B. 헐버트 채보 아리랑(잦은아리랑)으로 추정한다.

위의 가사는 일제가 번역을 하고 기록하는 과정에서 연성화 되었을 것이나 전체적으로는 매우 자탄적이다. 그러나 우리는 전통적으로 어떤 각오나 강한 저항을 할 때는 강하게 자탄을 먼저 앞세우는 정서를 갖고 있음을 돌아보면 이 내용은 분노와 저항의 의지를 표현한 것이 분명하다. 1940년 중국 서안 〈한국청년전지활동대〉의 가극 〈아리랑〉에서 자탄과 푸념을 하고나서 분노에 찬 대항전에 나서듯이 망국의 사태를 자탄한 것 자체가 항거이며 저항이었던 것이다.

이 같은 아리랑의 모습은 영화 〈아리랑〉에서도 보여주고 있다. 앞에서도 살폈듯이 개봉도 되기 전에 선전지 1만매를 압수당했는데, 그 이유는 주제가 4절인 "문전의 옥답은 다 어디가고/ 쪽박의 신세가 웬말이냐"가 불온하다는 것이었다. 이 전단지 압수 사건은 오히려 관객을 의식화 하는데 기여한 결과가 되어 흥행을 도왔다. 이 주제가의 압수 사건은 "벼섬이나 나던 전토는 신작로가 되고요/ 말마디나 하던 친구는 감옥으로 가고요// 담배대나 떠는 노인은 공동묘지 가고요/인물이나 좋은 계집은 유곽으로 가고요"라는 내용의 '노가바'로 확산되어 저항의 노래로 불려졌다. 노가바는 노래문화운동의 중요한 방식으로 전복과 폭로와 야유로 집단의 자기 확인을 하게하고, 누구나 쉽게 담당 할 수 있다는 문화적 민주성이 돋보이는 방식이다. 곧 이 노가바는 전승민요 아리랑의 저력을 인정하고 이를 이용한 노래운동의 가장 확실한 원천임을 확인시켜

준다. 아이러니하게도 노래운동은 '새로운 노래'임을 전제로 함으로 민요를 극복해야 가능한 것이다. 그럼에도 이 아리랑의 경우는 건강한 사설의 개혁을 통해 '새로운 노래'로 재창조 한 것이다.(일본의 음악평론가 다카하시(高橋怒治)는 『싸우는 음악』에서 민요의 탄식성이나 지방성 같은 제약 때문에 투쟁의 무기가 될 수 없다고 했지만 아리랑의 경우는 예외이다.)

이런 이유로 당연히 합병이 미개한 동포탓이라고 한 것은 이를 타파하는데도 동포의 묶임을 자각하게 한 것이니 이 사설을 일제가 제지하지 않을 리가 없었을 것이다.

1931년 주제가 〈아리랑〉을 담은 조선가요연구회 편 『精選朝鮮歌謠集』에는 1절 '나를 버리고…', 2절 '풍년이…', 3절 '청천 하늘에…', 4절 '저 산에 지는 해는…'을 수록하고, 제5절은 '싸우다 싸우다 아니되면/ 이 세상에다 불을 지르자//아리랑 아리랑 아라리요/아리랑 고개로 넘어 간다'를 수록했다. 방화를 할 만큼 격렬한 적대감과 울분을 토로한 것인데, 아리랑의 저항성과 동시에 대동성을 보여주는 것이다. 이 시기 누군들 이런 심정이 아니었겠는가? 당연히 일제는 이 가사가 들어있는 소설 작품까지도 그대로 두지 않고 삭제시켰던 것이다.

바로 이런 아리랑은 일한병탄조약을 반대하는 저항정신에서 지속된 것이 분명하다.

② '청맹원 검거' 사건과 아리랑

같은 해 경기도 이천 지역에서 청년동맹원 최완용과 문완희 등이 배일 격문을 전달하다 검속 되었다. 앞의 사건과 같이 역시 한일합방 반발의 결과이다. 이 사건을 심문한 조서에서 아리랑이 등장한다. 〈배일격문게시사건〉(排日檄文揭示事件) 이런 자료에는 '이천경찰서에서 사법경찰리 도순사 김기환(金箕煥)이 입회'하여 심문을 했다고 되어 있다.

"문 이기섭(李奇燮)이 평소에 품고 있는 사상과 언동은 어떠한가.
답-당일 리기섭도 나에 대하여, 자기는 전부터 불온 창가(아리랑)를 만들고, 그것이 발각되어 경찰서에 끌려가서 유치 당한 사실이 있다면서, 그 창가의 내용을 알려 주었다."

최완용의 심문에서 사건 이전부터 아리랑을 불러 이미 검속을 당한 바 있고, 그 아리랑을 자신에게도 알려주었다는 자백이다. 이로 보아 아리랑이 이미 배일운동의 과정에서 불려 온 노래임을 알 수 있다. 이는 당연히 항일의식을 담은 가사로 불렸을 것임은 추정하기 어렵지 않다.

길주의 〈청맹원검거사건〉(青盟員檢擧事件)에서의 상황이 이를 보여주는 사례다. 즉 20여 명의 청년동맹원들이 "고무인으로 태극기를 찍은 반지(半紙)에다가는 〈아리랑〉이란 노래의 일절도 적었다는 바 이것을 갖고 다니다가 신체수색을 당하는 바람에 발견되어 체포"된 사건이다. '아리랑의 일절'이라 했음에서 이 가사는 위의 『정선조선가요집』에서 삭제 당한 '싸우다 싸우다 아니되면…'와 같은 항일적인 가사였을 것이다.

이 같은 운동은 학생운동 조직에서 이런 노래운동은 더 중시되었을 것이다. 다음의 세 가지 사례에서 알 수가 있는데, 노래는 민중들의 지식 수용의 한 방법이고, 효과적인 학습 방법의 하나이기에 특히 야학교나 개량 서당에서 애국가와 아리랑을 주체화하여 교육에 활용하기도 했을 것이다.

1931년 〈어린이 날〉에 경북 영덕군 오도면 한 야학교에서 학생들에게 아리랑을 가르쳤다. 이것이 문제가 되어 교사 김상용이 대구지방법원에서 10월의 징역을 언도 받았다. 이 시기 야학은 어린이들보다는 성인들의 조직이었으므로 어린이날에 불렀다 해도 그 내용은 항일적이거나 사회개조를 주장하는 내용이었을 것이다. 이를 통해 아리랑문화운동은 종교단체와 사립학교에서도 항일운동으로 지속되었음을 알 수 있다. 다음의 사례가 분명하게 보여준다.

다음의 예는 1932년 10월 〈朝鮮文 出版物 差押 記事要旨〉에서 확인되는

사실로, 평양에서 발행된『崇實活泉』제12호가 아리랑을 수록했다는 이유로 판매금지 처분을 당했음을 알 수 있다. 학생들이 문예지를 통해서도 아리랑운동을 했음을 알 수 있는데, 다음 예는 춘천공립고등보통학교(현재 춘천중학교) 상록회 사건(常綠會事件) 조사보고서에서 확인되는 사건이다. 상록회는 춘천지역 항일학생운동에서 중심적인 역할을 한 조직으로 독서운동과 노래운동에 역점을 두어 활동한 항일 학생서클이다. 보고서에는 바로 이들이 "회합 때에 조선민요 아리랑을 불러 여하튼 모두 대항적인 태도…"였다고 했다. 이 짧은 기록은 여타의 학교에도 있을 수 있다는 의미로 읽을 수도 있는 것이다.

③ 애국가와 아리랑

1940년 11월 21일부터 23일, 부산 제2상업학교 항일운동 현장에서 애국가와 아리랑이 불렸다. 부산공설운동장에서 개최된 제2회 경상남도 〈학도전력증강국방경기대회〉에서 편파 · 부정한 판정으로 일관한 당국에 저항한 사건이다. 이를 성토하는 뜻으로 국기(일장기) 하강을 외면하고, 일본 국가(기미가요)를 거부하고 애국가와 아리랑을 제창했다. 이후 학생 1천여 명은 학교 운동장에서부터 시내까지 이 두 노래를 부르며 시위행진을 벌였고, 교장 내태겸치의 관사까지 습격을 하였다.

이 사건으로 200여 명의 학생이 체포 되었고, 주동자 15명이 재판에 회부되어 14명이 징역 8개월 및 집행유예 3년 실형을 선고 받았다.

애국가와 함께 아리랑이 항일의 한 이념임을 표방한 중심에 있었던 사건이다.

이상의 네 가지 상황은 학생조직에서의 아리랑운동 실상을 보여 주었다. 일제의 검속에 의한 사례이지만 이보다 더 많은 학생운동체가 아리랑을 민족의식 고취와 항일의식 전파의 수단으로 불렀을 것이다. 이는 분명한 아리랑을 통한 문화운동의 실천인 것이다.

그런데 이상과 같은 사건이 터지면서 그동안 문제시 하지 않았던 아리랑까지 검열의 대상이 되었다. 주로 음반과 창가집이 그것인데, 아리랑 자체에 대한 탄압으로 확대된 것을 보여 주는 것이다.

살핀 바도 있지만 1930년 2월에 채동원(채규엽)에 의해 주제가 〈아리랑〉이 콜럼비아 레코드사에서 발매되었다. 당시 최고 가수에 의해 발매된 것은 음반사의 전략이었고 그 기대만큼 성공을 거두었다. 그런데 이 음반을 발매한 지 1년이 지난 1931년 6월에 치안방해죄로 판매금지를 시킨 것이다. 5월 〈축음기 레코드 취채 규칙〉을 발표하고 한 달 후에 판매금지 처분을 내린 것인데 이어서 8월에는 시에론 레코드사 발매의 〈아리랑〉에도 같은 치안방해죄로 판매금지 처분을 내렸다. 이렇게 발매 당시에는 문제를 삼지 않았다가 이 시기에 판매금지 처분을 내린 것은 앞에서 살폈듯이 아리랑 곡조에 항일적인 가사를 담아 부르는 상황을 원천적으로 차단하기 위한 것이다.

1934년 1월에는 동아일보 신춘문예 당선작인 〈서울 노래〉를 조명암 작사, 안일파 작곡, 니키타키오 편곡, 채규엽 노래로 취입, 발매한 음반을 판매금지 처분을 내렸다. 이유는 가사 '가로수 프른 잎에 노래도 아리랑…'에서 '아리랑'을 문제 삼은 것이다. 내용적인 맥락에서가 아니라 단순하게 '아리랑'을 썼다는 사실에도 탄압을 가한 것이다.

이러한 탄압은 주제가 〈아리랑〉을 수록한 출판물에도 확대 되었음은 물론이다. 즉, 1930년 9월 발행한 『朝鮮出版警察月報』 제25호에는 납본 도서 중 박루월(朴淚月)이 편찬한 『映畫小曲集』과 김동진(金東縉)이 편찬한 『아리랑新唱歌』가 포함되어 있다. 이 같은 현상은 문제의 아리랑, 그 본형인 주제가 〈아리랑〉의 문제에서 비롯된 것이다.

그럼에도 아리랑은 항일 독립 격전지 중국에서는 항일투쟁가로 당당하게 불려졌다. 이를 연계하여 이해하면 이 운동의 흐름이 쉽게 파악이 된다.

> "간삼봉 전투장에 울린 〈아리랑〉은 혁명군의 정신적 중심을 비쳐 보이고 낙천주의를 시위하였다. 적들이 〈아리랑〉을 듣고 어떤 기분에 잠겼겠는가 하는 것은 상상하기 어렵지 않을 것이다. 후에 포로들이 고백하기를 그 노래를 듣고 처음에는 어리둥절해졌고 다음 순간에는 공포에 잠기였으며 나중에는 인생 허무를 느꼈다고 하였다. 부상자들 중에는 신세를 한탄하며 우는 자들도 있었으며 한쪽에서는 도망병까지 났다는 것이다."(『세기와 더불어』 제6권, 1995)

아직 우리 독립운동사에서 확정적 사실로 규정하지는 않았지만 북한에서는 일반화 된 김일성의 1937년 6월의 긴삼봉 항일전투 상황 일부이다. 그리고 "젊은 여성 유격대원들이 이 와중에 아리랑을 합창하고 있는 것이다. 1절은 우리가 다 아는 가사에다 2절에서는 "아리랑 아리랑 아라리요/아리랑 고개로 넘어간다// 저기 저산이 백두산이라지/ 동지섣달에도 꽃만 핀다"(김상일, 〈간삼봉에 울려 퍼진 아리랑, 그리고 '아리랑' 공연〉, 2007.)와 같은 구체적인 해석을 통해서 이 전투의 사실 여부를 떠나 김일성의 항일 빨치산 전투에서 아리랑이 함께 했음은 수용하게 된다.

이와 함께 1943년 6월, 중경 임시정부가 발행한 ≪독립신문≫ 창간사에는 아리랑의 당당함이 다음과 같이 표현되어 있음을 확인할 수 있다.

> "과거의 조선의용대와 현재의 한국광복군의 깃발이 중국의 각 전장에서 휘날리고 있고, 아리랑의 노래는 화남(華南)에서부터 화북(華北)에 이르기까지 울려 퍼지고 있으며, 중국 대지에 조선 건아들의 피가 뿌려지지 않은 곳이 없다."

이 같은 의미있는 기록은 일제말기 학병 상황을 기록한 〈학병일기〉에서도 확인이 된다. 즉 광복군에서 활동한 김문택의 일기에 아리랑이 언급되었다. 1944년 1월 16일자에, "한 모퉁이에는 겨레의 애환이 담긴 '아리랑'이 슬픔을 부채질 한다. 왜군 헌병인들 왜적 형사들인들 어찌 이를 억제, 제지할 수가 있으랴."라고 했다. 단순히 여기로 아리랑을 부른 것이 아님을 알게 한다. 굳건한 의기를 다짐하는 의식의 노래인 것이다.

지금까지 살핀 '사건으로서의 아리랑'은 이것이 모두는 아니다. 극히 제한적인 매체를 통해 확인한 것들로, 앞으로 총독부 자료 등을 통해 확인될 가능성은 더 있을 것이다. 또한 이들 사건의 전모도 기록만으로는 파악할 수 없다. 일제가 그 내용을 축소 또는 왜곡 보도했기 때문이다. 이제 이런 아리랑 기록들에 대한 해석의 문제가 남는데, "현실의 풍자와 모순에 항거 투쟁하는 적극적인 민중의식의 반영"(김시업, 「근대민요 성격형성」, 『전환기 동아시아문학』, 1985)이라는 해석을 넘어서 구체적인 민족운동 차원에서 접근해야 함을 확인한 것이다.

더불어 이 민족문화운동은 해방 후 통일문화운동으로 연동되었다. 이는 1961년 5월 14일, 〈국토통일학생총연맹중앙본부〉의 성명에서 남북이 하루 한 시에 함께 통일을 염원하며 '민족의 노래 아리랑'을 부르자는 운동을 한 사실 등에서 확인이 된다. 사실 이런 예는 세계 혁명사에서도 나타난다. 혁명을 선도한 〈혁명가〉가 바로 그것인데, 미국독립운동 과정의 〈양키 두들〉, 프랑스 혁명 과정의 〈라 마르세이즈〉, 공산주의 혁명 과정의 〈인터내셔널〉 등이 그 예의 노래들이다. 아리랑 역시 이상에서 확인했듯이 항일민족운동과 통일운동 과정에서 그 빛나는 역할을 한 것이다.

사전적인 운동의 개념은 '공동체가 요구하는 문제를 해결하기 위해 집단적이고 지속적이며 계획적인 움직임'으로 파악할 수는 있지만, 여기에 '아리랑문화'를 앞세워 말한다면 '아리랑의 저항성과 대동성을 통해 또는 아리랑을 문화적 기제나 매체로 하여 항일 의식을 확산시키는 일련의 상황'이라고 파악할 수 있다. 앞으로 이 아리랑문화운동은 남북간의 자료 보완과 적극적인 접근을 통해서라면 의미있는 미래상을 얻을 수도 있을 것이다. 그것은 아리랑의 상생성을 발현해 내는 남북 공동 민족문화운동으로서의 지평이다.

(8) 동포사회에 각인된 디아스포라 아리랑

디아스포라는 '국외로 추방된 소수집단 공동체'이다. 일정 시기 유대인, 그리스인, 아르메니아인의 분산을 가리켰지만 이제는 이주민, 국외로 추방된 난민, 초빙 노동자, 망명자 공동체, 소수민족 공동체까지도 같은 의미로 해석한다. 그런데 이들 각 단위가 공통으로 내포하고 있는 정서는 모두 자의가 아닌, 부당한 힘이나 외부적 상황에 의해 강제된 이산(離散)의 결과라는 사실이다. 그리고 언제든지 원래의 공동체로 귀환하리라는 의지를 갖고 있다는 사실이다. 언제나 떠나온 곳을 향해 있고, 그 정서를 형질 문화로 유지하여 정체성을 드러낸다는 것이다. 그래서 디아스포라는 공동체에서의 이산으로 형성된 또 다른 공동체인 것이다.

우리에게 있어서의 디아스포라란 주로 역사공동체였던 해방공간 이전에 조국을 떠나 해외에 살게 된 동포들, 이중에 주로 공동체적 형질 그대로 문화를 지니고 있는 일본 · 중국 · 러시아 동포사회를 말한다. 이러함에서 '디아스포라 아리랑'이란 '해외동포들이 원래 공동체의 정서로 인식하고 향유하는 아리랑'이 된다. 이러함에서 여기에서는 이상의 3국 동포사회 아리랑을 대상으로 살피고자 한다. 이들 세 나라 동포사회야 말로 역설적이게도 '아리랑의 토양'이다. 바로 아리랑은 '고난의 꽃'이라는 지론(시인 고은)을 수긍하게 한다.

동포사회의 아리랑이 어쩌면 아리랑의 본질을 더 명확하게 담고 있을지 모른다. 이들이 결코 한가하게 즐길 여유가 있을 리가 만무한데도 아리랑을 부른다면, 그럴만한 상황을 아리랑에 담았을 것이기 때문이다. 바로 그것이 무엇인지를 찾아낸다면 곧 동포사회의 아리랑에 대한 당대적 기능과 역사성을 찾아낼 수 있을 것이다. 디아스포라 아리랑은 그래서 의외의 아리랑이긴 하지만 당연한 연구의 대상이 될 수밖에 없는 것이다. 문화일반론의 입장에서는 이주의 역사적 배경과 그들이 정착한 사회적 맥락의 상호관계 속에서 이해해야 할

변경의 문화(Borderland)이기도 하므로 아리랑의 지속과 변용론에서는 매우 세심한 관심을 기울여야 할 국면이다.

이런 인식은 다음의 1999년 해외동포사회 민속조사를 시작하며 이종철 국립민속박물관장이 〈우즈베키스탄 한인동포의 생활문화〉에 쓴 서문에서도 엿볼 수 있다.

> "우리민족이 세계 여러 지역에서 근대사를 몸으로 부딪치면서 살았음은 세계 여러 나라에서 채록되고 있는 '아리랑' 노래에서 찾아질 수 있다고 생각합니다. 우리민족의 삶과 애환이 '아리랑' 노래에 압축되어 다른 민족에 의해서 불리고 있다는 사실은 그것이 우리에게 우리민족을 읽을 수 있는 대표적인 문화적 키워드임을 알려주고 있습니다. 아리랑이라는 문화 프리즘을 통해 드러나는 이민과 적응의 역사는 우리민족이 세계 여러 지역에서 타민족과 타문화의 관련성 속에서 어떻게 적응하고 생존하여 왔는지를 극명하게 드러내 주는 '한인동포 생활문화' 그 자체이자 상징이기도 합니다."

아리랑이 동포사회를 파악하는 '문화적 키워드'라고 했다. 지당한 표현이다. 이런 주장은 조국을 떠나는 이들의 상황을 그린 영화 〈아리랑〉의 정서를 자신들의 처지로 절감하며 가슴에 각인한 상황에서 이질적인 현지 종교를 신봉할 수 없음에서 갖는 헛헛함을 아리랑으로 풀어야 했다. 그리고 안정적인 정착 후에는 음주가무 · 군취가무를 즐기는 한민족의 본성으로 아리랑으로 표출했기 때문이다. 무릎에 안긴 손자를 재울 때는 자장가로, 동포들끼리의 잔치에서는 망향가(望鄕歌)로, 원주민들 앞에서나 각종 기념식에서는 항일의 긍지로운 노래로 불러 자신들의 공동체가 아리랑의 토양임을 분명히 했다. 중국동포사회의 〈청주아리랑〉, 〈영천아리랑〉 그리고 〈장백산아리랑〉, 러시아동포사회의 시(詩) 〈치르치크아리랑〉, 일본동포사회의 〈청하아리랑〉 같은 존재가 이런 배경을 실증해 주는 것이다.

① 중국동포사회, 역설적 아리랑의 토양

중국동포사회 상황은 다음 세 가지의 기층을 전제로 이해해야 한다. 하나는 조국의 독립을 위해 이주한 이들이라는 점이다. 의암 유인석(柳麟錫/1842~1915)장군과 같은 이주자들로 이들은 강한 결기로 이주한 이들이다. 〈처세강령 3조〉, 즉 "첫째 거의소청(擧義掃淸)-의병을 일으켜 왜적을 소탕하라, 둘째 거지수구(去之守舊)－국외에 망명하여 국체의 옛모습을 그대로 지켜라, 셋째 자정치명(自靖致命)－뜻을 이루지 못하면 스스로 목숨을 끊어라"를 실천한 이들이다. 이의 실천 공간이 바로 중국 동포사회이다. 그래서 이들은 조국이 해방되면 언제나 되돌아간다는 인식을 갖고 정착한 디아스포라이다. 영토 자체를 복속 당하여 가라 해도 갈 수도 없는 중국 내 대부분의 소수민족과는 전혀 다른 형태이다.

둘은 일제강점기 반강제적으로 집단 이주한 이들로 동시대 항일운동 기반을 만들었고, 이를 후방에서 지원한 공동체란 점이다. 셋은 이들이 전승하는 전통문화는 역사공동체 시절 함께 이주한 것으로, 전통과 전승의 주체가 조국임이 분명하고, 현재적 변이로 향유되는 것이다. 이는 몽골・키르기스족과 같이 모국문화의 지속 속에서 변이한 전통문화의 향유인 것으로, 이 이주지 변이형은 가치나 의미의 경중이 다르지 않으며, 오히려 더 소중한 것이기도 하다. 동질성이 담겨있기 때문이다.

그런데 이중에 두 번째 조건은 아리랑사에서 특히 주목이 된다. 따라서 먼저 이 조건의 전제를 살피기로 한다. 즉 다음 세 사람의 역정을 전제할 필요가 있다. 당시 조선 내에서는 존재할 수 없었던 아리랑 사연을 간직한 인물들이며, 이들이 중국 동포사회를 배경으로 하고 있다는 점에서 그렇다. 바로 김산・정율성・김구 선생이 그들이다.

김산의 아리랑관 '극복의 노래'

1930년대 말 아리랑의 극적인 국면을 확인시켜주는 자료가 있다. 젊은 혁명가 김산(金山/1905~1938)의 전기 『SONG OF ARIRAN』이다. 이를 통해 동시대 조국의 해방을 위해 헌신한 이들의 가슴에 담긴 아리랑을 떠올릴 수 있다.

김산은 장지락(張志樂) 외에도 10여 가지 가명을 썼다. 만주 · 북경 · 광동을 중심으로 활동했기에 일제의 눈을 피해야 했다. 아시아의 제국주의적 광풍을 중국 공산당 혁명 성공으로 해결하고, 결과적으로 일제로부터의 조선 독립을 성취할 수 있다는 신념으로 중국 공산당에 입당한 것이다. 그는 중국 공산당의 일원이지만 "작은 약소국 조선이 흘린 피가 결코 물에 녹아 흔적도 없이 사라지는 소금처럼(Like salt in water) 되어서는 안된다."는 신념으로 조선독립을 목표로 활동했다. 그러다 1938년 당원으로부터 일본 스파이(일본 특무)로 오인을 받아 10월 연안의 항일군관학교에서 강의 중 총살을 당했다. 죄목은 '트로츠키파 일본 스파이 활동'이었다. 물론 내부 갈등에 의해 붙여진 억지 죄명이다.(이에 대해 1987년 중국정부는 스파이가 아니었다고 복권시켰고, 2005년 우리 정부는 독립운동 활동을 인정하여 〈애족장〉을 수여했다.) 33살 조선 청년의 중국에서의 생의 마감은 조국의 비운에 내몰린 처지에서 일제의 감시와 공산당 조직 내의 갈등이 빚은 비극적인 사건이다.

이 짧은 생애와 길지 않은 혁명 활동상은 1937년 예안(延安)에서 개최되는 중국공산당대회에 참석한 모택동을 취재하러 온 미국인 여류 전기 작가 님 웨일즈에게 포착, 22차례의 인터뷰에 의한 결과물 『SONG OF ARIRAN』으로 되살아났다. 이 책 속에는 김산의 귀한 아리랑에 대한 진술이 담겨 있어 그의 '혁명의 동지 아리랑'을 만날 수 있다. 여러 차례 아리랑을 언급하고 있는데 우선 아리랑의 성격을 말한 대목은 이렇다.

> "일본 사람들은 위험한 노래를 위험한 사상만큼이나 두려워한다. 1921년에 한 공산주의자 지식인이 죽음을 목전에 두고 위험한 가사를 하나 만들었

다. 또 어떤 사람은 '아리랑고개를 넘어 간다'고 하는 또 다른 비밀 혁명 가사를 하나 만들어 냈다. 이 노래를 불렀다는 이유로 6개월 간이나 징역살이를 한 중학생도 있었다. 나는 1925년에 서울에서 이런 곤욕을 치른 사람을 한 사람 알고 있다."

앞서 아리랑문화운동을 살피며 언급한 사항이 그대로 그려진 듯하다. 아리랑이 '항일'과 '혁명'과 '투옥'으로 수식된 실상에서 그 성격을 보여 주고 있다. '아리랑고개를 넘어 간다'가 일제로부터의 위험한 가사라면 조선인에게는 그 반대의 의미를 지닌 것임은 물론이다. 김산은 이 아리랑을 20살에 서울에서 체험했다고 했다. 바로 관념으로만 아리랑을 인식하지 않았던 것이다.

"민요 아리랑은 300년이나 되었다. 그것은 이조 때 씌어졌으나 아직도 불려진다. 2천만 명이 망명했다. 처형될 사람들은 죽으러 갈 때면 항상 이 노래를 부른다. 처음에는 한 사람이 불렀으나 이제는 모든 사람이 부른다. 중국인 역시 만주에서 그 노래를 부르며, 일본에서도 매우 유명하다. 1910년 이후 5절이 첨가 되었다."

김산이 구체적으로 제시한 상황은 1927년 이후 여러 차례 영화 〈아리랑〉이 중국동포사회와 일본에서 상영된 결과로 확장된 것인 듯하다(예술사, 북경대, 1993, 제3권). 1937년 시점에서 김산이 인식한 아리랑의 역사이고 확산 상황이다. 처형 직전에 부르는 노래라고 하여 저항적이고 극단의 상황에서 부르는 노래임을 제시했는데, 이는 자신의 현재 처지를 표현한 것일 수 있다. 이런 극단에서 아리랑을 부르며 혁명 활동을 했기 때문이다. 김산은 아리랑의 개인적 구술 매체로서의 기능을 잘 알고 있었다. 『Song of Arirang』 첫 면에 수록한 〈아리랑〉은 그런 심정을 담아 놓았다.

아리랑

아리랑 아리랑 아라리요.
아리랑 고개로 넘어 간다.
아리랑 고개는 열 두 구비
마지막 고개를 넘어 간다.

청천 하늘엔 별도 많고
우리네 가슴엔 수심도 많다.
아리랑 아리랑 아라리요.
아리랑 고개를 넘어 간다.

아리랑 고개는 탄식의 고개
한번 가면 다시는 못 오는 고개.
아리랑 아리랑 아라리요.
아리랑 고개를 넘어 간다.

이천만 동포야 어데 있느냐.
삼천리 강산만 살아 있네.
아리랑 아리랑 아라리요.
아리랑 고개를 넘어 간다.

지금은 압록강 건너는 유랑객이오.
삼천리 강산만 잃었구나.
아리랑 아리랑 아라리요.
아리랑 고개를 넘어 간다

1, 2절에서 주제가 〈아리랑〉 사설과 후렴을 수용하여 정체성을 밝혔다. 3~5절은 살길을 찾아 북간도로 떠나는 처지를 서사적으로 보여주고 있다. 중국 동포들의 마음을 담은 것인데, 특히 아리랑고개는 열두 고개이면서 한번 넘어가면 다시는 오지 못하는 고개라고 했다. 바꿔 말하면 이 고개 넘어는 '절망' 아니면 '성취한 세상'이 된다. 바로 이어지는 후렴에서 의지적으로 그

아리랑 고개를 '넘어 간다'고 표현했기 때문이다. 사실 열두 고개가 상징하듯이 고난의 고개일수록 넘어야 하는 의지가 강해지고, 그 너머의 세계가 희망적일 수 있는 것이다.

그 희망을 김산은 '열세고개'로 표현했다. 즉 "다른 혁명가들의 죽음을 의미하는 종래의 열두 번째 고개에서 멈추는 것이 아니라 승리 즉 아리랑의 열세 번째 고개를 쟁취할 것을 의미하는 마지막 구절…"에서 알 수 있다. 그리고 이어지는 "이 노래는 죽음의 노래이지 삶의 노래는 아니다. 그러나 죽음은 패배가 아니다. 수많은 죽음 가운데서 승리가 태어날 수도 있기 때문이다."라는 확신에 찬 진술은 그래서 모두의 동의를 얻게 한다. 슬픔 또는 죽음의 노래는 결코 그 자체가 아니라 그 반대편을 향해 있는 희망의 노래임을 알 수 있다. 그래서 그것이 조국의 해방이라면 자신은 그에 헌신하겠다는 각오를 밝힌 것이기도 한다.

> "조선에 민요가 하나 있다. 그것은 고통 받는 민중들의 뜨거운 가슴에서 우러나온 아름다운 옛 노래이다. 심금을 울려 주는 아름다운 선율에는 슬픔이 담겨 있듯이, 이것도 슬픈 노래다. 조선이 그렇게 오랫동안 비극적이었듯이 이 노래도 비극적이다. 아름답고 비극적이기 때문에 이 노래는 300년 동안이나 모든 조선 사람들에게 애창되어 왔다."

이 같은 진술들에서 1930년대를 넘으며 아리랑은 단순한 민요가 아님을 보여주었다. 아리랑은 곧 '이름 없이 사라져간 또 다른 김산의 조국 해방을 염원하는 노래'였다. 글쓴이가 1994년 님 웨일즈를 만났을 때 님 웨일즈는 김산을 자신의 페르소나(Persona)이기라도 한 듯 "한국 · 시베리아 · 일본 · 중국을 사랑했음에도 하나의 나라도 갖지 못한 국제주의자로 그가 가진 것은, 오직 아리랑 열 두 고개를 넘는 티켓 한 장만을 갖은 국외자"라고 감성적으로 평가했다. 이렇듯 김산은 당대의 민족적 고난을 극복하려고 혁명지 중국에서 온몸을 불태운 인물이다.

'중국의 아리랑' 작곡한 정율성

정율성(鄭律成/1914~1976)은 1914년 전남 광주 태생으로 중국 현대음악의 대부로, 1976년 작고하여 중국 국립묘지에 안장된 인물이다. 1939년 연안에서 작곡한 〈팔로군 행진곡〉은 1949년 중화인민공화국의 탄생으로 〈중국인민해방군가〉로 인정 되었고, 〈연안송〉은 중국의 대표적인 항일가요로 인정받아 '중국의 아리랑'이란 명예를 얻었다. 12억 중국인들에게 가장 친숙한 두 작품을 작곡한 대작곡가이다.

그런데 이 정율성이 1933년부터 연안과 남경에서 김산과 교류를 했다. 이 둘의 만남은 서로 간에 아리랑에 대한 인식을 나누는 계기였다. 정율성은 1936년 5월 1일 〈5월문예사〉 창립대회에 참석해 의미있는 발언을 했다. 이 때 직접 〈의용군행진곡〉을 부르고 이어 자청해서 바로 〈아리랑〉을 불렀다.

> "제가 이번에 부를 노래는 중국 가요가 아닌 조선의 노래 〈아리랑〉입니다. 이 노래는 조선 사람들이 슬플 때나 기쁠 때나 즐겨 부르는 민족의 노래입니다."

이 사실은 정율성이 음악가로서 아리랑을 조선 정서를 지닌 조국의 노래로 늘 자긍심으로 갖고 있음을 내보인 것이다. 이 사실은 당시 한 참석자의 증언에서도 확인이 된다. 주춰도의 다음의 증언이다.

> "나청이 청년학생들의 심리를 틀어잡는 연설을 하고, 정률성이 〈아리랑〉이라는 비장한 곡조의 조선노래를 부름으로써 그 자리에 모인 사람들 사이에는 전투적인 친선이 맺어졌습니다."(이종한, 『항일전사 정율성평전』, 지식산업사, 2006)

이 시기 보천보 전투 등에서 아리랑의 역할이 알려진 뒤이고, 중국 내의 항일 민족진영에서 〈독립군아리랑〉을 불러 조선인의 용맹성을 모두가 함께

하고 있던 시기이다.

〈광복군아리랑〉을 군가로 채택한 김구

만주국 기관지 「만선일보」 1941년 1월 1일자에는 신춘문예 민요부에 당선된 유행가 〈滿洲아리랑〉이 게재되어 있다. 이 시기 유행가는 극단적으로는 일제 식민 지배의 도구로 기능했던 상황이다. 바로 그 전형이 다음과 같은 친일적인 노래의 존재이다. 가사를 살피면 만주는 풍년가가 불리는 '기름진 대지', '아리랑 만주'이다.

만주아리랑

흥안령 마루에 瑞雪이 핀다
사천만 五族의 새로운 낙토
얼럴렁 상사야 우리는 척사
아리랑 만주가 아리랑 만주가 이 땅이라네

송화강 천리에 어름이 풀려
기름진 대지에 새 봄이 온다
얼럴렁 상샤야 받들어 가자
아리랑 만주가 아리랑 만주가 이 땅이라네

신곡제 북소리 가을도 길며
기러기 환고향 님 소식 가네
얼럴렁 상샤야 풍년이로다
아리랑 만주가 아리랑 만주가 이 땅이라네

가곡 〈선구자〉의 작사가 윤해영의 시다. 그런데 이 시기 윤해영의 일련의 작품들 〈락토만주 : 樂土滿洲〉나 〈발해고지 : 渤海故址〉의 경우 친일과 민족의 비극 사이에서 혼란을 겪고 있는 상태를 반영하고 있다. 이는 일제 말기의 시인들이 겪은 비극의 편린, 그것이다. 결국 이 〈만주아리랑〉은 특수한 시대에 의도적으로 만들어진 기형 작품인 것이다.

이 노래는 두 가지 목적에서 나타났다. 하나는 조선 내 동포들을 일본군 식량 조달을 목적인 쌀 증산을 위해 총독부의 간도 이주 정책을 따른 것이고, 또 하나는 1930년대 들어 중국 등지의 항일 독립단과 광복군에서 아리랑을 군가로 부르는 사실을 희석시키기 위한 대응 전술의 결과이다. 그러니까 이 유행가 〈만주아리랑〉의 훼절은 비록 자발적인 출현이 아님은 물론, 정책을 따른 것이지만 〈비상시 아리랑〉과 함께 관제(官制) 아리랑임은 분명하다.

되풀이해서 강조하지만 1920년대 〈독립군아리랑〉과 1940년대 〈광복군아리랑〉의 출현으로 충분히 총독부를 흔들만 했다. 광복군 합작, 밀양아리랑 곡조의 〈광복군아리랑〉은 어떤 무기 못지 않은 위협이었다. 가사는 다음과 같다. 1940년 9월 17일, 중경에서 성립한 임시정부의 공식 군대 광복군의 3대(용진가 · 압록강행진곡 · 광복군아리랑) 군가의 하나로 출현했다.

광복군아리랑

우리네 부모가 날 찾으시거든
광복군 갔다고 말 전해 주소

후렴 : 아리 아리랑 아리랑 쓰리쓰리 아라리가 났네
광복군 아리랑 불러나 보세

광풍이 불어요 광풍이 불어요
삼천만 가심에 광풍이 불어요

바다에 두둥실 떠오는 배는
광복군 싣고서 오시는 배래요

동실령고개서 북소리 둥둥 나더니
한양성 복판에 태극기 펄펄 날려요

광복군 〈第3支隊歌〉를 작사한 장호강(張虎崗/1916~2009)의 증언(1988년 3월 1일, YMCA에서 글쓴이와의 대담)에 의하면 국내 진격작전을 준비하며 부르기 시작한 군가라고 했다. 미국과 중국 국민당의 지원으로 정보전과 공수 침투전 훈련을 마치고 국내 진격 작전을 준비하며 부르기 시작한 것이다.(밀양지역에서 밀양아리랑 곡조가 채택된 것은 밀양출신 김원봉의 역할이 있었다고 하나 관련 기록은 없다.) 바로 이 〈광복군아리랑〉을 광복군 3대군가의 하나로 채택한 이가 김구 주석이었다. 당시 조선 내의 일부 친일적인 아리랑 존재로 인한 아리랑사의 암흑을 일거에 거둬 준 인물이다.

그런데 이상의 인물과 관련해서는 다음의 전제를 필요로 한다. 즉, 그것은 이들이 조국을 떠난 시점과 나이로 보아 국내에서 영화 〈아리랑〉을 보지 못했으리라는 추정이다. 따라서 이들의 아리랑 인식 배경은 중국 내에서 보았으리라는 추정을 수용해야 한다는 사실이다. 그렇다면 중국 동포사회에서의 영화 상영 상황이 확인 되어야 한다. 그런데 다행히 일부이긴 하지만 최근 들어 중국 내 활동가들의 구술자료가 정리되고 관련 인물들의 전기가 출간되어 특수 분야에 대한 파악이 가능해졌다. 그 중에 아리랑 상황도 일부 확인이 되는데, 우선 1993년 조선문화연구소에서 간행한 『예술사』 제3권에 동포사회 예술을 다루며 영화 〈아리랑〉을 언급하고 있다.

> "27년 룡정(龍井)과 연길 등지에서는 조선의 명배우 라운규가 출연한 무성영화 〈아리랑〉이 관중들의 절찬 속에서 널리 상영 되였다. 룡정 일대 〈3.1운동〉의 유력한 지도자였으며 룡정 〈명동중학교〉 교장이었던 김약연 선생은 '우리 명동중학교 학생 라운규가 조선영화계의 명인으로 되였소!'라고 기뻐하면서 치하를 금치 못하였다."

이 정황은 회령의 고향 친구 윤봉춘의 회고에서 '고향에서 나운규가 대환영을 받았고, 이어 필름을 가지고 용정으로 갔다'는 증언이나 천재 바이얼리니스트 백고산(白高山/1930~1997)의 용정 독주회 중 〈아리랑변주곡〉 연주 상황 보도(간도신보, 1936, 9, 22)에서 이를 언급하고 있어 영화 〈아리랑〉 상영 사실은 분명하고 이 이후에도 재상영이 있었으리라고 추측하게 된다.

이로써 영화 〈아리랑〉의 영향력은 위의 세 사람 뿐만 아니라 더 많은 사람들에게도 영향을 미쳤을 것으로 본다.

이상에서 살핀 세 인물의 아리랑 상황에서 바로 중국동포사회의 아리랑에 대한 배경을 단적으로 보여주었다. 동시에 조국의 해방을 위해 지사 · 투사 · 의사들이 활동했던 곳이 중국 동포사회라는 사실로, 이곳에서 아리랑이 '항일의 동지'로 필요했던 것이다.

그런데 이런 상황의 배경은 좀더 구체적으로 제시할 필요가 있다. 즉 대다수의 이주민들의 처리를 말한다. 1931년 일본의 만주 점령으로 총독부의 정책적 독려에 의해 집단 이주(移住)가 이뤄지기 시작했다. 대개는 마을, 성씨 단위였는데, 여기에는 도조과징(賭租過徵)에 따른 소작쟁의(小作爭議) 등의 빈발로 인한 내적 갈등과 일제의 각종 명목을 단 수탈을 피하기 위해서였지만 대다수는 3년간 황무지를 개간하여 경작한 후에는 개인에게 불하한다는 동양척식회사와 〈북만개척단〉의 선전에 현혹된 이들이다. 그런데 실제의 상황은 선전과는 너무도 달랐다. 일제는 봉오동전투나 청산리전투 같은 항일 투쟁과의 연계를 봉쇄하기 위해서 때로는 폭압적 통제를 하기도 했다. 이는 국내에서의 수탈과 피수탈의 구조 그대로였던 것이다.

이런 역사적 사실은 동포사회의 여러 아리랑에 형상화 되어 나타났다. 제시하는 〈아리랑망향가〉도 그 하나인데 '만주벌 묵밭'과 '우리 옥토'를 대비하여 수탈상을 구체화했다. 이 '묵밭'은 당시 중첩된 민족사적 수난상을 내포한 말이지 않을 수 없다.

아리랑망향가

만주벌 묵밭에 무엇 보고 우리 옥토를 떠낫거나
언제나 언제나 돌아가리 내나라 내고향 언제 가리
아리랑 아리랑 아라리요
아리랑고개로 넘어 간다

압록강 건널 때 지은 눈물 아직도 그칠 줄 모르노라
언제나 언제나 돌아 가리 내나라 내고향 언제 가리
밤마다 그리운 코고무신은 백두산 마루를 넘나드네
언제나 언제나 돌아 가리 내나라 내고향 언제 가리

② '민요는 사라진다. 그러나 아리랑은 계속 태어난다'

2009년 10월 17일 오전 11시 연변 룡가원 소극장, 〈두만강창극단〉 창단 공연 첫 순서에 〈두만강 소리〉가 초연되었다. 스산한 공연장이지만 그 열기는 뜨겁고 경건하기까지 했다. 김봉관, 안계린 등 원로 예술인들이 함께 하고 있었다. 필충국 작사, 안계린 작곡, 13명의 공연단 합창으로 불려진다.

백년 한에 미워 숨지면 어떠랴
천년 사랑에 고와 죽으면 어떠랴
어제날 백의인생 청색 삶이요
오늘날 백의인생 분홍 삶이랴

아리아리스리랑 아리아리스리랑
어화 둥둥 우리네 소리
아리랑 스리랑 두만강 소리(글쓴이 채록)

'아리랑'이 후렴에서 쓰였다. 아리랑의 정서가 듬뿍 담겼다. 이처럼 중국 동포 사회의 많은 노래나 공연작품과 문학작품에서는 지금까지 '아리랑'이 조국·어머니·고향의 동의어로 쓰이고 있다. 아리랑은 이렇게 동시대의 노래이다.

창작 〈연변 아리랑〉

필자는 2009년 10월 18일 오전 9시, 연길 기차역사 2층 신문 가판대에서 〈라지오텔레비젼신문〉을 샀다. 이 주간신문 14면에는 〈연변아리랑〉이란 노래가 악보와 함께 수록되어 있다. 김동진 작사, 위절복 작곡 〈연변아리랑〉이다.

장백산 높은 봉에 울리는 노래
눈꽃처럼 피어나는 연변아리랑
풍진세월 험한 고개 넘어 넘어서
이 땅에 뿌리 내린 우리네 노래
아 기뻐도 아리랑 슬퍼도 아리랑
아리랑 아리랑 연변 아리랑

아리랑을 '이 땅에 뿌리 내린 우리네 노래'라고 했다. 아리랑의 동시대성을 말한 것인데, 이는 작사가 김동진만의 표현만은 아니다. 중국동포사회 모두의 인식이기 때문이다. 아리랑의 지속과 변용의 실상을 이 이상 더 잘 말해주는 실증이 또 있겠는가?

위의 두 상황은 글쓴이가 2009년 10월 〈나운규의 길을 걷다〉를 집필하기 위해 16일부터 22일까지 회령 땅 두만강 건너편 중국 삼합 지역 일대 답사 과정에서 직접 접한 상황이다. 그래서 서슴없이 '민요는 사라져 간다. 그러나 아리랑은 이 시대에도 다시 태어난다'라고 자신있게 말할 수 있다. 동포사회에서 오늘도 아리랑을 생산해 부르는 이들은 주로 이민 제한 시기인 1925년부터 강제 개척이민 시기인 1945사이에 정착한 이들이다. 이들 속에는 국내에서의 독립운동이 불가능함에서 전선을 옮긴 독립운동이란 자신있게 큰 뜻을 품고 망명한 지사들이 함께 하고 있었다.

"두만강 뱃사공들이 일제의 압력에 못이겨 간도(間島)와 중국으로 망명하려는 애국자를 싣고서 푸르고 깊은 물결을 헤치면서 합창하던 것도 〈아리랑〉이었다."

간도 망명객과 아리랑의 관계를 말한 것은 이의가 없다. 이들은 이 강을 건너 망명지로 가면 독립군이 되던 아니면 이들을 후방 지원하는 보급대가 되었기 때문이다. 이들이 아리랑을 각별하게 불렀다. 이들이 부른 아리랑은 염원을 담고 있다. 1938년 박기홍이 『국민보』에 기록한 〈혁명가의 아리랑타령〉이 바로 그들이 부른 아리랑과 그 정신이다.

두만강 언덕에 쇠북이 울고
장고봉 꼭대기 탄환비 온다

무장 두른 백의장사
네 소원 네 소원 일우어라

아리랑 아리랑 아라리오
아리랑 결사대 용감하다

아리랑을 부르며 결사항전의 투지를 그린 노래다. 이는 〈독립군아리랑〉이나 〈광복군아리랑〉과 함께 항일전선에서 당당히 동지로 기능을 수행한 것임을 분명하게 알려 준 것이다. 그러므로 이들은 아리랑에 긍지와 자부심을 담아 삶의 노래로 주체화하며, 이를 원기층으로 삼아 많은 아리랑들을 창출해 냈다. 그것이 2000년대 들어 새롭게 불려지는 〈장백산아리랑〉이고 〈기쁨의아리랑〉 같은 것들이다. 그리고 앞으로도 이들의 삶의 지향에 따라 또 다르고, 새로운 아리랑들을 창출해낼 것이다.

현재 중국이 국경을 접하고 있는 14개국 중 한반도와의 국경은 지정학적, 안보적 가치가 가장 크다고 한다. 이런 맥락에서 중국동포들이 살고 있는 만주 또는 간도, 현재는 동북 3성(흑룡 · 요령 · 길림성)은 55개 소수민족 지역 중

가장 중요한 지역이라고 할 수 있다.

이 지역은 1세기 전 동아시아 격동의 진원지였다. 중국 · 러시아 · 일본 · 조선의 첨예한 국익이 충돌한 곳으로, 결국 일본의 선점으로 항일독립 투쟁의 성지가 되게 한 곳이다. 그러나 따지고 보면 고조선 · 고구려 · 발해에 이르는 우리 조상의 땅이었으니 심회는 더욱 복잡해진다. 이런 땅을 일제가 대륙 침략의 전초기지화 하여 조선의 대대적인 '만주행 엑서더스'를 있게 한 것이 오늘의 동포사회를 만든 것이다.

그리고 해방이 되어 귀국하지 못한 동포들은 1949년 중화인민공화국 창건으로 '중국 공민'이 되고, 1952년 민족자치 권리를 부여, 연변조선족 자치주 '조선족'으로 불리게 되었다. 그리고 1970년대까지 북한 정권과의 관계로 문화의 복합성을 띠게 되었다. 그 결과 아리랑의 경우 40대 이하 학교 교육을 받은 이들은 북한식에 의한 북방창법 또는 서도소리화 한 진도아리랑과 정선아리랑을 부르게 되었다.

이런 정도의 차이는 자연스런 변이상이기도 하다. 그런데 이런 모국문화와의 지속과 변이의 축이 2000년대 중반 동북공정에 의해 중국 동포사회의 문화와 모국문화의 관계는 타국 중국문화로 바뀌게 되었다. 중국은 일제강점기 중국 내 우리의 독립운동 사실(신채호 등)도 중국의 소수민족 조선족의 항일투쟁사로 규정하여 동국공정의 논리를 강화하고 있기 때문이다.

즉 2005년에 중국 정부는 소수민족 문화를 보존한다는 명목으로 조선족이 전승하고 있는 전통문화를 국가 제도로 규제하는 한편, 자국의 전통문화로 등재하고 이 중 일부를 세계유네스코에 등재하기 시작한 것이다. 당연히 동북3성의 대 한반도 전략과 동북공정의 현실적 거점화를 목적으로 한 것인데, 이의 연장선상에서 2005년 〈강릉단오제〉를 우리가 세계유네스코에 등재하자 이에 대한 대응인 듯 조선족 〈農樂舞〉를 세계유네스코에 자국 문화로 등재했다. 이어 길림성 연길조선족 전승 '아리랑'(阿里郎)을 자국 〈비물질 문화유산 명록

적통지〉 11-147호로 등재했다. 그것도 '조선족 아리랑' 이나 특정 아리랑으로의 제한적 명칭이 아닌 포괄적 명칭 '아리랑'으로 등재함으로써 제도적으로는 영원히 중국과 공유할 수밖에 없는 운명이 된 것이다. 이는 우리가 아리랑을 세계유네스코에 등재하느냐 아니냐를 떠나 이미 국제적으로는 영원히 회복될 수 없는 상처를 압은 것이고, 상황에 따라서는 '제2의 독도'로 끊임없는 소모전의 빌미가 될 수도 있게 된 것이다.

실제 최근의 사례로 시빗거리가 있다. 우리 유학생들이 유튜브 사이트에 올린 것인데, 중국 정부 지원의 미주지역 대학교 순회 소수민족 소개 프로그램에서 30년대 기생 복장(소위 어우동 패션)을 한 여인을 등장시키고, 아리랑을 배경음악으로 하여 자막에는 'KOREAN'라고 표기하였다. 이는 'KOREAN' 자체를 중국 소수민족인양 오해하게 한 것이다. 그리고 직접적으로 이번 사태를 다룬 신문기사도 있다. 즉 2011년 7월 11일자 〈인민일보〉가 한국의 반응을 다루면서 "문제는 한국이 아리랑을 길거리 음악으로 방치하고 상관하지 않는 기간 동안에 중국은 이미 아리랑을 중국 소수민족 전통으로 인정했다는 것."(问题是在韩国将阿里郎作为路边音乐放任不管期间, 中国已经将阿里郎当成了中国少数民族传统)이라고 비아냥거렸다. 이는 한국은 2004년 아리랑을 국가 중요무형문화재로 지정한다고 하고서도 지정하지 않고 있다가 자신들이 지정을 하자 뒤늦게 반응한다고 한 것이니, 이중의 조롱을 한 것이기도 하다. 이는 중국동포사회 전승문화의 인류학적 관계, 모국 문화와의 지속과 변이의 관계를 고려하지 않은 중국 자신들의 모순은 철저히 감춘 이번 처사는 참으로 우려하지 않을 수 없다.

이로써 중국의 동북3성 동포사회 지역은 지금까지의 '정신적 영토' 또는 '기억의 땅'에서 이제는 '역사 전쟁의 땅' 또는 '문화 전쟁의 땅'이 되기에 이르렀다.

그동안 우리의 해외동포 전통문화 전승에 대한 무관심, 특히 아리랑 전승 상황을 소홀히 한 결과는 아닐까를 심각하게 돌아보게 한다.

③ '지도에 없는 아리랑고개의 나라', 일본 동포사회

1930년대를 일본에서 보냈던 동요 작곡가 윤극영은 〈음악으로 달랜 失意時代〉(『신동아』, 1970. 5)라는 회고기에서 그 시기를 동경의 레뷰극장 〈무랑루즈〉에서 아리랑 공연으로 호응을 받았다고 밝힌 바 있다. 이는 적어도 아리랑을 통해 본 1930년대 동포사회는 중국이나 일본이나 그 형태나 처지가 같은 상황임을 알게 한다.

일본은 19세기말에서 20세기 중반에 이르는 시기 식민주의를 실천한 타자이면서 근대화 추구의 한 모형국으로 이웃나라이다. 그래서 반일에서 친일로의 인간군상을 만들어 냈다. 오늘날 『친일인명사전』에 오른 거의 많은 인물들이 이로써 탄생하였다. 이 친일의 본거지에 사는 이들이 바로 재일동포사회이다. 이런 점에서도 일본을 '가깝고도 먼 나라'라는 이율배반적인 수사가 가능한 것이다.

이런 모순의 관계여서일까? 일본 속의 아리랑은 매우 다층적이다. 이 다층적이란 말의 실체는 역사에 의탁되어 전해지는 아리랑 사연이 있음을 말하는데, 예컨대 관동지역 오오이소도조신(一大磯道祖神) 축제에서 불려지는 〈기야리노래〉의 후렴 '아라 아리가다야'(現人神에게 감사드린다)와 '소우리야 양 아이양'을 아리랑과 연관 지어 해석(김태준, 〈關東지방의 민속〉, 1991.)하는 것이고, 구마모토현 〈이츠키 자장가〉의 후렴 '아로롱 아로롱 아로롱바이'를 아리랑의 후렴으로 해석하는 상황 등을 말한다. 이는 마치 경상도나 함경도 어느 지방의 아리랑을 말하는 것과 같기 때문이다. 그러니 이 일본이 아리랑으로서는 다른 나라가 아닌듯하다는 것이다.

이런 역사에 의탁한 아리랑의 층위와 함께, 일본 속의 아리랑 층위는 더 논의할 필요가 있게 된다. 당연히 제국질서에 의한 것으로 예를 들면 1939년 11월 18일, 조선총독부 후원의 히비야(日比谷)공회당에서 열린 일한합방 30주년기념 행사에 아리랑이 동원되었던 것이나, 1965년 6월 22일 한일회담(韓日會

談) 체결이 끝나자 일본이 아리랑을 연주한 것이나 80년대 이후 매년 8월 첫 토요일 〈아리랑 평화의 종〉을 울리면 〈대마도 아리랑마쓰리〉가 시작하는 것이나, 가미가제 특공대의 원혼이 잠든 〈지란 평화공원〉 내에 〈아리랑비〉가 세워져 있고 기념관 안에서 언제나 아리랑이 녹음방송 되는 것과 같은 일상 아닌 일상적 상황 그것이다. 이는 두 나라의 관계가 다른 동포사회와는 또 다름을 보여주는 것이다.

또 이 뿐만이 아니다. 일본 사회 내에서의 상업적 창작 아리랑 유통 상황을 빼놓을 수 없기 때문이다. 1930년대부터 〈아리랑夜曲〉 같은 유행가를 일본 음반사가 발매, 유통시킨 것이 10여 종이나 있다는 사실이다. 이는 상업적 목적과 함께 조선의 아리랑조차도 자신들의 것이라는 자만심이 작용한 결과이다. 실제 1938년 고가마사오(古賀政男)가 〈아리랑〉을 편곡, 그의 『古賀政男藝術大觀』에 수록하자 일부 제자 가수들은 이 〈아리랑〉이 그의 작곡인줄로 알고 부른 상황이 이를 잘 반영해 준다. 1936년 12월 12일 조선방송(JODK) 〈아리랑 특집〉을 일본 방송(NHK)에 중계 방송한 것도 같은 해석을 가능하게 해준다.

마지막은 우리 동포 스스로가 향유하는 아리랑이다. 이것이 실질적인 일본 동포사회의 아리랑이다. 이 경우 일본 본토 내의 조총련과 민단에서 부르는 아리랑이 정황상으로는 다르고, 일본을 통해 사할린에 이주한 동포들이 부르는 형태가 또 다른 것을 말한다.

> "아리랑은 특별한 고난을 겪은 이만이 부르는 특권을 가진 노래는 결코 아니다. 오히려 자기 나름의 고난을 가진 사람, 그리고 거기에 어떤 의미를 찾아내려는 이에게 있어서 그것은 보편적으로 어필하게 하는 힘을 갖는 노래다. 이런 의미에서 고난의 메타포(Metaphor)로서의 아리랑은 반드시 조선이라는 공간이나 조선인이라고 하는 민족에 한정되어 있지 않은 보편성을 갖는다고 볼 수 있다. 그것은 스스로의 삶을 드라마화 하고 의미를 부여하는 강력한 리소스(財源)인 것이다."

오늘날 일본 지식인들 사이에 아리랑이 어떻게 인식되고 있는가를 보여준다. 일본문학 전문지 ≪국문학≫제2월호 (2009.)에 야마구치 후미타카가 쓴 〈아리랑에 맡긴 역사-특공과 혁명-〉의 일부인데, 요지는 아리랑은 한국에서만의 의미있는 노래가 아니라 일본 속에서도 의미를 갖고 있고, 특히 고난의 삶과 그 극복을 표현하는 하나의 제재로써 보편적인 가치를 지닌 노래라고 했다.

그런데 이 글의 소재는 가미가제 특공대 조선인 대원 미즈야마(光山文博)의 비극적 삶을 대상으로 한 것이다. 이는 '호타루 아리랑'으로 영화화 되기도 한 유명한 이야기이다.

㉠ 호타루아리랑

2차 대전 중 가장 비인간적인 전투는 일본의 가미가제(神風/Kamikaze) 특공대에 의한 대미(對美) 전쟁 방식이다. 폭격기 조종사가 폭탄을 장착하고 미국 전함에 돌진, 전함을 폭파하고 조종사도 함께 죽는 인간 병기화 전술이다. 전쟁이라는 것 자체가 비인간적이긴 하지만 ,인간 자체를 병기(兵器)화 한 것이니 상상할 수 없는 비극적인 전쟁사 일면이다. 그런데 이 전쟁사에 조선인들도 그 주인공의 일원이었다는 사실이 80년대 들어서 확인되었다.

1945년 5월 11일 아침 8시, 지란 기지에는 보슬비가 내리고 있었다. 이 날은 일본 육군 특공 제36기 36명의 젊음이 진격 명령을 기다리고 있었다. 그날 그 36명의 명단에는 '특조 1기 · 25세 · 소위 · 미즈야마 후미히로'가 들어 있었다. 죽고 나서야 그 존재가 알려진 일본 이름의 한 병사는 조선인 소위 탁경현(卓庚鉉/1920~1945)이었다. 우리 역사에는 기록될 수 없는 인물, 그래서 그 이름은 일본 구주(九州) 최남단 지란(知覽)의 〈특공평화기념관〉 내 신사에 1026명의 위패 속에 남아 있다.(일부 기록에는 위패가 야스쿠니 신사에 있다고 하나 잘못이다.) 그러나 아리랑의 이름으로는 기록하지 않을 수 없는 인물이다. 그는 생의 마지막 날 조선 청년으로서 아리랑을 불렀기 때문이다.

치랑의 기지 부근에는 '특공대의 어머니'로 유명한 토메 여사가 운영하는 여관 겸 식당 여관 〈부옥여관〉(富屋旅館)이 있었다. 미즈야마도 2년 동안이나 제 집처럼 드나들었다. 그는 출격 전 생의 마지막 밤 주인 토메와 그녀의 딸 레이코에게 작별 인사를 하러 찾아갔다. 이날 가족들 앞에서 울고 불며 마지막 밤을 보내는 다른 대원들과는 달리 가족도 없이 혼자 찾아 온 그에게 두 모녀는 진심으로 위로를 해주고 묵고 가게 했다.

밤이 깊어가고 있었다. 미츠야마는 자신을 위로하는 그들 앞에서 눈물을 보이지 않으려는 듯 모자를 깊게 눌러 썼다. 그리고 위로에 대한 답례인 듯 입을 열었다.

> "만일 제가 죽어 혼(魂)으로 올 수 있다면, 내일 밤 오겠습니다. 호타루(반딧불이)가 되어서요…. 제 고향의 노래를 들려 드리겠습니다." (김도형 연출, 다큐멘터리 〈다시 부르는 아리랑〉, 2011)

무거운 정적이 흘렀다. 그리고 한참만의 침묵을 깬 것은 다시 미즈야마였다. 그는 눈을 감고 나직이, 흐트러짐 없는 자세로 노래를 불렀다. 격정에 찬 목소리, 그러나 결코 떨림이 묻어 있지 않았다.

> 아리랑 아리랑 아라리요
> 아리랑고개로 넘어 간다…
> 나를 버리고 가시는님은
> 십리도 못가서 발병난다…

아리랑, 놀랍게도 그 노래는 조선의 노래 아리랑이었다. 순간, 두 모녀는 그제서야 미츠야마가 조선 청년임을 알게 되었고, 마지막 날 자신이 조선인임을 아리랑으로 밝힌 것임을 알게 되었다. 그래서 더욱 눈물로 들을 수밖에 없었다.

이튿날 아침 8시 정각, 미즈야마는 제51진무 대장이 맞춰놓은 주파수의 파열음과 함께 제1 출격조(組) 여섯 대 비행기 중 한 대에 몸을 실고 빗속을 뚫고 나갔다. 그리고 그가 보내는 전신음(電信音)이 끊긴 9시 15분, 그의 몸은 병기가 되어 오키나와 바다 위에서 사라지고 말았다.(이런 최후를 재현한 듯 〈특공평화기념관〉 입구에는 대형 벽화 〈사쿠라꽃〉으로 새겨져 있다. 사쿠라 꽃잎이 떨어지는 바다의 밑에서는 병사의 시신을 받쳐 안고 오르는 천사들의 모습을 그린 것이다.)

그런데 그날밤이었다. 놀랍게도 〈기지여관〉에는 미츠야마가 말하던 대로 수많은 반딧불이(개똥벌레)가 몰려들었다. 그가 아리랑을 불렀던 그 방 창문으로. 이 사실은 다음 날 출격을 앞두고 마지막 밤을 보내기 위해 와 있던 같은 운명의 병사들과 가족들에게 경이로움으로 보였다.

이렇게 되어 비로소 미즈야마가 조선 청년이었음과 유언대로 호타루가 되어 왔다는 사실이 기지에 널리 알려지게 되었다. 이 이야기는 지금도 치랑의 〈특공평화기념관〉에 두 모녀의 증언과 함께 〈조선반도출신 특공대원 위령가비〉라는 아리랑 노래비로 전해오고 있다.(김연갑, 『북한아리랑연구』, 청송출판사, 2002.)

이 사연은 오랫동안 신화가 되어 맴돌았다. 그러다 1990년대 들어 이를 소재로 한 영화 〈호타루〉(후루하타 야스오 감독)와 논픽션 『가에루 돌아오다』 등이 제작되고 『하얀 눈 저편에』 등 10여종의 관련 서적이 출간되고 〈조선반도출신 특공대원 위령가비〉 같은 위령비도 건립되었다. 이런 상황에 맞물려 국내에서도 1990년대 중반 그의 고향 경남 사천시 서포면에 추모비 건립이 추진되었다. '식민지 조선 여린 백성의 무너진 삶'을 위로해야 한다는 취지인데, 이는 곧바로 반대에 부딪치고 말았다. '개인 삶이 가지는 무게가 너무 큰 인물'이라는 이유에서다. 그래서 진척이 없었다. 그런데 2010년에 들어 일본 여배우 구로다 후쿠미씨가 이에 적극 참여, 건립이 다시 추진되어 제막식을 며칠 앞둘 만큼 진행

되었다. 그러나 이 역시 중단되고 말았다. 이에 후꾸미씨는 탁경현을 비롯한 모든 특공대원을 대상으로 한 추모비를 다른 지역에 건립하기로 했다고 한다. (김석기(오사카총영사), 제5회 해외아리랑학술답사 중 방담, 오사카, 2010, 6, 9.) 탁경현의 아리랑, 결코 개인적인 아리랑 사연만은 분명 아니다. 이는 야마모토 시치헤이(山本七平)가 『洪思翊將軍』에서 "조선군인들의 충성 대상은 결코 천황이 아니었다"라고 한 대목과 함께 박미헌사(博美憲思)가 『하얀 눈 저편에』서 조국의 명예를 지키려 도피를 거부한 경우이거나, 몸으로 부딪힌 또 다른 일제 항거이거나, 강요된 항거에 자폭하는 심정으로 저항한 경우일 것이라며 탁경현에 대해 기술한 대목을 다시 펼쳐보게 한다.

> "젊은 그는 이 전쟁에서 필시 죽게 될 운명임을 알게 된다. 어차피 죽을 것이라면 특공대에서 죽어서 지금까지 조선인이라고 하는 초라한 느낌을 떨칠 수가 없었던 '가족의 입장을 좀 더 나은 위치로 올려놓자, 사랑하는 어머니를 군신인 어머니로서 올려놓자'고 아들 경현은 생각했을 것이다. 특공대원은 하나님으로 하나님의 가족, 특히 부인과 군신인 어머니로 숭배되어짐을 미츠야마도 알고 있었음에 틀림이 없다. 어렸을 적부터 일본인 동급생들에게 고통을 받아왔었음에 틀림없는 미츠야마는 세상 사람들의 눈에 비뚤게 보여지고 있던 아버지, 어머니, 여동생을 자신의 목숨으로, 자신의 행동으로 구제해보자고 생각한 것은 아니었을까?"

슬픈 상상이 아닐 수 없다. 그래서 누구도 이에 대해 쉽게 '그렇다, 아니다'라고 말할 수 없을 것이다. 다만 탁경현의 아리랑만은 그 답을 갖고 있을 것이다.

㉡ 지도에 없는 아리랑고개

이 이야기는 일본 속의 아리랑을 상징적으로 보여주는 동시에 한일관계사의 아픈 상처를 보여준다. 바로 탄광 노역자로 끌려왔던 강제노무자나 정신대 할머니들의 아리랑 사연이 그것이다. 강요된 노역과 침묵 속에서 폭발하는 노래가 있었다. 극한 상황에서의 노래의 힘은 '거대한 침묵의 저항'을 유도한다. 프랭크 다라본트 감독 영화 〈쇼생크 탈출/The Shawshank Redemption〉에서 감옥 죄수들이 소프라노의 노래가 울려 나오자 침묵 속에서 의연함으로 변하는 모습이 그려졌는데 바로 그것이다. 이제 접하게 되는 상황을 바로 이 같은 아리랑의 힘을 확인할 수 있는 숨겨진 역사이다.

다음의 치쿠호우(筑豊) 탄광과 오무타(大牟田) 치쿠(筑町) 탄광 노무자들로부터 전해진 아리랑이 있다.

우리의 고향은 경상북도인데
나는야 어째서 숱(석탄)파로 왔냐
일본땅 좋다고 누가 말했냐
일본땅 와보니 배고파 못 살겠네

숱팔 때는 배고파 못 살겠네
이말만 하면은 몽둥이로 맞았네
배가 고파요 어머니 보고 싶어요
눈물을 흘리면서 편지를 내였네

어머니 소리도 크게 못하고
감독이 겁나서 가만히 불렀네
아리랑 아리랑 아라리요
아리랑 고개로 넘어넘어 간다

'가만히 불렀네'가 더 크게 들린다. 이런 처지에서 부른 아리랑은 바로 극한의 저항을 담은 것임은 의심의 여지가 없다.

1941년 탄광지대에는 조선인 노무자들의 수많은 목숨이 바쳐졌고, 홋카이도 카리카스에서도 철도 공사 중 매일 100명 정도가 희생되었다. 당연히 이 중에는 조선인들도 들어 있었다. 이곳 인근에는 '아리랑고개'로 불리는 곳이 있다. 조선인들이 부락(部落)에서 현장으로 가며 넘던 고개이기 때문에 붙여진 이름이다. 이들은 이 고개를 넘으며 아리랑을 불렀다.

"밟아도 밟아도 죽지만 말라
또다시 피어나는 봄이 오리라"

앙다문 입술 사이로 새어나오는, 비탄 속에서지만 새 세상에 대한 기대가 함께한 아리랑이다. 자신들을 내쫓은 조국과 일제의 가혹함에 대한 저항이 담겨있다. 이런 사정은 2세들이 1세대 부모의 처지를 그린 창작 아리랑에서도 반영되었다. 교포 2세 배우겸 가수 백룡의 〈아버지아리랑〉과 역시 2세 가수 박영일의 〈청하아리랑〉에서 잘 보여준다. 이중 〈아버지아리랑〉 일절은 이렇다.

술을 드신 아버지가 부르는 노래
그것은 고향의 멜로디 아리랑의 노래

그 무엇을 그리며 부르시는 걸까
그 때의 현해탄 아니면 어릴적 고향산하

아리랑 아라리요 아리랑
아리랑고개로 넘어가네

한편 영화 〈아리랑〉과 관련된 사연도 전해진다. 1943년 6월 15일, 홋카이도 삿포로 지방 광산부회(北海道 夕張炭鑛)에서 〈반도영화 2대 명편 상영〉이란 행사에서 영화 〈아리랑〉이 상영되었다. '노래와 무용과 함께 〈아리랑〉이 상영된 것인데, 영화 상영의 반응이 의외였다. 영화를 보게 한 것은 총독부의 지침을 받은 이용 기관이었는데 노무자들은 영화를 통해 자신들의 고단한 현실이 민족적 차별에 의해 결과한 것임을 자각하게 되었다. 그래서 그 동안의 부당한 노무 조건 개선을 요구하는 시위를 벌이기 시작했다.(동경 명석서점, 『지도에 없는 아리랑고개』) 이 사건의 결과는 1944년 11월에 작성된 보고서류(北海道開拓記念館 소장)에서 확인이 된다.

> "수년간의 노력으로 조선인 노무자들을 국민복(國民服)을 입는 일본식으로 만들어 놓았는데 영화 〈아리랑〉과 〈춘향전〉이 하루 밤에 이를 허물어버렸다. 이를 어찌할 것인가?"(미야즈카 도시오, 『아리랑의 탄생』, 1994.)

국민복은 식민지 통제의 상징으로 총독부가 1938년 '국민 신생활운동'을 내세워 제정한 복장으로 소위 '몸빼'라고 하는 옷이다. 그야말로 '충실한 국민'을 상징한다. 총독부에 불만에 찬 이 같은 반응을 보낸 것은 일제의 선무공작이 오히려 역효과를 낸 것이고, 이는 많은 부분 삭제한 상태의 영화 〈아리랑〉 상영이 결과한 것임을 보여준다. 단순히 향수에 의한 반응이 아님은 분명하다. 이런 사례를 통해 일본이 영화 〈아리랑〉에 관심을 기울이고, 자신들이 제작까지 한 이유임을 알 수 있다.

ⓒ 시 〈봄 아리랑〉

한편 일본 속에서 조선인이 항일의식을 갖고 일본어로 쓴 아리랑 주제의 시도 확인된다. 이 역시 디아스포라 아리랑의 일면을 보여주는 것인데, 1920년대 후반부터 1930년대 일본에서 동인지 『프롤레타리아 시』에 작품을 발표하며 활동한 김용제(金龍濟/1909~1994)의 1932년 2월 발표한 시 〈봄 아리랑/ 春のアリラン〉이다. 민족적 정체성을 인식하고 쓴 시이다.

> 아리랑 아리랑 아라리요 /아리랑 영감이 어디로 가나?
> 아리랑 고향에는 살 수가 없어/ 추운 만주로 쫓기어 간다
> 아리랑 아리랑 정처 없이/ 아리랑 국경을 넘어서 간다
> 아리랑 아리랑 아라리요/ 아리랑 동포는 무엇을 먹나?
> 아리랑 나라는 쌀의 나라/ 아리랑 동포는 좁쌀도 없다

무자비한 왜놈에게 빼앗기고/ 오소리 지주에게 착취 당해

일본 동포나 중국동포들의 상황을 표현한 것으로 일본 내에서 발표되었다는 점이 주목된다. 이 작품을 처음 소개한 박경수의 「일제 강점기 재일 한국인의 일어시에 나타난 민족적 정체성」(『성곡논총』제33집, 2002.)에 의하면 "일어로 민족적 전통의 시 형식과 언어를 창출하고 있다는 점이 주목되면서, 일제에게 착취를 당해 살기 어려운 민족의 현실을 직접적으로 고발하며 비판…" 한 시라고 했다. 이런 점에서 1930년대 해외에서도 아리랑을 유용한 항일 매체로 활용하고 있음과 더불어 동포들에게 종교적 에토스(Ethos)가 담긴 공동체 역사 화법의 하나로 부른 것임을 알게 한다(야마구치 후미타카, 〈아리랑에 맡긴 역사〉, 일본 ≪국문학≫ 제54권).

이상에서 중국과 일본의 동포사회가 체화하고 있는 아리랑을 살폈다. 디아스포라가 '20세기 전반 한국 현대사의 블랙박스'가 된다고 표현할 수 있다면 아리랑은 이 블랙박스를 푸는 하나의 열쇠가 된다. 그래서 디아스포라는 '아리랑 출향민(出鄕民)'(허필섭편, 『재일동포입지전』, 1981.)으로 표현할 수도 있고 '아리랑민족'이란 중국 한족들이 조선족을 호칭하는 것도 수용할 수 있을 것이다.

'아리랑'이 포괄하는 범위가 시간적으로는 19세기 말로부터 오늘에 이르기까지, 공간적으로는 전세계 176개국(2009년 기준) 동포사회 전체라는 사실을 보여주는 조정래의 대하소설 『아리랑』은 1870년 2천여 명이 압록강을 건너 간도에 30여개 마을로 이주하여 정착한 사실로부터 하와이, 멕시코 등지로 간 상황을 제시해 주고 있다. 1910년 한반도 거주민 1700만 명 중 약 30만 명(1.7%)이 해외로 이주한 것이다. 이들이 바로 근원적인 한민족 디아스포라이다. 이들은 아리랑을 가슴에 담고 갔다. 이런 사실은 아픈 기록이지만, 독일이 제1차 대전 막바지 볼세비키 혁명 와중에 편입되어 용병으로 싸우다 독인군의 포로가 된 조선인 3인을 취조한 상황에서 두 사람이 아리랑을 불렀음을 기록하여 알 수

있게 한다. 이들에게 아리랑은 조국·어머니·고향으로서의 '치유의 노래(Healing Song)로 불렀을 것이다.

아리랑의 역사에서 디아스포라 아리랑 상황은 아리랑을 '민족의 노래'라고 하는 위상에 결정적인 기여를 했다. 이들이 이토록 절실한 항일의식과 애를 담아 부르지 않았다면 아리랑은 단지 여러 민요의 하나에 불과했을 것이다.(이는 판소리가 오늘의 위상을 얻게 된 배경에 양반계층의 참여가 결정적으로 기여한 것에 비견될 만하다.) 이 디아스포라가 역설적으로 아리랑의 토양이었음은 이로써 수긍하지 않을 수 없을 것이다.

이상에서 살핀 에피소드들은 아리랑이 범장르적임을 명백히 보여준 것이고, 오늘의 시각으로는 일종의 아리랑문화 콘텐츠이기도 하다. 이는 마치 생활과 문화의 지각(地殼) 밑에 고루 번져 간 수맥(김열규, 〈아리랑, 역사여 겨레여 소리여〉, 조선일보, 1987.)과 같은 것임을 알 수 있다. 이들을 통해 그 성격을 정리하면 다음과 같다. 즉, ①대중 공유라는 대중성, ②사고와 행동을 포함한 문화적 호기심을 유발하는 재생성, ③오랜 동안의 전승에 의한 축적성, ④모티브와 형성맥락에서 문화적 통합 기능을 갖고 있다는 유기체성, ⑤일상에서 자연스럽게 경험할 수 있다는 생활성, 그리고 ⑥이미 외국에서 다양한 버전을 생산한 사실에서 확인되는 다문화성이 그것이다. 이 때문에 적어도 아리랑은 민요로서의 악곡·사설·기능 외에도 누가, 왜, 언제, 어떻게 부르는가라는 연행 정황을 주목하게 하고, 궁극적으로는 한국인 정체성의 단서(한국의 사회적 인성구조)를 제공 받을 수 있게 한다. 아리랑이 지역공동체와 민족공동체의 삶과 문화를 배경을 하고 있음을 간과 할 수 없게 하는 이유이다.

살핀 자료들이 주로 일제강점기의 상황이라는 제한성에도 불구하고 이 같은 성향이 확인 된다는 것은, 이후 오늘에 이르기까지 생성된 콘텐츠에서는 더 많은 성격들을 찾아 낼 수 있을 것임을 알려 주는 것이다.

4. 지속과 변용의 길

앞장에서는 중국과 일본 등 해외동포사회 상황이 오늘의 아리랑 위상을 갖게 하는데 기여했음을 살폈다. 그러나 살피지 못한 러시아 · 미국 동포사회 그리고 6.25 참전국 상황을 더 살핀다면 이의 위상은 더욱 빛나는 것임을 알 수 있을 것이다. 더불어 우리의 아리랑 관점의 지평이 편협했음을 알게 해 준다.

1910년대 들어 매체를 통한 아리랑의 확산은 기존의 구비전승과는 전혀 다른 속도와 양상으로 가속되었다. 인쇄 · 음반 · 방송매체에 의한 확산인데, 이들에 대한 진상은 아리랑의 지속과 변용의 구체적인 양상을 확인할 수 있게 한다.

먼저 신식 활자에 의한 출판물인 잡가집을 통한 확산을 살피기로 한다. 이 잡가집은 한시적인 유통 매체이긴 하지만 이 시기 아리랑의 성격을 파악하는데 유용하다. 말하자면 잡가라고 할 때 '잡'(雜)의 성격이 ①제멋대로인 ②보잘 것 없는 ③뒤섞인 ④어수선한 ⑤난잡한 ⑥상스러운 ⑦모두 함께 모은 것 등 다양한 의미를 담고 있듯이 바로 이 시기 잡가집이 이를 그대로 반영하고 있기 때문이다. 이로써 잡가 아리랑의 성격을 어느 정도 추정할 수 있게 해 준다.

물론 살피게 되는 잡가집에 이어 대중화하는 신문과 잡지에 의한 확산도 매우 컸다. 그러나 이들 두 매체는 잡가집처럼 아리랑 자체를 확산시켰다기 보기보다는 아리랑 담론을 형성, 또는 재생산 하는데 더 기여했다고 보는 것이 옳다. 그러므로 이에 대해서는 별도의 논의를 필요하여 여기에서는 생략하기로 한다. 결국 일제강점기 아리랑의 지속과 변용의 추이는 연행 현장이 아니라 잡가집 · 음반 · 방송이 더 직접적으로 알려준다고 봐야 한다.

(1) 잡가집 소재 아리랑의 양상과 확산

잡가 아리랑을 살피는 데는 두 가지 자료를 들 수 있다. 하나는 이상준의 저술들이고, 또 하나는 각종 잡가집이다. 전자는 잡가로 불린 아리랑이 구체적으로 어떤 것인가를 명확하게 알려 주고, 후자는 어떤 잡가 아리랑이 얼마나, 어떤 시기에 유통되었는가를 알게 하는데 유용하다. 이런 접근은 아리랑 전승에 관한 서지적 연구의 단초이기도 한데, 우선 이상준(李尙俊/1884~1948)에 대해 간략히 살피고 그의 편술 잡가집 5종에 수록한 아리랑을 살피기로 한다.

이상준은 남다르게 민속음악에 관심을 가진 양악 전공자이다. 그 결과가 자료집 『朝鮮新舊雜歌集』과 『新撰俗曲集』외 2종을 편술했고, 창가 작품집 4종, 음악 교과서 4종, 기악곡집 3종에 국악적 요소를 담은 사실이다. 여기에는 아리랑 · 양산도 · 신고산타령같이 당시 전국적으로 널리 불리던 잡가들이 실려 있다. 또 사당패나 민간에서 연주되던 놀량 · 산타령 등도 실려 있고, 그 밖에도 당시 새롭게 불린 신민요들도 실려 있다. 그리고 1920년대 이후에는 민요곡들을 연주하여 직접 민속음악을 보급하는데도 앞장을 섰다. 특히 1910년대로부터 1920년대까지의 우리 음악을 채보, 문헌화 한 개척자적인 업적을 남겼고, 감리교계 협성신학교 출신으로, 장로교계 평양숭실학교 출신 김인식(金仁湜/1885~1962) · 김형준(金炯俊/1884~1951)과 함께 서양 찬송가와 일본 창가라는 양대 정서 사이에서 우리 음악의 교육 자료화에 기여한 인물로 꼽힌다. 또한 주목하는 것은 〈朝鮮正樂傳習所〉에서 하규일(河圭一/1867~1937)에게 전통성악을 공부(이 사실은 1935년 7월 4일 하규일로부터 이수를 마치고 이에 감사하는 '배반', 즉 오늘날의 졸업연주회를 〈明月館〉에서 거행했고, 이를 중계방송한 사실에서 알 수 있다.) 하였고, '서도출신인 까닭에 실제 창가 수업 중에 평양수심가 등 잡가는 물론 남도 노래'도 잘했다. 또한 이상준은 이를 자부심으로 여겼다.(이화여전에서 자신의 채보 악보를 사용하자 학문적 자존심을 내세워 우리나라 최초로 저작권 소송을 제기하기도 했다.)

사실 우리 음악 채보자로서 이상준의 음악사적 공적은 제대로 평가를 받지 못하고 있다. 그 평가의 중심은 우리 음계의 사용인데 기본 리듬 3박자 사용,

강박으로 시작해서 약박으로 종지하는 특징 사용, 셋잇단음표와 당김음 사용 등 이다.

다음 표에서 정리한 5종의 단행본은 이상준이 일관된 인식으로 편술한 자료집이라는 점과 당대성을 지닌다는 사실에서 어떤 자료보다 신뢰가 담보 된다. 이 때문에 당대 문인들에 의해서도 이미 평가를 받은 바 있다.(이광수, 〈民謠小考〉, ≪조선문단≫제3호, 1924.)

〈아리랑 수록 이상준 편술 자료〉

번호	서명	출판사	발행년도	수록 아리랑	수록 페이지
1	朝鮮俗曲集 · 上卷	朝鮮福音出版社	대정3년 (1914년)	아리령타령 · 긴아르렁타령	25~26쪽
2	朝鮮雜歌集	新舊書林	초판 대정 5년(1916년) 재판 대정 5년 3판 대정7년	아리령타령 (아리령타령이라) · 긴아리랑은 없음	77쪽
3	新撰俗曲集	廣益書館(초판) 匯東書館(3판)	초판, 대정10년 2월 (1921년) 재판, 대정12년 3판, 소화4년	아리랑타령 · 긴아리랑타령 · 강원도아리랑	11 · 16 (3판)쪽
4	朝鮮俗歌 (朝鮮新舊雜歌)	博文書館	1921년 (대정10년) 8월	江原道亞里郎打令 · 아리랑(亞里郎)타령	39 · 43쪽
5	朝鮮俗曲集 · 下卷	三誠社	1929년 9월 10일	아리랑(6/8) · 강원도아리랑 · 1~4까지의 아리랑타령 대신 주제가 〈아리랑〉이 수록되었고, 긴아리랑도 없다	7 · 10쪽

이상의 정리표에서 확인 되듯, 5종의 자료집에서 아리랑을 수록하고 있다. 이를 통해 수록 아리랑의 통속화 시기, 유행상, 사설의 들고 남을 살필 수가 있다. 배열번호는 위 표의 순서에 준했다.

1-1 아르렁타령

문경새재 박달나무/ 홍두깨 방망이로 다 나간다

後斂(CHORUS)

아르렁 아르렁 아라리오/ 아르렁 띄여라 노다 가게

남산 위에 고목나무/ 나와 같이만 속 썩는다(朝鮮俗曲集 · 上卷)

1-2 아리렁타령(긴아리렁타령도 곡쥬만 조금 느리고 말은 거반 같으니라)

문경새재 박달나무/ 홍두께 방망이로 다 나간다

아리렁 아리렁 아라리오/ 아르렁 띄여라 노다 가게

뒤동산에 고목나무/ 나와 같이만 속썩는다

뒤동산에 박달나무/ 길마까치로 다 나간다

아리렁타령을 썩 잘하면/ 가는 아씨가 도라 선다

저기 가는 저 마누라/ 나를 오라고 손짓 한다

너 오라고 손짓하나/ 내 길이 바빠서 활기쳤지

아리렁고개에 정거장 짓고/ 정든 님 오기만 기다린다

아리렁 아리랑 알치 말고/ 내 품 안에서 잠 잘드러라

목화 따는 저 마누라/ 요내말삼을 들어 보소

목화는 내따 줄게/ 내품안에서 잠드 러라

남산 밑에 장충단을 짓고/ 군악대 장단에 받들어 총만 한다(朝鮮雜歌集)

1-3 아리랑(亞里郎)타령

문경새재박달나무홍두깨방망이로다나간다

아리랑아리랑아라리요아리랑띄여라노다노다가게

뒷동산에박달나무길마까치로다나간다

아리랑타령을썩잘하면가든아가씨가돌아선다

남산밑헤장충단을짓고군악대장단에밧드러총만한다

아리랑고개에정거장을짓고정든님오기만고대로다(朝鮮俗歌)

1-4 아리랑

아리랑 아리랑 아라리요/ 아리랑고개로 넘어 간다

십리를 간다고 꺼덕거리더니/ 오리도 못가서 발병 낫네

아리랑고개를 너머 가면/ 소원에 성취를 하리로다

문경새재에 박달나무/ 홍두깨 방망이로 다 나간다

높흔 하눌엔 별도 만코/ 요내 인간엔 말도 만타

간다고 하면은 아주 가며/ 아주 가면은 잇즐 세냐(朝鮮俗曲集 · 下卷)

1-3 까지의 아리랑타령(잦은아리랑 : 헐버트 채보곡) 대표사설이 변함없이 '문경새재…'임을 확인할 수 있다. 그러다 1929년 발간한 1-4에서 주제가 〈아리랑〉이 수록되고 대표사설도 '나를 버리고…'로 바뀌었다. 이로써 이 잦은아리랑은 짧게는 1926년 말 주제가 〈아리랑〉의 출현과 함께, 길게는 이 책이 출간되는 1929년에 들어 그 전승력을 다한 것으로 본다. 그런데 놓칠 수 없는 사실은 오늘날 아리랑의 상징 사설 '나를 버리고 가시는 님은/ 십리도 못가서 발병난다'는 1912년 총독부 조사보고서(충북 청풍군 등)에 출현한 것이다. 그렇지만 오늘의 후렴 형태와 결합되어 대표 사설로 불리게 된 것은 나운규의 수용으로 부터이고, 정형화하는 시기는 1929년이 되는 것이다.

2-1 긴아리렁타령(혹 停車場타령)

긔차는 가자고 고동을 트는대/ 친구는 비어잡고 락루락루만 한다

後斂(CHORUS)

아르렁 아르렁 아라리오/ 아르렁 띄여라 노다가게(朝鮮俗曲集 · 上卷)

2-2 긴아리랑타령

긔차는 가자고 고동을 트는데/ 친구는 비여잡고 락루락루만 한다
아리랑 아리렁 아라리가낫네/ 아리랑 띄여라 노다노다 가게
인생이 살면은 한 백년 사나요/ 살어서 생젼에 맘대로 놀가나(新撰俗曲集)

우선 문헌상으로 볼 때 긴아리랑의 곡명은 '정거장타령'이기도 했음을 알 수 있다. 이 사실은 본래 곡명이 '정거장타령'이었는데 후렴에서 '아리랑…'이 쓰임으로써 잦은아리랑(1-1)보다 느리다는 것을 염두에 두어 '긴아리랑'이 불리게 되었을 수도 있다는 의문을 갖게 한다. 이 문제는 이 곡의 영향 관계에서 연결점을 찾을 수 없다는 사실에서 더욱 그렇다. 즉, 음악적으로 어떤 아리랑과도 관련을 맺고 있지 않다는 것이다. 이런 관점에서 메나리조 아라리(긴아라리 또는 잦은아라리)와의 영향관계를 놓고 견해를 달리하는 기존 논자들의 주장은 문제가 있다. 이들은 모든 아리랑은 음악적 선후 관계로만 존재한다는 선입관을 갖고 있는 수동적 인식 결과에 의한 주장이다.

한편 긴아리랑타령이 음반으로 전해지는 것은 세 가지로 확인된다. 이의 후렴은 각각 다음과 같다. 2-1과 같이 인쇄 매체로 전승되는 것과 차이가 있는데, 그래서 단순하게 후렴의 사설로 정체성을 변별하는 것은 문제가 있음을 알게 한다.

① 아리랑 아리랑 아라리로구나
아리랑 어리얼쑤 아라리로고나
(콜럼비아 40730A, 조모란, 〈서울긴아리랑〉)
② 아리랑 아리랑 아라리로고나
아리랑 어리얼쑤 아라리로구나
(폴리돌 19039B, 이진봉 · 이영산홍, 경기잡가 〈긴아리랑〉)
③ 아리랑 아리랑 아라리로구려
아리랑 아리얼쑤 넘어 간다(폴리돌 19195B, 선우일선, 〈긴아리랑〉)

하나의 곡조에 이 같이 세가지 형태의 후렴이 불렸음은 이 아리랑이 전통 민요적인 전승과정에 있지 않음을 짐작케 해주는 것이다.

3-1 강원도아리랑

열나는 콩팥은 안이열고/ 아지깔이 동백은 웨 여느냐
아랑 아리랑 아라리요/ 아리랑 띄여라 노다노다 가게(新撰俗曲集)

3-2 강원도아리랑타령(江原道亞里郎打令)

산중(山中)에 귀(貴)한 것 머루달에/ 인간(人間)에 귀한 것 정든 님이로다
아렁-아렁-아라리요/ 오오 아리렁 띄여라 노다가게
열나는 콩팟은 안이 열고/ 아지깔이 동백은 웨 여느냐
아리렁 아리렁 아라리오/ 아리랑고개로 넹겨 넹겨주게
아지깔이 동배야 열지 말아/ 시골에 큰애기 떼난봉 난다(朝鮮俗歌)

이 강원도아리랑의 유행상은 1925년 상황이 확인 된다. 즉 나운규의 증언인데 작고 7개월 전인 1937년 월간 ≪三千里≫ 기자와의 대담에서,

> "서울 올라와서 나는 이 '아리랑' 노래를 찾았지요. 그때는 민요로는 겨우 강원도아리랑이 간혹 들릴 뿐으로 도무지 찾아 들을 길이 없더군요."

라고 하여 1926년 초 강원도아리랑이 권번에서 불리고 있었음을 알게 한다. 바로 이런 상황을 대비하면 이 강원도아리랑은 1910년대 후반에 통속화한 것으로 추정하게 된다. 이는 북한강계에서 불려지는 〈뗏목아리랑〉의 본형이다.

한편 주목되는 '아리랑고개'의 출현은 기록상 1921년『朝鮮俗歌』수록의 강원도아리랑 후렴 후행(3-2)에서다. 이 복합명사의 출현은 후렴과 본사와 곡명과의 관계, 그리고 각편 생성 상황 등에서 의미있는 논점을 얻을 수 있는

단서이다.

이상에서 이상준 편술 5종의 잡가집 수록 아리랑에 대한 분석 결과를 정리하면 다음의 세 가지가 된다.

하나는 수록 여부와 그 선후로 볼 때 1921년까지는 '아리랑타령'(잦은아리랑)이 중심적인 위치에 있었다. 그러다 1921년부터는 강원도아리랑이 그리고 1929년부터는 주제가 〈아리랑〉이 앞에 수록되어 중심적인 위치를 차지했음을 알 수 있다. 이는 각 아리랑의 유행상황을 반영한 것으로 볼 수 있다.

아리랑타령이 수록되었다. 강의영, 『新舊流行雜歌』, 경성세창서관, 대정4년(1915) 12월 초판, 대정 5년 1월 재판, 10월 3판, 12월 4판

둘은 1930년대까지 유통된 잡가 아리랑은 아르랑 · 긴아리랑 · 강원도아리랑, 이렇게 세 가지가 된다. 이중 강원도아리랑이 메나리조로 구성되어 있어 아라리와의 지속과 변용상을 보여준다. 그러나 두 가지는 메나리조가 아니라는 점에서 다른 관점에서 논의를 필요로 하게 한다.

1918, 『精選朝鮮歌曲』, 지송욱, 신구서점.
잡가집과 함께 발행된 가곡집(〈호산방〉제공)

셋은 곡명에서 '아르렁' → '아리렁' → '아리랑'으로의 변이상이 확인된다. 즉 ①아르렁타령 ②긴아리렁타령 ③아리렁타령 ④긴아리랑타령 ⑤강원도아리랑 ⑥강원도아리랑타령 ⑦아리랑타령 7종의 표기에서 나타나는데, 그렇다고 반드시 순차적 변이를 거두었다는 뜻은 아니다. 그리고 ⑤만 제외하고는 모두 타령(打令)을 쓰고 있어 잡가로서의 성격을 분명하게 보여 주고 있다. 결과적으로 '아리랑'으로의 유형화 시점은 『新撰俗曲集』이 발행된 1921년 전후가 된다.

아리랑 수록 잡가집 상황

잡가 아리랑은 이상준의 잡가집을 통해 확산 되었다. 특히 교육현장에서 그렇다. 그런데 일제강점기 초 '강제된 근대 체험'인 라디오, 축음기, 영사기 등의 신발명품과 미술전람회, 물산박람회, 운동회, 영화관, 유람단, 광고 등이 보편적인 매체로서의 기능을 하기 전인 1910년대는 거의 잡가집에 의해서만 확산이 되었다. 잦은아리랑 또는 긴아리랑을 수록한 것은 각 잡가집이 수록한 전체 잡가에 비하면 극히 일부지만 중판을 거듭하면서도 지속적으로 아리랑이 수록되었음은 아리랑의 수용층이 유지되고 있었음을 알게 한다.

이 같은 상황을 주목하여 글쓴이는 아리랑사의 시대구분에서 이 시기를 '잡가집시대(雜歌集時代)'라고 구분을 하고 있다. 이 시기 잡가집이 창가집이나 찬송가집보다 월등한 숫자와 영향력을 갖고 민속음악을 소통시켰기 때문인데, 그만큼 아리랑이 이 잡가집에 의해 유통되었다는 것을 알게 한다. 이번에는 아리랑을 수록한 잡가집 중 1910년대 발매된 것들을 일별하기로 한다. 아리랑은 이후 출판된 잡가집에서도 거의 그대로 수록되었다는 사실에서 이후의 상황은 크게 의의를 둘 필요가 없기도 하다.

1910년대 아리랑 수록 잡가집 상황

歌集番號	著作者	書 名	出版社 (發行地)	發行年	版數	面 數
1	盧益亭	增補新舊雜家	漢城書館(서울)	1915년	1판	172
2	姜義永	新舊流行雜歌	世唱書館(경성)	1915년	1판	78
3	朴永均	古今雜歌編	新舊書林(서울)	1915년	4판	158

4	朴承燁	無雙新舊雜歌	新舊書林(서울)	1915년	2판	115
5	姜羲永	新舊流行雜歌	新明書林(서울)	1915년	6판	80
6	玄公廉	新撰古今雜歌	大昌書館(서울)	1916년	2판	94, 110
7	南宮楔	特別大僧補新舊雜歌	唯一書館(서울)	1916년	1판	120
8	池松旭	增補新舊詩荐雜歌	新舊書林(서울)	1916년	8판	77
9	朴承燁	現行日朝雜歌	五星書館(서울)	1916년	1판	54+99
10	朴建會	時行增補海東雜歌	新明書林(서울)	1917년	1판	84
11	柳根益	新舊現行雜歌	東亞書林(서울)	1918년	1판	69

이상의 표는 글쓴이가 확인한 잡가집 중 아리랑을 수록한 1910년대 상황을 정리한 것이다.

서지적(書誌的)으로는 형태와 내용에서 복잡한 양상을 띠고 있다. 예컨대 7번 『增補新舊詩荐雜歌』의 경우 가장 많은 쇄(刷)를 거듭했고, 초판은 1916년 3월인데 8판은 5년 후인 1921년 11월이다. 이는 5년 동안 7번의 증보판을 발행했다는 것으로 오늘의 표현으로는 스테디셀러가 된다. 그럼에도 내용에서 아리랑은 똑같은 사설을 수록하여 '증보'를 표방한 것을 무색케 한다. 그럼에도 이 잡가집이 의미 있는 것은 아리랑을 수록한 첫 잡가집이라는 사실이다.

8의 경우는 목차에서 '아리랑타령별조'라고 했으나 내용에서는 오늘의 음가인 '아리랑'으로 표기했다. 9의 경우는 서명에서 '일조'를 쓰고 있어 표제상의 '잡가' 개념은 오늘의 개념과는 다르게 쓰였음을 알 수 있다.

이 1910년대의 이 같은 다양한 잡가집 발간은 대중공연과 공연장의 확대로 잡가를 즐기는 관객의 확대 결과이기도 하다. 대표적인 잡가집인 노익형의 『신구잡가』가 발행된 1915년은 조선총독부 시정 5년 기념 조선물산공진회〈演藝館〉· 혁신단(革新團) · 단성사 · 광무대(光武臺) · 우미관(優美館) · 황금관(黃金館) · 조선연극관(朝鮮演劇館) 같은 신식 공연장에서 독립 장르로는 아니지만 공연의 주요 레퍼토리로 잡가가 불려지고 있었다. 이러한 수요는 앞의 표에서 제시된바 대로 다양한 출판사와 편자에 의해 잡가집을 출판하고 판을 거듭하게 한 배경이다.

그런데 이 잡가집 상황은 잡가 자체와 함께 논의의 필요성이 있다. 그것은 신식 활자에 의한 출판 상황이 18세기 방각본(坊刻本)의 출판사적 의의에 견줄 만하기 때문이다. 즉, 방각본은 한글 독자의 대중화를 촉진시켜, 민간출판사와 민간 서점(書肆)을 뿌리 내리게 함으로써 한글 소설을 대중화시켰는데, 마찬가지로 잡가집도 잡가의 대중화에 힘입어 많은 출판사가 이익을 창출, 잡가집 유통을 가능케 하였던 것이다. 이로써 비록 무곡보(無曲譜)이긴 하지만 거의 모든 잡가집에서 빠짐없이(물론 그 내용이 동일하다 해도) 아리랑을 수록하여 통속화를 가능하게 해주었다는 점에서 유념하게 한다. 그러니까 이 잡가집을 통해 아리랑은 매스(Mass)와 파퓰러(Popular)를 포함하는 '대중화'를 가능하게 한 것이다.

이 같은 잡가집들은 1920년대 중반까지 문화행위의 실천이 주로 독서였던 상황과 병행하여 잡가집 시대로서의 역할을 다 해낸 것이다. 그리고 1920년대 중반을 넘어서면서 음반의 보급과 방송의 개시로 더 이상 새로운 잡가집 출판이나 중판을 하지 못하게 되었다. 이로써 잡가는 '민요' 또는 '신민요'라는 장르명으로 바뀌기도 하며 주 장르로서의 수행을 마치게 되었다.

(2) 음반을 통한 확산

1938년 7월 〈蓄音機祭〉라는 특별한 행사를 주관한 한 신문사 기사에는 '축음기는 20세기 문화의 가장 찬란한 한 부문을 차지'(축음기제를 당하야, 조선일보, 1938, 7, 2) 한다고 했다. 이 시기에도 일반인들에게 축음기는 경외의 대상이었음을 보여준다. 축음기는 1860년 프랑스 레옹 스코트(Edouar-Leon Scott)에 의해 '음성 녹음이 시작되고, 1877년 에디슨에 의해 새롭게 발명된 이후, 우리에게 소개된 것은 1880년에 들어서다. 대동강에 온 프랑스 신부가 평안 감사에게 축음기를 보여준 것이다. 그리고 공식적인 실물의 도입은 1887년 주한 미국영사 알렌(H.N. Allen/1858~1932)이 조선 왕실에 '원통 실린더형' 축음기를 기증하고, 1895년 시카고 박람회에 참가한 15세의 박춘재(朴春載/1881~1948)와 그 일행이 빅타(Victor)사에서 녹음(매일신보, 1914, 5, 15)한 상황으로부터이다.

문헌 기록으로는 1899년 『매천야록』 기록과 같은 해 3월 3일자 〈황성신문〉에 "서양 격치가(格致家 : 과학자)에서 발명한 유성기를 구매하야…"라는 광고에서부터이다. 명칭은 1899년 광고에서는 '留聲機'로 표기된 이후, 1905년 동경 천성당의 판매 광고와 1907년 〈萬歲報〉의 광고까지 그대로 쓰이다 1909년 8월 4일자 〈大韓民報〉에서부터는 일본식인 '蓄音機'로 쓰이게 되었다. 이후 유음기 · 사음기 · 소음기 등의 표기도 있었으나 음반 자체는 '소리판'으로만 불렀다.

국내에서의 첫 음반 제작은 1908년 2월 '한국 경성 성도 채화 창부병창'을 녹음한 것이다. 그리고 대중적으로 보급된 것은 1920년대 초 이왕가에서 유성기를 비치하고 하사품으로 활용함으로써, 그리고 1926년 7월 취입한 윤심덕의 〈死의 讚美〉가 국내에 선풍을 일으키며 판매됨으로써 대중화되는 계기를 맞았다. 이제 음반사와 우리와의 관계를 정리하여 아리랑의 확산 경로를 구체적으로 살펴보기로 한다.

조선에 진출한 음반사로는 콜럼비아(Columbia)사가 그 대표이다. 1910년 〈일본축음기상회〉(일축/(NIPPONOPHONE)로 개명한 후 1911년 9월 경성에 지점을 내면서 조선 전통음악을 취입하였다. 1925년 '일본콜럼비아'로 개칭하고, 11월 전기 취입(마이크로 폰) 방식에 의한 남도잡가 · 신유행가 · 동요 · 영화설명 · 합창 같은 장르를 서울에서 취입하였다.

1930년대 들어 상권(商圈)이 전통음악에서 대중음악(신민요 · 유행가)으로 그 중심이 이동하게 되자, 채규엽 같은 최고의 가수를 전속으로 묶어 시장을 주도했고, 1940년대 들어서는 대동아전쟁 때 위문 공연을 위해 〈콜럼비아 가극단〉을 결성해 소속 가수들을 동원하는 기구로도 기능했다. 아리랑 역시 모든 장르를 발매했였다. 이 콜럼비아사는 1945년까지 1,500여종을 발매하였다.

빅터사는 1927년 일본 현지법인을 설립함으로써 조선에도 관심을 갖게 되었다. 창립 1년 후인 1928년에 이왕직아악부 연주를 녹음함으로써 조선에 상륙하였고, 1937년 3월에 경성에 취입소를 개설했다. 늦게 진출했지만 해방에 이르기까지 800여종을 발매했다.

폴리돌(Polydor)축음기상회는 1927년 설립된 일본 음반사이다. 우리음악을 취입, 발매한 것은 비교적 늦은 1932년이다. 음반 취입은 1939년 4월까지 동경 본사에 가서 녹음을 했다. 1945년 해방에 이르기까지 650여종을 발매한 것으로 추산 된다.

오케(OK)는 시에론과 함께 일본에는 없는 레이블명이다. 오케사는 '민족 레이블'이라고 부를 정도로 조선인이 운영한데다 조선적인 음반을 주로 냈는데 상업성에도 성공을 거두었다. 특히 넌센스 같은 오락 장르 음반들을 제작하여 30년대 중반 이후 크게 판매고를 높였다. 그리고 이어 출현한 것은 태평레코드사로 8000번을 첫 고유번호로 하여 발매했다. 일본 내에서 1926년 〈사의 찬미〉를 발매하여 수익을 올린 일동레코드사는 '제비표 조선레코드'라는 레이블로 음반을 냈다. 이밖에도 1932년 적(赤)판과 대중판을 발매한 이글(레코드사, 1937년 조선영업소를 개설한 파라마운트) 레코드사 등 10여개 군소 음반사가 조선음악을 발매했다.

이상과 같이 조선에 진출한 음반사들은 식민지 조선에는 인프라구축을 하지 않았다. 다만 스튜디오는 제한적으로 운영했으나 최종 프레스 공장은 모두 일본에 두어 상품(음반)은 일본에서 생산하게 한 것이다. 그래서 조선인이 음반을 취입하기 위해서는 거의 일본으로 가야 했다. 이는 결과적으로 경비절감을 위해 최소 인원만 도입해야 이유이기도 했지만, 그 결과 반주를 일본인들이 하거나 어울리지 않는 일본 악기로 반주를 하기도 했다. 경기소리를 남도소리

반주자가 연주하는 등 전문성을 발휘할 수도 없었다.

그러나 더 큰 문제는 이런 음반사의 궁극적인 목적이 비싼 축음기 판매로 이어지게하여 자본을 착취하기 위한 전술이라는 사실이었다. 무료로 〈유성기 음악회〉를 개최(동아일보, 1925, 9, 12)하여 환심을 샀고 〈축음기제〉와 같은 이벤트를 하여 축음기 판매를 촉진시켰다. 1935년까지 조선 내에 보급된 축음기는 약 35만대, 음반은 100여만 장을 넘겼다. 이는 당연히 강제 수탈된 것이지만 이와 함께 정신적 피폐에도 영향을 주었다.

이 시기 김태준은 〈조선가요는 어데로〉에서 이런 음반 유통의 영향력을 우려하여 다음과 같이 피력하기도 했다.

> "돈이 모든 것을 해결하는 때에 있어 구미로부터 흘러드는 축음기 회사의 상업정책의 량부가 직접간접으로 조선가요의 장래에 커다란 영향을 던질 것은 어느 정도까지 불가항력이 되고 있지만 이 민중이 자꾸만 그것을 심취한다면 그 역시 어이할 수 없다."(조선일보, 1934, 4, 16)

이제 제국질서 아래의 조선내 음반사와 그 진출의 의미를 짚었다. 이를 전제로 이제 아리랑이 음반과 어떤 관계였는지를 살피기로 한다. 한국고음반연구회 주최 국악음반박물관 주관의 〈아리랑〉 전시 도록에 수록된 일제강점기 아리랑 음반 중 일부이다(국악음반박물관 전시자료).

유성기 음반 아리랑

① NIPPONOPHONE ニッポノホン 6170/ 京城卵卵托領(아리랑) 金蓮玉 趙牧丹
② Columbia 40070-A(20875)/ 流行歌 아리랑 蔡東園 콜럼비아管絃樂團
③ Columbia 40072-A(20840)/ 雜歌 긴아리랑 李眞鳳 金玉葉
④ Columbia 40156-A(21092)/ 漫曲 아리랑集(上) 朴月庭
⑤ Columbia 40156-B(21093)/ 漫曲 아리랑集(下) 朴月庭 金仁淑

⑥ Victor 49071-A/ 暎畵小唄 아르렁 獨唱金蓮實 伴奏日本빅타樂團
⑦ Victor KJ-1138(KRE259)/ 南道民謠 珍島아리랑 愼淑 吳翡翠 玄琴 申快童 · 大笒 朴鐘基 奚琴 · 杖鼓
⑧ Polydor 19017-B(5204BF)/ 流行歌 아리랑 伽倻琴 竝唱 金雲仙 長鼓 金昌善
⑨ Polydor 19155-A(7308BF)/ 細笛奚琴合奏 긴아리랑 細笛-高載德 奚琴-方龍鉉
⑩ Polydor 19182-A(7888BF)/ 細笛 · 短簫合奏 아리랑大會 細笛-高載德 短簫-崔壽成
⑪ Polydor 19182-B(7889BF)/ 細笛 · 短簫合奏 아리랑大會 細笛-高載德 短簫-崔壽成
⑫ Okeh 1609(K838) 申一仙傳/ 믄어진아리랑(上) 不出編
主演 申一仙 助演 成光顯 · 李蘭影 · 申不出
Okeh 1609(K839) 申一仙傳/ 믄어진아리랑(下) 不出編
主演 申一仙 助演 成光顯 · 李蘭影 · 申不出
⑬ Okeh Record 1711(K928)/ 民謠 江原道아리랑 朴芙蓉 無伴奏
⑭ Okeh Record 1711/ 아리랑 金陵人詩 孫牧人曲 합창 李蘭影 · 高福壽 · 江南香
⑮ Okeh 12117(K835)/ 아코듸온 쏠로 아리랑 伴奏 끼타- 孫牧人 · 朴是春
⑯ Okeh 12152(K944)/ 俗謠 긴아리랑 張鶴仙 朝鮮樂 伴奏
⑰ Taihei 8009-B/ 民謠 新아리랑 尹白丹 太平管絃樂團
⑱ Regal C-2011(R22841)/ 湖南民謠 珍島아리랑 金素姬 · 愼淑 伴奏 리-갈樂團
⑲ Deer Record D21 /雜歌 아리아리랑 李眞鳳 李暎山紅
⑳ Rainbow(U.S.A) 1001-B(D9-CB-457-1) World's Finest Sacred Music 한국민요 아리랑 현제명 · 리금봉

이상의 자료를 통해 보면 잡가 · 유행가 · 만곡 · 영화소패 · 남도민요 · 속요 등 다양한 장르명으로 음반을 발매했고, 종류로는 구아리랑 · 긴아리랑 · 강원도아리랑 · 진도아리랑 · 주제가 〈아리랑〉 · 〈금강아리랑〉 · 신민요〈신아리랑〉, 성악 편곡 〈아리랑〉이 있음을 알려준다. 연주 악기로는 세적과 단소, 서양악기로는 아코디언이 사용 되었다. 의외의 장르로는 극 〈무너진 아리랑〉(신불출

작)과 만곡〈아리랑〉이 있다. 이 두 장르는 극과 만곡에서까지 아리랑이 변용되어 유통된 사실을 알게 한다. 이 같은 음반은 발매 후 고유번호를 그대로 쓰며 계속 재발매 되었다.

그런데 이같이 아리랑을 표제로 한 음반이 계속성을 갖고 출현하게 되는 기점은 1930년 ②의 채동원 '流行歌 아리랑' 발매로부터이다. 그러므로 1930년은 의미 있는 편년이고, 채동원의 이 아리랑은 기념비적인 음반이기도 하다.

아리랑 확산의 한 주역인 기생들의 기예 수업 광경. 사진은 ㈜코베이의 도움을 받았다.

1930년 이후 발매된 아리랑 음반

번호	곡 명	곡종	발매시기	회사명	노래 및 반주
1	아리랑	流行歌	1930.01	콜롬비아(제6회 新譜에 소개)	채동원
2	아리랑	유행가	1931.02	돔보 조선 레코드(50015)	석산월(반주 강금)
3	아리랑後篇	유행소곡	1931.02	돔보 조선 레코드(50015)	이경설(管絃樂 반주)
4	아리아리랑	流行歌	1931.02	돔보 조선 레코드(50015)	石山月(雜音絕無/반주 가야금)
5	그리운강남	혼성합창	1931.04	콜롬비아(40177)	김석송 · 안기영 · 성우회
6	아리랑哀怨曲		1932(?)	시스터(5112)	朴一技紅
7	아리랑	유행민요	1932, 2	시에론	이명룡, 고판행자
8	牧童아리랑		1932.12	폴리돌레코드(19035)	김용환 노래, 폴리도루 관현악단 반주
9	아리랑고개를 넘지마라	유행가	1932.12	시에론(73)	김연실
10	목동아리랑	민요	1932.12	폴리돌(19035)	김희수
11	아리랑 한숨고개		1933	폴리돌 레코드(19048)	김용환 · 이경설노래
12	눈물의고개(신아리랑)	유행가	1933.03	콜럼비아(40405)	고가 마사오 편곡 · 蔡奎燁
13	變調아리랑		1933.06	빅터 레코드(V49204)	이고범작, 이애리수 노래, 판매금지 당함
14	아리랑 한숨고개	민요	1933.07	폴리돌(19048)	이경설
15	아리랑世上	신민요	1933.07	콜롬비아(40440)	전기현 작곡, 김선영
16	아리랑한숨고개	민요	1933.07	폴리돌(19048)	李京雪
17	幻想아리랑	유행가	1933.09	태평(8074)	노래 石金星, 태평관현악단 반주
18	最新아리랑	신민요	1933.11	폴리돌레코드(19095)	김용환 · 왕수복, 폴리도루 째즈밴드 반주
19	모던아리랑	유행가	1933.12	빅터 레코드(49250)	이고범 작사, 전수린 작곡, 全玉 노래
20	극 〈문허진 아리랑〉(上 · 下)		1933.12	오케(1609)	신일선자전 · 신불출연출 · 이난영 출연
21	강원도아리랑		1934	리갈레코드(컬럼비아사 대중반)	유일 작사, 이옥화 작곡
22	北鮮아리랑		1934	폴리돌레코드(19102)	김춘홍 · 김용환 노래
23	新아리랑	民謠	1935	기린레코드	신홍심/기린 반주
24	아리랑江南	유행가	1935	콜롬비아 레코드	김희규 작사, 라무영 작곡, 석금성 노래(안기영 작곡 〈그리운 강남〉과 다름)

25	아리랑漫曲	만곡	1935. 04	코리아레코드	박정월 · 김계선 · 지용구
26	아리랑哀怨曲	민요	1935. 09	Sister(5112), 럭키레코드(93505)	朴一技紅
27	아리랑江南	신민요	1935.01	콜럼비아(40585)	김희규, 라무영, 석금성
28	그리운 아리랑	신민요	1935.03	폴리돌레코드 (19186)	李俊禮 작사 · 곡, 선우일선 노래, 포리도-루 관현악단
29	청춘가아리랑	민요	1935.04	New Korea(H-8)	한성기
30	青春歌아리랑	민요	1935.04	코리아레코드	韓成基 노래
31	아리랑原曲	향토민요	1935.04	코리아레코드 첫 발매	이상춘 노래
32	넉두리아리랑	유행가	1935.05	시에론(236)	이고범 작사, 백파 작곡, 라선교 노래
33	아리랑四時歌	유행가	1935.09	폴리돌레코드 (P19217)	추야월작사,임벽계, 왕수복 노래, 오리엔탈 합창단
34	아리랑우지마라	신민요	1936.06	리갈레코드 (C355)	이하륜작, 레이몬드부, 장일타홍
35	마즈막아리랑	신민요	1936.07		편월 · 이면상 · 왕수복
36	金剛아리랑	유행가	1936.07	뉴코리아(H-1026)	철 석 작사, 이화자 노래
37	금강아리랑		1936.07	뉴코리아(H1026)	칠석 · 이화자
38	아리랑의 꿈	유행가	1936.10	리갈 레코드 (C383)	김조 작사, 유일 작곡, 장일타홍 노래
39	아리랑春景	유행가	1937.03	빅터레코드 (V49465)	설도식 노래
40	아리랑哀歌		1937.03.	빅터레코드 (V49465)	백 우 노래
41	江南아리랑	신민요	1937.07	포리도루레코드 (19424)	고마부 작사, 형석기 작곡, 하인석 노래
42	그리운江南	독창	1938.02	빅터(49512)	金石松,安基永,金天愛
43	그리운아리랑	신민요	1939.03	폴리돌(19186)	이준례 · 선우일선
44	꼴망태아리랑	신민요	1939.07	빅터 레코드 (KJ1335)	김성집 작사, 조자룡 작곡, 김용환 노래
45	할미꽃아리랑		1940.02	태평 레코드 (5028)	처녀림 작사, 김교성 작곡, 백난아 노래
46	아리랑술집	가요곡	1940.06	빅터(KA3018)	화월선, 문호월 김봉명 노래
47	아가씨아리랑	유행가	1940.07	OK레코드 (20057)	朴響林
48	아가씨 아리랑	유행가	1940.07	오케이(20057)	박향림
49	아리랑낭랑		1940.12	태평 레코드 (3014)	처녀림 작사, 김교성 작곡(장세정) · 백난아 노래
50	아리랑三千里		1941.03	오케이(31017)	조명암 작사, 김영파 작곡, 이화자 노래

51	아라리 나룻배		1941.04	OK(31031)	張世貞
52	아리랑滿洲	가요곡	1941.11	타이헤이(5020)	윤해영 작사, 조두남 작곡(전기현) · 백년설
53	愛國아리랑	신민요	1942. 06	타이헤이	金茶人 작사 · 張玉花 작곡
54	新作아리랑		1942. 07	OK(31125)	조명암 · 문예부구성 · 이화자
55	第三아리랑	신가요	1943	콜롬비아(40906)	이가실(조영암)작사 · 이운정작곡 · 옥잠화 노래
56	아리랑豊年	신민요	1943. 08	콜롬비아(40914)	함경진 작사 · 손목인 작곡 · 이해연 노래 · 일축합창단
57	신아리랑			오케이 레코드	고복수 작사
58	아리랑	째즈민요		빅터 레코드 (49472)	이복본 노래
59	아리랑눈물고개	신민요		폴리도루레코드 (19481)	왕수복 노래

이상의 표에서 1930년 이후 발매된 아리랑 표제 음반이 60여 종에 이름을 확인했다. 그런데 이들 중 노래 장르의 경우는 곡종 표기와는 다른 거의 유행가이다. 결국 잡가 · 민요 · 신민요 아리랑 보다는 이 유행가 아리랑은 음반이라는 매체적 의존율이 절대적으로 높았던 것임을 알게 한다.

1927년 개국 초의 JODK(조선방송협회, 현 KBS) 모습

(3) 방송에 의한 확산

1920년대 중반을 넘어서며 뉴미디어인 축음기와 영화와 라디오가 각축을 벌였다. 그러나 처음에는 음반, 다음은 영화, 그리고 최종적으로는 방송이 그 주도권을 차지했다. 라디오가 처음 서울 역사(驛舍)에 공개 된 것은 1925년 11월, 이 때 라디오를 소유하고 청취를 할 수 있는 인가자(認可者)는 일본인 286인과 체신국 시험 방송 청취 가능자 944인 뿐이었다. 그리고 공식적인 방송의 시작은 1927년 2월 16일 오후 1시, 정동 1번지에서 호출 부호 JODK로 송출한 조선방송협회(현 KBS)이다.

이후 청취자 수가 1만 명을 돌파한 것은 1929년 1월, 2만 명 돌파는 1933년 3월, 5만 명 돌파는 1936년 5월이다. 1929년 10월부터는 이미 신규 가입자가 월 평균 3백 명씩 격증한 상황으로, 이는 신문사 등이 전개한 '귀농운동'의 일환으로 라디오의 실상이 일반화되는 과정이었다. 이로써 방송은 "공중에서 들리는 풍류소리에 지금 죽어도 한이 없다는 父老"들의 탄성이 발해지는 단계였다.

이후 일본방송협회(JODK)가 조선어 전문 제2방송을 허가한 것은 1930년 10월 8일, 이로부터 조선인 청취를 높이는 계기가 되었다. 특히 이를 계기로 조선음악 송출이 대폭 확대되었는데 라디오가 오락의 기구로도 인식이 전환되는 계기였다. 그런데 1939년에 조선어 제2방송에서 청취자 4만 명을 대상으로 선호도를 조사했다. 그 결과 음악방송과 드라마가 인기 1, 2위를 차지했고, 음악은 양악보다 조선음악을 선호하는 것으로 나타났다.(동아일보, 1939, 3, 2.) 이는 이 시기 전후까지도 양악이나 유행가 보다 조선 전통음악의 선호도가 절대적으로 높았음을 알려주는 것이다.

방송을 통한 아리랑의 확산 상황은 어떤 매체보다도 큰 영향력을 발휘했다. 그러나 현재 이를 정리한 연구 결과는 없는 실정이어서 단정하기는 어렵다. 다만 제한적이긴 하지만 이를 통해 보면 두 가지 현상을 확인할 수 있다. 그것은 방송 송출자료에는 음반화되지 않은 아리랑들이 다수 있었다는 사실과 아리랑의 해외 중계(일본 · 대만 · 만주)와 특집 방송이 있었다는 사실이다.

전자는 1927년 4월 16일 〈아리랑타령〉을 첫 송출한 이후, 영동아리랑 · 영남아리랑 · 금강산아리랑 · 경기아리랑 · 속곡아리랑 · 남도아리랑 · 경복궁아리랑 · 함경도아리랑 · 장조아리랑 등이 송출되었다. 그런데 이들 대부분은 그 정체성이 명확하지 않고, 음반에서도 확인되지 않아 방송을 통해서 출현한 아리랑으로 추정하게 된다. 곧 일제강점기 아리랑 현상에서 음반이나 가사지 또는 신문 · 잡지 기사만이 아니라 방송에 직접 출연하여 부른 아리랑도 염두에 두어야 한다는 사실과 함께 기록으로 확인되지 않는 아리랑도 있다는 사실을 알게 한다는 것이다.

다음은 방송에서 아리랑을 해외에 송출 또는 특집으로 방송을 한 사례 를 정리하기로 한다. 일본에 중계방송 한 기록은 글쓴이가 2008년 일본 〈NHK방송박물관〉에서 확인한 자료에 근거한 것으로 다음 표와 같다. 1930년대 방송에서 아리랑을 특화 또는 특집으로 방송한 사례임으로 주목할 필요가 있다.

〈아리랑 특집 방송 현황〉

번호	방송일	송출 아리랑	출연 음악인	비고
1	1930. 02.19	〈朝鮮歌曲의 略史 紹介〉에서 아리랑舊調가 방송됨	李映山紅 · 金錦玉	
2	1933. 1. 8일 부터	조선아악과 아리랑 등 일본에 중계방송	이왕직아악부/왕수복	조선색채가 농후한 프로그램
3	1933. 05.03	奚琴獨奏 各道아리랑	池龍九	연주
4	1933. 09.01	아리랑 · 京아리랑 · 密陽아리랑 · 流行아리랑	高載德－細笛 崔壽成－短簫	
5	1933. 12.23	조선아악과 아리랑 일본에 중계	이왕직아악부 · 왕수복	
6	1934. 11.13	아리랑 · 景福宮아리랑 · 元山아리랑 · 密陽아리랑 · 江原道아리랑 · 江原道메나리아리랑 · 全羅道아리랑	최수성 반주, 김학선 소리	

7	1935. 02.03	긴아리랑 · 景福宮아리랑 新아리랑 · 咸慶道아리랑 密陽아리랑 · 江原道아리랑	高載德-細笛 崔壽成-短簫	연주
8	1936. 01.14	〈아리랑 네 가지〉 아리랑 · 경복궁아리랑 · 咸慶道아리랑 · 密陽아리랑	池龍九 - 奚琴 崔壽成 - 洋琴 高載德 - 細笛	
9	1936. 12.12	〈아리랑集〉 長調아리랑 · 江原道아리랑 密陽아리랑 · 咸慶道아리랑 · 新아리랑(두 가지)	李眞紅 · 郭明月 李銀波 · 金永根(大笒) 전국 중계 DK管絃樂團 池龍九 · 高載德	일본과 만주 지역 중계

글쓴이의 조사가 제한적이긴 하지만 위와 같이 9차례의 특집 방송이 있었음은 1930년대 들어 총독부가 아리랑에 관심을 보인 결과의 하나로써 1939년 한일병탄조약 체결 30주년 기념공연 같은 데에서 아리랑을 내세우게 한 상황으로 이어지게 했다.(1939. 11. 18. 〈조선의 밤〉) 이는 1930년대 들어 방송에서 아리랑을 특화한 것이고, 아리랑을 독립 장르로 인식 한 결과이다. 또한 아리랑의 확산에 방송의 역할이 매우 컸음을 알려주는 것이기도 하다. 이를 분석하면 다음과 같다.

첫째는 아리랑에 대한 특화 현상이다. 즉 3, 4를 제하고는 모두 음력설, 즉 구정 무렵의 프로그램이고, 2와 8은 일본과 만주에 송출한 것으로 아리랑을 조선적인 전통음악으로 특화한 것이다.

> "조선에 대한 정당한 인식을 함께하기 위하여 경성방송국에서는 일본방송협회와 협의한 결과 오는 일월 팔일에 조선아악과 아리랑 등과 같은 조선 색채가 가장 농후 한 노래의 순서를 작성하여 일본전국에 중계방송을 하기로 하였다고 한다."(동아일보, 1933, 12, 23)

경성방송국이 지상(紙上)을 통해 제시한 〈조선악 방송 각지에 중계〉는 일종의 기획 의도인 셈인데, 여기에서 '조선 색채가 가장 농후한…'이라고 했다. 그리고 아악과 아리랑을 제시하였다. 이런 기획은 1930년대 초 단순히 방송의 편이성만을 고려한 것이 아니라 실제 아리랑이 아악에 대비될 만큼의 비중이 있다고 인식한 결과이다.

둘째는 1930년 중반의 아리랑 상황을 대비할 수 있다는 점이다. 즉, 정체성이 모호한 '유행아리랑' · 경복궁아리랑 · '신아리랑(두 가지)' 등에 대한 것으로 이 세 가지는 오늘의 어떤 아리랑과 같은 것인지 규명이 쉽지는 않다. 바로 이에 대한 규명을 통해 당시의 아리랑 상황을 구체적으로 알 수 있게 될 것이다. 또한 4~9까지 공통적으로 송출된 것은 밀양아리랑이다. 이 밀양아리랑이 그만큼 유행했다는 사실을 알려주는데 밀양아리의 통속화 시점을 알게 하는 것이다. 이런 점에서 아리랑 표제음반의 정리 의미를 찾을 수 있다.

그런데 이와는 달리 오늘날 대표적인 아리랑 중 하나인 진도아리랑은 송출되지 않았다는 사실이다. 역시 유행상의 일면을 보여주는 것으로 보는데, 이는 진도아리랑의 형성 시점을 추정하는데도 의미있는 정보가 된다. 즉 방송 송출에서 명시적으로 '진도아리랑'으로 방송된 것은 1937년 2월 13일부터이고, 이후 향토민요 · 俗謠 · 南道民謠 · 南鮮歌謠 · 南道歌謠 등의 갈래명으로 방송이 되었다. 이 역시 진도아리랑의 통속화는 밀양아리랑보다 늦은 시기로 잡게 하는 것이다.

이런 사실은 1930년 김지연이 제시한 〈조선민요 아리랑〉 17종에 진도아리랑이 없다는 사실과 1934년 '박종기 · 구성설'을 대입하면 거의 일치한다는 점에서도 동의하게 된다. 다시 정리하면 진도아리랑의 출현은 1930년대 초가 되나 1936년까지는 크게 유행하지 않았음을 음반을 통해서도 확인되었다.

셋째는 아리랑을 독립 장르로 인식했다는 사실이다. 조선악과 '아리랑'이란 분류, '각도아리랑', '아리랑 네 가지', '아리랑集'이란 표현에서 알 수 있다. '集'은 오늘의 '특집 방송'으로써 단순한 모음 방송은 아닌 것이다. 이런 결과를 통해 오늘의 아리랑 문제를 재고할 필요가 있다. 그것은 아리랑이 국가주요무형문화재로 등재하지 않은 이유인데, 살핀 바와 같인 이미 1930년대부터 장르적 인식이 있었다는 사실을 감안하면 어떤 요건이 부족해서가 아니라 '아리랑의 초역사성(超歷史性)' 때문이라는 사실이다. 초역사성이란 장르성, 전승방식과 범위의 광역성, 하위 장르의 광범위성, 정서의 공동체성과 세계성 등 다른 장르가 갖지 못한 이런 특성의 총체를 말한다. 그러므로 이를 역으로 표현하면 '아리랑은 현 제도의 지정 범위 그 위에 있다'는 말이기도 하다. 다만 아리랑을 제도권에 둘 수 있는 방법은 현 〈문화재보호법〉의 미래적 대안(代案)으로 〈아리랑명창〉 선정이나 〈스탠더드 레파토리 지원〉제 같은 특례를 마련할 수 있다. 이 역시 정부기구에서 지정하면 대외적인 등재 효력을 가질 수 있기 때문이다. 그러나 이보다 앞서 고려해야 할 것은 세계유네스코가 시행하다 폐기시킨 〈아리랑상〉((Arirang Prize)의 취지를 살려 정부 또는 민간 기구가 자체적으로 운영하는 일이다. 아리랑의 위상을 세계에 알리는데 는 이만한 사업이 없기 때문이다.(김연갑, 아리랑의 민족 · 국가 브랜드로서의 가치, 아리랑박물관연구회, 2010.)

한편 이 지정 문제에 대해 글쓴이는 지금까지 왜 아리랑을 문화재로 등재하지 않느냐고 묻는 이들에게는 "아리랑은 현행 〈문화재보호법〉 그 위에 있다. 예를 든다면 국가 〈애국가〉(National Anthem)를 지정하지 않는 것과 같다"고 대답해 왔다. 이 역시 초역사성을 말하는 것이기도 하다.

(4) 유행가집을 통한 확산

잡가집에 잡가 아리랑이 수록되었듯이, 유행가집에 유행가 아리랑이 수록되었다. 그런데 주의를 요하는 것은 1920년대의 '노래책' 즉 가집은 그 명칭에서 창가(唱歌)를 쓴 경우가 많다. 예컨대 다음 쪽에 정리된 〈아리랑 수록 창가집 현황〉의 ⑧ · ⑫ · ⑬ · ⑭ · ⑰ · ⑲ 등인데, 이 경우 창가는 '일본식 신식 노래'의 총칭과 '장르상의 창가' 즉 1910년대 〈철도창가〉 같은 것을 말한다. 그런데 아리랑이 수록된 창가집은 7종이 되는데, 이 경우는 주로 주제가 〈아리랑〉을 말한다.

아리랑을 수록한 단행본 출현 시기를 보면 1900년대 잡가집 → 1910년대 창가집 → 1920년대 유행가집 순이나 1930년대 까지는 이들이 공존했다. 그러다 1930년대 중반에 들어서는 유행가집 중심으로 유통되었다. 그런데 글쓴이의 조사로는 잡가집과 창가집은 60% 정도가 학술자료화 되었으나 유행가집은 아직 학술 목적의 자료 정리가 이루어지지 못하고 있다. 그래서 1920년대부터 발행된 유행가집에 대한 일부 집계는 글쓴이 소장 자료에 한정하여 다음 표와 같이 집계해 보았다. 그나마 판권이나 표지의 낙장이 허다하여 서지 사항을 밝힐 수 없는 것이 많은 실정이다.

아리랑 수록 창가집 현황

번호	책 명	발행년도	수록 아리랑	비고
1	『일반유행 거북선가요집』	1929	아리랑(其一·二) 강원도아리랑	아리랑 (其二)
2	『朝鮮歌曲集』	1929	'십리도…' 후렴 동일	영남아리랑
3	『怨恨悲曲 康明花唱歌集』	1929, 4	영화노래(아리랑)	주제가
4	『백운악보』第一集(아르랑)	1930	아리랑 악보	아리랑
5	朝鮮映畵小曲集	1930, 9	미확인	미확인
6	젊은이의 노래集	1930, 9	미확인	미확인
7	『아리랑民謠集』	1930, 9	미확인	미확인
8	『映畵名曲 아리랑唱歌』	1930, 9	미확인	미확인
9	동서영화소곡 『아리랑民謠集』	1930년대	아리랑 20여편	박루월편,
10	朝鮮映畵小曲集	1930년대	아리랑 외 주제가	박루월편, 原曲譜入
11	『朝鮮映畵 小曲集』	1931	〃	〃
12	最新日鮮流行 『梧桐나무唱歌集』	1931	아리랑曲·新아리랑 (其日), 其二, 其三·別調 아리랑·아리랑世上	없음 (新아리랑 其一)
13	『現代映畵 아리랑唱歌集』	1931	아리랑 14종	아리랑前篇
14	『현대유행 신아리랑창가』	1932	신·구·긴·최신아리랑	강원도아리랑 없음
15	『朝鮮寶鑑』	1934	일문 아리랑 가사	아리랑
16	『노래가락』	1936	긴아리랑 없음	最新式아리랑

17	『하모니카 창가집』	1940년대(?)	附영화창가 及 영화반주곡 아리랑	아리랑
18	『新式流行歌全集』	1944(?)	유행가 아리랑 2종	유행가
19	『독립창가집 全』	1945, 10	9종 수록	아리랑(其二)
20	『조선신유행가집』	1945, 12	9종 수록	아리랑(其二)
21	『한국민요대전집』	1958	7종 수록, 긴아리랑 없음	아리랑 전편
22	『신유행레코드청년행진곡』	미상	〈8도아리랑歌謠部〉 17곡	아리랑前篇
23	『현대유행영화명곡 아리랑新唱歌』	미상	아리랑 7편 수록	아리랑(其一)

이상의 표에서 주목되는 것은 '아리랑'을 표제로 한 단행본 노래책의 존재이다. ①『映畵名曲 아리랑唱歌』 ②『아리랑民謠集』 ③『現代映畵 아리랑唱歌集』 ④『현대유행 신아리랑창가』 ⑤『현대유행영화명곡 아리랑新唱歌』 ⑥동서영화소곡 『아리랑民謠集』, 이렇게 6종이다. 이중에 ①·③·⑤·⑥은 영화 〈아리랑〉의 유명세를 이용한 것으로 결과적으로는 아리랑의 유행에는 영화의 영향이 컸음과 영화 주제가를 창가장르로 이해하고 있음을 알려준다. 영화 〈아리랑〉은 제1편이 1926년 10월부터 1953년까지, 제2편(〈鄕土劇 아리랑 後篇〉-그後 이야기-)이 1930년 2월 개봉된 상황이었기에 이의 반영을 도외시 하지 않은 결과이다.

이런 현상이 시사하는 것은 일제강점기 아리랑은 곧 영화 〈아리랑〉 또는 그 주제가를 지칭할 만큼 중심적 위치에 있었음으로 여타 장르에 파급력을 발휘했다는 사실이다. 곧 1926년 이전에는 토속 메나리조 아라리와 잡가 아리랑류가 지속과 변용의 중심에 있었으나, 이후로는 주제가 〈아리랑〉이 그 중심에 있게 되었다는 것이다. 이 때문에 유행가 아리랑 상황뿐만 아니라 아리랑사에서도 영화 〈아리랑〉 국면은 의미 있는 과제인 것이다. 이렇게 아리랑은 중층적(中層的) 미디어 회로를 통해 그 맥락을 분명하게 들어낸 것이다

5. 본조아리랑 시대

(1) 아리랑의 위상, 본조(本調)아리랑

지난 2002년 월드 컵 경기의 열광적 응원 상황에서 아리랑이 젊은이들에게도 호응을 받을 수 있는 '잠복된 대중성'을 확인했다. 이를 계기로 음악 측면에서의 관심은 물론이고 방송의 상식 퀴즈 프로그램에서도 다룰 만큼 관심을 받게 되었다. 특히나 김연아의 〈오마주 투 코리아/Homage To Korea〉 주제음악으로 쓰이면서 다시 음악성 문제로 관심을 받게 되었는데 그 유명세에도 불구하고 해명되어야 할 문제가 있다. 그것은 우선 명칭에 대한 문제이다. 일반적으로는 아무 수식 없이 '아리랑'이라고 하면 장르적 포괄명, 즉 '판소리'나 '남도잡가' 같은 장르상의 명칭으로 이해되나 장르 하위 개별 곡명 〈아리랑〉을 지칭할 때도 있기 때문이다.

그런데 이 개별 곡명 '아리랑'에 대한 통시성에 대해서는 '본조'가 최종의 명칭임을 앞에서 살핀 바 있지만, 주목하는 것은 '본조'의 의미와 사용 시점의 문제가 단순하지 않다는 것이다. 여기에는 아리랑을 이해하는데 의미있는 단서들이 담겨있기 때문이다. 1926년 10월 영화 〈아리랑〉 개봉과 동시에 나타난 이름은 '영화 소패(小唄)' 또는 '영화 소곡(小曲) 또는 '영화창가' 즉, 영화〈주제가〉란 의미로 불렸다. 그러나 서울 〈단성사〉에서부터 불리게 되었다는 의미로 서울경기아리랑(1933년 7월 13일 방송 목록) 또는 이때부터 새로 생긴 것이라는 의미의 신아리랑으로도 불렸다. 그리고 오늘날에는 '본조(本調)아리랑'으로 불리게 되었다. 이 '본조'가 현재 보편적으로 쓰이는 명칭이다.(물론 북한은 '본조에 대한 의미를 다르게 해석한다.)

그렇다면 이 본조의 형성 배경과 의미가 어떤 것인지를 1920년대 상황으로부터 1970년대까지의 자료들을 통해 살펴본다.

극단 토월회(土月會)의 연극 〈아리랑고개〉에 대한 평(동아일보, 1929, 11,

26)에 다음과 같은 기술이 있다. 연극 평이지만 동시대 '아리랑의 민요'가 얼마나 친근한지를 알 수 있다.

> "아리랑의 민요가 혹은 무용화가 되고 혹은 영화화가 되었으나 극화가 된 것은 토월회의 금번 공연이 처음이라 하겠다. 첫째 제재를 거기에서 취한 것부터 매우 기민한 것을 알 수 있다. 이름만이 얼마나 많은 흥미를 끄는지 알 수 없다. 조선 사람으로 누구든지 친함을 가진 민요이다. 〈아리랑 고개〉 조선을 상징하는 것이다. 가장 조선정조를 대표한 것이다. 그것이 공리적으로 우리민족에게 미치는 영향은 별문제라고 하더라도 〈아리랑고개〉는 마음 깊이 우리들에게 하소하는 바가 있다. '아리랑 아리랑 아라리요' 이쯤은 어찌함인지 조선 땅의 모든 것과 빈틈을 발견할 수 없이 꼭 들어 맡는 감을 준다. 가장 조선 정조를 대표한 것이다."

박승희 원작, 박진 연출의 연극 〈아리랑〉에 대한 관극평인 이 글에서 '조선 정조를 대표'하는 아리랑은 어떤 것이 되는가? 그런데 이를 구체화하기 위해서는 이 글보다 11년 후인 1940년 2월에 쓰인 나운규 추모 기사 〈걸작 '아리랑' 만들고 마음대로 살다간 나운규〉(조선일보, 1940)에서 이를 알려준다.

> "아리랑이 완성되어 세상에 나왔을 때 이 영화 〈아리랑〉과 이 영화 주제가 〈아리랑〉과 함께 조선영화계에서 보지 못한 센세이숀을 일으키었으니 지금도 그 '아리랑' 노래 소리 들리지 않는 곳이 없고, 춤에도, 연극에도, 지금의 영화에도 이용되고 있음은 누구나 아는 일…"

1940년의 시점에서 1926년 개봉된 영화 〈아리랑〉이 센세이션을 일으켜 그 주제가가 들리지 않는 곳이 없다며 그 결과 연극과 무용 등에 영향을 주었다고 했다. 이 진술은 두 가지에서 의미가 있다. 하나는 개봉 된지가 14년이 지났지만 영화 〈아리랑〉이 아직도 상영되고 있다는 뜻일 수 있고, 또 하나는 상영은 되지 않지만 그 주제가 〈아리랑〉은 널리 불리어지고 있다는 것을 말한 것일 수도 있다. 어떻든 주제가가 이 시점에 널리 불리고 있음은 분명하다. 그러므로 앞의 토월회의 연극〈아리랑고개〉에서 주제화되고 불리기도 한 것은 영화 주제가 〈아리랑〉이 분명한 것이 된다.

이 시기 아리랑의 유행에 대해 〈현대사조의 대중성과 유행성〉(조길영, 「批判」, 1937, 8)이라는 논문에서는 생활감정을 표현함에 감동적 정서를 노출시키며 약동시키는 힘에 원인이 있다고 분석한 경우도 있고, 영화 〈아리랑〉이 '세인의 눈물을 짜 내일만치 위대한 경이적' 영화이었기 때문이라는 분석(영화인의 적은 빈곤, 조선일보, 1938,1,3.)도 있다.

그런데 여기서 영화가 상영되는 중에 주제가가 어떻게 불렸는지를 제시할 필요가 있다. 그것은 일정한 방식에 의해 규정화된 것이 아니기 때문인데, 주제가를 가수가 부를 때는 변사석 옆에 4~5인조 밴드의 뮤직박스(Music Box) 옆에 서서 변사의 지시나 화면의 대사에 맞춰 부른다. 1926년 영화 〈아리랑〉의 개봉 당시에는 가수 김연실(金蓮實) 또는 이경실이 직접 나와 주제가를 불렀고, 재상영 때에는 가수 이정숙(李貞淑)이 불렀다. 영화설명〈아리랑〉에서는 유경이가 불렀고 첫 독립 음반으로는 채동원(蔡東園/채규엽의 본명)이 불렀고, 그 뒤 김연실이 취입했다. 그리고 지방 상영에서는 거의 가수 없이 변사가 직접 불렀다. 영화에서는 실제 9번에서 11번 정도 불렀다. 그래서 영화를 본 관객들은 어렵지 않게 주제가 〈아리랑〉을 부를 수 있었다.(기미양, 「영화 〈아리랑〉 주제가연구」, 성대 석사논문. 2009.) 결국 관객들이 주제가 〈아리랑〉을 주변에 확산시켜 영화를 보지 않은 이들도 부르게 하여 영화가 이들을 따라가 상영을 하게 되었다. 이로써 '주제가가 영화를 끌고 다녔다'라는 표현이 나오게 되었다. 개봉된 지 2년 뒤에는 "요사이(1928)는 아리랑타령이 어찌나 유행되는지 밥 짓는 어멈도 아리랑, 공부하는 학생도 아리랑, 젓 냄새 나는 어린 아이도 아리랑을 부른다."(『별건곤』, 1928, 12)고 했을 뿐만 아니라 시사만화에서는 화장실에서도, 장례식장에서도 아리랑이 불린다고 했을 정도이다. 그 유행상을 짐작케 하는 것이다.

(2) 주제가 〈아리랑〉에서 본조아리랑으로

그런데 이렇게 유행한 주제가는 어떤 아리랑인가? 이에 대한 의문을 제기한 경우는 매우 드물다. 당연지사로 받아드렸기 때문인데, 그것도 다음 언술에서처럼 소략하기 그지없을 정도이다.

> "××아리랑이라고 하여 뒤에 '아리랑'을 붙인 다른 아리랑과 구별하기 위해 본조아리랑이라고도 한다. 어느 때부터 불리기 시작하였는지는 확실하지 않으나, 고대로부터 조금씩 첨가 · 개조되면서 오늘의 노래가 이루어진 듯하다."(두산백과사전 〈아리랑〉 항목)

본조를 '××아리랑'과 변별의 필요에서 쓰이고는 있으나 언제부터였는지는 모른다고 했다. 이는 곧 '본조아리랑의 형성 배경을 모른다는 것이다. 더욱이 직접적인 명칭 '영화 〈아리랑〉 주제가'라고도 하지 않은 것에서도 원인이 있겠지만, 유행하는 아리랑 그 하나 정도로만 인식한 결과이다.

> ① '정든님 버리고 길 떠나면/십리를 못 가서 발병 나네 저 유명한 가장 조선 내움 새가 많은 민요 아리랑을 제명으로 하야가지고 박힌 활동사진 아리랑……'(중외일보. 대정 15. 12. 4.)
>
> ② '요사이에 모든 사람들의 입으로 아리랑을 성히 부르게 되는 이것은 어쩔 수 없이 울리여 나오는 조선 사람의 혼에 소리임이 틀림없다.'(삼성생. 조선일보. 1929. 11. 26.)
>
> ③ '나로서는 처음으로 레코드에 취입하던 4년 전 그 때 10곡을 취입하였다. 그 10곡 중에는 동원(東園)이라 일흠을 가지고 취입한 것이 우리의 민요로서 유행된 아리랑이다.'(채규엽. 매일신보. 1932. 3. 3.)
>
> ④ '나운규씨의 손에 연극 아리랑 전 · 후편이 연출된 후부터는 〈아리랑〉이 특별히 대유행을 보게 되었으니…'(김태준, 조선일보. 1943. 3. 15.)

그리 어렵지 않게 확인한 위의 네 가지 자료는 그 명칭에서 보다는 문맥상으로 주제가 〈아리랑〉이란 사실을 알 수 있다. 이것은 이 시기 '아리랑'은 바로 주제가 〈아리랑〉임을 모두 이해할 만큼 보편화된 상황이고, 또한 영화 〈아리랑〉의 흥행 성공이 이러한 인식 계기를 마련했다는 사실을 의미한 것이기도 하다. 그리고 이로부터 다른 장르에도 확신되어 그 이름을 '본조'라고 부르게 된 것이다. 그러면 이 '본조아리랑'이란 말은 언제부터, 어떤 의미로 쓰인 것일까?

다음 『映畵名曲아리랑唱歌』(1930), 『아리랑民謠集』(1930), 『現代映畵아리랑唱歌集』(1931), 『아리랑民謠集』(1931), 『현대유행신아리랑창가』(1932), 『조선민요아리랑』(1935), 『朝鮮民謠アリラン』(1935) 7종의 단행본은 표제에서 아리랑을 쓰고 있어 아리랑을 중요하게, 또한 포괄적으로 수록했음을 추측케 한다. 그런데 이들 책에서는 '본조'로 표기한 민요, 특히 아리랑은 확인할 수가 없다. 이런 사실은 이 책들이 유통된 일제강점기에는 이 용어가 존재하지 않기 때문에 사용할 수 없었다는 것을 추정케 한다. 실제 일제강점기 음반·가사지·창가집을 통해 보아도 본조의 용례는 확인할 수가 없다. 〈방아타령〉의 경우 〈긴방아타령〉과 〈잦은방아타령〉을 갖고는 있지만 '본조'방아타령은 없다. 또한 이 시기 전후의 자료를 가장 방대하게 수록한 780쪽의 이창배(李昌培, 1913~1984)편 『한국가창대계』(1976, 홍인문화사)에는 〈수심가〉 등에서 '잦은…', '엮음…', '긴…', '잔…', '세…'가 확인되나 '본조'의 용례가 확인되지 않는다.

되돌아보면 이 시기는 아리랑을 학술적으로 접근할 형편이 못되었다. 그러므로 용어상의 변별도 필요로 하지도 않았다. 다만 음반사나 방송국에서 어느 정도의 필요성을 가졌겠으나 학술분야에서처럼 엄격성을 요하지는 않아 나름의 변별력만으로도 충분했던 것이다. 그러면 어떤 변별을 위해서 이 용어가 필요했을까? 이를 알기 위해서는 먼저 어의를 따져 봐야 한다. 즉, '본조'라는 말의 뜻인데, 직역하면 '근본이 되는 음조(音調)'가 된다. 아리랑의 역사나 사설상의 근본 됨을 말하는 것이 아니라 아리랑이 노래임으로 그 변별성은 사설보다는 음조(선율)에 있게 됨을 말한 것이다. 그러므로 여러 아리랑의 음악적 근본(본류 · 원형)이 바로 주제가 〈아리랑〉에 있다는 의미이다. 그런데 이 시기 누가 각각의 아리랑 선율을 분석, 대비하여 이를 규명할 필요나 의미를 가졌겠는가?

바로 이런 사정이어서 이 용어의 출현은 해방 후 음악학자들의 저술에서 확인될 수밖에 없음을 추측케 한다.

(3) 1940년대 후반부터 사용

행방 후로부터 1970년대 까지 발행된 관련 자료 중 아리랑을 수록, 변별할만한 자료를 연도 순으로 정리해 보았다. 자료, 저자, 성격, 내용, 그리고 수록 아리랑에 대해 살폈다.

① 『朝鮮의 民謠』. 성경린 · 장사훈 공편. 국제음악문화사. 1949

해방 후 발행 된 최초의 민요 해설서로 당대 전문가의 공편이다. 성경린은 정악을 실기와 학문적으로 전수한 인물이고, 장사훈 역시 실기를 전수하고 교육자로 활동하는 학자이다. 이런 사정에서 이 책은 두 편자의 소명감이 실려 있고, 신뢰성이 담보된다. 이 책은 민요를 지역별로 구분하고 각 아리랑을 해당 지역에 배치시켰다.

그런데 경기도편에서 '서울아리랑'을 수록했는데, 그 해설에서 이 서울아리랑을 본조아리랑으로 보았다. 그런데 그 후렴이 "아리랑 아리랑 아라리요/ 아리랑 띄어라 노다가세"로서 실제로는 〈舊아리랑〉 후렴임으로 명확히 구분이 되지 않는다. 그리고 다른 곳에서는 '아리랑' 또는 '본조아리랑'이란 표기는 쓰지 않았다. 그러니까 최초로 '본조'를 표기한 것은 이 책으로부터이고, '본조아리랑은 오늘날은 잘 부르지 않는 잡가 〈구아리랑〉으로 보았을 수도 있다. 이는 아마도 단순히 음악적으로 가장 앞선 아리랑에 붙인 것으로 파악 된다. 그러나 음악을 기준으로 한다면 그 본형은 당연히 메나리조 아라리가 되어야 옳을 것이다.

그런데 이 '본조아리랑'은 이후 장사훈에 의해 다시 명확하게 정리 된다. 즉 1958년 발표한 〈아리랑의 유래〉 (『교통』 1958. 8)에서 "아리랑에는 이른바 본조아리랑이라 하여 우리가 항용 듣고 부르는 아리랑이 있고…"라고 한 사실에서다. 이는 주제가 〈아리랑〉을 말한 것으로 오늘의 시각 그대로이다. 이런 변화는 1961년 최초의 개론서인 『국악개요』(장사훈, 정연사, 1961)에서 '신아리랑'을 말하면서 "본조아리랑과 곡조가 같다. 다만, 그 사설 내용이 많이 달라졌다라고 하여 신아리랑이라 한 것에 지나지 않는다."라고 하여 분명히 주제가 〈아리랑〉, 즉 오늘날 일방적으로 부르는 것을 '본조아리랑이라고 했음을 알 수 있다. 이로써 곡조 상으로써는 '본조'가 '신'과 동일한 것임도 알게 하였다.

② 『가요집성』. 이창배 편. 1955, 『한국가창대계』. 홍인문화사. 1976

이창배는 1950~70년대 〈청구성악학원〉 운영, 민요분야의 교육자로 큰 역할을 한 인물이다. 오늘의 '경기민요'라는 장르적 범위와 그 하위 장르 각각의 특성 등을 의미화 하고, 이를 전수한 경기 명창들을 배출시켰다.(그럼에도 기념사업회나 흉상건립 같은 기념사업이 없는 실정이다.) 이 책이 그의 업적을 단적으로 입증한다. 그런데 이 책에서 긴아리랑을 해설하며 "긴아리랑은 본조아리랑보다 훨씬 앞서서 생겼다고 본다."라고 경과 적으로만 언급했다. 그리고 실제 목차나 내용에서 '본조아리랑'이란 표기는 하지 않았다. 다만 편제상 주제가 〈아리랑〉을 '아리랑'으로 명명하고 경기민요 편에 제시해 오늘의 본조아리랑을 지칭했음을 알게 한다. 이러한 전통음악 실기자나 연구자는 소위 '딴따라 음악'으로 폄하되는 영화 주제가를 의미 있게 기록하지 않았던 결과로 볼 수 있다.

③ 『민요삼천리』. 성경린 편. 성음사. 1968

이 책은 성음사가 낸 전집 〈민요삼천리〉의 해설서로써 성경린이 집필했다. 60년대의 정선된 국악인 전집으로 국악계에 기여한 음반집이다. 역시 도별로 분류하고 각 아리랑을 해당 지역에 수록했다. 그런데 이 음반의 첫 음원이 바로 '아리랑'이고 이에 대한 해설에서 "본조아리랑으로 알려져 있는 대표적인 서울풍의 아리랑"이라고 표현하였다. 여기에서는 '본조아리랑'이 아리랑의 대표라고는 했으되 곡명으로 변별, 표기하지는 않았지만 본조의 위상은 분명하게 표현하고 있다.

④ 『국악대전집』. 이혜구 · 성결린 · 이창배 공편. 신세기레코드사. 1968

전문가들에 의한 『국악대전집』 음반 해설집이다. 이혜구선생의 참여가 의외인데, 당시 사세가 가장 큰 음반사이기에 그 권위를 위해 참여시킨 것으로 본다. 여기에서는 분류를 정악과 민속악으로 나누고 다시 민속악에서 여러 아리랑을 분류 · 수록했다. 이 중 긴아리랑 해설 부분에서 "이 긴아리랑은 본조아리랑보다 먼저 생긴 것"이라고 비교 대상으로만 표현했다. 그러나 실제 곡명에서는 역시 '아리랑'이라고 했다. 이는 앞에서 살핀 이창배의 『가요집성』과 같아, 이 해설은 이창배가 맡은 것임을 알 수 있다.

⑤ 『한국민요대전』, 성경린 · 이창배 · 김기수 공편. 성음사. 1978

당대 권위자들로 구성된 음반 해설집이다. 분류는 정악과 민속악으로 구분하여 민요 부분에서 아리랑을 시작으로 대표적인 경서도민요 중심으로 수록했다. 사설과 해설을 실었는데, 각 민요에 따른 해설보다는 장르 전체를 대상으로 했다. 아리랑에 대해서도 포괄적인 해설을 붙였다.

"아리랑… 부르다가 문득 눈시울을 붉히는 노래, 부르다가 문득 어깨춤을 추는 노래. 애국가를 못 부르던 그 어두운 세월, 아리랑을 불러 슬픈 가슴을 달래었고, 고향이 그리워도 못갈 때, 가을날 지는 해 뜨는 달에 이 노래를 가만히 입속으로 흥얼거렸다. 이 아리랑은 한 많은 겨레의 노래 그래서 우리는 아직도 흥겨울 때 서러울 때 두고 온 산천이 보고파, 가슴이 멜 때 목메어 불러 보는 것이다."

역시 '본조'를 언급하지 않았다. 그러나 일제강점기의 애환과 아리랑을 결부시켜 역사와 민족의 노래임을 전제했다. 실제 수난 시대 아리랑을 체험한 이들의 진술이다.

그런데 해설에서 아리랑을, 본조 또는 경기 · 서울아리랑이라고 지적하지는 않았지만 그 맥락으로 볼 때 본조아리랑임을 알 수 있다. 그리고 이를 '겨레의 노래'라고 표현했다. 이는 오늘의 아리랑 위상인 '민족의 노래'라는 표현으로써 이 위상이 적어도 이 시점 이전에 공인된 것임을 알 수 있는 소중한 기록이다.

(4) 본조는 대표(代表)라는 위상을 의미

이상에서 5종의 자료를 살펴보았다. 이혜구 · 성경린 · 이창배 · 장사훈 · 김기수 씨가 참여한 저술들로 당대 최고의 권위자들이다. 그러므로 이들의 아리랑에 대한 인식은 당대의 아리랑 평가이고 위상이기도 하다. 이를 정리하면 다음과 같다.

첫째, 주제가 〈아리랑〉의 사설에 대한 탄압상을 주목하면 맥락적 명칭인 '주제가'나 '영화소패' 같은 표현을 일정 시기 이후에 쓰지 않은 것은 음반이나 출판물을 규제한 총독부의 영향이라고 본다. 이런 맥락에서 보면 이 같은 규제를 통과하기 위해서(또는 음악적 주요음 변이의 영향으로) 음반이나 방송 등에서 '신'이나 '긴'이나 '경(京)'으로 차별화 했을 것으로 볼 수 있다.

둘째, '본조아리랑'은 다른 아리랑에 대한 출현 시기나 유행상의 비교 대상이지 곡명은 아니다.

셋째, 60년대 음반에서 경기편 또는 민속악편의 첫 음원을 '아리랑'으로 하고 이를 본조아리랑으로 취급하여 모든 아리랑의 대표로 인식했다.

넷째, 본조아리랑을 어떤 아리랑보다 의미 있는 '겨레의 노래'로 표현했다.

다섯째, '본조아리랑'은 아무런 수식 없이 '아리랑'으로 표기하기도 한다.

이는 그 유행상, 의미, 비교 가치 등을 포괄하는 상징적 표현 또는 위상을 말한다.

여섯째, '아리랑'은 일차적으로는 개별적인 본조아리랑을 지칭하고, 2차적으로는 전체 아리랑을 포괄하여 지칭한다. 이런 쓰임은 우리가 학술적으로는 다르게 쓰기도 하나 북한이나 해외동포 그리고 외국인에게는 절대적이다. 이미 역사공동체 시기에 민중적 합의에 의해 굳어진 결과이다.

일곱째, 이를 정리하면 영화 주제가〈아리랑〉은 매체와 텍스트의 변이 과정마다 영화소패, 영화소곡, 京아리랑, 신아리랑, 서울경기아리랑이란 다양한 이름으로 불렸다. 그러나 1930년대 중반부터 수식 없이 '아리랑'으로 불리기 시작했다. 탈맥락화 한 명칭인데, 역시 해방 후 1940년대 말에 들어서는 모든 아리랑을 상징하고 그 위상을 표현하는 '본조아리랑'으로 불리게 되었다.

이 같은 본조아리랑의 용어 사용과 그 시점은 또 다른 의미를 갖고 있기도 하다. 그것은 이 시기에 와서 비로소 오늘의 다양한 아리랑들이 그 형성을 완료하고, 그들 간의 역사성과 성격이 비교되어 비로소 이 용어가 확정되었다는 사실이다. 이로 미루어 아리랑의 역사는 일단 1940년대 말에 한 시대를 마감한 것이 되고, 1960년대에 들어 '민족의 노래'라는 위상의 문화로 새로운 장르성을 수행하게 된 것이다.

세계의 노래

아리랑은 현재적 가치뿐만 아니라 미래적 가치도 주목된다. 현재적 가치는 '탁월한 보편성'을 강점으로 동시대 세계인과 함께 부르고 있다는 사실이고, 미래적 가치는 통일 후의 당위적 위상으로 '통일의 노래' 또는 '통일 국가(國歌)로 불리게 되리라는 점이다. 이제 본 제3부의 결론으로 세계의 노래로서의 실상과 통일의 노래로서의 미래상을 살피기로 한다.

세계성이란 개념이 오늘과는 다르겠지만 아리랑의 세계성을 논한 것은 1950년대 말로 작곡가 이흥렬(1909~1981)의 다음의 주장이다. 1958년 〈세계일보〉에 기고한 〈우리음악과 세계화 문제-아리랑의 정서를 중심하여-〉라는 글이다. 매우 반가운 글이다.

> "아리랑은 우리 민족이 갖고 있는 정서에 가장 잘 적응(適應)하는 곡조를 가지고 있다. 아리랑의 곡조는 간단하고 단순하지만 다른 나라에서는 찾아볼 수 없는 독특한 것이 있다. 이것이 아마도 다른 민요보다도 유난히 외국에 소개 될 수 있었던 까닭이라고 하겠다. 요즘 우리의 생활주변에 파고들고 있는 새로운 감각에서 볼 때 아리랑은 큰 애조(哀調)가 지나치다는 감이 있으나 다른 민요보다 훨씬 파퓰러 할 수 있는 요소를 지니고 있다.
> (중략) 서양음악은 7음계의 장 · 단조가 있어 변화무쌍하지만 우리나라의 고유음악은 5음계 밖에 없어 단조롭다는 인상을 주기가 쉽다. 그럼에도 불구하고 아리랑이 지니고 있는 센티멘털은 놀라운 경지라고 하겠다."

지나친 애조성과 5음계의 단조로움이 약점이긴 하지만 놀라운 센치멘탈리티가 아리랑을 세계의 노래이게 하는 요소라고 분석했다. 이에 대한 타당성은 논란의 여지가 있을 수 있으나 1950년대 말에 이미 아리랑의 세계화를 논제로 그 실상을 논한 것은 매우 앞선 인식임이 분명하다.

사실 해방 직후 미군의 진주로 이들 미군들과 아리랑은 매우 친밀한 관계가 되었다. 1945년 11월 초 〈UP통신〉은 미 제 7사단에서 근무한 배우던 게인이 아리랑을 미국에 소개하고 있다는 소식을 전했고, 미 제29사단이 발행하는 ≪KOREA GRAPHIC≫에 〈ARIRAN ARIRAN〉을 통해 한국의 유명한 노래라고 소개하기도 했다. 또한 한국전쟁 중인 1951년에는 Cornesius Osgood이 뉴욕에서 『THE KOREANS AND THEIR CULTURE』를 발행하며 아리랑을 독립 항목으로 하고 "One of the most famous of all Korean songs"라고 했다. 이런 류의 아리랑 소개는 전쟁 직후에도 미국과 미군들 매체 곳곳에서 이뤄졌다.

그런데 이 과정에서 한국이 동족상잔(同族相殘)을 치룬 나라임을 강조하며 아리랑을 "Sad Voices from Korea"라는 식의 소개를 한 것들도 있어 일정부분 부정적인 인식을 갖게 한 것도 있다. 이의 결과는 한국 전쟁 종전 후 태국 등에서 제작된 2편의 전쟁영화 제목이 〈아리랑〉이라는 점과 〈레드 선〉 같은 영화에서 전쟁의 피폐상을 보여주는 장면의 배경음악으로 쓰인 경우에서 알 수가 있다.

이 같은 미군들에 의한 관심은 곧 아리랑을 본국에 전파시키는 결과를 낳았고, 결정적으로는 한국전쟁 3년 동안 참전한 23개국 병사들에 의해 본국에 전파되는 계기를 맞게 했다. 미군들은 중공군과 북한군 포로를 구분하기 위한 전술로써 오키나와 기지에서 아리랑을 기본 회화와 함께 익히고 투입되기도 해서 거의 알게 되었다. 또한 각종의 위문공연을 통해 친근하게 한국의 정서로 이해하게 되었다. 이렇게 접한 아리랑은 23개 국 참전병사들의 귀국으로 '한국의 심벌'로 파급된 것이다. 대개 참전군인회의 명칭이거나 관련 단체명이 '아리랑'이 되기도 했다.

"근착 美紙가 보도하고 있는 뉴쓰에 의하면 目下 미국의 경음악계엔 난데없이 〈아리랑〉이라는 애뜻한 東洋情緖의 신곡이 급작스럽게 유행되고 있는데 거리에서 사교실에서 이 노래의 多情多恨한 멜로디는 모든 사람의 귀를 기울이게 하고 드디어는 너도나도 唱和하게 될 지경이라고 한다. 더욱이 미국에서 유명한 흑인 째즈 밴드 〈B · C · B〉의 뉴욕시 연주엔 이 노래가 가장 인기를 차지하였다고 하는 것이다. 그런데 이 〈아리랑〉은 말할 것도 없이 우리의 〈아리랑〉일 것은 틀림없는데, 바다 건너 몇 만리 미 본토에까지 그 같이 유행되어진 裏面엔 그동안 조선 三八以南에 주둔하였다가 제대 귀국한 병사들이 돌아가서 부른 것에서 비롯된 것이 급기야 오늘날 미 文化交流의 先鋒을 차지하게 된 터이라 한다."(예술통신. 1946. 7. 25)

미국의 신문 기사를 통해 아리랑이 미국에 전파되고 유행하게 된 경위를 전한 국내 통신의 인용문이다. 이런 현상은 시각에 따라서는 불편한 사실이기도 했다. 그래서 아리랑을 "미군의 츄잉 껌과 찦차와 바꾸어 버려 민주주의 시대에 구식으로 너무나 우스운 역사의 유물"이 되었다는 항변을 있게 하기도 했다.(박기준, 〈아리랑 환타지〉, 월간 ≪아리랑≫ 1955. 7.)

어떻든 아리랑은 미군들에 의해 미국에 널리 퍼졌다. 그 실상은 50년대 발매된 일부 음반들로부터 확인이 되는데, 다음의 두 가지 자료가 대표적인 것이다. 하나는 한국전 위문공연 세션맨으로 참가하고 귀국하여 유명한 째즈 레이블 〈Gresse Root〉에서 〈A-Dee-Dong Bluse〉를 발매한 오스카 패티포드의 존재이고, 또 하나는 1964년 월남전 반전 운동이 거세지기 시작했을 때 그 선두에 섰던 피터 시거(PETE SEEGE)가 발매한 라이브 음반 속의 아리랑이다.(미국 포크 송의 아버지로 불리는 피터 시거는 밥 딜런과 존 바이즈 등이 불러 우리에게 잘 알려진 반전가요를 작곡 · 작사한 이로 2008년 필자와의 서신 교류에서 아리랑을 분명하게 반전음악으로 이해하고 있음을 알 수 있었다.) 전자는 아마도 아리랑을 '아-디-동'으로 잘못 듣고 명명한 것으로 보는데, 세계적인 베이시스트 찰스 밍거스의 뛰어난 연주가 돋보이는 째즈 버전 작품이다. 후자는 반전음악의 주도 세력인 존 바이즈나 피터 폴 앤 매리 · 밥 딜런 같은 이들의 대부 또는 '컨트리 뮤직의 아버지'로 평가하는 이로써 우리로서는 아리랑을 의미있게 해석한 가수로 특별하게 보는 인물이다. 이는 밴조 연주에 의한 아리랑을 부르기 전에 다음과 같은 멘트를 하였다.

> "한국인이 부르는 노래에 '아리랑'이 있다. 아주 오래 전부터 불러왔다고 하는데, 일본의 식민지로 있던 시기에는 부르지 못하게 탄압을 받은 사실도 있다고 한다. 내 생각으로는 남한과 북한이 전쟁을 하고 갈라져 살고 있지만, 두 나라가 아니라고 본다. 왜냐하면 그들은 아리랑을 함께 부르기 때문인데, 이 자체가 하나의 민족이라는 것을 말하는 것이 아닌가?"

설령 전쟁으로 서로 등지고 살지만 아리랑을 함께 부르니 하나의 민족이라는 주장이다. 동질감이 없다면 결코 하나의 노래를 같은 정서로 부를 수 없다는 분석이다. 그러나 당시로써는 의외의 인식이 아닐 수 없는데, 이러한 아리랑의 힘이 참전 용사들에게 어필 될 수 있었는지도 모른다. 반전운동 가수라는 직업 의식에서 감지된 것이겠지만 아리랑의 음악성이나 전쟁 중에도 불리는 연대성과 공시성(公示性))을 간파하여 세계적 반전음악으로 탄생시킨 것은 아리랑사에서 의외의 사실이 아닐 수 없다.(이렇게 본다면 아리랑의 세계화는 일본제국주의와 한국전쟁의 '역설적 공적'이란 표현도 가능한 것이다.)

1960년대에 들어서면 세계적인 뮤지션들의 내한 공연이 잦게 된다. 이때는 거의 앙코르 곡이 아리랑이었다. 큰 준비 없이도 가능했기 때문이다. 라이브 공연임으로 그 실체를 확인하기는 쉽지 않지만 대표적인 가수가 Nat King Cole(1917~1965)로 1964년 내한 공연 라이브 앨범 〈Welcome Nat King Cole〉에서 확인이 된다. 서툰 우리말 발음 '아레이-라잉'이 오히려 웃음과 감동을 주는데, 60년대 라디오 방송에서 인기 신청곡이기도 했다.(1965년의 폴 모리악단 〈아리랑〉은 앙코르 곡이 아닌 정식 레퍼토리였고, 라이브가 아닌 스튜디오 녹음 정규음반이라는 특별한 케이스로 제외.) 이런 내한 공연의 앙코르 곡으로서의 기능은 80년대 중반까지 이어오다 86 아시안 게임과 88 서울 올림픽 이후, 특히 2000년 월드 컵 경기 이후로는 자국어에 의한 편곡 버전을 정식 레퍼토리로 연주하기에 이른다.

헤아리기 어려울 정도로 많은데 최근의 예로는 그리스의 나나 무스끄리,

독일의 만토키, 헝가리 에바션, 호주의 실로코(Siroco)민속음악단, 성악가 안드레아 숄, 피아니스트 조지 윈스턴 그리고 독일 째즈 그룹 〈쌀타 첼로〉(Salta Cello)의 연주 등이 꼽힌다. 이 중 쌀타 첼로는 연차적으로 내한하여 아리랑 · 진도아리랑 · 강원도아리랑을 째즈로 편곡, 연주하였는데, 리더 피아니스트 페터 쉰들러는 "아리랑에는 믿기 어려운 에너지가 있다. 모차르트 음악은 순식간에 지나가지만 아리랑은 소리의 근원인 에너지를 갖고 있다"고 하였다. 이런 평가는 최근 연속적으로 내한 공연을 한 노르웨이 가수 잉거 마리가 "아리랑은 열린 선율(Open Melody)을 가진 치유적인 노래다."(The Soul of Korean Arirang, 재단법인 전통공연예술진흥재단) 라고 한 것과 함께 의미심장한 해석이다. 여기서의 열린 선율이란 다양한 해석과 변용이 가능하다는 말일 터, 누구나 자기 버전으로 부를 수 있다는 뜻이기도 하다. 곧 대중적인, 그래서 유행하는 노래는 쉽다(大樂必易)는 고전의 일구와도 통하는 말이다.

이런 아리랑에 대한 깊이 있는 이해는 스웨덴의 세계적인 성가단 〈CANTATE DOMINO〉가 낸 음반 〈칸타테 도미노〉에 〈Lullaby〉(자장가)란 곡명으로 아리랑을 번안, 수록하고 그 해설 일부는 다음과 같다.

> "아무리 험한 해일이 밀려와도 이 신비로운 리듬은 우리를 편하게 잠 재워준다. 우리는 이 노래를 들을 때마다 어머니의 품속에서처럼 편안하게 잠들 수 있다"

아리랑의 정서를 각별하게 인식하고 있음을 알게 하는데, "아리랑이야말로 그것을 부르는 사람, 향수하는 사람들에 의한 진실의 음역"이라고 표현하고, 이 명제는 자신의 '최후의 시론'이라 자평한 것에 공감하게 된다. 사설은 다음과 같다.

Sleep in my arms, the birds
homeward fly,
sleep in my arms, the cool evening
falls round thee.
Sleep in my arms, little baby, thy
mother is here.

Sleep in my arms, thou frail
weary one,
sleep in my arms, for thy Lord
watch o'er thee.
Sleep in my arms, the sweet Saviour
will keep thee from harm.

한편 아리랑의 세계성은 시각을 달리하여 살필 수도 있다. 그것은 아리랑이 해외 유명 음악인에 의한 헌정(獻呈) 작품의 대상이기도 하다는 사실을 말한다. 즉, 1940년대부터 세계적인 무대에서 지휘자로 활동한 안익태가 1941년 스승 존 코다이에게 〈아리랑〉 편곡 작품을 헌정한 예가 있는데, 이후 1988년 독일의 기타리스트 지그프리트 베렌트(Siegfried Behrend 1933~1990)가 윤이상에게 기타 편곡 〈아리랑〉을 헌정했고, 재즈 뮤지션 조윤성이 세계적인 피아니스트 Chick Corea에게 〈프롤로그 뉴 아리랑〉을 헌정한 예가 그것이다. 그리고 매우 이례적인 사례로 백남준이 작고 직전 집착을 보였던 '엄마'에게 피아노 연주로 아리랑을 헌정한 예가 있다. 아리랑이 국내외 음악인들로부터 수많은 해석(解釋)이 가해져 오는 노래임을 알게 하는데, 이런 사례들은 아리랑의 음악성과 함께 'Korea'의 상징성이 고려된 현상임을 알게 한다. 그런데 후자, 즉 아리랑의 상징성 문제는 좀 더 눈여겨보아야 한다. 국가 이미지, 국가 브랜드와도 관련을 갖고 있기 때문이다.

예를 들면 1930년대 미국에서 활동하던 안익태의 〈Symphonic Fantasia

Korea〉 서주부에서 아리랑 선율을 사용한 사실이 그 하나다. 안익태로서는 자신의 국적과 자신의 작품이 한국인에 의한 한국적인 작품임을 내세우려 한 것으로 본다. 이러한 예는 해방 후 국빈을 맞이하는 의전 음악으로 쓰인 사실들에서 분명하게 보여주는 것인데, 특히 대통령과 같은 인물들의 아리랑 관련 사연과 발언에서 잘 드러난다. 역대 모든 대통령이 아리랑을 선거 유세가의 하나로 활용한 예는 제외하고라도 많은 사례가 확인이 된다.

이승만 대통령과 아리랑은 인연이 단순하지 않다. 프란체스카 여사와의 첫 만남에서 아리랑을 불러주었다든가, 1940년대 미국 V·O·A방송 고정 프로 〈동포에게 말합니다〉에서 애국가와 아리랑을 타이틀 음악으로 사용한 예에서 알 수 있다. 그리고 대통령이 되어서는 한국전쟁 중 맥아더 원수에게 인천 상륙작전 성공 기념으로 수(繡)로 세긴 〈아리랑〉 악보를 하사(下賜)했다는 사실이다.(이 때문에 미군들의 행거치프나 전역 기념 페넌트의 문양에 아리랑 악보가 사용되게 했다.) 그리고 전쟁 직후인 1954년 7월 〈한미재단〉 주최 전쟁 복구 구호금 모급을 위한 미국 42개 도시 순회공연을 마치고 귀국, 보고차 예방한 25명의 〈꼬마어린이합창단〉이 아리랑을 부르자 하염없이 눈물을 흘렸다는 사연이 있다. 또한 1956년 4월 이한(離韓)하는 〈W. 캐라웨이〉 미 제7사단장에게 〈아리랑〉 악보를 기증하여 이를 계기로 7사단 사단가 〈대검가〉의 곡을 아리랑으로 바꾸게 했다.(이 때문에 북한은 팀 스프리트 훈련을 반대하며 '아리랑이 미군 군화에 밟히고 있다'고 하기도 했다.)

박정희 대통령 시절에도 많은 사연이 있다. 1960년 6월에는 미국 아이크 대통령 방한을 비롯해서 세계 여러 나라 대통령이 방한했을 때 이의 환영 또는 의전음악으로 아리랑을 연주해 주어 하나의 전통을 만들었다. 그리고 1963년 12월 독일 한인 광부와 간호사 모임을 방문했을 때 〈아리랑의 집〉 휘호를 남긴 바가 있다.

한편 김대중 대통령과의 사연은 2000년 11월 노벨평화상 수상식 축가 〈아리아리랑〉을 부른 조수미가 '아리랑은 평화의 심벌'이라는 멘트를 하여 세계인들에게 깊은 인상을 준 바 있다. 그리고 같은 해 12월 몽골국을 공식 방문, 국회 연설 첫 마디에서 "아리랑을 똑같이 부를 수 있는 민족은 세계에서 한국과 몽골뿐"이라고 하여 몽골 국회 공식 기록에 아리랑을 남기게 했다. 그런데 김영삼 대통령의 경우는 그 본의와 다르게 해석이 되어 일본 동포사회에서 작은 소동이 있었던 적이 있다. 그것은 1993년 사상 처음 일본 수상 호소카와 모리히로(細川護熙)가 방한했을 때 경주에 비가 오는데 환영 음악으로 아리랑을 연주했다. 이 사실을 일본 신문은 〈가랑비 속 아리랑으로 환영〉이란 제하를 달아 보도했는데, 이에 대해 일본은 일제강점기 전주 춘포의 대농장 〈호소카와 농장〉 주인의 손자인 호소카와 모리히 수상(首相)을 한국이 그를 회상하여 아리랑으로 환영했다는 자기식 해석을 한 것이다. 어처구니없는 해석이 아닐 수 없다.

이상에서는 간략하게 아리랑이 세계에 알려지는 경로 정도를 해방 후 미군들의 진주로 미국에 전해지는 배경, 한국 방한 뮤지션들에 의한 해외 버전화 실상, 그리고 대통령과 같은 유명 인사들의 사연에 의해 한국의 상징으로 전파된 경우를 살폈다. 이 아리랑의 세계화 현상은 앞으로 사례 수집을 통해 더 드러나겠지만, 한 나라의 민요가 세계 곳곳에 고르게 전파된 경우는 아리랑의 사례를 따를 수 없을 것이다. 이러한 아리랑의 확산 현상은 국가 브랜드 전략 차원에서 정리 활용할 필요가 있다. 흔히 '코리아 보다 아리랑이 더 세계적이다'란 말은 적어도 1990년대 까지는 통했다고 볼 때 주목할 필요가 있을 것이다.

통일의 노래

아리랑의 성격을 말 할 때 〈애국가〉는 '나라의 노래', 아리랑은 '민족의 노래'라고 한다. 그 위상의 비교는 논의 자체가 부적절하지만 그 한계성에서는 전자는 제한적이나 후자는 한민족이 사는 곳 어디에서나 그 지위를 갖게 된다는 점에서 더 광역성을 지닌다. 전자는 그 위상에서 유한하지만 후자는 항구적이라는 것이 된다.

> "아리랑은 한말 이후 일제 침략 50년을 통해서 나라 노래였다. 국가(國歌)는 그 나라 인민에게 강제성을 가지지만 아리랑은 그런 강제 없이도 이미 우리 겨레 스스로 입을 열면 흘러나오는 노래임으로 이것이야 말로 나라 노래보다 훨씬 우위에 있는 것이다. 왜놈에게 끌려가며 빼앗기며 짓밟히며 그리고 그놈들과 싸우며 겨레는 아리랑을 불러서 겨레의 깃발을 휘날린 것이다."(고은, 〈잎은 피어 청산되네〉, 『고은 전집』 제20권, 김영사, 2002.)

시인 고은(高銀/1933~)의 이 일갈(一喝)은 두 노래의 성격을 더욱 분명하게 보여 주었다. 바로 이런 점에서 통일과 그 후의 통일 국가에서의 국가(國歌) 문제에서는 1990년 남북이 합의 한 단가〈아리랑〉과 함께 논의를 해야 할 필요가 있다. 전제하는 것은 단가〈아리랑〉은 본조아리랑을 계승한 것이라는 사실이다.

그런데 북한에서는 이 '본조'가 우리와는 다르게 쓰이고 있다. 단적으로 최창호의 민족수난기의 신민요와 대중가요를 더듬어(평양출판사, 1995.)보면 다음과 같다.

> "무성영화 〈아리랑〉의 주제가 〈신조아리랑〉은… (중략) 이 노래가 신민요라는 것을 의미하지는 않는다. 그 시기에 편작된 〈신조아리랑〉은 전래의 민요 〈본조아리랑〉의 곡조에다 가사를 새롭게 달아서…"

라고 하여 우리와 그 선후 관계가 다름을 알 수 있다. 우리가 본조를 1940년대 말에 형성된 명칭으로 보는 반면, 북한은 헐버트 채보 아리랑을 본조로 인식하고, 이것이 주제가 〈아리랑〉에 영향을 주어 형성된 것임으로 주제가 〈아리랑〉을 '신조아리랑'이라고 불러야 한다는 논리이다. 일면 타당성이 있기도 하다.

결과적으로 북한은 본조를 '음악적 원형'이란 개념을 적용, 주제가 〈아리랑〉의 음악적 원형인 헐버트 채보 아리랑을 본조아리랑으로 본 것이다. 그러므로 이 용어가 주제가 〈아리랑〉 유행 이후, 이에 관련을 갖고 형성된 것들의 모형이란 의미로 1940년대 후반에 쓰이기 시작한 용어임을 간과하였다. 현격한 차이인데, 이로써 중요한 용어를 다르게 인식하고 있다는 차이가 있는 것이 현실이다.

그럼에도 불구하고 북은 신조아리랑, 남은 본조아리랑으로 다른 명칭으로 부르지만 '통일의 노래'로 공인하고 있음은 분명하다. 당연히 아리랑의 이념의 색깔이 가장 옅은 전통문화 또는 '민족 유산'(북한의 표현)이라는 인식이 바탕에 깔린 결과지만, 이는 역사적 배경으로 볼 때 특별한 의미를 갖는다. 즉, 1989년 4월, 판문점에서 남북이 단일팀으로 국제경기에 참여할 때는 호칭을 '코리아'로, 깃발은 '한반도기'로, 단가(團歌)는 '아리랑'으로 한다는 합의를 이뤄내게 했기 때문인데, 단가의 경우 비록 정치적인 합의이지만 국제적으로는 국가(國歌)의 상징성을 갖고 불리게 한 것이다.

1989년 3월, 문익환(文益煥/1918~1994) 목사의 방북시, 김일성 주석과의 대담에서 러시아 · 일본 · 중국 동포 3세들을 위해서 그들이 알고 있는 아리랑을 통일국가(國家)의 국가(國歌)로 해야 한다고 의견을 나누었다. 이런 사실과 함께 당국간의 아리랑 합의는 의미가 큰 것이다. 그래서 이 합의를 '통일을 앞당긴 역사'(노동은, 음악상자, 1998)로 평가하게 된다. 이러한 미래적 전망은 아리랑의 위상을 단지 남북한만의 것이 아닌, 한민족 구성원 모두의 미래적인 것임을 알게 한다. 또한 하나의 노래가 갖고 있는 이러한 역사성과 위상은 세계성을 갖고 국가브랜드로서의 가치도 지닌다. 이것이 아리랑의 현재적 위상인 것이다.

지금까지 근대민요로서의 온전한 아리랑의 첫 모습인 H. B. 헐버트 채보 아리랑에서부터 역사 속의 〈신성염곡 아리랑〉을 비롯하여, 제국질서 하의 다양한 아리랑 국면까지, 나아가 그 위상인 본조아리랑까지 살폈다. 1세기 정도밖에 되지 않은 이 시기는 가장 극적인 역동성을 지닌 근대사로서 이를 관통한 아리랑은 다른 민요의 경우에 미동도 확인되지 않지만, 아리랑은 역사에의 의

탁 성향으로 하여 갖가지 상황과 연동되어 많은 논의를 필요로 하게 하였다. 특히 우리가 말하는 아리랑은 근대 백년사에서 '선택적 전통'에 의해 역사적 맥락에서 창출된 산물이란 사실이 그렇다.

특히 아직 자료수집 차원을 벗어나지 못한 북한과 디아스포라 아리랑 상황은 많은 여지를 갖고 있는 문제적 아리랑 세계이지만, 지면 관계상 그 전모를 모두 담지는 못했다. 그러나 그 실상 정도는 제시했다.

더불어 '민족의 노래'로서의 위상을 정위(正位)시키고자 했다. 곧 근대사의 격동기인 구한말로부터 1960년대까지의 민족문화운동을 축으로 하는 아리랑 문화를 제시 한 것이다. 이를 통해 오늘의 예능 중심의 무대형 아리랑 공연(연행)이나, 지역 관광 자원재로서의 축제화 실상이나, 선율과 사설 분석을 아리랑 연구의 전부로 인식하는 것, 특히 아리랑을 하나의 독립 장르로 인식하지 못하는 태도가 혹시 아리랑문화의 맥락을 이탈한 것은 아닌가라는 자문을 해 보고자 하였다. 또한 성글긴 하지만 나름대로 아리랑의 전체상, 즉 아리랑을 문화라는 거시적 조망 아래 살피려는 시도를 하기도 했다.

길고도 긴 내력의 아리랑을 편의적으로 일제강점기 자료 중심으로 파악하려 한 것은 방대한 자료의 텍스트 규정에 따른 어려움으로 일부를 통해 전체를 파악하려는 한시적인 방법을 택할 수밖에 없었다. 특히 박력 있는 한편의 영화 〈아리랑〉으로부터의 파장력과 아리랑이란 노래와 문화의 접점에서 비롯된 전승의 역사를 비롯한 다양한 콘텐츠, 당연히 '최종'의 텍스트를 거부한, 그래서 무한하게 생성되고 있는 아리랑의 광범위함에 글쓴이로서는 한계를 갖지 않을 수 없었다. 더욱이 이를 통한 통합적 의미화의 문제는 특히 그렇다.

공시적(公示的)으로는 넓은 보편성을 통시적(通時的)으로는 오랜 전통성을 지닌 아리랑, 아리랑은 과거형이 아니고 진행형이다. 아리랑의 창조력은 지금도, 앞으로도 무한히 확장될 것이다. 그래서 접근하는 시각도 통합 또는 통섭으로 확장되어야 함은 당연할 것이다.

제3부

아리랑의 분포와 그 양상

김연갑
(사/한민족아리랑연합회 상임이사)

1. 아리랑의 종류와 지역적 분포

(1) 하나이면서 여럿인 또는 같으면서 다른 아리랑

아리랑은 하나면서 여럿이고, 여럿이면서 하나이다. 또한 같으면서도 다르고, 다르면서도 같다. 그런가 하면 전통민요, 토속민요이면서 외국에서 재해석한 세계 음악이기도 하다. 당연히 노래이면서 영화이고, 문학이고, 담배이기도 하다. 그 각각의 아리랑들 간에는 공통점도 있고 차이점도 있고, 직접적이기도 하고, 간접적이기도 하다. 이 '각각 다름의 인정과 조화로움의 요청'은 그 민중적 재창조의 동력을 발휘하여 또 다른 아리랑을 생산하고, 저항 · 연대 · 상생정신이라는 '아리랑의 3대 정신'을 구현케 하는 추동력이다. 이러한 관계 속의 아리랑은 민중적 재창조(Communal Recreation)과정이라는 생명력으로 마치 유기체처럼 존재한다. 이러함에서 적어도 아리랑은 동류의식과 역사적 성향에서, 그리고 '종(種)의 다양성'에서 세대와 지역 간의 충돌이 있을 수 없는 노래가 되었다.

이 글에서는 아리랑문화를 형성, 지속을 주도한 소리 · 노래 아리랑의 존재양상과 각 지역 아리랑의 문화적 배경을 살피고자 한다. 어떤 노래도 그 지역의 역사와 문화적 배경을 떠나서는 존재할 수 없기 때문이다.

"서울아리랑(본조아리랑)은 오케스트레이션 적이고, 밀양아리랑은 째즈 적이고, 진도아리랑은 젓대(대금)의 하소연이고, 긴아리랑은 아쟁의 흐느낌인 듯하다."

한국전쟁 종전 직후 민족문화에 대한 연구 붐이 일기 시작하는 1950년대 중반, 드물게 아리랑의 다양성을 인식하고 쓴 유엽(柳葉, 1902~1975)의 〈민요 아리랑에 대한 私考〉에서 인용한 글이다. 각 아리랑이 지닌 정조(情調)를 제시한 것인데, 이 같은 정조의 각기 다름은 당연한 것이다. 그 당연함은 바로 형성 배경이 역시 다르기 때문이다. 아리랑은 당연히 지역 기층음악의 성격을 수용하였다. 국악학자 장사훈의 정리는 다음과 같다. 대체적으로 아리랑도 이에서 크게 벗어나지 않는다.

"영남풍은 웅혼(雄渾)하며 위압적이고, 호남풍은 여유 있고 부드러우며, 서울풍은 맑고 한아(閑雅)하며 궁정적(宮廷的)이고, 서도풍은 촉박(促迫)하고 탄식하는 듯 상심(傷心) 아닌 것이 없다."

이제 살피게 되는 각 아리랑의 형성 배경과 사설의 다양성에서 이 차이를 구체적으로 확인하게 될 것이다. 아리랑은 그 분포가 한반도 전역임은 물론, 비극적 근대사로 인해 조국을 떠나 살아야만 했던 동포들과 분단으로 교류가 단절된 북한, 여러 사정과 경로로 조국을 떠나 살고 있는 180여 개국 교민들도 부른다. 그러니 당연히 한민족공동체 구성원이면 누구라도 부르고 있어 이를 '민족의 노래'라고 한다.

봉건적 사회질서의 붕괴와 외세 침탈이라는 격변의 시대, 그들의 속뜻을 담아 전달할 새로운 표현방식을 희구(希求)하던 민중이 민요를 바탕으로 그에 걸맞은 형식을 채택, 승인한 것이 바로 아리랑이다. 이 때문에 아리랑은 민중들의 삶의 궤적을 따라 변화하며 불릴 수 있었으며, 오늘날과 같이 급격한 변화로 인하여 온전하지 못한 전승 상황에도 불구하고 이어질 수 있게 되었다.

이 같은 맥락에서 각 시대마다 각 지역 토양에 뿌리를 둔 아리랑이 불리게 되었다. 물론 해외 동포사회도 마찬가지이다. 이를 살펴보면 기층언어에 바탕을 두고 불리는 것은 강원도 지역권에서 아라리,(긴아라리 · 잦은아라리 · 엮음아라리) 서울 · 경기권에서 긴아리랑 · 정선아리랑, 충청권에서는 중원아라성, 경상도권에서는 밀양아리랑 · 문경 · 상주아리랑, 전라도권에서는 진도아리랑이 그 대표이다.

이제 소위 10대 아리랑 중 일부의 실상, 그리고 그에 담긴 사연을 통해 아리랑의 맛과 멋을 따라가 보기로 한다.

명칭상의 아리랑 종류는 50여 종 정도이다. 이 수치는 최초로 아리랑 사설을 정리한 1930년 조선총독부 기관지 『조선』의 〈조선 민요아리랑〉에서 27종을 수록한 것과 1986년 글쓴이가 펴낸 『민족의 노래 아리랑』(현대문예사)에 조사된 것 중 동곡이종(同曲異種)을 정리하고, 사설과 선율상에 어느 정도 독자성을 보이는 것들을 정리한 수치일 뿐이다. 이러한 종류와 지역적 분포상은 명칭과 악곡의 자극전파(Stimulus Diffusion) 결과로써 '명칭상의 존재' 아리랑일 수 있어, 학술적 가치로 규정될 수는 없는 수치이다. 다만 그 문화적 범위를 이해하는 데는 이의가 없을 듯하다. 이들은 1935년 한 잡지 기사에서 보듯이 유행처럼 출현했다 사라진 것도 있어 그렇다.(〈아리랑의 슬픈 정조는 어디서 나왔는고〉, 월간 『三千里』제8월호, 1935.)

> "더욱이 요사이에 와서는 새로운 아리랑의 노래가 여러 가지로 수 없이 많이 나타나서 그 중에는 이 땅의 현실이며 시대 색(色)까지도 짜 넣어서 항간에 많이들 불리워지고 있다."

이는 분명 전승(토속)민요 아리랑이 아니라 유행가 아리랑임을 말 한 것이지만 논의를 벗어난 것은 아니다. 이 유행가 아리랑 중에서도 장르적 속성을 지닌 것들은 포함시켜 논의 할 필요가 있기 때문이다. 다만 지역적 연고성과 그 전후 맥락을 이해하기 위해서는 소위 10대(十大)아리랑, 즉 ①아리랑(본조) ②강원아라리 ③서울제정선아리랑 ④밀양아리랑 ⑤진도아리랑 ⑥강원도아리랑 ⑦긴아리랑, ⑧문경아리랑(舊아리랑 또는 잦은아리랑) ⑨영천아리랑 ⑩중원아라성 그리고 북한의 일부 작품을 중심으로 살펴볼 필요가 있다.

(2) 아리랑의 지역적 분포

최초의 민요론을 수립한 고정옥(高晶玉/1911~1969)의 『朝鮮民謠硏究』(수문사, 1946)에서 아리랑의 전파 상황을 단 두 문장으로 정리한 대목이다.

> "아리랑이 최초 단 한 개의 멜로디에서 출발한 것은 사실인 듯하다. 그것이 시일의 경과에 따라 각 지방의 음악적 · 사상적 · 언어적 특징에 물들어 경기 · 서도 · 강원 · 영남 · 등의 각종 아리랑이 생긴 것이겠다."

'사실인 듯하다'라는 표현은 '증거는 없지만 그렇다'는 표현이다. 이는 중국의 문학가 곽말약(郭沫若)이 '민요도 바람과 같이 그 근원과 끝을 알 수 없는 것'이라고 한 견해와 다르지 않다. 즉, 하나의 노래가 문화적 충격을 접했을 때 각각의 전파 주체들이 이를 자신의 문화적(언어 · 지역) 수용 의지와 특성(이동 거리와 지역)에 따라 이식하여 기층언어의 모습으로 전이(轉移), 재창출 하는 소위 '언어주권설'(言語主權說)이나, 맨 처음 충격을 준 노래는 마치 호수에 처음 낙하물이 떨어져 파장을 일으키고, 그 흔적을 물가에 모래톱과 같이 남기지만 처음 충격을 받은 곳은 이미 흔적은 사라져 찾을 수 없다는 소위 '도너츠 이론'으로 설명될 수 있다. 이는 다시 '전승문화는 기원에 대한 망각을 수반한다'

메롤로 몽타(Merleau-ponty. M)가 강조한 그것이다. 곧 민요, 또는 아리랑의 기원을 찾는 것이 어려울 뿐만 아니라 실익도 없을 것이란 조언이기도 하다.

다음의 분류는 이상의 논리를 전제로 하여 아리랑의 전승과 연행상의 국면(Context)을 고려, 계보화 한 것이다.

강원도아리랑권

- 긴아라리 : 정선 · 영월 · 평창아라리 · 태백(아라레이) · 횡성(어러리)
- 자즌아라리 : 강릉(강릉아라리 · 사리랑) · 인제뗏목아리랑(소양강뗏목아리랑) · 춘천의병아리랑

충청아리랑권

- 중원아라성(여주 · 이천 · 음성 · 제천아리랑)
- 청주아리랑
- 공주아리랑

경상도아리랑권

- 문경(아라리)아리랑
- 예천아리랑
- 상주아리랑(1 · 2) · 봉화아리랑
- 밀양아리랑
- 울릉도아리랑
- 신민요 : 영천아리랑 · 경상도아리랑 · 대구아리랑(최계란 노래)
- 창작 : 대구아리랑 · 구미아리랑 · 울산아리랑 · 안동아리랑

서울 · 경기아리랑권

- 긴아리랑 · 구아리랑(H. B. 헐버트 채보) · 강원도아리랑

아리랑(본조) · 한오백년 · 서울제 정선아리랑
- 창작 : 꿈의 아리랑 · 아리랑산천에 외 20여종

남도아리랑권

- 진도아리랑
- 제주도 조천아리랑 · 우도잡노래 · 꽃타령(변이형)

창작아리랑류

- 신아리랑
- 제천의병아리랑
- 대전아리랑
- 시화연풍아리랑

(3) 북한에서의 민요와 아리랑 분류

민요

- 서도민요 · 동해안민요 · 중부민요 · 남도민요 · 북방민요

아리랑

- 서도아리랑 : 평안도아리랑 · 단천아리랑
- 중부아리랑 : 서울아리랑 · 경기아리랑 · 긴아리랑
- 남도아리랑 : 진도아리랑(쨱소리 삭제) · 남원아리랑 · 순창아리랑
- 함경도와 강원도아리랑 : 함경도아리랑 · 고성아리랑 · 양양아리랑 정선아리랑
- 영남아리랑 : 밀양아리랑 · 상주아리랑 · 문경아리랑

북한지역권

- 삼일포아리랑
- 통천아리랑
- 서도아리랑
- 초동아리랑
- 창작 : 〈관현악곡아리랑〉 · 아리랑연곡 · 통일아리랑 · 유일팀아리랑
  강성부흥아리랑 등 10여 종

(4) 해외 동포사회

- 일본 교민사회 : 신아리랑 · 청하아리랑 · 아버지아리랑 · 나의 아리랑 외
- 중국 교민지역 : 1945년 이전 공유했던 모든 아리랑과 독립군아리랑 · 광복군아리랑 · 장백의 아리랑 · 기쁨의 아리랑 외 창작 아리랑 10여 종
- 미국 교민지역 : 상항(桑港)아리랑 · 사탕수수아리랑 · 밟아도아리랑 · LA 아리랑 외
- 러시아(연해주) 구아리랑(중앙아시아) · 본조아리랑(사할린)

외국인 버전

- 프랑스 : 폴모리 악단 편곡 연주 〈아리랑〉
- 미국 : 오스카 패티포드 편곡, 찰스 밍거스 연주 〈아디동 부르스〉 · 피터 시거의 반전음악 〈아리랑〉 · 찬송가 〈아리랑〉 외
- 일본 : 〈아리랑야곡〉 · 신나이 〈아리랑〉
- 이태리 : 〈제끼도루 가요제〉 수상작 아리랑
- 스웨덴 : 찬트 〈룰러바이〉
- 독일 : 지그프리드 베렌트 연극 〈아리랑〉
- 몽골 : 희미 〈아리랑〉
- 중국 : 조선족 '阿里郎'

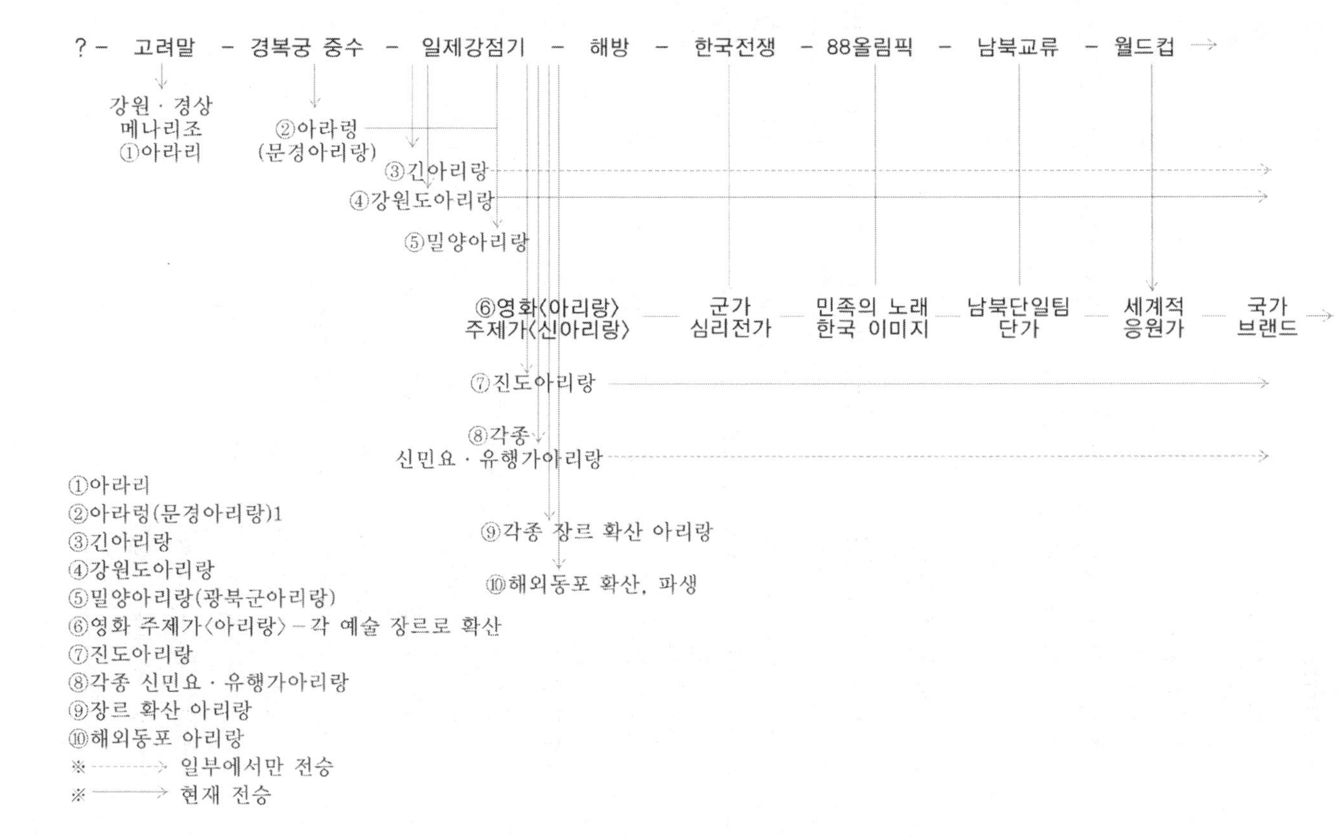
각 아리랑 전승과 확산 변이도
? - 고려말 - 경복궁 중수 - 일제강점기 - 해방 - 한국전쟁 - 88올림픽 - 남북교류 - 월드컵
강원 · 경상
메나리조
①아라리
②아라렁
(문경아리랑)
③긴아리랑
④강원도아리랑
⑤밀양아리랑
⑥영화〈아리랑〉
주제가〈신아리랑〉
군가
심리전가
민족의 노래
한국 이미지
남북단일팀
단가
세계적
응원가
국가
브랜드
⑦진도아리랑
⑧각종
신민요 · 유행가아리랑
⑨각종 장르 확산 아리랑
⑩해외동포 확산, 파생
①아라리
②아라렁(문경아리랑)1
③긴아리랑
④강원도아리랑
⑤밀양아리랑(광복군아리랑)
⑥영화 주제가〈아리랑〉– 각 예술 장르로 확산
⑦진도아리랑
⑧각종 신민요 · 유행가아리랑
⑨장르 확산 아리랑
⑩해외동포 아리랑
※ 일부에서만 전승
※ 현재 전승

이상의 분류표는 1926년 영화 〈아리랑〉 개봉을 기점으로 다양한 장르로 확산된 상황을 정리한 것이다. 그런데 반드시 이들 간의 관계가 이상의 전후 관계로만 파악되는 것은 아니다. 음악적 · 지리적 · 문화적인 여러 조건이 복합적으로 작용한 결과 때문인데, 이로써 아리랑을 말할 때 '종횡적 맥락'을 주목해야 한다. 종적으로는 구비시가로서의 아리랑 자체적 전승 상황이고, 횡적으로는 근대사 속의 동시다발적 연행상황을 말 하는 것으로, 민요론적 보편성과 문화론적 특수성이 형성한 문화임을 알게 하는 것이다.

이의 한 결과로 밀양아리랑 같은 경우는, 1926년 말 서울에서 음반을 통해 출현, 유행과 함께 중국 등의 동포사회에서 불리며 밀양 지역에 토착화한 것으로써, 이를 의미 부여하여 경상도 아리랑 권에 포함시킨 반면, 〈한오백년〉과 〈서울제 정선아리랑〉 같은 경우는 정선아라리를 바탕으로 통속화 한 창민요임에도 강원도 아리랑 권에 포함시키지 않고 서울권에 포함시켰다. 그 이유는 서울에서 선호도가 높게 불리는데도 정작 강원도 권에서는 토착화 되지도 않았을 뿐만 아니라 선호하지도 않고 오히려 거부되기 때문이다.

이러함에서 나름의 기층과 독자적 층위를 바탕으로 불리는 아리랑은 이제 살피게 되는 10대 아리랑이다. 이제 문경아리랑으로부터 북한의 〈관현악곡아리랑〉까지 살피기로 한다.

2. 각 지역 아리랑의 실상과 사연

(1) 아리랑고개는 문경새재?

아리랑은 고개의 노래이다. 아리랑고개가 실재적 고개이든 심상적 상상의 고개이든…. 이런 담론의 중심에 있어 논의되는 아리랑이 있다. 바로 우리 근대사의 '문제적 고개'로 회자되는 문경새재를 노래한 문경아리랑이다.(이 명칭은 '새재'라는 어원 풀이와 현지 지역민의 인식을 고려하여 '새재 소리' 또는 '문경새재'아리랑 등을 쓰고 있으나 일반적인 '지역명+아리랑'에 따른다면 '문경아리랑'이 적절하다.) 지금까지 민속 음악적으로는 메나리조 아라리의 하나라는 정체성 때문에 독자성을 인정받지 못하였다. 그러나 그 대표 사설에 담긴 배경과 의미를 주목하면 바로 '문경 아리랑적이다'라는 말을 할 만하다.

> "고개라는 말이 공교히 곡조(曲調)의 곡자(曲字)를 '구비'라고 해서 고개를 연상하게 하고, 또 자연계의 '재'(嶺)라는 말과 통할 뿐만 아니라, 구비와 재는 돌거나 넘으면 보이지 않는다는 경험적 기억회상작용(記憶回想作用)에서 이별의 한(恨)을 또 한 번 연상하게 함으로써 '문경새재' 같은 험준하고 불상사가 많던 이야기를 빚어낸 자연계의 지리적 고개를 끌어다가 아리랑고개인 한과 정의 정신적 고개와 결부시킨 것은 작시기교(作詩技巧)로써 있을 수 있는 '멋'드러진 것이라고 할 수 있다."

이 글의 문맥상 '문경새재가 아리랑고개다'라고 단정하지는 않았다. 다만 그런 연상은 할 수 있다고 했다. 1955년 유엽의 글 〈민요 아리랑에 대한 私考〉의 일부인데, 이후 이와 관련된 진전된 논의는 없었다. 그럴 수밖에 없는 것은 1930년대 들어 문경아리랑 자체가 잠복되어 노인들의 입 속에서만 돌았지 내놓고 불리지 않았기 때문이다. 그러다 1980년대 들어 지역 전통문화의 가치가 재평가되고 그 소재 발굴이 관(官)에 의해 이뤄지는 과정에서 고로(古老)들(송영철 등)에 의해 되살려졌고, 노래비가 세워지고, 새로운 전승자가 나서서 명맥을 이어오고 있다.

선율은 메나리조 아라리계이다. 일반적인 민요론에 의한다면 이는 독자성을 갖지 못한다. 그러나 아리랑의 경우는 곡조를 반드시 정체성을 구분하는 유일한 단서로 해서 '강원도아라리' 또는 '정선아라리'에 포함시켜야 한다고 하는 것은 옳지 않다. '문경새재'를 통해 각편 생성 배경을 담고 있을 뿐만 아니라 지역공동체에서 '문경새재소리'로 명명하여 독자적으로 인식하고 있기 때문이다. 살피겠지만 문경새재의 민중적 정서는 충분히 노래를 창출해 낼만하다. '문경 새재 박달나무/ 홍두께 방망이로 다 나간다'라는 붙박이 사설과 그 후렴, '아리랑 아리랑 아라리요/ 아리랑고개로 나를 넘겨주소'와 많은 딸림형을 있게 한 것이 그 증거이다.

> 무릎 댐이 처녀는/ 문배 장사로 다 나간다
> 샘밭 장 처녀는/ 막걸니 장사로 다 나간다
> 홍두깨 방맹인 팔자가 좋아/ 큰애기 손으로만 놀아난다
> 문경새재 줄밤낭구/ 양반에 신주로 다 나가네
> 문경새재 줄싸리가지/ 꽂감 꽂이루 다 나간다
> 문경아 새재는 왠 고갠가/구비야 구부구부가 눈물이로구나

문경아리랑의 딸림형은 이 같이 '**가 **로 다 나간다'형과 '**고개는 …눈물이 로구나'형이다. 이런 딸림형은 30여 편이 확인되어 토속민요의 속성인 '낯익음 함께하기'라는 구비 담론을 그대로 보여 준다. 또한 민요 속성의 하나인 창조적 즉흥성의 결과로 민중들은 '문경새재 박달나무/…로 다 나간다'를 '단어들의 집합(A group of words), 곧 '공식구 이론'(Oral formula theory)으로 구사(Adjustment), 형성하였다. 곧 공식구의 자유로운 적용(Adjustment)이다.

대표 사설 '문경새재……'에는 시대상과 우의성(寓意性)을 담고 있다. 적어도 20세기 초까지의 역사가 수용되어 있기 때문이다. 즉, 우리 근대사이며 문경의 근대사이기도 한 『고종실록』 〈聞慶賊變〉의 활빈당 당수 자박뿔의 활동, 민란(1871년 이필제 난)과 의병(최시형)의 은거처로써나 의병전쟁(1907~1908년 이강년 등의 순국)의 패퇴지인 문경새재에 대한 원상의식(原傷意識), 그리고 경복궁 중수시 집중적으로 박달나무가 베어져 나간 상실감, 이런 것이 담겼

다는 사실이다.

여기에 부연하여 아리랑의 근대 민요적 성격 형성 시점을 경복궁 중수(1865~1872) 기간이라고 할 때, 이에 직접적인 계기를 마련한 것이 이 문경아리랑이다. 그러므로 문경아리랑의 독자성을 주목해야 하고, 대표 사설을 경복궁 중수공사 상황과 관련하여 해석해야 하며, 이를 단서로 확산 배경을 재구해야 한다. 곧 공사장 부역 군들로부터 공감을 얻어 이를 부르게 된 이유를 확인하는 것으로부터 출발해야 한다는 것인데, 이를 정리하면 다음 일곱 가지가 된다.

첫째, 문경새재는 중수공사와 관련한 인적 · 물적 관문이다. 당시 3남 지방에서 온 부역자들은 한양 내 거주 남성의 4배였다.

둘째, 중수공사 현장에서 많은 도구가 사용되면서 그 자루로 쓰일 특산품 박달나무가 집중적으로 공출 당했다. 이는 집단적 상실감을 느끼게 했다.

셋째, 삼남에서 오는 물자를 문경인들이 동원되어 문경새재를 넘어 충주나루까지 운반해야만 하는 상황으로 저항감을 있게 했다.

넷째, 문경인들이 자신들이 부르던 아리랑에 '문경새재…는/ …로 다 나간다'라는 어구로 그 상실감과 저항감을 반영했다.

다섯 째, '문경새재'의 고개 '령'(嶺)이 '랑' · '렁' · '롱' · '성' 등으로 음전(音轉)하는데 계기를 마련했고, 그 결과 '아리랑'과 '고개'가 합성하게 하였다.

여섯 째, 문경인들이 부른 아리랑은 전국에서 강제 동원된 부역꾼들에게 동병상련(同病相憐)의 공감을 얻어 이들에 의해 전국에 확산되는 계기였다.

일곱 째, 공사장에서 불린 문경 아리랑은 안성 등에서 온 각색 유랑(민중) 예인 집단에 의해 재구성되어 확산되었다.

이렇게 문경아리랑은 공사장 군중들에게 문화적 충격을 주었다. 그 결과로 완공 후에도 경복궁 내에서 불리게 되었고, 부역꾼들에 의해 전국에 퍼져 지역의 기존 노래와 형식, 음계, 리듬 등 이식적 변이(移植的 變異)를 겪으며 나름의 지역 아리랑을 출현하게 했다. 그런데 이렇게 출현한 아리랑은 중앙에서는 개화기의 변화를 수용하고, 나라가 망한 뒤 일제통치하 민족의 비운을 노래하는 한편 독립 쟁취의 기능을 수용(김열규, 아리랑 역사여, 겨레여 소리여, 조선일보, 1987)하였고, 지역에서는 변이의 주체가 대개 지역 권번의 소리기생인 경우나 무악 종사자나 유랑연예패 등이어서, 이들을 중심으로 불리다가 창민요의 가창층에 확산됨으로써 지명을 붙여 일반화 하게 되었다. 후렴의 분명한 수반 현상 등이 이를 잘 보여준다.

대표사설

후렴
아리랑 아리랑 아라리요
아리랑고개로 나를 넘겨주소

문경아 새자야 물박달나무
홍두깨 방망이로 다 나간다

홍두깨 방망이는 팔자가좋아
큰애기 손질로 다놀아난다

문경아 새재는 왠고갠가
구비야 구부구부가 눈물이로구나

근대를 '모든 가치를 재평가하는 시대'라고 한다면 민중들이 군주와 그 제도에 저항하는 경복궁 중수기의 문경아리랑이야 말로 근대민요로의 성격이 전환되는 기점이라고 할 수 있다. 사회변화의 촉진은 갈등의 이해관계를 바탕으로 한 사회적 차이의 자각으로부터 출발한다는 점에서 이 시기는 충분히 어떤 노래를 근대화에 이르게 할 만했다.

조선 개국 초 치악산과 여주에 은거한 원천석과 이이, 정선군에 은거한 정절신(貞節臣) 7현들과 아라리의 만남이라는 문화적 충격은 아라리를 정선의 아라리로 특화했고, 전국에서 모인 부역꾼들과 문경아리랑 7년의 만남은 아리랑을 근대민요로의 성격 전환의 계기를 마련한 것이다.

근래에 이르러 문경아리랑에 대한 논의가 활발해지고 있다. 1999년에 영남 출신으로 경성제대 민요 전공자인 이재욱에 의해 필사된 『영남전래민요집』이 발굴됨으로써 이를 텍스트로 한 대구 KBS 라디오 특집 프로 〈영남민요의 재발견〉(김연갑 · 기미양 구성, 2005. 9) 중 제3부 〈영남의 아리랑〉 방송으로부터 〈영남아리랑의 재발견〉(국악신문, 2007. 9. 14), 「이재욱의 『영남전래민요집』 연구」(배경숙, 영남대학교 박사논문, 2008), 『문경의 민요와 아리랑을 찾아서』(문경시, 민속원, 2008), 「문경아리랑의 연원과 사설에 대한 현장연구」, 편해문, 2009)으로 이어져 다양한 조명을 받고 있다. 특히 2001 〈문경아리랑보존회〉가 설립(회장 송옥자)되고, 〈문경아리랑축제〉가 2008년부터 연례화 되면서 타 장르에서도 관심을 받고 있다. 이런 일련의 관심 속에서 주목되는 논의의 하나가 아리랑고개에서의 '고개'가 경복궁 중수 공사를 통한 체험적 공간으로서의 '문경새재'일 수도 있다는 주장이다. 논의의 여지를 갖고는 있지만 중요한 쟁점이 아닐 수 없다. 그러니까 이 주장은 체험적인 '높은 고개', '중요한 고개', '고난의 고개'라는 문경인들의 정서가 당시 민중들에게 자신들의 처지로 환치되면서 심상화된 고개라는 논지이다. 7년 공사 기간에 대표사설이 회자되고 시간의 흐름에 따라 노래를 통한 학습효과가 '문경새재'를 '심상적 공간'으로 인식하게 했고, 이 결과 문경새재는 역사화 되고, '집단의 기억'으로 되어 모든 고개, 나아가 '아리랑고개'로 상징하기에 이르렀다는 것이다.

이로써 아리랑의 후렴에 어느덧 '아리랑'과 '고개'가 합성되어 출현하게 되는 배경을 이 문경아리랑에서 시사 받게 된다. 그리고 아리랑의 근대성이 어떤 배경에서 출발했는지도 알게 되었다. 사실 그동안 김지연 등에 의해 제시된 아리랑의 경복궁 중수 발생설을 우리는 경과적(經過的)으로만 수용해 왔는데,

이를 문경아리랑의 배경과 연동시키면 바로 아리랑의 역사적 재구가 가능함을 알 수 있다. 이는 이후 확산된 아리랑 이해를 위한 전제이기도 하다.

(2) 서울의 아리랑과 서울아리랑

서울경기 지역을 중심으로 불리는 아리랑을 '서울의 아리랑'으로 칭하고, 서울경기 지역에서 출현하고 불리는 것을 '서울아리랑'이라 칭한다. 전자는 구(舊)아리랑 · 강원도아리랑 · 서울제 정선아리랑 · 한오백년이 된다. 민속음악학계에서는 구아리랑을 제외한 세 가지를 모두 '강원도의 아라리 계열민요'로 규정한다. 이는 형성 배경이나 가창 중심지 등을 고려하지 않은 선율 계보만으로 분류한 결과이다.(조영배, 「한국민요 아름다운 민중의 소리」, 민속원, 2006.)

구아리랑은 H. B. 헐버트 채보 아리랑으로 긴아리랑과의 변별을 위해 잦은아리랑이라고도 하고, 음반에서는 경란란(京卵卵)타령이라고도 했다. 이 잦은아리랑에 대해서는 앞의 〈화려한 헌사, 아리랑은 쌀〉에서 다루었기에 생략하기로 한다.

강원도아리랑 · 서울제 정선아리랑 · 한오백년은 서울의 아리랑으로 창민요화한 통속민요이다. 이 통속화 과정은 바로 이들이 서울경기지역에서 불린다는 사실에서 확인이 되는 것이다.

① 강원도아리랑

강원도아리랑은 '아주까리 노래'라는 이름으로도 불린 만큼 사설의 첫 절이 중시되는 노래이다. 1921년 이상준에 의해 편찬 된 『신찬속곡집』에 수록되어 있어 적어도 1910년대 잡가로 형성된 것임을 알 수 있다. 강원도 강릉지역에서 불리는 잦은아라리(강릉아라리 · 뗏목아리랑 · 춘천의병아리랑)가 창민요화 한 것이라면 이는 전문 음악인들인 소리기생에 의해 짜인 잡가로 분류할 수 있다.

그런데 강원도 춘천과 강릉 지역은 권번의 형성이 전국에서 가장 늦게 이뤄진 곳이고, 또한 이름난 소리기생의 존재도 확인되지 않는다는 점에서 이는 서울 지역에서 형성되었다고 보게 된다.(물론 김유정의 소설에 등장하는 권번이나 기생은 1930년대의 상황이다.) 따라서 엇모리 리듬으로 역동적이어서 기교적으로 시김새를 많이 쓰는 것보다는 리듬감을 살리는 것이 더 제 맛이다. 메나리조 소리 중 기교가 발전한 대표적인 창민요로 말 그대로 음악내적 기능요의 전범이다.

그런데 앞에서 살핀 바의 형성 시기에 대해서는 논의의 여지가 있다. 왜냐하면 1920년대 활동한 김종조(金宗朝)의 〈배뱅이굿〉에 이 강원도아리랑 사설이 나오기 때문이다. 이 〈배뱅이굿〉은 1800년대 말 평남 용강군(龍岡郡)에서 김관준(金官俊)에 의해 불리기 시작하여 그의 아들 김종조(金宗朝)로 이어져 확산되었다는 설이 일반적이기 때문이다. 이런 점에서는 강원도아리랑의 통속화 시점은 1910년대 이전일 수도 있다.(물론 후렴은 본 사설과 별개로 본다는 전제가 따른다.)

사설은 대표사설만을 수록한다. 대표사설이란 소리공동체 또는 음반이나 출판물에서 보편적으로 불리는 정전(Cannon) 사설을 말한다. 그런데 대표사설은 그 노래의 정체성을 보여주기 때문에 반드시 정위치에 배치시켜 살필 필요가 있다.

그리고 일제강점기 음반을 통해 전승, 확산된 노래들은 대개 4절로 정형화되어있다. 그 이유는 음반 한 면의 녹음 시간이 3분 내외로 한정되어 있어 4절 내외만 취입 할 수 있었기 때문이다. 이 강원도아리랑도 마찬가지이고, 다른 잡가들도 마찬가지이다.

대표사설

아리아리 쓰리쓰리 아라리요
아리아리 얼시구 노다 가세

아주까리 동백아 여지 마라
누구를 꾀자고 머리에 기름

아주까리 동백아 여지 마라
산골의 큰애기 다 놀아난다

피마자 동백아 여지 마라
느그딸 삼형제 떼갈보 된다

열라는 콩팥은 왜 아니 열고
아주까리 동백만 왜 여느냐

1960년대 발매된 음반을 통해 확인되는 안비취 · 이은주 · 묵계월 창의 강원도아리랑은 높은음으로 시작해서 차차 낮아져 느리고 구슬픈 느낌을 준다. 전체적인 내용은 순진한 시골 처녀가 사랑을 하소연하는 내용이지만, 후렴은 매우 세련되고 유흥적이다. 이런 정황은 이 아리랑을 통속화 한 이들이 전문가(소리기생)임을 알게 한다. 후렴에 동음의 반복을 피하여 '아리아리 쓰리쓰리'로 변형시킨 솜씨가 특히 그런데, 이는 1914년 이상준 편의 『朝鮮俗曲集』과 1921년 발간한 『朝鮮俗歌』 수록 강원도아리랑 후렴에 "아랑 아리랑 아라리요"인 것으로 보아 진도아리랑과 밀양아리랑의 후렴 '아리아리랑 쓰리쓰리랑…', 의 출현 전후에 변이된 것으로 본다. 그리고 영천아리랑의 후렴 '아라린가 쓰라린가…'도 역시 마찬가지이다.

사설에 나오는 '아지깔이' 즉 피마자(蓖麻子)는 일본을 통해 들어온 식물이다. 이는 이 노래의 형성과 유행상을 추정케 하는데, 이 피마자와 함께 등장하는 동백(冬栢)은 기름을 축출할 수 있어 신여성들의 머리 미용 재료로 부각된 것으로 신민요계에서 빈번하게 등장하는 소재이다. 단순하게 보면 순박한 산골 처녀의 모습을 그린 것 같지만 전체적으로는 매우 유흥적인 내용이다. 1930년대 네 종의 음반이 발매되었는데 모두 여성창에 의한 것으로 내용상의 화자는 남성인 것도 잡가로서의 속성을 보인 것이다.

② 서울제 정선아리랑

글쓴이는 정선아라리를 '본제(本制)아리랑', 김옥심이 부른 것은 '서울제 정선아리랑'이라고 부르고 전한다. 1940년대 들어 형성되었다. 이창배(李昌培/1916~1983)와 경기 명창 김옥심(1925~1988)이 구성했다고 전해진다. 이는 1958년 국립국악원이 펴낸 『한국민요오십곡집』에 이창배의 소리를 채보하여 수록한 사실에서 신빙하게 된다. 경기명창 이은주(1922~)와 묵계월(1921~)선생도 이 같은 주장에 부정하지 않는다(3차에 걸친 글쓴이와의 대담). 음악사가 이혜구(李惠求/1909~2010)는 이를 '우리 민속음악 중에 예술성이 가장 뛰어난 소리'라고 했다. 아마도 토속성과 예술성을 달리 본 시각인데, 80년대 이후 재해석에 의한 관현악곡으로의 편곡이 호평을 받고 있다.

1940년대 후반에는 주로 한양(韓洋)합주에 의한 김옥심 · 이은주 · 묵계월 창이 널리 알려졌고, 90년대에 박범훈 편곡의 김영님 버전이 오늘까지 널리 연주되어 온다.

대표사설

강원도 금강산 일만이천봉 팔람구암자
유점사 법당 뒤에 칠성단 돋우모고
팔자에 없는 아들딸 나 달라고 석달 열흘 노구에
백일정성을 말고 타관객지에
외로이 난 사람 네가 괄시를 말어라
〈후렴〉아리랑 아리랑 아라리요~

아리랑 고개로 나를 넘겨만주소
알뜰살뜰 그리던 님 차마 진정 못 잊겠고
아무쪼록 잠을 들어 꿈에나 보자드니
달밝은 쇠잔한 등 잠이루기 어려울제
독대등촉 벗을 삼아 전전불매 잠 못이루니~
쓰라린 이 심정을 어따 하소연 할까

태산준령 험한 고개 칡넝쿨
얽크러진 가시덤불 헤치고
시냇물 구비치는 골짜기 휘돌아서
불원천리 허덕지덕
허후단심 그대를 찾어 왔건만~
보고도 본체 만체 돈담무심

이 서울제 정선아리랑은 세 부분으로 구성되어 있다. 첫 부분은 엮음 부분으로 사설을 촘촘하게 주워섬긴다. 선율은 낮은 음에서 상승하고 고조되어 폭발하는 듯 오른다. 둘째 부분은 느리게 나오며 세마치장단으로 늘였다 줄였다 하는 부분이다. 셋째 부분은 후렴구로써 두 번째 부분과 같은 가락으로 돌아가 독창으로만 한다. 이는 강원도 긴아라리(정선아리랑)와 엮음아라리를 결합시켜 재구성한 것임을 알 수 있다. 아리랑 중에서 반드시 독창으로만 불리는 것이기도 하다. 서도소리 수심가와 엮음수심가의 관계이다.

우수에 젖은 소리결을 지닌 김옥심의 절창탓도 있겠지만, 애처로운 경지로 몰아가는 구슬프고도 아름다운 노래라는 평을 받는다.

③ 한오백년

이 한오백년은 후렴의 첫 마디 '한오백년 살자는데 웬성화냐'라는 것에서 곡명이 되었다. 그런데 민요에서 동곡이명(同曲異名)은 당연히 동일 곡으로 보게 된다. 이런 맥락에서 이는 정선긴아라리(정선아리랑)에서 파생된 통속민요이다. 구성음이 완전한 메나리조는 아닐지라도 분명히 영향 관계가 확인된다.(모든 웹 사이트 검색 결과로는 거의 '강원도민요의 하나'라고 했다.)

이런 곡명이 붙게 된 데에는 관련 설화의 영향이다. 이는 강원도 정선에 전해지는 〈아라리전설〉을 배경으로 하고 있는데, 즉 고려말 전오륜(정선 전씨의 중시조)을 비롯한 6인, 즉 칠현은 이성계의 집권 후 개성 만수산 두문동에 들어가 있다 이성계의 회유를 피해 정선에 와서 은거하며 매년 원주 치악산 원천석 주관의 〈변혁사〉에 모여 충혼제를 지냈다. 이들은 행사를 마치고 은거지로 돌아가며 여주에 은거하던 스승 목은 이색 같은 인물들과 시회(詩會)를 갖게 되었고, 이때 이성계를 원망하는 시를 주고 받았다.

> "고려가 시운에 따라 500년이면 순역(順易)하여 새 왕조로 맞게 되는데, 그 26년을 참지 못하고 이성계가 역성(易姓)을 하여 우리를 이 꼴로 만들었다. 우리 동지들 한오백년 살잤드니 웬 성환가"

이 말이 당시 정선에 퍼져나가 또 하나의 노래를 형성시킨 것이다. 이 노래는 세월이 지나면서 곡명과 그 후렴에만 역사적 배경을 담고 사설은 변하여 남녀 간의 이별을 노래하는 사설로 바뀌었다. 정리하면 1940년대 초 아라리가 서울 전문 음악인에 의해 잡가화 또는 창민요화한 것이 된다.

대표사설

한 많은 이 세상 야속한 님아
정을 두고 몸만 가니 눈물이 나네
아무렴 그렇지 그렇고 말고
한 오백년 사자는데 웬 성화요

백사장 세모래밭에 칠성단을 모으고

임 생겨 달라고 비나니다
나리는 눈이 산천을 뒤덮 듯
당신의 사랑으로 이 몸을 덮으소

④ 긴아리랑

서울에서 출현하여 주 전승지가 서울인 것을 서울아리랑이라고 한다. 이에는 두 가지가 있다. 하나는 적어도 1900년 이전에 서울의 소리기생에 의해 짜여 권번을 통해 전승된 긴아리랑이고 또 하나는 1926년 극장 단성사에서 영화 〈아리랑〉의 개봉으로 탄생한 주제가 〈아리랑〉(본조아리랑 · 신아리랑)이다.

긴아리랑은 H.B. 헐버트 채보 곡조인 경기잦은아리랑에 대하여 곡조가 느린 것이라는 의미로 불려진 이름이다. 이의 출현 배경에 대해서 민속음악계에서는 강원도 긴아라리 또는 잦은아라리에서 영향을 받아 형성되었다고 엇갈린 주장을 하고 있으나, 두 가지 모두 아라리와의 음악적 관계가 거의 없다는 점에서 별개로 봐야 한다. 글쓴이는 이의 관계를 아라리와 진도아리랑의 관계와 같은 맥락으로 보는 견해이다. 즉 음악적인 관계가 아니라 문화적 관계일 뿐이라는 것이다.

이렇게 보는 이유는 이 긴아리랑의 첫 문헌 기록인 이상준 편 『조선속곡집』(1914)에 곡명을 '정거장(停車場)타령'으로 하고 괄호에서 '或 긴아리랑이라 한다'고 한 점을 주목해서다. 그러니까 독자적으로 형성된 '정거장타령'의 후렴이 '아리랑 아리랑 아라리로구료'이기 때문에 '긴아리랑'으로도 불리게 된 것일 뿐이라는 해석이 가능하기 때문이다.

대표사설

아리랑 아리랑 아라리로구료
아리랑 고개로 나를 넘겨 주소

만경창파 거기 둥둥 뜬 배
게 잠깐 닻 주어라 말 물어 보자

임이별하고 내 어이 살아 가나
모질고 거센 세파 어이 살아 갈까

아리랑 고개다 주막집 짓고
정든 임 오시기만 고대 고대한다

우연히 저 달이 구름 밖에 나더니
공연한 심회를 더욱 산란케 한다

정서적으로는 경기소리 〈이별가〉와 같기 때문에 동시대에 출현한 것으로 본다. 사계축과 소리 기생들의 좌창계열 소리로 오늘날에도 전문소리꾼에 의해 전승되고 있다. 〈이별가〉처럼 길고 느리게, 낮은 음에서 최고음으로 불리고, 판소리의 원 중모리 장단에 맞는다. 음악성에서 주목을 받는 대표적인 잡가의 하나이다.

⑤ 본조아리랑

1926년 10월 1일, 서울 종로 극장 단성사(團成社/1907~)에서 영화 〈아리랑〉 개봉으로 출현한 것이 주제가 〈아리랑〉이고, 이것이 영화소패 아리랑, 신아리랑, 서울아리랑 · 본조아리랑 등의 이름으로도 불리는 것이다 오늘날 학술적으로는 '본조아리랑', 일반적으로는 '아리랑'으로 불린다. 오늘날 모든 아리랑의 대표로서 '아리랑'으로 불리며 '민족의 노래'라는 위상을 확보한 노래이다.

1920년대 중반의 시대상에 따라 전통음악과 서양음악과 일본음악 어법이 융합하여 당시 트랜드를 수용한 노래다. 그래서 민속음악의 전승 양상과는 전혀 다른 차원으로 확산되었다. 다시말하면 극장으로부터 음반으로, 다시 방송을 통하여 전국에 확산된 것이다. 1930년대 들어서서는 "영화의 주제가도 한 둘이 아니었으니 이제 장차 이야기 하려고 하는 아리랑을 빼놓고는…”(명우와 무대, 월간 『삼천리』 1933. 4)라고 할 정도의 지표가 되었다. 이런 배경에서 무한한 문화적 생산력을 갖고, 수많은 재해석이 가해지는 고전이 되었다. 이는 오늘날의 작곡가들처럼 ‘제한적 학습’에 의한 것이 아니라 모든 이들이 이를 ‘공식구의 저장소’(Common Stock of Formulas)로 삼아 많은 노래를 생산해 냈다는 말이다.

이 결과는 한반도에서의 본격적인 디아스포라가 있게 되는 1930년대 조국을 떠나가는 동포들에게 아리랑을 조국 · 고향 · 어머니의 의미로 각인시키게 되었다.

대표 사설

아리랑 아리랑 아라리요
아리랑 고개로 넘어간다

나를 버리고 가는 님은
십리도 못가서 발병난다

청천 하늘엔 별도 많고
우리네 살림살이 말도 만타

풍년이 온다네 풍년이 와요
이 강산 삼천리에 풍년이 온다

산천에 초목은 젊어 가도
인간에 청춘은 늙어 가네

〈국립국어연구원〉이 2000년에 발행한 『한국문화기초용어』 사전 ‘아리랑’ 항목에는 “짧고 소박한 가사에 이별의 아픔이 진솔하게 표현되어 있다. 한국인이 보편적으로 지니고 있는 한과 그리움의 정서가 애절한 가락 속에 겹겹이 묻어 나오는 듯하다"고 풀이하였다. 이는 지극히 소박한 미술이나 오히려 '탁월한 보편성'을 지적한 것이기도 하다. 같은 3분박 3박자임에도 정선아리랑은 정선 사람들이 아닌 타지 사람들에게 목 쓰임이 자연스럽지 못하여 어색하다. 그런데 이 아리랑은 어느 지역 누가 불러도 목 쓰임에서 제 고장 아리랑을 부르듯이 자연스러움을 느끼게 한다. 이것이 '탁월한 보편성'일 터인데, 그래서 여러 상황에서 '노가바'되어 불리게 된다. 그 실례의 하나로 한국전쟁 중에 '노가바'된 것도 있다.

극한 상황이면서 아픈 사연이지만 그 속성을 잘 보여준다는 점에서 인용하고자 하는데, 1951년 1월 12일자 『조선일보』에는 이런 내용의 기사가 실렸다.

> "아리랑은 좋은 것, 효과 백 퍼센트
> –중부전선 854고지 대적방송(對敵放送)의 음탄(音彈)은 아리랑–
>
> 우리나 님은요 날 그려 울고
> 전쟁판 요내들 임 그려 운다
> 아리랑 아리랑 아라리요
> 아리랑 고개를 울며 넘네
> 실황 대적 방송으로 7169부대에 귀순병들만 하루 평균 40명이나 된다"

'대적방송', '음탄'이란 말은 아리랑과는 도저히 어울릴 법하지 않은 전시 용어지만 아리랑을 수식한 말들이다. 이렇게 아리랑은 역사적인 현장 곳곳에 음각되어 있다. 그만큼 곡조의 쓰임이 보편적이라는 말일 것이다.

위의 사설은 '아리랑'으로 유형화된 소위 정전(正典) 사설이다. 그러나 1930년대로부터 덧붙여진 사설은 60여편에 이른다. 결코 다른 민요에 비해 적은 것은 아니다. 글쓴이는 80년대 중반에 진도에서 만나 '인간 녹음기 최소심'(진도의 〈강강수월래〉 제1대 예능보유자) 할머니로부터 들은 이 아리랑은 20여분 정도나 되었는데, 이상의 것뿐만 아니라 자신의 해방 후 상황까지를 사설화하여 경이롭게 취재를 한 경험을 갖고 있다. 이 역시 우리음악의 특징 중에 하나인 사설치레의 무한적 전개, 단절 없이 계속되는 동일악곡 반복양식(한명희, 엇몰이 장단과 일탈의 미학, 멋과 한국인의 삶, 1997)을 잘 보여준 것이다.

한편 이 아리랑에 대해 북한에서는 나운규(羅雲奎/1902~1937)와 동시대에 활동했던 배우들의 증언을 엮은 『민족수난기의 신민요와 대중가요를 더듬어』(1995)에서 "무성영화 시기에 〈아리랑〉을 편작한 이후 김서정은 동요 〈봄노래〉를 창작하였다."라고 하여 편곡자가 서정 김영환(金永煥/1898~1936)임을 밝히고 있다.(한편 『한국영화총서』의 편자 영화사가 김종욱 선생은 홍난파 · 백우용 · 이상준 · 임정화를 거명하며 김영환의 편곡 사실을 부인한 바 있다. 1999.9.28 談) 매우 흥미로운 기록인데, 이는 나운규의 고향이 회령인 관계로 동시대에 활동한 생존자들이 많고, 비교적 이른 시기에 나운규와 영화 〈아리랑〉에 관심을 갖은 결과이다.

김영환은 변사 · 작가 · 영화감독 · 가요 작곡가로 활동한 다재다능한 인물이다. 나운규의 증언에서 '단성사 악대에 편곡을 맡겼다'고 하였는데 김영환은 당시 단성사에 소속된 변사 · 영화감독으로 작사 작곡가로 활동을 하기도 했다. 작곡(편작)자를 김영환으로 기록한 것은 신뢰할만한 정보이다.

김영환 편작(작곡) 사실은 단성사와 나운규와의 관계, 음악적 소양, 관련 활동(방송에서 영화〈아리랑〉을 해설함) 사실에서 신뢰하게 된다. 특히 발성 · 창법 · 리듬 · 음계 · 멜로디 · 장식음이 전통음악 어법과 다르고, 창작자와 작품의 오리지널리티가 분명함으로 더욱 그렇다.(이상 서울의 아리랑에 대해서는 다음 자료에 상론되었다. 김연갑, 「서울의 아리랑」, 『아리랑종합전승실태조사보고서』, 문화재청, 2005.) 이제는 주제가 〈아리랑〉의 작곡자를 괄호(括弧)로 두지 않게 되었다. 더불어 이 아리랑은 '개발된 음악(Cultivated Music)'임도 분명하고, 3/4 박자이나 5/4 박자로 변창되기도 하는 박자적, 리듬적 비대칭성으로 하여 우리민요의 특징(조영배, 한국의 민요 아름다운 민중의 소리, 민속원, 2006)을 대변함도 분명하다. 또한 우리음악의 빼놓을 수 없는 본질인 즉흥성을 전 민족구성원이 이 아리랑을 통해 연행하고 있다는 사실도 분명하다.

(3) 삶의 소리, 천년의 노래 정선아라리

글쓴이의 2009년 일반인 대상 인지도 조사결과는 본조아리랑 → 강원도아리랑 → 밀양아리랑 → 진도아리랑 → 정선아라리 순이다. 1위와 2위 간의 차이가 비교가 되지 않을 정도로 컸다. 그리고 2000년 부산지역 중학교 학생과 교사를 대상으로 한 조사의 결과는 "우리민요의 대표는 무엇인가?"라는 설문에 학생은 96%, 교사는 100% 신(본조)아리랑이라고 답했다.(박정화, 〈아리랑〉의 의의와 교육의 필요성, 부경대학교 석사논문, 2000.) 그런데 개별적 연구 논문 발표 상황을 대상으로 집계한 결과는 정선아리랑(아라리) → 본조아리랑 → 진도아리랑 → 밀양아리랑 순으로 나타났다. 역시 1위와 2위 간의 차이는 현격했다. 이런 결과는 일반인들의 아리랑에 대한 관심과 연구자들의 학술적 관심은 크게 다르다는 사실을 알 수 있게 한다. 그렇다면 정선아리랑의 학술적 가치는 어디에 있는가?

이 정선아라리를 전승 중심지(정선)와 전승 주변지(영월 · 평창 · 태백)에서는 '아라리'로 통칭하고, 타지역에서는 '정선아리랑'고 한다. 1971년 말 강원도 무형문화제 제1호로 지정할 때도 일반 명칭인 '정선아리랑'으로 했다. 그러나 학술적으로는 '정선의 아라리' 또는 강원도 긴아라리(엮음아라리)로 변별한다.

"산과 산을 이어 빨래 줄을 걸 만하고, 해가 하늘 중천에 있을 때만 밝은 동네". 이중환의 인문지리서 『택리지』에서 말한 강원도 정선(旌善)의 형세다. 정선이 깊은 오지에 있음을 표현한 것인데, 이러한 오지적 지세는 역설적으로 아라리를 전승시키는 적지(適地)였다. 산과 강으로 인적교류를 제한함으로써 고유성을 유지하는데 기여했기 때문이다. 이 상황은 자연 생태계의 소위 '종의 유전적 고립' 이론과도 비교가 된다. 최근 지리산 늪지에서 10억년 전 바다에서 살던 '미니 조개'가 원형대로 살고 있음이 발견되었는데, 이는 융기 후 고립된 늪지라는 생태환경의 조건 때문에 원형을 유지하며 살 수 있었다는 것이다. 이는 구비문학의 생태 입지에도 적용된다고 보게 된다.

정선의 옛 지명 '도원(桃源)'에서 알 수 있듯이 수난당한 이들의 은거지였음에 대한 역설적 표현이기도 하다. 이는 아리랑을 '피압박의 소산'이라고 하는 이의 지론에서 본다면 딱 들어맞는 표현이다. 그래서 정선아리랑은 고려시대로부터 천여년 간의 척박한 산촌민의 생활사를 담고 있다. 4천여 수의 노랫말은 바로 이런 처지를 노래에 적층시킨 것으로, 정선아리랑을 '삶의 소리, 천년의 노래'라고 하는 이유이다. 그러나 이 토속 아라리는 다른 아리랑에 비해 50년대 까지도 조명을 받지 못했다. 근대적인 아리랑만이 유통될 수밖에 없었기 때문인데, 고정옥(高晶玉/1911~1969)이 아리랑의 성격을 '근대 시민계급과 노동자 농민의 생활상의 여실한 반영'이라 규정한 소이이기도 하다. 결과적으로 근대 이전에 형성된 토속 아라리는 근대의 소리판에서는 적합하지 않게 인식했던 것이다. 이는 북한이 슬픈 노래라며 잘 부르지 않는 이유이기도 하다.

정선아라리는 메나리권의 자생 중심 장르이고, 원형으로 모든 아리랑의 모형(母型)이기도 하다.

아라리전설과 〈정선아리랑비〉

이 정선아리랑은 오랜 세월 동안 불려오며 통시적이고 공시적으로 무한한 확장력을 발휘하였다. 이런 존재를 확인시켜 주는 것으로 배경설화 〈아라리전설〉이 그것이다. 정선읍 주산 비봉산 중턱에 세워진 〈정선아리랑비〉, 『정선군지』와 관련 자료에서 중심이 되는 부분을 정리하면 다음과 같다.

> “이(눈이 올라나…) 노래는 정선아리랑의 시원을 이루는 노래로서 지금으로부터 580년 전 고려조가 망하게 되자 이제까지 관직에 있던 선비들이 이를 비관하고 송도에서 두문불출 은신하다가 정선에 은거지를 옮겨 지금의 거칠현동과 백이산을 소요하며 이제까지 섬기던 고려왕조가 그냥 망하고 말 것인지 그렇지 않으면 다시 계승될 것인지 송도에는 험악한 먹구름이 모여드는 시운을 한탄하고 쓰라린 회포를 달래며 부른 노래이고 대사는 이러한 어려운 때가 아니라면 자기들이 모든 것을 등지고 쓸쓸한 이 산중에서 울부짖으며 살아가지 않을 것이라는 심정을 읊은 것이다. 정선아리랑의 가락이 구슬프고 구성진 곡조를 지닌 것은 이런 한탄과 시름을 읊조리게 된데 연유한 것이다.”

〈정선아리랑비〉 음기(陰記)의 일부이다. 정선군에서 발행된 많은 자료에서 유사하게 전해지는 내용이기도 하다. 오늘날 이를 주체화하여 축제와 7현굿과 음악극 등에 모티브로 작용하고 있는데, 어떤 아리랑도 이 같은 배경설화를 갖고 있지 않다. 이런 점에서 설화를 유의하여 살필 필요가 있다.

역성혁명을 일으킨 이성계의 회유와 탄압에도 충절을 지키기 위해 두문동을 벗어나 정선에 은거하게 된 인물들은 이미 지역민들이 부르는 가락에 자신들의 처지를 얹어 불렀다. 그런가 하면 이들의 시를 지역민들이 뜻말로 하여 노래로 불렀다.

이를 다시 정리하면 이렇다. 즉, 정선 지역민들의 려말선초 메나리조 소리(아라리)는 백두대간 강원 · 경상권 일대에서 불린 것으로, 이때는 정선 · 영월 · 평창 · 태백지역 뿐만 아니라 더 넓은 인근에 보편적으로 전승되고 있었다. 그러다 조선이 개국되는 격변기에 고려유신들이 정선지역에 은거하며 앞에서 살핀 바와 같은 충격을 받게 되었다. 이때의 충격이란 산간인 초부의 소리가 고려유신이라는 지식층에 의해 불리게 되었고, 동시에 초부의 소리에 문자가 담기게 되었다는 것으로, 이는 한갓 생활의 노래이던 것이 충절을 담은 노래로 지역민들은 의미를 부여하여 주체화하게 된 것이다. 이런 정선 지역민의 자의식은 새로운 성격을 부여하여 연대의식을 표현하는 노래로 부르게 됨으로써 창자·화자·환경의 차이가 좁혀져 '공동의 감정적 공감대에 의한 재창조'(Communal Recereation)가 가능하게 된 것이다.

이를 계기로 공감되는 노랫말이 대표 사설로 위치하게 되고, 지역의 노래로 특화됨은 물론, 인근 지역의 묵시적 공인을 받아 역사가 되기에 이른 것이다. 이런 배경이 메나리조 아라리의 전승 중심지를 정선으로 위치하게 했고, 인근 지역은 전승 주변지역이 되게 한 것이다.

이런 정황은 왜 아라리의 전승 중심지가 정선인가를 설명해주는 동시에 전승력은 전승 지역민의 강한 주체의식에 있음을 알게 해준다. 결국 이 논리를 확대하면 아라리의 전승 중심지가 정선이 된 것은 발상지가 정선이기 때문이라고 보기보다는 역사성에 기인한 결과라고 보게 된다.(그러므로 한 때 아라리 발상지가 정선 아우라지(북면 여량리)냐 거칠현동(남면 낙동리)이냐의 논란이 있었던 것은 역사성과 민속현상을 도외시한 해프닝인 것이다.)

대표 사설

아리랑 아리랑 아라리요
아리랑 고개 고개로 나를 넘겨주오

① 눈이 올라나 비가 올라나 억수장마 질라나
만수산 검은 구름이 막모여 든다(〈정선아리랑비〉 전면)

② 아실 아실 꽃베루 지루하다 성마령
지옥 같은 이 정선을 누굴따라 내 왔나

③ 한치 뒷산에 곤드레 딱주기 나즈미 맛만 같다면
올 같은 봄철에도 봄 살아나지

④ 아우라지 뱃사공아 배 좀 건네 주게
싸리골 올 동박이 다 떨어진다

⑤ 떨어진 동박은 낙엽에나 싸이지
사시장철 임그리워 나는 못 살겠네

⑥ 정선읍네 물레방아는 사시장철 물살을 안고 도는데
우리집 서방님은 날 안고 돌줄 모르네

⑦ 앞 남산 딱따구리는 참나무 구멍도 뚫는데
우리집 저 멍텅구리는 뚫어진 구멍도 못 뚫네

⑧ 정선 사십리 발구덕 십리에 삼산 한치인데
의병난리가 났을 때도 피난지로다

⑨ 36년간 피지 못하던 무궁화 꽃은
을유년 팔월 십오일 다시 만발하였네

⑩ 사발 그릇이 깨어지며는 세 조각이 나는데
38선이 깨어지면 한 덩어리 된다네

⑪ 정선같이 살기 좋은 곳 놀러 한 번 오세요
검은 산 물밑이라도 해당화가 핍니다

지금까지 정선군 주도로 조사된 사설이 3천 여 수가 된다. 그리고 한 가족 3대가 불러 음반(김순녀 · 김순덕, 정선아리랑, 신나라)으로 수록한 사설이 464수이다. 이런 예는 세계적인 기록일 수 있다. 이는 정선 지역민들이 이 노래에 담긴 삶의 방식을 동의하여 생활에서 향유하고 있음을 말해주는 것이다. 제시한 대표사설 11수는 〈정선아리랑제〉 주제 행사인 경창대회에서 선호도가 비교적 높게 불려지는 사설들을 글쓴이가 임의로 배치한 것이다.

①은 앞에서 살핀 〈아라리설화〉를 상징하는 사설로 고려말의 전오륜(全五倫)외 6인이 개성 만수산에서 정선으로 와 은거한 역사적 사실을 담은 것이다.

이방원(李芳遠/1367~1422)의 시조 〈하여가〉 '만수산 드렁칡이 얽켜진들 어떠하리…'에 등장하는 '만수산'이 여기에도 나오는 것은 이 사설이 〈아라리설화〉와의 상보관계임을 입증해 준다. 이 지명 '만수산'을 통해 고려말 이성계와 대치했던 72현들의 충절의 삶을 환기시켜 정선에 은거했다는 7현 또는 불사이군(不事二君) 정신을 드러내 준다.(김연갑, 「아리랑시원설연구」, 명상, 2006.) ②는 조선 시대 정선에 부임하는 신임 현감 부인이 마전치(麻田峙) 절벽을 타고 내려오며 지은 것이라고 전해 온다. 정선이 얼마나 깊은 오지인지를 알게 하는데, 이 현감부인은 올 때는 절망적이어서 울었으나 갈 때는 살기 좋은 곳을 떠나기 싫어 울었다고도 한다. ③은 일제강점기 '곤드레'라는 산나물로만 살 수밖에 없는 곤궁함을 표현한 것이다. 이 나물은 정선 일대의 특산물인데, 울릉도의 '명이나물'과 양구의 '얼러지나물'과 같이 어떻게 먹든 배탈이 나지 않는 산나물로 구황식물이기도 하다. 이렇게 그 옛적 지혜를 오늘에까지도 노래를 통해 전승시키고 있다. ④는 뗏목이 출발하는 정선군 북면 여량리 아우라지가 남한강의 최상류임으로 산과 물길에 의지해 사는 산간민의 생활을 담은 것이다. 『택리지』의 저자 이중환의 기록에는 아우라지가 송천과 골지천이 합수되지 않고 있다는 것으로 기록되어 있는데, 이는 실제 답사를 하지 않았음을 짐작케 한다. 이토록 깊은 오지가 오늘날에 와서는 정선 제일의 관광지로 아우라지 처녀의 애틋한 사연과 뱃사공의 이야기가 전해지는 곳이 되었다. ⑤~⑧은 봉건제도와 구조적 빈곤 상황의 여성의 삶, 그리고 산간 오지 삶의 정한을 담았다. 특히 조혼의 폐습에 의한 성적(性的) 불만을 패러디한 것이기도 하다. ⑨와 ⑩은 일제강점기를 헤치고 해방을 맞았으나 미소 양국의 분할정책으로 38선이 그어졌음을 안타까워하고, 지극히 소박한 해결방법을 제시한 것이다. 그야말로 역사를 예민하게 반영한 것이다. ⑥~⑦은 예사로 보면 속칭 '야한 사설'인데 기실은 이런 사설 역시도 정선 같은 산민들은 예사롭게 세대를 공유하며 불렀다. 자연스럽게 성교육도 하게 된 것인데, 이는 소공동체, 즉 대면공동체(Face-to-Face Community) 구비 전승의 속성을 잘 보여주는 것이다. 진도 아리랑의 일부 사설과도 대비되어 흥미롭다. ⑪은 오늘의 많은 노래판에서 외지 관객을 향한 소위 앙코르(재청) 사설이다. 사북 같은 탄광지대의 개울에 검은 석탄물이 흐르던 80년대 창작된 듯한데 전승 집단이 아닌 외지와의 소통 또는 앞에서 한 노래를 함께 공유한다는 인사치레의 살가운 노랫말이다.

이렇듯 정선아라리는 민족사에서 개인사까지를 모두 노래한다. 이런 사실은 같은 공동체에서, 여러 상황에서, 시도 때도 없이 불려도 지루함을 느끼지 않는다. 적어도 정선을 중심으로 한 주변지역에서는 그렇다. 이 때문에 아리랑은 '한계효용체감의 법칙'에 지배 받지 않는 독특한 노래인 것이다. 이들 사설은 마치 정선아라리의 생애사인 듯한데, 이 모두는 전승 중심지 정선지역은 물론 인근 주변 지역에까지 적층되어 전승되어 오늘의 노래로 불리고 있다.

아라리의 역사는 〈아라리전설〉을 바탕으로 하여 이야기된다. 그런데 이 전설은 근대에 들어 문헌화 되었다. 물론 문헌기록의 가치가 특별한 의미를 갖는다는 것은 아니지만, 그렇다고 무가치한 것도 아니다. 특히 역사를 재구(再構)하는데는 유용한 단서가 되기 때문인데, 이런 차원에서 역사적 편린을 정리하는 것도 의미가 있을 것이다. 즉 19세기 이전의 다음과 같은 기록(당시 명칭의 음가는 단정할 수 없지만)들을 정선아라리의 계속성을 입증하는 자료로 볼 수 있다는 점에서 정리할 필요가 있다.

첫째는 그동안 논의된 고려가요 〈청산별곡〉의 여음 '얄리 얄리 얄라셩'과 아리랑 여음과의 친연성 문제, 둘째는 〈아리랑타령으로 遁甲 變身〉(동아일보 1928.11.30)과 〈武政과 아리랑〉(매일신보 1935.8.22) 그리고 고권삼(高權三)의 〈아이롱主義〉, 즉 '李朝 초년에 일어났다는 아이롱주의 운동'(고권삼, 『近世朝鮮興亡史』, 1933) 같은 조선 초기 아리랑과의 관련성을 주목하고, 셋째는 조선 세조 12년 윤3월에 왕이 강릉에 행행(行幸)했을 때 농가(農歌)를 잘 부르는 이들을 모아 노래를 듣고, 그해 11월 먹을 것이 없어 길거리에서 농가를 부르는 이를 데려다 기녀에게 전수케 했다는 기록(『중종실록』 권65, 24년 5월조)을 아리랑(아라리)으로 볼 수 있고, 넷째는 임진 · 정유란 이후 불렸다는 일본 구마모토(熊本) 〈이츠키자장가〉(五木 子守唄)의 후렴 '아로롱 아로롱 아로롱바이'를 '아리랑 아리랑 아라리요'의 변이형으로 보아 아리랑과 연관 지어 재구하는 문제이다.

이런 단서들과 앞에서 살핀 〈아라리전설〉을 통해 정선아리랑의 역사를 재구할 수 있을 것이다. 이 〈아라리전설〉에는 정선아라리의 시원뿐만 아니라 아리랑의 3대 정신인 저항 · 대동 · 상생정신, 특히 저항정신이 중요한 주제로 담겨 있다.

마지막으로 정선아리랑을 정리하면 다음과 같은 특징과 가치가 있음을 알 수 있다.

첫째, 무문자 시대(Nonliterate)에서 문자시대를 관통한 우리 민요사의 기념비이다. 곧 구비문학 또는 구비문화유산의 표본이라는 것이다.

둘째, 문화적으로는 모든 민요의 모형(母型)이다.

셋째, 배경 설화와 가장 많은 적층 사설을 갖고 있고 전승 중심지의 전승력이 견고하다.

넷째, 아직도 가족 간, 마을 간의 자연스런 전승 체계가 유지되고 이뤄지고 있다.

다섯째, 정선군에 의해 가사집이 연례적으로 발간되고 있다.

여섯째, 지역민들 스스로가 진정성 있는 전승 의지(강원도무형문화재 제1호, 예능보유자 유영란 · 김길자 · 김남기 · 김형조)와 현재적 향유로 35년간 〈정선아리랑제〉가 개최되고 있고, 아리랑연구소 운영 등의 각종 기구와 단체가 운영되고 있다. 이는 다른 지역과 현격한 차이를 보여주는 현상이다.(김연갑, 『아리랑 시원설연구』, 명상, 2006.)

(4) '아무나 부르지만, 잘 부를 수 없는' 진도아리랑

진도에서는 '진도아리랑타령' 또는 '아리랑타령'으로 불린다. 그러나 일반적으로는 '진도아리랑'으로 불린다. 육자백이조의 전형으로 영화 〈서편제〉에서 보듯이 판소리를 배우는 교본 소리로, 소리꾼들이 무대에 오르기 전에 목을 푸는 단가(短歌)로, 공연의 피날레 합창곡으로 불리는 다용도의 소리이다. 진도지역을 전승 중심지(전라남도 무형문화재 제33호 〈남도잡가〉, 예능보유자 진도 출신 강송대)로 하고 남도 전역과 섬들을 주변 전승지로 하여 주로 여성들에 의해 전승되고 있다.

이상의 속성을 전제로 진도아리랑의 성격을 정리하면 다음의 세 가지로 요약을 할 수가 있다. 하나는 남도에서 기능을 초월하여 거의 모든 노래판에서 불리는 개방적인 노래라는 점. 둘은 화자(話者)가 주로 여성인 점과 사설이 여성적이라는 점. 셋은 남도 음악의 기층인 무악적 육자배기조라는 점이다. 넷은 후렴의 '응-응-응'의 3음이 매력을 더하여 분명한 존재감을 갖는다. 이 넷을 진도아리랑의 특징이라 보아도 무방할 것이다.

전 진도문화원장인 향토사가 박병훈의 조사(90년대 진도군 의신면 중심)로는 흥타령 · 둥당애타령 · 육자배기와 함께 가장 널리 불리는 소리로, 노래판은 적게는 서너 명으로 시작해서 많게는 20여명 내외 여성 중심이고, 북 반주는 주로 남성이 맡는 것이 일반적이라고 했다. 진도의 소리군들은 '멕이고 맞는다'고 말한다. 돌아가며 사설을 멕이면 모두가 맞음소리에 참여한다.(1983년 진도민요보존회장 허옥인과의 대담, 한양명, '진도아리랑타령연구', 중대 석사논문, 1988.) 이는 육자배기에서 각 절의 맨 끝에서 '거나해…'를 모두가 맞아 부르는 것과 같은데, 진도아리랑타령의 가창 방식이다.

소리판은 이런 방식으로 서너 순배 정도 전승 사설로 흐른다. 전승 사설은 예컨대 제1절로 불리는 다음의 사설로 지역성이 강한 진도에서 경상도 지명을 등장시킨 것은 의외이긴 하나 사설 자체가 1920년대 불린 아리랑들에 전승된 사설임을 감안하면 굳이 지역성에 의미를 둘 필요는 없게 된다.

> 문경 새재는 몇 구비냐
> 구부야 구부구부가 눈물이로구나

진도아리랑에 대한 배경설화가 담긴 사설이다. 음반이나 진도 소리꾼들의 노래판에서 대표 사설로 불리는데, 아마도 기원전설을 배경으로 하여 전승력을 확보한 듯하다.

이 사설로 시작된 노래판은 초성 좋고 비위살 좋은 이가 자극적인 사설이나 재미있는 창작 사설을 불러 웃음판을 이루면 이내 무릎장단에 다음과 같은 사설이 이어진다.

> '베개가 낱거들랑 내 팔을 베고
> 아실아실 춥거들랑 내 품에 들게'

진도아리랑에 대한 배경설화가 담긴 사설이다. 음반이나 진도 소리꾼들의 노래판에서 대표 사설로 불리는데, 아마도 기원전설을 배경으로 하여 전승력을 확보한 듯하다.

이 사설로 시작된 노래판은 초성 좋고 비위살 좋은 이가 자극적인 사설이나 재미있는 창작 사설을 불러 웃음판을 이루면 이내 무릎장단에 다음과 같은 사설이 이어진다.

> '베개가 낱거들랑 내팔을 베고
> 아실아실 춥거들랑 내품에 들게'

이런 남녀 간의 정분 얘기는 성 능력이 여법하지 못한 남정네나 그의 어머니

(시어머니) 또는 무능한 아버지를 비아냥하는 사설로 이어져 판이 왁자지껄해진다. 이때는 좌중 모두가 돌림노래인 윤창(輪唱)의 일체가 되어 즉흥성의 폭을 넓혀 노래 부르기를 놀이로 전이시켜버린다. 노래로는 긴장을 풀게 하고, 사설을 주고받게 하여 놀이로 충족시키는 '노래와 놀이의 판'인 것이다.

이런 노래판에서 구사되는 사설은 적어도 30여 편 내외가 되는데, 3음보 2행 1련을 한 편으로 하는 분장체장가(分章体長歌)의 진면목을 보인다.

이제 진도아리랑타령의 형성시기를 가늠하고, 전승 상황의 한 국면을 담고 있는 〈거꾸로아리랑〉 사연, 그리고 대표사설을 살피기로 한다.

① 박종기와 구성설

"진도아리랑은 예부터 아리랑타령이라 하여 구전으로 불리어져 다른 민요와 같이 그 시원은 알 수 없으나 조선조 말인 1900년대 초부터 진도아리랑이라 이름하였다 한다."(〈진도아리랑비〉, 1995년 설립)

조선조말 형성되었다는 위의 주장과는 또 다르게 진도아리랑타령의 형성시기에 대해서는 주로 진도지역에서 전해지는 이야기가 있다. 그것은 진도 출신 당골이며 대금 명인 박종기(朴鐘基/1880~1947)가 구성했다는 주장이 그것이다. 당시 함께 활동했다는 당골 박석주(朴錫柱)의 증언으로 전해오는 것인데, 진도의 유지들이 공유하고 있는 사실이기도 하다. 그런데 박종기를 주인공으로 하는 것은 같지만 장소와 구성 계기는 이와 다른 것도 있다.

하나는 "1920년대 박종기 · 박석기 · 박석주 등 당시 함께 활동하던 음악인들이 진도의 신청(神廳)에서 예기조합(藝妓組合)을 설립하여 후진을 양성 할 때 지역에서 불려오던 '산아지타령'을 함배(박자)와 제(制曲)를 정리하여 넣고, 여기에 후렴을 넣고 박종기가 '진도아리랑타령'이라고 이름을 붙였다"는 주장이다. 진도 전문화원장인 조담환 · 박병훈 그리고 『진도속요와 보존』의 저자 허옥인 등의 주장이다. 남도 음악에 바탕을 둔 주장이고, 〈산아지타령〉과의 음악적 관련성이 분명하여 설득력을 지닌다.

그리고 또 하나는 원로 사진작가로 1세대 예능보유자들을 기록화한 정범태가 1999년 명창 김소희의 증언을 자신의 저서 『명인명창』에서 인용, 주장한 내용이다.

> "박종기가 OK 레코드사와 콜롬비아사에서 두 번이나 반주 녹음한 진도아리랑은 박종기의 창작으로 알려져 있다. 판소리 인간문화재였던 김소희 증언에 의하면 진도아리랑은 음반을 취입하러 일본으로 가는 배안에서 작곡했다고 하는데 아직 논란의 여지가 많으나 원래 아롱타령으로 불리는 전통민요를 박종기가 새롭게 편곡했다는 설이 진도지방에서 유력한 것으로 보아 박종기의 창작으로 보는 것이 옳다고 하겠다."

이 주장은 박종기와 김소희(金素熙/1917~1995)가 일본에 레코드를 취입하러 가는 선상에서 '가는 김에 진도아리랑을 짜서 취입하자'며 전해오는 가락(산아지타령)에 후렴을 짜서 김소희에게 부르게 하여 취입을 했다는 것이다. 마치 박영효가 일본행 선상에서 태극기를 고안했다는 에피소드와 같지만 처음으로 진도아리랑을 음반으로 취입하고 박종기를 통해 활동했던 이의 직접 증언이라는 점에서 무시할 수 없는 주장이기도 하다.

이상의 주장에서 부분적인 차이가 있긴 하지만, 오늘의 형태로 정형화 되는 데에는 박종기의 역할이 그 중심에 있었고, 그 시기는 이르면 1920년대 초, 늦으면 레코드 취입이 일본에서만 가능하여 음악인들이 도일(渡日)하는 최종 시점인 1934년이 된다. 그리고 앞에서 살핀 두 가지 주장도 어느 하나가 타당하다고 보아 택하기 함께 보완적인 관계로 수용할 필요가 있을 것이다. 모두 박종기의 역할을 중심에 두고 있기 때문이다.

그런데 형성 시기나 유행 시기를 추정하는 데는 또 하나의 유용한 자료가 있다. 그것은 1930년 김지연이 조선총독부 기관지 ≪조선≫에 쓴 〈조선민요

아리랑〉(상 · 하)란 기록인데, 여기에서는 17종의 아리랑을 정리, 특화했다. 그런데 진도아리랑이 포함되어 있지 않다. 이는 적어도 1930년 전후에는 진도아리랑이 형성되었다하더라도 유행은 하지 않았다는 것을 말해 주는 것이다.

또한 기록에 의한 진도아리랑 상황은 1930년 중반부터 확인이 된다. 우선 방송 상황인데, 1934년 11월 10일 박종기의 대금연주로 '남도아리랑'이란 곡명으로 방송되었고, 3일 후인 13일에는 ①아리랑 ②景福宮아리랑 ③元山아리랑 ④密陽아리랑 ⑤江原道아리랑 ⑥江原道메나리아리랑과 함께 '全羅道아리랑'이란 곡명으로 방송(최수성 반주, 김학선 소리) 되었다. 이는 진도아리랑, 남도아리랑 그리고 전라도아리랑이란 동곡이명(同曲異名)으로 불린 것을 알게 한다. 이 방송 기록으로는 김지연의 1930년 기록에 수록하지 않은 이유를, 적어도 1930년 이후에 형성되어 유행하게 되었음을 보완해 주는 것이다. 결국 형성시기는 1930년 직후가 되는 것이다.

② 항일 〈거꾸로아리랑〉

1935년 7월, 『조선일보』 주관의 독자위안회라는 공연을 소개하며 〈名物 珍島아리랑 만장의 갈채가 끊일 줄 몰라〉라는 제하로 진도아리랑을 등장시켰다. 이 기사에서는 '우리의 고전민요 무용인 진도아리랑'이라고 기술하고 있어 경성의 중요 공연에서 춤곡으로도 연주될 만큼 명성을 떨치고 있음을 읽을 수 있다. 그런데 이러한 유행상은 진도에서도 마찬가지였다. 1940년대 초 결성되어 활동한 〈계몽극단〉과 〈신극단〉의 공연에서 진도아리랑이 항일적 연극의 모티브로 기능 할 만큼 공동체에 일반화 되었다.

예컨대 신극단사건(新劇團 事件)에 등장하는 진도아리랑 사연인데 바로 〈거꾸로아리랑〉에 관한 이야기이다. 이순신 장군의 용맹성을 들어 일본의 침략상을 비판하는 노랫말이다. 당연히 일제의 세상에서 함부로 부를 수 없는 노랫말이다.

> 아리아리랑 쓰리쓰리랑 아라리가 났네
> 아리랑 응 응 응 아라리가 낳네
>
> 일본대판 딸각바리 왜놈의 새끼들
> 총칼을 찼다고 자랑을 마라
>
> 이순신 거북선이 두둥실 떠가면
> 죽다 남은 종자 새끼들 몰살을 하리라

'일본은 싫다' 정도를 넘어 역사적 사실을 들어 적극적으로 배일(排日)을 내세웠다. 그런데 연극에서는 이 사설이 반드시 불려야 했다. 당시는 일본인 형사가 극장 임검석에서 앉아 감시를 하는 형편이어서 그대로는 부를 수가 없었다. 그래서 기지를 발휘하여 거꾸로 해서 불렀다. 가사를 다음과 같이 바꾼 것이다.

> 판대본일 리바각딸 들끼새의놈왜
> 고다찼을칼총 라마을랑자
>
> 이선북거신순이 면가떠실둥두
> 들끼새은 남다죽 라리하을살몰
>
> 아리아리랑 쓰리쓰리랑 아라리가났네
> 아리랑 응 응 응 아라리가 낳네

이렇게 거꾸로 하여 부르자 이를 알고 있는 객석에서는 더 큰 소리로 합창을 했다. 그러나 이에 조선말을 어슴푸레하게 알고 있던 임석 일본인 형사는 관객의 반응에 휩싸여 멋도 모르고 후렴을 따라하며, 끝내는 '조선 아리랑 참 재미있다'고 까지 했다는 것이다.(전 진도문화원장 박병훈 談 1989)

이렇게 해서 무사히 공연을 마쳤다. 그런데 며칠 후 이 〈거꾸로아리랑〉 실상은 발각되고 말았다. 이 결과로 당연히 배우들이 피체되는 일이 벌어졌고 극단 역시 폐쇄당하고 말았다. 이 사건은 아마도 남도들노래 예능보유자 조공례가 "일제 때 일본 순사가 아리랑을 부르면 죽인다고 했다"는 증언(한양명, 「진도아리랑타령연구」, 중앙대 석사논문, 1988)이 있게 한 배경일 수 있다.

이런 진도아리랑의 여세는 이미 30년대 후반에는 진도에서 떨어진 섬까지 확산되어 있었다. 바로 다음과 같은 각 편 출현 사실에서 확인이 된다. 진도군 조도면 속도(屬島)인 거차도의 이름을 단 〈거차도아리랑〉의 존재가 그것이다. 『조선일보』 1939년 9월 29일자에 다음의 두 수가 수록되어 있다.

"열두시에 오라고 우데마끼를 주었더니
일이삼사를 몰라서 새로 한시에 왔냐

아리랑리랑 시리시리랑 아라리가 났네
아-리랑 응 응 응 아라리가 났네

구장네 방에는 나지오(라디오)가 노는데
오는 말은 있어도 가는 말은 없다네

일제 강점기의 남도 섬마을의 상황과 라디오 위력의 실상을 보여준다. 그런데 이 사설의 말미에는 '박종기의 대금 연주가 세계 제일 소리'라고 부기하고 있다. 굳이 이를 부기한 것은 거차도아리랑이 진도아리랑에서 파생된 각편임을 확인시켜 주는 동시에 박종기와 진도아리랑과의 관계를 알게 한다. 하여튼 이 자료는 당시 진도아리랑의 후렴 양상이나, 새로운 각편이 생성되는 정황을 알려주는 신문 기사이다.

대표 사설

후렴 : 아리아리랑 쓰리쓰리랑 아라리가 났네
아리랑 응-응-응 아라리가 났네

① 문경새재는 웬 고갠가
구부야 구부구부가 눈물이로고나

② 중신애비 죽으면 청개구리가 되고
요내 나는 죽으면 꽃배암될란다

③ 씨엄씨 씨엄씨 강짜을 말거라
니 자식 여법하면 내가 밤마실 갈까나

④ 야답세 두번걸이 열두폭 치매
신작로 다 쓸고 임 마중얼 가네

⑤ 노다 가세 노다나 가세
저달이 떴다 지도록 노다나 가세

⑥ 가는님 허리를 아드득이 잡고
하룻밤만 자고 가라 통사정을 하네

⑦ 뼘가웃 이불비개 둘이 덮고 자도
얼마나 다정하여 뼘가웃이 남았네

⑧ 서방님 오까매이 깨벗고 잣더니
문풍지 바람에 설사가 났네

⑨ 한국 최남단 보배섬 진도
인심이 좋아서 살기가 좋네

흔히 '아리랑은 후렴의 맛'이라고 한다. 이 경우 이 말에 이의 없이 들어맞는 것이 진도아리랑 후렴이다. 특히 '응-응-응'은 음감에서 각별한 흥취를 주는 남도적이고 진도적인 대목이다.

진도아리랑 비문에서는 이 세 음에 대해 “이 소리는 슬픔과 기쁨이 한데 엉켜 있는 것과도 같다”라고 하고, 진도 문인들은 서예에서 추사체의 필세(筆勢)와 농담(濃淡)에 견줄 수 있다고 대견해 하기도 한다. 그런데 이 후렴은 진도아리랑타령 형성 이전의 다른 아리랑의 후렴일 수도 있음을 유의하게 한다. 이유는 이미 1912년 조선 총독부 조사자료 김제지역 조사에서 이와 비교할 만한 형태의 후렴이 확인되기 때문이다.

①은 경상도 문경 처녀가 진도 총각을 따라와 진도에서 살다 이른 나이에 과부가 되어 죽은 낭군과 문경 고향을 그리며 부른 노래가 진도아리랑타령이라고 한다는 이야기가 담긴 사설이다. 그러나 앞에서 살핀 바와 같이 형성 시기가 1920년대를 넘지 못한다는 사실과 ‘문경새재 박달나무…’ 사설이 1920년대 여러 아리랑에 넘나들던 사설이라는 점을 대입하면 작위적인 설(設)로 볼 수밖에 없다. 그런데 최근 들어 이 사설에 대한 논란이 일고 있다. 진도의 향토사가 박병훈의 ‘문경새재’는 ‘문전(門前) 세재’의 와전으로 이는 ‘문 밖의 세 고개 즉, 출생, 삶, 죽음’을 뜻한다는 주장이 있은 후에, 이에 대해 일부에서는 초등학교 교과서의 내용을 바로 잡아야 한다며 강연(송현, 〈진도 아리랑 바로 부르기 운동〉, 2011. 4)을 열기도, 아예 연구서에서 “문전세재는 웬 고갠가”(조영배, 『우리의 민요 아름다운 민중의 소리』, 민속원, 2006)로 개작, 수록하기도 했다. 이들의 주장 근거는 ‘이 말이 진도에서 1천리가 떨어진 경북 문경을 말할 리가 없다’는 단순한 논리이다. 이는 “문경새재 박달나무는…”의 사설의 형성 배경과 유행상, 직접적으로는 아리랑 전승 생태를 고려하지 않은 단견이다. ②는 시집살이의 고됨을 해학적으로 엮은 사설이다. 천적 관계를 통해 자신의 처지를 희화화했다.

③ 역시 여성이 조혼에서든 아니면 만혼에서든 남편과의 성적 불만이 큼을 우회적으로 표현한 것이다. 시어머니에 대한 대단한 폭언이기도 하다. ④~⑥은 어쩌면 화자가 남자일 수도 있다. 도회지의 허영에 찬 처녀들의 모습을 선망

반 비아냥 반으로 그렸다. 만일 여성이 화자라면 욕망을 표현한 것이 된다.

⑦과 ⑧은 ②와 ③과 함께 뛰어난 시적 표현이 돋보인다. 그러나 전자는 지극한 만족감을 표현한 점에서 대비되는데, 님을 기다리다 찬바람을 맞아 설사를 했어도 싫지 않았음을 내보였다. 그래서 이런 사설은 폭소를 자아내게 한다. 모두 분방함의 문학적 표현으로 결코 저급하지 않다. 정선아라리 사설 일부와 비교가 되기도 한다. ⑨는 외지인들을 위한 노래판의 피날레 사설이다. 외지인들과의 노래판이 많음에서 연유한 것으로 90년대 들어 창작된 듯한데 오늘날에는 진도 내에서 보편적으로 불리고 있는 사설이다. 글쓴이는 2010년 10월, 진도에서 이들 대표 사설을 관광안내사로부터 들은 바 있다. 함께한 외지인 모두가 환호로 반응했는데, 60대 중반의 노년층에게 유리되지 않은 내용이었기 때문인 듯하다.

그렇다고 이상의 사설이 진도아리랑타령의 전부라는 것은 아니다. 오늘날 진도에서 보편적으로 들을 수 있는 사설의 일부일 뿐인데 개인이 편술한 최초의 아리랑 가사집인 1986년 박병훈 수집의 『진도아리랑타령 가사집』에는 '일본아 대판아 뭣하러생겨/ 우리임하고 생이별을 한다'와 같은 일제강점기 징용제도를 적개심으로 표현한 것들을 비롯하여 300여편이나 수록되어 있다.

특유의 떠는 목과 꺾는 목으로 후렴을 시작하여, 사설을 메기고 받는(Call and Response) 간단한 형식이 진도아리랑이다. 이는 진도아리랑을 진도에서 뿐만 아니라 우리 모두가 좋아 하여 부르는 이유이기도 하다. 그런데 이런 목구성과 형식에다 진도사람들만의 붙임성이 더해져야 진도 소리답다고 하는데, 이런 맛을 외지 사람들은 내기가 어렵다. 이에 대해 진도 사람들은 긍지를 갖고 비유하기를 "추사체(秋史體)에서의 웅휘함과 강약의 조화, 거기에 무악적(巫樂的) 신명성을 담아 부른 결과"(1986, 전 진도문화원장 박병훈 談)라고 까지한다. 이를 진도사람들 말고 누가 표현해 내겠는가? 그래서 '아무나 부를 수 있지만, 아무나 잘 부를 수는 없는 노래'가 진도아리랑이라고 하게 된다.

그런데 이 아리랑의 남도적인 어법(판소리 목)이 북한에서는 '쐑소리'라고 하여 개량의 대상이 되어 있다. 이를 수용한 중국동포사회에서도 일본 총련계에서도 함께 나타나고 있는 현상으로 이들에 의한 진도아리랑(보천보전자악단 노래)을 들어 보면 전혀 다른 맛일 뿐만 아니라, 후렴 '응 응 응' 같은 부분의 흥청거림도 제거되어 오히려 생소하기까지 하다. 평양식 발성체계와 밝고 높은 서도소리의 창법을 중심에 두었기 때문이다. 혹시 남도의 아리랑을 서도의 맛을 내고자한, 같으면서도 다르게 맛을 내려고 한 의도는 아니었을까?

(5) 동시대성이 돋보이는 밀양아리랑

밀양아리랑은 우리나라 4대 아리랑(정선아리랑, 본조아리랑, 진도아리랑, 밀양아리랑)의 하나로 경상도적 반말투 첫 사설 '날좀보소 날좀보소 날좀보소~'로부터 빠른 리듬과 내어지르는 특성으로 하여 '탁월한 영남성(嶺南性)'을 획득한 노래다. 이 탁월한 영남성은 1926년 동시대에 출현한 영화 〈아리랑〉 주제가의 인기와 동반상승하여 동포사회에서 다양한 기능으로 불려오고 있다.

기록상 밀양아리랑은 진도아리랑보다 앞서 출현했다. 1926년 9월 26일자 『매일신보』 광고란에 '밀양아리랑타령'(密陽卵卵打令)이 확인되는데, 현재까지 확인된 밀양아리랑의 첫 기록으로 형성 시기를 알려 준다. 당대 명인 박춘재가 장고 반주를 맡고, 대구 출신 명창 김금화(金錦花)가 소리를 하여 발매했다. 김금화는 대구지역에서 활동하던 기생으로 7년 후인 1933년 음반 광고에는 '남조선 밀양아리랑 타령으로써 조선에 이름이 있는 김금화'로 특화 된 것에서 알 수 있듯이, 처음으로 밀양아리랑으로 명성을 얻은 소리 기생이다.

이 밀양아리랑의 유행상은 밀양아리랑을 독립적으로 다룬 1928년 8월호 『別乾坤』에서 차상찬(車相贊/1887~1946)이 쓴 〈密陽의 七大名物, 구슯픈 密陽아리랑〉이란 글에서 확인이 된다.

"어느 지방이던지 아리랑타령이 없는 곳이 없지만은 이 밀양의 아리랑타령은 특별히 정조가 구슬프고 남국의 정조를 잘 나타낸 것으로써 경상도 내에서 유명 할 뿐 아니라 지금은 전국에 유행이 되다시피 한 것이다. 그러나 수심가는 평안도에 가서 들어야 그 지방의 향토미가 있고, 개성난봉가는 개성에 가서 들어야 개성의 멋을 알고, 신고산 아리랑타령은 함경도에 가서 들어야 더욱 멋이 있는 것과 같이 이 밀양아리랑타령도 서울이나 대구에서 듣는 것보다 밀양에 가서 들어야 더욱 멋을 알게 된다. 특히 화악산(華岳山) 밑에 해가 떨어지고 유천역에 저녁연기가 실날같이 피어오를 때에 낙동평야 갈수통 속으로 삼삼오오의 목동의 무리가 소를 몰고 돌아오며 구슬픈 정조로 서로 받아가며 부른다. 이렇게 하는 소리를 들으면 참으로 구슬프고도 멋이 있고 운치가 있다. 아무리 급행열차를 타고 가는 사람이라도 그 누가 길을 멈추고 듣고 싶지 않으랴.

날좀 보소 날좀 보소 날좀 보소
동지 섯달 꽃 본 듯이 날좀 보소

(후렴)
아리아리랑 아리아리랑 아라리가 났네
아리랑 어얼시고 넹겨넹겨 주소

네가 잘나 내가 잘라 그 누가 잘라
구리백통 은전지화 돈 잘 났지

남의 집 영감은 자동차를 타는데
우리집 문둥이는 콩밭만 탄다

우리집 영감은 북간도 갔는데
철 없는 모판에 봄풀 만났네"

다른 지역 아리랑은 후렴으로부터 시작한다. 그런데 밀양아리랑은 높은 음으로 급한 기분으로 내어지르는 사설로부터 시작한다.(서정매, 밀양아리랑의 선율 분석, CD 〈영남명물 밀양아리랑〉 해설, 2010.) 이 역시 경상도 적이다.

살핀 기사로 볼 때는 오늘의 형태인 밀양아리랑 출현 시점은 1920년대 중반이고, 1920년대 말에는 밀양지역에서도 널리 불리게 된 것을 짐작케 한다. 그리고 1930년대에 이르러서는 그 유행상으로 하여 밀양의 토착 설화와 결합하여 1936년 〈아리랑의 出處도 이곳?〉이란 기사의 주인공이 된다. 즉 "이 노래는 항간을 풍미하고 있어서 모르는 이 없건만…(중략) 아리랑 노래의 유래가 어데서 왔는지는 모르지만 이 지방 사람들은 이 아랑 처녀와 관련된 줄 안다"(동아일보, 1936. 6. 9)고 했다. 또한 〈아랑 傳說〉이란 매일신보 기사에서는 다음과 같이 수록되어 있다.

> "밀양아리랑 노래는 너무나 유명하야 언제 불러도 언제 들어도 그 애달픈 정조는 기여히 단장의 눈물 짜내고야 만다. 그러나 밀양아리랑의 주인공이 조선적 명승으로 이름난 밀양 영남루 밑에서 흘러가는 남천강물과 함께 끝없이 4백여년을 안고 고요히 잠자고 있다는 것은 그다지 알려지지 않고 있는 모양이다. 우리는 매년 음력 4월 17일에 밀양군에서 거행하는 영원의 처녀 〈아랑제〉를 당하야…"

그 유행상과 아랑 처녀 설화와 관련을 짓고 있다. 그러나 이 글에서 처럼 '애달픈 정조'와 밀양아리랑의 정조는 어울리지 않는다. 이는 아랑 처녀 설화와 밀양아리랑은 관련이 없는 것이 된다.(북한의 주장이기도 하다.) '4백여년…' 운운에서도 이를 확인시켜주는데, 밀양아리랑이 그 때부터 불렸다는 얘기는 있을 수 없기 때문이다. 그러나 후대에 와서 그런 설화와 밀양아리랑의 습합은 자연스러운 것이기도 하다. 그러므로 이를 굳이 외국 이론을 동원시켜 '만들어진 전통(Invented Tradition)'이라고 표현할 필요는 없다. 그렇게 습합한 현상으로 이해하고 해석을 하면 되는 것이다. 왜냐면 1920년대 중반 음반에 의해 출현할 당시 그 설을 전제로 하지 않았다는 점에서 그러하다. 그런데도 마치 밀양아리랑 자체가 누군가에 의해 의도적으로 만들어진 것이라는 혐의를 받게 할 우려가 있기 때문이다.

습합에 의해 출현한 사설은 '영남루 명승을 찾아가니/ 아랑의 애화가 전해오네'와 같은 것이다. 이런 사설이 실제 가창이 일반화 한 시기는 70년대 전후로 본다.

① 임시정부 군가 〈광복군아리랑〉으로

밀양아리랑의 역사성과 가치는 얼마나 오래된 것인가와 얼마나 사설이 많은가에 있지 않다. 출현 이후에 어떤 기능을 하였느냐에 있게 때문이다. 이제 살피는 기록들은 바로 밀양아리랑의 시대마다의 기능을 제시해주는 사례들이다. 곧 밀양아리랑의 가치는 변이의 주체가 시대마다 다르다는 점과 밀양지역을 넘어서서도 동시대성이 이뤄졌다는 점이다.

밀양아리랑의 버전으로 유명한 것이 광복군아리랑이다. 광복군 제2지대 소속 장호강(1916~2009) 장군의 필사자료(1949), 엄항섭 저 『도왜실기屠倭實記』(1947), 한유한 편 『광복군가집』(1947)에 수록되어 전거(典據)가 분명한 군가이다. 광복군아리랑 사설은 다음과 같다.

광복군아리랑

우리네 부모가 날 찾으시거든
광복군 갔다고 말 전해 주소

광풍이 불어요 광풍이 불어요
삼천만 가심에 광풍이 불어요

바다에 두둥실 떠오는 배는
광복군 싣고서 오시는 배래요

동실령 고개서 북소리 둥둥 나더니
한양성 복판에 태극기 펄펄 날려요

매우 세련되고 노래로서의 공감성이 큰, 잘 짜여진 가사이다. 1980년대 충남 예산 지역에서 조사된 바가 있으나 본래의 전승 주체는 1941년 성립된 중경 임시정부 광복군이다. 관련 자료에는 〈용진가〉 등과 함께 3대 군가의 하나로 수록되어 있는데, 광복군 〈제3지대가〉를 작사한 장호강 장군의 증언에 의하면 국내 진격작전을 위해 그 각오를 다지기 위해 사용된 군가라고 했다.

국내에서는 친일 또는 관제(官製) 아리랑인 〈滿洲아리랑〉, 〈非常時아리랑〉, 〈愛國아리랑〉과 친일적 악극 〈아리랑〉이 황민화에 복무할 1940년대 초 광복군 아리랑이 대항하고 있었다. 밀양아리랑 가락은 당당하게 광복군의 국내진격작전을 벼르며 불린 군가 곡조로 기능했다. 밀양 아리랑이 항일 투사들과 함께 중국에 가서 항전하고 있음을 역사화 한 것이다. 이 같은 밀양아리랑의 기능은 해방 후 군악대와 정부의 의전음악 등의 기능음악(Functional Music)으로 이어졌고, 80년대 민주화 운동 과정의 〈신아리랑〉 등으로 그 역할을 해냈다. 밀양아리랑의 동시대적 역할은 계속 이어졌다.

② 민주화, 통일에의 지향

1980년대 민주화의 열기 속에서 밀양아리랑은 노동가로도 기능했다. 소위 '노가바'의 선두가 되었는데, 2행 1연의 두 줄 후렴, 이 간명하고 용이한 형식에 행진곡 풍의 곡조가 노가바의 전형이 될 수 있었다. 이는 의도적인 '비틀기' 또는 콘트라화툼(Contrafactum) 현상으로, 전승(傳承) 가사를 자기식으로 바꿔 부르려는 강한 욕구의 산물이다. 단, 그 조건은 그 곡조가 탁월한 보편성을 지니고 이미 대중성을 확보한 것이어야 한다는 사실이다. 이런 방식은 6, 70년대 전개된 제3세계에서의 노래운동에서도 마찬가지이다.

신밀양아리랑(노동가)

이불이 들썩 천장이들썩 지붕이 들썩
혼자 자다 둘이 자니 동네가 들썩

공장이 들썩 공단이 들썩 인천이 들썩
우리노동자 단결하니 전국이 들썩

과장이 벌렁 상무가 벌렁 사장이 벌렁
민주노조 결성되니 회장이 벌렁

학생도 단결 농민도 단결 시민도 함께
우리 노동자 앞장서니 온 나라가 불끈

유희성과 선동성이 갖춰진 운동가의 전형이다. 6, 70년대 절차적 민주주의가 유보된 '산업화 그늘'과 80년대의 급격한 민주화 상황을 반영하였다. 그런데 이런 노래가 불러지던 시기의 민주화 열기는 자연스럽게 다음 단계인 통일운동의 열기로 이어졌다. 곧 민주화 논리는 통일 논리이고, 민주화 운동은 통일운동으로 동일시되었다. 밀양아리랑 곡조는 이런 시대정신에도 부합하였다. 다음의 〈통일아리랑〉은 의도적 개작으로 노가바 한, 한 시대의 산물이다.

통일아리랑

(후렴) 아리덩덕쿵 쓰리덩덕쿵 아라리가 났네
아리랑 어절씨구 아라리가 났네

갔던이 돌아오니 동네가 들썩
나도 좋아 너도 좋아 모두 가좋아

모였네 모였네 여기 다 모였네
우리는 한 나라 이웃사촌이라네

오는 소식 가는 소식 웃음꽃 소식
어깨동무 허리동무 아우러나보세

이바람 저바람 통일의 바람
이나라 하나되는 통일의 바람

들풍년 산풍년 만풍년 들어라
우리동네 온 나라 풍년잔치 얼씨구 (92년 인사동아리랑축제 배포 전단)

이러한 밀양아리랑 곡조의 기능 확대는 밀양 지역 내에서도 확인이 된다. 즉 80년대 전국 민속경연대회를 통해 널리 알려진 〈밀양백중놀이〉와 〈감네게 줄다리기〉의 한 과장에서 이 밀양아리랑이 삽입되어 불렸다. 이를 통해 두 놀이는 외지인들에게 경상도적임을 확인받게 되었다. 이 놀이에서 불린 후렴은 기존의 것(1)과 다르게 격렬함이 돋보인다.(2) 이는 경상도적인 밀양아리랑의 정체성을 드러낸 바람직한 계승이다.

대표사설

① 날좀 보소 날좀 보소 날좀 보소
동지섣달 꽃 본 듯이 날좀 보소

아리아리랑 쓰리쓰리랑 아라리가 났네
아리랑 고개를 날 넘겨 주소(1)

아리당닥 쓰리당닥 아라리가 났네
아리랑 어절씨구 잘 넘어 간다(2)

② 정든 님 오시는데 인사를 못해
행주치마 입에 물고 입만 빵긋

③ 옥양목 겹저고리 연분홍 치마
열두번 죽어도 난 못 놓겠네

④ 물명주 단속곳 널러야 좋고
홍당목 치마는 붉어야 좋다

⑤ 남의 집 서방님은 가마를 타는데
우리 집 저 문뎅이는 밭고랑만 탄다

⑥ 시어머니 죽고 나니 방 널러 좋고
보리방아 물볶농께 생각이 난다

이 대표사설 중 ③~⑥까지는 거의 밀양지역만 전승되고 있다. 첫 사설에서 밀양적인 성음으로 내질러진다는 특징을 언급했는데, 나머지 사설들은 전통사회의 자잔한 생활상을 노래한 것으로 밀양적인 고유성은 나타나지 않는다. 오히려 1930년대 다른 아리랑에서 불린 것들과 교류한 것이기도 한데, 결과적으로 밀양아리랑의 특징은 시대마다의 현실적 필요성에 충실한 동시대성에 있는 것이지 곡조나 사설에의 고유성은 중요한 것이 아니다. 이런 시각에서 오늘의 밀양아리랑이 갖고 있는 동시대성은 잠복된 듯하다. 이 속성을 회복시키는 것이 바람직한 계승일 것이다.

(6) 북한의 아리랑

"이 땅에 태어나면
누군들 사랑하지 않으리.
타향의 바람결에 언뜻 스쳐도
뼛속까지 스며드는 내 나라 아리랑
긴 긴 세월 갈라져도 우리 아리랑
분열의 장벽 높아도 우리 아리랑"

북한 시인 양덕모의 〈아리랑노래 부르며〉의 일부이다. '우리 아리랑'이라고 한 표현에서 안도감을 갖게 하지만, 두 번이나 강조한 것에서는 묘한 여운을 갖게 한다. 분명 이 표현은 '우리'이되 현실적으로는 '우리'가 아니거나 '우리'여야 한다는 당위성을 강조한 것이기 때문이다. 아리랑으로 남북 간에 교류가 가능하지만, 그러나 무조건적이지 않음을 읽을 수 있게 한다.

분단 반세기를 넘긴 오늘의 남북 음악 상황은 동질적 요소보다는 이질적 요소가 많아져 가고 있다. 이런 맥락에서 한민족은 같은 문화적 전통 속에서 살아왔기 때문에 더 이질화되기 전에 하나로 통합되어야 한다는 원론적인 당위성만으로는 음악문화 통합은 어려울 수밖에 없다. 분단의 배경이 양측의 양보나 배려로만 가능하지 않기 때문이다. 그런데 그나마 동질적 요소가 훨씬 더 많은 예외가 있다. 바로 아리랑이다. 아리랑은 하나이면서 여럿이고, 여럿이면서 하나인 장르적 성격으로 다름이 그 속성의 하나이기에 그렇다. 다시 말하면 동질성을 원심력으로 하고, 이질성을 구심력으로 확산하는 것이 아리랑의 다른 노래와 다르다는 점이다. 따라서 통합 또는 융합에서 빚어지는 문화적 대립과 충격이 가장 적으리라는 예상을 어렵지 않게 할 수 있다. 아리랑의 교류의 당위성과 선택성이 바로 여기에 있고 그 동질적 요소와 이질적 요소를 살펴야 함도 그래서 필요한 것이다.

최근 디아스포라 담론에서는 의외로 북한을 포함시키고 있다. 이는 이탈하여 이뤄진 공동체라는 단순한 개념에 따른 것인데, 그렇게 적절한 논의는 아니다. 북한은 단순한 이탈 공동체, 지역, 문화가 아니기 때문이다. 따라서 북한이 아리랑 영토이기는 하되 디이스포라는 아니 것이다. 그렇다면 북한의 아리랑은 어떤 위치인가? 당연히 북한은 온전하게 역사공동체 시대로 재통합되어야 할 대상임으로 아리랑의 위상은 비교의 대상이 아닌 우리 아리랑의 반쪽일 뿐이다. 그럼으로 정치적 반대편인 '남한의 시각'이 아닌 그 반쪽인 '아리랑의 시각'으로 북한 아리랑을 인식해야 할 것이다.

북한은 우리가 부르는 대표적인 아리랑은 물론 남한에서 불리지 않던 경상도아리랑 · 영천아리랑과 정책 가요 〈랭산모판큰애기 아리랑〉등과 〈아리랑축전〉

개최 이후 통일아리랑 · 강성부흥아리랑 같은 창작 아리랑을 지어 부르고 있다. 뿐만 아니라 우리의 가요인 〈홀로아리랑〉까지도 부르고 있다. 이는 적어도 아리랑에 대해서만큼은 각별한 의미를 갖고 있다는 것을 알게 한다. 바로 이를 입증하는 것이 단군과 아리랑을 민족 정통성의 상징으로 중시하고 있다는 사실이다. 그래서 단군릉을 발굴하여 성역화 하고, 〈대집단체조와 예술공연아리랑〉(아리랑축전) 개최를 정례화하고 있다.

이 같은 북한의 아리랑 인식은 다양한 자료에 반영되어 있다. 우선 회령 출신 나운규의 생애와 영화 〈아리랑〉에 대한 자료에서 알 수 있는데, 연고권 탓인지 매우 이른 1960년대부터 추모 사업과 함께 기념사업을 통해 관심을 보였다. 1996년 발간한 『조선민요의 유래』, 1999년 발간한 『나운규와 그의 예술』, 그리고 2000년 발간한 『조선민요선곡집』 등이 관련 자료이다. 그런데 이들을 이해하는데 전제해야 할 것이 있다. 그것은 이들이 범칭하는 아리랑은 곧 본조아리랑을 지칭하고 아리랑의 중심에 위치시킨다는 사실이다.

① 〈아리랑〉은 1920년대 새로이 형상화되면서 인민들의 노래로 되었다.
② 조선인민의 정서와 넋이 담겨 있고, 민족의 역사가 비껴 있는 노래이다.
③ 〈아리랑〉은 우리의 민족 정서를 진하고 풍부하게 구현하고 있다.
④ 〈아리랑〉은 그 담고 있는 풍만한 민족 정서로 하여 우리 인민들의 깊은 사랑 속에 널리 불리고 있다.
⑤ 통치배들에 대한 원한 그리고 행복한 생활에 대한 지향과 염원이 절절하게 반영되어 있다.
⑥ 〈아리랑〉은 새로운 생활적 내용을 담고 시대와 함께 끊임없이 변화, 발전하여 왔다.
⑦ 〈아리랑〉의 통속성이야말로 가장 큰 인민의 재보이다.
⑧ 〈아리랑〉은 슬픔과 기쁨도 있다고 하여 애환의 가락으로 일러온다.
⑨ 〈아리랑〉 후렴구의 선율을 그대로 반복함으로써 누구나 한번 들으면 쉽게 기억하고 따라 부를 수 있게 되었다.
⑩ 3/4 박자로써 후렴이 먼저 오는 구조적 특징을 지니고 있다.

⑪ 〈아리랑〉은 우리 시대(1976)에 와서 관현악 〈아리랑〉의 소재로 쓰이게 됨으로 해서 주체음악예술 발전에 크게 기여하고 있다.
⑫ 〈아리랑〉은 1988년 여성독창과 방창으로 다시 형상화되면서 가사 일부가 부분적으로 수정되었다.
⑬ 〈아리랑〉은 지역적 범위를 벗어나 전국 각지에 파급되어 다시 국경과 지역을 넘어 조선 민족이 살고 있는 곳 어디에서나 애창되고 있다.

이상의 총 13개 항은 앞에서 제시한 자료들에서 공통으로 담고 있는 내용을 정리한 것이다. ①·②는 아리랑의 위상을 말한 것이고, ③은 아리랑의 내용을 말할 때 거의 모든 자료에서 기술하고 있다. ⑤는 북한의 사회주의적 인식이 반영된 해석이다. ⑥관련 기술의 끝에 관례적으로 붙는 내용이다. ⑦은 아리랑 최고의 가치를 통속성이라고 한 것이다. 그리고 ⑧·⑨·⑩은 아리랑의 구조와 형식이 통속성을 담보하는 조건임을 말했다. ⑪·⑫는 정책적으로 노랫말이 개사된 시점과 〈관현악곡 아리랑〉이 출현한 시점을 알려 준다. ⑬은 아리랑의 전승 범위가 전세계임을 인식한 것이다.

이상과 같은 아리랑에 대한 인식은 사회주의적 인식이 반영된 부분 외에는 우리와 별다른 차이가 없다. 그러니까 총론상으로는 우리와 다르지 않다는 것인데, ⑪에서 '주체음악예술' 발전에 기여한 작품을 〈관형악곡 아리랑〉이라고 한 것이 주목이 된다. 이 작품을 1976년에 정책적으로 제작한 것인데, 알려진 바대로는 70년대 개인적인 창작행위가 평가를 받지 못하던 상황이었으므로 집단창작이었을 것으로 본다.

이 작품의 존재가 우리에게 알려진 것은 80년대 말 일본 연주(김홍재 지휘) 기록으로부터이고, 녹음자료를 통해 확인된 것은 1989년 말 남북단일팀 구성을 위한 판문점 회담에서였다. 바로 이를 단가로 하자며 제시한 것이다. 북한은 이 작품에 대해 이런 평가를 하였다.

"민요 〈아리랑〉을 소재로 한 관현악곡은 우리 인민들의 오랜 역사적 과정의 생활감정과 민족정서를 잘 보여주고 있으며 악기 편성에서도 민족적 색깔이 독특한 죽관 악기를 위주로 하고 거기에 양악기를 배합함으로써 우리 인민들의 비위와 정서에 맞는 음악형상을 창조하고 있다."(최성률, ≪조선예술≫, 1999. 01)

민족정서 · 악기 편성의 민족적 색채 그리고 인민정서를 내세웠는데, 이런 주장은 "예술적으로는 그 어느 나라의 음악과도 구별되는 독특한 내용과 참신한 형식으로써 인간의 자주성을 위하고 창조성을 위한 투쟁적 정신을 시대감에 맞게 잘 반영하였다."(신호, ≪조선예술≫, 1997년 11월호)는 평가와 함께 거의 공식화 된 언술이다. 그렇다고 이런 평가가 과하다는 것은 아니다. 북한은 이 작품을 통해 나름의 음악적 성과를 얻었다고 자신하고 있기 때문이다.

1998년 윤이상통일음악제 때 평양에서 남측 음악인으로는 맨 처음 이 작품을 지휘한 박범훈(전 중앙대총장)도 계면조 가락의 사용과 함께 국악기와 양악기의 배합적 특징을 격찬하며

"연주가 끝나자 연주자들이 더 기뻐하는 것 같았다. 아리랑 가락의 위력을 느꼈기 때문일까?"(박범훈, 〈모란봉 아리랑〉, 『한국음악사학보』 제22집, 1991.)

라고 했다. 또한 2008년 2월, 〈뉴욕 필하모니 오케스트라〉의 평양 공연 연주를 본 음악감독 앨런 길버트(Alan Gilbert)는 눈물을 흘렸다며 다음과 같은 평을 하기도 했다.

"그 순간만큼은 북 · 미정치 관계나 역사적 갈등은 존재하지 않았습니다. …음악은 마음으로 느끼는 세계 공용어…"

모두 '아리랑의 힘', '음악의 힘'을 느꼈다고 공통된 평을 한 것이다. 이런

평은 이후 미국과 일본, 그리고 2000년 서울 공연(김병화 지휘)에서 공감을 얻었다. 분명한 아리랑 통일이었다. 그리고 많은 이들이 뭉클한 힘을 느꼈다. 그 힘이 통일로 가게 하는 힘이길 바란다.

스탠더드 레파토리 〈관현악아리랑〉

> "민요 〈아리랑〉은 우리 시대에 와서 친애하는 지도자 동지의 현명한 영도와 세련된 지도에 의하여 관현악곡 아리랑의 소재로 쓰임으로써 주체적 음악예술 발전에 크게 기여하였다.
>
> 민요 〈아리랑〉을 소재로 한 관현악곡은 우리 인민들의 오랜 역사적 과정의 생활감정과 민족정서를 잘 보여주고 있으며 악기 편성에서도 민족적 색깔이 독특한 죽관 악기를 위주로 하고 거기에 양악기를 배합함으로써 우리 인민들의 비위와 정서에 맞는 음악형상을 창조하고 있다."

북한의 대표적인 음악 평론가 최성률이 1999년 1월호 ≪조선예술≫에 발표한 글의 일부로 아리랑을 주제로 한 작품 〈'곤현악곡아리랑〉의 위치를 정리한 글이다. 바로 〈관현악곡아리랑〉을 말 한 것으로, 이 작품은 바이올리니스트(또는 타악기 주자) 최성환(1936~1981)이 만수대예술단에서 작곡가로 활동하던 1976년 현상모집에 당선, 다른 두 명의 작곡가와 함께 1년여의 기간을 갖고 수정하여 완성시킨 작품이다. 연주는 주로 평양국립교향악단이 맡고, 지휘는 북한 내에서는 공훈예술가 김일진과 교향악단 책임지휘자 김병화가 맡고, 해외에서는 재일 음악가 김홍재가 주로 맡았다.

아리랑을 주제로 단소 · 고음저대(개량 대금) · 중음저대 · 장새납(개량 태평소) 같은 개량 국악기와 24가지 양악기의 배합으로 편성된 환상곡 풍이다. 전체 약 8분 정도로 전주는 편곡식으로 관악기와 하프에 의한 첫째 주제를 구슬픈 음조로 제시하면, 이어 둘째 주제는 첼로에 의해 계면조의 아리랑 리듬을 오케스트라가 감싼다. 셋째 주제는 플루트 독주가 조(調)를 바꾸어 애절하게 연주하여 민족 수난을 표현한다. 마지막 주제는 민족의 미래를 표현한 듯 서정적인 리듬으로 마무리된다.

이 작품에 대해서는 그 음악성은 물론 명성만큼이나 음악 외적인 평가도 받았다. 북한 문헌을 통한 평을 정리하면 다음과 같다.

1) 남북 간에 정치적, 문화적 교류가 가장 활발한 작품이다.
2) 북한 주체음악론에 의한 악기개량의 대표적인 성과작이다.
3) 주체적 관현악 편성법에 의한 배합 관현악곡의 성가를 가늠케 하는 작품이다.
4) 민요 아리랑을 세계에 알리는데 부족함이 없는 작품이다.
5) 일반인(북한과 일본 총련 동포)들을 관현악(클래식)에 접근케 한 작품이다.

북한 음악사 최고의 성과작 중 하나로 꼽고 있다. 우리 역시도 '오케스트라가 표현할 수 있는 최저와 최상까지를 표현해 낸' 작품으로 평가했다. 무엇보다도 듣는 이로 하여금 민족적 연대감에 젖게 한다는 점은 이 작품의 큰 매력이다. 듣다보면 이념에 의한 갈등이 어느덧 '민족'으로 녹아 가슴에 밀려옴을 체험하게 되고 평온한 아리랑의 선율로 환치됨을 체험하게 한다.

이는 북측의 정책적 작품이란 점에서 아쉽기는 하지만, 남북 모두 작품성을 공인한 작품으로 앞으로 아리랑 주제의 스탠더드 레파토리로 삼을 만하다. 남북 공통의 자리에서는 물론, 해외 연주에서 공유할 만하다는 것이다. 남북단일팀 단가로 제시된 작품이기도 할 뿐만 아니라 이미 여러 기회에 이 작품을 함께 한 바가 있기 때문이다. 그렇게 된다면 아리랑의 연대정신과 상생정신을 실천하는 것이니 아리랑의 힘을 남북이 함께하는 것이 되는 것이다.(김연갑, 『북한아리랑연구』, 청송출판사, 2000.)

(7) 아리랑, 통일을 지향하는 전승으로

이상에서 여러 아리랑의 모습을 살폈다. 역시 다르면서 같고, 하나이면서 여럿이란 사실을 확인했다. 같음은 구심력에 의한 공시적 종적 관계이고, 다름은 원심력에 의한 공간적 횡적 관계이다. 이는 분명한 아리랑의 독립 장르로써의 면모이다. 이와 함께 확인되는 것은 다음 두 가지이다.

하나는, 〈정선아리랑제〉를 선두로 하여 진도 · 밀양과 함께 대구 · 영천 · 문경 · 성북구청 · 예천 · 상주가 지역 아리랑을 주제화 한 축제를 하고 있다는 사실이다.(김연갑, 정선아리랑제, 강원도 축제의 이해, 2006.) 그리고 부정기적이지만 〈아리랑축제〉(허규 연출, 1986~90), 〈DMZ아리랑평화페스티발〉(강원도 · 2007.), 일본의 〈아리랑콘서트〉(재일 작곡가 김학권 주관) 등의 사례는 아리랑 보존에 대한 진정성과 향유에 대한 현재성을 보여 주는 것이다.

앞으로 이 같은 사실과 함께 국내외 관련 자료의 수집정리는 물론 사진사, 구술사의 협력 체제를 구축하여 아리랑의 전체상을 객관적이고 논리화하여 세계에 제시해야 한다.

다음은, 아리랑은 오늘은 물론이고 내일에도 불릴 수 있는 생명력과 당위성을 지닌 노래라는 사실이다. 이러함에서 아리랑이란 장르는 다음과 같은 바람직한 계승을 지향해야 한다. 곧 민속학자 임재해(안동대 민속학과 교수)의 견해를 적용한 다음의 다섯 가지 계승방향이다.

첫째, 지방화를 겨냥한 계승이어야 한다. 각각의 아리랑은 살폈듯이 지방화에 기반을 두고 주체화를 실현하는 문화이다. 이는 지켜가야 한다.

둘째, 재통일을 전망하는 계승으로써 남북관계 개선에 기여해야 한다. 곧 동질성 회복에 아리랑의 '보이지 않는 손'으로써의 역할을 하게 해야 한다는 것이다. 일제강점기 아리랑을 통하여 통합과 소속감으로 공동체(Community)를 형성 했고, 그 결과 오늘에 와서도 모국어를 모르는 교포 3세들도 아리랑만은 부르고 있다는 사실에서 민족 공동체의 소통어(Linga Fianca)가 되었다. 이는 적어도 분단의 현실에서도 아리랑만은 교류되고 있는 이유인 것이다. 이를 앞서 선언적으로 보여준 사실이 있다. 즉 〈국토통일학생총연맹중앙본부〉(1961)의 성명서에서 남북이 하루 한시에 함께 통일을 염원하며 '민족의 노래 아리랑'을 부르자는 제안이 그것이다. 이런 앞당겨 실천한 아리랑 정신을 계승해야 한다.

셋째, 주체화를 실현하는 계승이어야 한다. 하나이면서 여럿이고, 다르면서 같은 아리랑임을, 그 조화로움과 지속과 변이성 수용의 구체적 방향성까지 실천해야 주체화가 가능한 것이다.

넷째, 세계화를 겨냥하는 계승이어야 한다. 이 세계화는 동시대성을 전제로 하여 국가 브랜드(Brand)화를 이루는 것이다. 사실 노래 자체로서의 아리랑은 이미 세계화 되어있다. 그러나 구한말로부터 일제강점기까지의 이산에 의한 동포사회를 통해, 그리고 한국전쟁 3년의 21개국 참전 병사들을 통해 해외에 전파된 것은 일정부분 부정적인 정서가 담겨 있다. 이제는 분단을 치유하려는 상생성과 나아가 아리랑의 상생정신과 우리 근대사의 압축성장의 저력인 대동정신을 세계 보편적 가치로 제시하는 것을 목적으로 해야 한다.

다섯째, 생태화를 실천하는 계승이어야 한다. 아리랑은 본래 전통시대 '삶의 노래'이기에 자연 상태로의 회귀를 노래하는 것은 당연하며, 더불어 미래적 생태문제를 감당해야 함은 역시 당대적 기능이기 때문이다.

아리랑은 문화어이다. 그리고 아리랑은 문화이다. 그러므로 앞에서 살핀 아리랑의 종류나 사연은 당연히 전부가 아니다. 특히 아리랑의 상징성, 즉 '한국의 또 다른 이름, 아리랑'(Arirang, The name of Korea / 『The Soul of Korean Arirang』, 전통공연예술진흥재단, 2009.)으로서의 상황 등은 다루지도 못했다. 또한 미래적 가치도….

민족은 수평적 의식으로 결합된 상상의 공동체이지만 그 구성원들에 의해 사회적이며 문화적인 체험의 맥락에서 실체화 한다(B. Anderson). 이로써 아리랑은 한민족의 공동심음(共同心音)이다. 한민족 공동체 구성원간의 합의에 의한 공동작으로 그의 다양한 연행 국면이 아리랑문화를 형성, 끝없는 재해석의 대상, '끝없는 발견'(Arirang, Endless Discovery)의 대상이게 하는 것이다.

제4부

여러 아리랑의 음악적 특징

김한순
(경기국제통상고등학교 교사)

1. 들어가며

아리랑은 우리나라 민요 중 전국 어느 곳에서나 두루 널리 불릴 뿐 아니라 해외에 나가 있는 우리나라 사람들도 조국을 생각하며 종종 부르는 노래이다. 다른 나라 사람들도 우리나라 민요하면 흔히 아리랑을 부르곤 한다. 또한 아리랑은 우리 민족의 아픈 근대사를 겪으며 부르던 노래라서 그 사설에 민족의 애환이 담겨 있다.

'아리랑'이나 '아라리'가 곡명에 들어가는 노래는 그 수가 매우 많으며 곡조와 사설도 아주 많다. 흔히 이런 노래는 '아리랑 아리랑 아라리요~~' 또는 '아리아리 쓰리쓰리~~'나 '아리아리랑 쓰리쓰리랑~~'처럼 받는소리에 '아리랑' 또는 이와 유사한 음절이 들어가는 민요를 가리킨다. 이 책의 3부까지는 받는소리를 후렴구라 하였으나, 우리나라 민요에서는 통상적으로 반복되는 악절을 받는소리라고 한다.

이런 아리랑은 아리랑, 긴아리랑, 정선아리랑, 강원도아리랑, 밀양아리랑, 진도아리랑, 구조아리랑, 해주아리랑, 원산아리랑, 여천아리랑, 영일아리랑, 서산아리랑, 하동아리랑, 정읍아리랑, 순창아리랑, 공주아리랑, 양양아리랑, 창녕아리랑 등 수많은 종류가 문헌과 음반에 전해지고 있다. 이들 중에는 가락이 같으나 사설(가사)이 다르거나, 같은 곡인데 이름을 달리 하거나, 하나의 곡에서 변주되거나 파생된 경우가 많다.

보통 '아리랑'이라 하면 1926년 한국 최초의 장편 영화 아리랑의 주제 음악으로 쓰여 유명해진 '아리랑'을 말한다. 하지만 이 노래 이외에도 전국 각지에 전승되는 많은 악곡들이 '아리랑'이나 '아라리'라는 말을 곡명에 포함하고 있다.

전통적으로 내려오는 아리랑으로는 〈정선아리랑〉, 〈강원도아리랑〉, 〈밀양아리랑〉, 〈진도아리랑〉, 〈긴 아리랑〉 등이 있다. '본조아리랑'이나 '경기아리랑' 또는 '신아리랑'이라 불리는 〈아리랑〉은 19세기 말~20세기 초에 만들어진 것이다.

앞 장들에서 살펴본 내용을 토대로 4부에서는 노래로서의 아리랑에 대한 음악적 특징에 대해 이야기하고자 한다. 아리랑은 음악적인 측면으로 볼 때, 전통적으로 내려오는 토속민요와 통속 민요의 범주에 속하는 아리랑, 신민요와 유행가에 해당하는 아리랑, 국내의 아리랑, 해외의 아리랑 등이 있다. 이 글에서는 국내의 민요에 해당하는 아리랑에 대해서만 이야기하고자 한다. 아리랑의 음악적 특징을 이야기하기 전에 우리나라의 민요에 대한 일반적인 이해를 먼저 하고자 한다.

2. 노래로서의 아리랑을 위한 민요의 일반적인 이해

우리나라 민요는 장단에 맞추어 노래하며 지역별로 고유한 음악적 특징을 가지고 있어 가락의 흐름이나 시김새의 표현에 따라 어느 지역의 민요인지를 감지할 수 있다.

(1) 민요의 빠르기와 리듬적 특징을 나타내는 장단

장단이란 길고 짧음을 나타내는 말이지만, 음의 길고 짧음을 나타냄과 동시에 우리나라 전통음악에서 곡의 전체적인 뼈대를 이루고 빠르기와 리듬 꼴을 결정해 주는 요소이며 동시에 반주의 역할을 함께 담당한다. 민요를 부를 때, 주로 장구로 장단을 쳐 반주하며 장구의 연주법은 다음과 같다. 구음은 악기의 소리를 흉내 낸 말이고, 부호는 연주 주법을 기호로 나타낸 것으로 장단을 악보에 표기할 때 사용한다.

명칭	합장단	채편	북편	채굴림	겹채
리듬보					
구 음	덩	덕	쿵	더러러러	기덕
부 호	⦶	|	○	¦	i
연 주 방 법	채편과 북편을 같이 침	채로 북편을 침	손바닥으로 북편을 침	채로 채편을 굴려 줌	채로 채편을 겹쳐 침

여러 아리랑을 부를 때 사용되는 장단은 주로 세마치장단과 중모리장단 그리고 엇모리장단 등이다. 세마치장단은 세 개의 작은 박(3소박 ; ♩.)이 세 개(3박) 모인 3소박 3박의 구조로 빠르고 경쾌한 느낌을 준다. 중모리장단은 12박 구조로 중간 정도의 빠르기라고 해서 붙여진 이름이나 지금은 조금 느린 정도의 빠르기로 느껴진다. 중모리장단은 민요뿐 아니라 판소리나 산조와 같은 민속악에서 가장 많이 쓰이는 장단으로 첫 박과 9박에 강세가 있다. 엇모리장단은 3소박과 2소박이 섞여 있는 혼합 4박으로 되어 있다. 균등한 길이의 1박 또는 2소박이나 3소박이 같은 패턴으로 이루어진 것이 아니라 3소박과 2소박이 번갈아 나타나면서 3소박+2소박+3소박+2소박으로 되어 있어 균등한 박의

구조와는 색다른 느낌을 준다. 그래서 1인 음악극인 판소리에서는 신비한 인물이 등장할 때 주로 사용되는 장단이다.

장단은 민요의 가락에 맞추어 민요가 가지고 있는 흥겨움과 애절함을 표현하기도 한다. 한 곡의 아리랑을 세마치장단에 맞추어 부르면 흥이 절로 나고 느린 중모리장단에 부르면 구슬프고 숙연한 마음이 든다.

(2) 민요의 지역별 고유한 음악적 특징인 조(調)

조(調)는 각 지역마다 가지고 있는 고유한 음악적 특징을 말한다. 우리나라의 언어가 지역마다 사투리가 있듯이 민요도 지역마다 특징이 있어 창부타령조, 육자배기조, 메나리조, 수심가조 등이 있다.

창부타령조는 서울 · 경기 지역의 민요에 나타나는 음악적 특징을 말한다.

이는 서울 · 경기 지역의 대표적인 민요인 '창부타령'과 같은 음악적 특징을 나타낸다고 해서 붙여진 말이다. 창부타령조는 솔 · 라 · 도 · 레 · 미로 구성되며, 창부타령조로 된 민요들은 맑고 경쾌한 느낌을 주고 음색도 대체로 부드럽고 서정적인 가락이 많다.

육자배기조는 전라도 지역의 민요에 나타나는 음악적 특징을 말한다. 전라도 지역의 민요를 남도민요라고도 한다. 육자배기조는 전라도의 대표적 민요인 '육자배기'와 같은 음악적 특징을 나타낸다고 해서 붙여진 것으로 '미'는 굵게 떨어서 소리 내고(떠는 소리), '라'는 그저 평평하게 쭉 소리 내며(평으로 내는 소리), '시'는 '레'나 '도'를 먼저 짧고 강하게 꺾어(꺾는 소리) 소리 낸다. 육자배기조로 된 민요는 목을 눌러 소리를 내는 발성법으로 떠는 소리, 평으로 내는 소리, 꺾는 소리를 사용하여 가락을 극적이고 구성지게 표현한다.

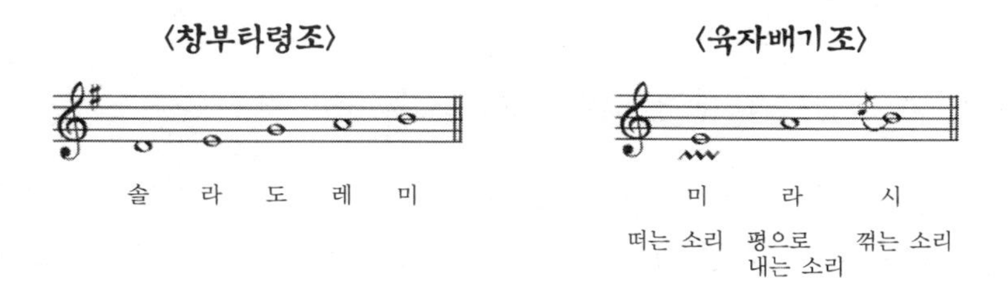

메나리조는 함경도, 강원도, 경상도 지역의 민요에 나타나는 음악적 특징을 말한다. 이는 경상도의 대표적 민요인 '메나리'와 같은 음악적 특징을 나타낸다고 해서 붙여진 것이다. 메나리조는 올라가는 가락에서는 '미 · 라 · 도 · 레'를 주로 사용하고 내려가는 가락에서는 '레 · 도 · 라 · 솔 · 미'를 주로 사용한다. 메나리조로 된 민요는 높은 음에서 시작하여 낮은음으로 내려오는 가락이나 낮은 음에서 시작하여 올라갔다가 다시 내려오는 산모양의 가락이 많이 나타나고, 내려오는 가락에서 '라-솔-미'가 미끄러지듯이 빠르게 내려오는 선율이 많다.

수심가조는 황해도와 평안도 지역의 민요에서 나타나는 음악적 특징을 말한다. 이는 평안도의 대표적 민요인 '수심가'와 같은 음악적 특징을 나타낸다고 해서 붙여진 것이다. 수심가조는 레 · 미 · 솔 · 라 · 도로 구성되며 콧소리를 섞어 잘게 떠는 창법으로 '도'는 아래로 흘러내리면서 소리 내고 '라'는 떨어서 소리 내며 '레'는 그대로 평평하게 부른다.

(3) 민요의 맛을 더욱 살리는 표현의 요소들

장단과 조 이외에 민요의 맛을 더욱 살려주는 요소에는 시김새가 있다. 시김새는 전통음악에서 골격음의 앞이나 뒤에서 그 음을 꾸며주는 장식음 또는 잔가락을 말한다. 시김새는 음을 꾸며지고 장식하면서 조의 특징을 두드러지게 하고 민요 가락의 멋을 한껏 살려주면서 부르는 이의 음악적 기량을 나타내 주기도 한다. 민요에 나타나는 대표적인 시김새의 표현은 음을 잘게 또는 굵게 떨어주는 것과 위 음에서 순간 꺾어 내는 것, 음을 쭉 밀어 올리는 것, 밀어올린 것을 흘려 내리는 것 등이 있다.

시김새가 가락에 관계된 음악적 표현이라면 사설과 관계된 음악적 표현은 말붙임새로 통해 나타난다. 말붙임새란 사설의 음절과 음길이와의 관계를 나타내는 것으로, 우리나라 전통 노래(민요, 판소리 등)의 사설과 장단과의 관계를 파악할 때 주로 사용한다. 말붙임새는 장단과 밀접한 관계를 가지고 있어 대체로 장단의 골격 안에서 사설의 음절이 붙게 된다. 민요의 말붙임새 중 첫 음절은 짧게 발음하고 마지막 음절을 길게 뽑는 특징이 있는데 이를 어단성장이라고 한다.

(4) 민요를 부르는 방식

우리나라 민요를 부르는 방식에는 우선 메기고받는소리가 있다. 이는 여러 사람이 한 곡의 민요를 부를 때 노래를 잘 하는 사람이 혼자 자신의 기량을 뽐내며 메기는소리를 멋들어지게 부르면 듣고 있던 사람들이 다 같이 단순한 가락과 사설로 된 받는소리를 불러 흥을 돋우어 주고, 또 다른 사람이 자신의 실력을 한껏 자랑하며 메기는 소리를 부르면 듣고 있던 사람들이 함께 받는소리를 부르며 노래를 계속 이어가는 방식이다. 우리나라 민요가 주로 일하면서 부르거나 집단 놀이를 하면서 여러 명이 어울려 같이 노래 불렀기에 주로 메기고받는소리로 노래를 하였다. 따라서 메기고받는소리는 우리나라 민요를 부르는 대표적인 방법이라 할 수 있다. 받는소리를 뒷소리나 후창 또는 후렴구라고도 하며, 메기는소리를 앞소리나 선창이라고도 한다.

민요를 부르는 다른 하나의 방식은 엮음형식으로 사설을 촘촘하게 엮어서 이야기하듯이 사설을 읊어 가는 방법이다. 대표적으로 정선아리랑과 엮음아리랑이 그것이다.

(5) 신민요와 기보법

신민요란 1860년 개항 이후부터 일제강점기 초기에 이르는 시기에 전국적으로 유행했던 민요로, 각 지방에서 전승되던 민요 가운데 교통의 발달로 지역적인 한계를 넘어서 널리 불리게 된 것이거나 당시에 새로 창작되어 유행한 민요를 말한다. 각 지방의 토속 민요가 고유한 기능을 지니며 전승된 것과는 달리 신민요는 비기능요로서 노래되었다. 공사판에 동원된 일꾼이나 삶의 터전을 잃어 떠돌아다니지 않을 수 없었던 유랑민, 그리고 퇴폐적인 향락에 빠져 울분을 달래고자 했던 한량들이 민요를 즐겨 부르게 되었고, 그것이 전국적으로 유행하게 되었다. 여기에 편승하여 새로이 민요 가락에 얹혀 사설이 만들어지면서 새 민요가 창작되어 유행했다.

민요는 구비전승되는 음악이라 따로 악보가 없이 전해졌다. 악보 없이 노래를 설명한다는 것은 음악의 실체가 없이 글로만 음악을 말하는 것이기에 이 글에서는 채보된 악보를 수록하였다. 채보된 악보는 채보자에 따라 또는 민요를 부르는 사람에 따라 기준음, 음간격, 시김새 등의 차이로 인해 채보 악보가 다양하다. 이 글에 수록한 악보는 일반 사람이 부르기 편한 음역으로 하여 각 곡마다 중간 음역이 많이 나오도록 기준음을 정하였고, 시김새는 부르는 사람마다 자신의 기량에 따라 다양하게 표현할 수 있으므로 지역별 조(調)의 음악적 특징이 나타나는 정도의 기본적인 시김새만 표현하도록 기보한 악보들을 선별하여 수록하였다. 특히, 여러 사람이 쉽게 접할 수 있는 학교 교육의 교재인 교과서에 사용되는 교육용으로 채보된 악보와 한국콘텐츠진흥원에서 개발한 콘텐츠 자료들을 기초로 하여 악보를 수록하였다.

3. 여러 아리랑의 음악적 특징

문헌과 음반에 보이는 50여 종의 6천여 수에 달하는 아리랑 중에서 가장 널리 불린 아리랑은 영화 아리랑의 주제가로 사용된 〈아리랑(본조아리랑)〉이다. 지역별로 그 지역의 아리랑으로 불리는 것은 서울 · 경기의 〈긴아리랑〉, 경상도의 〈밀양아리랑〉, 전라도의 〈진도아리랑〉, 강원도의 〈강원도아리랑〉과 〈정선아리랑〉이다.

(1) 긴 아리랑

서울 · 경기 지역에 전승되는 여러 아리랑 중 한배(빠르기)가 느린 것을 〈긴아리랑〉이라 한다. 이 아리랑은 조선말기와 일제강점기 초기에 매우 성창되었던 것으로 보이나 지금은 일부 민요명창들에 의해서 불리고 있을 뿐이다. 〈긴아리랑〉을 담은 음반이 1910년경에 많이 나온 것으로 보아 조선 말기에 생겨났던 것으로 보인다.

이 곡은 느린 세마치장단에 맞춰 노래를 하는데 너무 느리기 때문에 약간씩 변주되어 자유리듬을 섞어 장단을 친다. 민요는 주로 장단을 치며 노래한다. 장구로 장단을 치든지 여의치 않으면 손으로 무릎이나 허벅지를 치는 무릎장단이나 손장단으로 장단을 치며 민요를 부른다. 세마치장단은 3소박(♩.) 3박의 구조로 되어 있다. 원래 세마치장단은 1분에 3소박을 72~108번 정도 연주하는 빠르기로 빠르고 경쾌한 느낌을 주는데 이 곡에서는 1분에 3소박을 30번 정도 연주하는 빠르기로 느리게 연주한다. 조선말기와 일제강점기 초기에 많이 불렸다 하는데, 우리 민족의 아픈 시대상이 담겨있어 처연한 느낌마저 준다.

긴 아리랑

받는소리의 가락을 보면 '아리–랑----- 아리–랑-----' 하고 낮은 음역에서 목소를 가다듬듯 소리를 내다가 '아–라–리–로--'를 낮은 음에서 매우 높은 음까지 순차적으로 소리를 높였다가 '아리랑 아리랑 얼수 아라리로구료'를 중간 음역을 거쳐 다시 낮은 음역으로 내려 부른다. 여러 사람이 받는소리를 처연하게 부르고 나면 독창자가 마치 자신의 기량을 뽐내기라도 하듯이 '만경 창파에'를 높은 음역에서 쭉 뻗어 기교를 부리며 부른 대목이 참 인상적이다.

구성음은 '솔, 라, 도, 레, 미'로 되어 있으며 '솔'로 끝난다. 받는소리의 가락을 시김새를 덜어 구성음으로 간추려 보면, '솔라--솔-----/솔라--솔-----/솔라도---레미솔--/미레–도--/라솔'과 같다. 가락의 흐름은 '솔–라–도–레–미–솔–미–레–도–라–솔'의 낮은음에서 시작하여 올라갔다가 내려오는 산 모양을 이룬다. 여기에서 옥타브 위의 음은 솔처럼 음위에 점(·)을 찍어 나타냈다. 곡조는 수심가조가 섞인 창부타령조이다. 고음과 저음을 동시에 써야 되는 넓은 음역의 곡으로 좋은 발성과 목소리가 아니고서는 제대로 부를 수가 없다. 느리게 노래를 하니 주요음과 주요음 사이에 많은 시김새를 넣어 표현이 풍부해졌다. '도-라-솔'과 '미-레-도'를 빠르게 미끄러지듯 부르고 '레'를 '레미레'로 굴려서 소리 내며 '솔-도'로 상행 진행할 때 '솔'을 '라솔'로 꺾어 소리 내는 등의 시김새 표현이 나타난다.

받는소리 중 사설 '아리랑'의 말붙임새를 보면, 첫음절인 '아'가 짧고 뒤음절인 '리'가 긴 어단성장의 특징을 나타낸다. 메기는소리의 사설은 부르는 사람이나 지방에 따라 약간씩 달라질 수 있다. 일제강점기 때 경기민요 명창인 조모란이 콜롬비아 40730에 〈잡가 긴 아리랑〉으로 취입한 '긴 아리랑'의 메기는소리의 사설은 다음과 같다.

① 아리랑 고개에다 정거장을 짓고 / 정든님 오기 고대 고대한다
② 무정한 세월은 오고 가지 말아 / 알뜰한 청춘이 다 늙는다

일제강점기때 경서도민요 명창 이영산홍과 이진봉이 폴리돌 19039-B에 〈경기잡가 긴아리랑〉으로 취입한 '긴 아리랑'의 메기는소리의 사설은 다음과 같다.

① 만경창파 두리둥둥 뜬 배 / 게 잠간 닫주어라 말 물어보자
② 기차는 가자 쌍 고동을 튼디 / 임은 다리 잡고 낙루낙루만헌다
③ 가는 님 허리를 더덤석 안고 / 가지를 말라고 생야단만 한다

일제강점기때 신민요 가수인 선우일선이 폴리돌 19195-B에 〈단가 긴 아리랑〉으로 취입한 '긴 아리랑'의 메기는소리의 사설은 다음과 같다.

① 말은 가자 바리바리 울고 / 님은 잡고 아니 놓니나 어이 허랴
② 미운상에 흘러 가는 구름 / 이 내시름 실어다가 임께 전해주렴

(2) 아리랑

우리가 '아리랑'이라고 일반적으로 일컫는 〈아리랑〉으로, 다른 나라의 교과서에도 소개된 '아리랑'이다. 따라서 한 때는 모든 아리랑이 이 〈아리랑〉에서 파생된 것으로 착각하여 '본조아리랑'이라 불리기도 하였다. 하지만 이 〈아리랑〉은 1926년 무렵 나운규가 영화 아리랑을 만들 때 영화음악으로 지은 것으로 밝혀져 일종의 신민요에 해당한다. 문헌이나 음반에 나타난 경기 아리랑, 서울 아리랑, 신조아리랑, 본조 아리랑 등이 모두 이 〈아리랑〉을 지칭하는 것이다.

나운규가 만든 영화 아리랑이 인기를 끌면서 민요 아리랑은 대단히 유행하게 되었고 어느 아리랑보다 널리 불리게 되었다. 영화 아리랑이 그렇듯이 민요 〈아리랑〉은 일본에 빼앗긴 우리 민족의 한이 담겨 있던 것이라 일제강점기 때 우리나라뿐만 아니라 만주, 시베리아, 일본, 미국 등지에서 동포들이 고국의 광복을 생각하며 이 〈아리랑〉을 불렀고, 일본인들을 비롯하여 외국인들도 널리 불러서 한국의 대표적인 민요로 알려지게 되었다.

민요 〈아리랑〉이 애창되다 보니 새로 노랫말을 지어 광복군아리랑 등 많은 아리랑이 생겨났고, 이 아리랑의 곡조를 개작하여 많은 신민요 아리랑이 파생되기도 하였다.

이 곡은 세마치장단에 맞춰 노래를 한다. 세마치장단은 3소박3박의 구조를 가지고 있어, 박을 한둘셋/둘둘셋/셋둘셋의 3박 계통으로 센다. '덩-/덩-덕/쿵덕-'의 장단에서 주는 리듬감으로 흥겨움을 자아낸다. 반면에 느리게 부르면 중모리장단에 맞춰 부르기도 하는데 이럴 땐 마음에 숨겨둔 깊은 슬픔과 한의 정서가 표현되기도 한다.

구성음은 '솔, 라, 도, 레, 미'로 되어 있고 그 곡조는 창부타령조이지만 창부타령조에 나타나는 시김새의 표현이 두드러지게 나타나지는 않는다. 다만 받는소리의 첫소절 뒷부분인 '요'의 '솔-라 솔라'에서 보듯이 '솔'을 끝에서 '라'로 살짝

올려주는 표현과 '레'를 '레미레'로 굴려주는 등의 시김새 표현이 나타날 뿐이다.

받는소리의 가락을 시김새를 덜어 구성음으로 간추려 보면, '솔----라솔--/도----레도-레/미--레--도-라/솔---라솔--'과 같다. 가락의 흐름은 '솔-라-도-레-미-레-도-라-솔'의 낮은음에서 시작하여 올라갔다가 내려오는 산 모양을 이룬다.

이 노래는 '아리랑 아리랑 아라리요 아리랑 고개로 넘어간다'의 받는소리와 '나를 버리고 가시는 님은 십리도 못가서 발병난다.'의 메기는소리로 이루어져 있다. 여러 사람이 함께 나직하게 '아리랑 아리랑 아라리요 아리랑 고개로 넘어간다'를 부르면 그 중 한 명이 처연한 목소리로 '나를 버리고'를 높은 소리로 내지르며 고조된 감정으로 메기는소리를 표현한다. 그러면 듣고 있던 사람들이 받는소리를 부르며 마치 독창자의 심정을 이해한다는 듯이 노래를 받아준다. 이어 다른 독창자가 '청천 하늘엔 별도나 많고 우리네 살림에 발도 많다'를 부르며 자신의 느낌과 감정을 노래로 표현하면 또 다시 듣고 있던 사람들이

'아리랑 아리랑~ 넘어간다'로 화답해 준다. 그 자리에 모여 있던 사람들이 돌아가며 자신이 하고 싶은 말을 가락에 실어 노래로 대화하듯 주고받으며 아리랑을 부른다.

메기는소리의 사설은 부르는 사람이나 지방에 따라 다양하게 부를 수 있다. 일제강점기때 민요 가수인 이진홍이 다이헤이(太平) 8021-A에 〈민요 아리랑〉으로 취입한 '아리랑'의 메기는 소리의 사설은 다음과 같다.

① 나를 버리고 가시는 님은 / 십리도 못 가서 발병 난다
② 청천 하늘엔 별도나 많고 / 우리네 살림에 발도 많다
③ 무정한 세월아 가지를 마라 / 장안에 인생에 개살된다.
④ 서산에 지는 해는 지고 싶어 지냐 / 날 버리고 가시는 님은 가고 싶어 가오
⑤ 산천에 초목은 젊어나 가고 / 인간에 청춘은 늙어 가오
⑥ 무정하드라 약속하다 / 간 곳에 그 사람 무정하데
⑦ 아리랑 고개는 무슨 고개 / 한번 가며는 이별이라

해방 후 유행가 가수 심연옥이 서라벌 음반에 취입한 '아리랑'의 메기는소리의 사설은 다음과 같다.

① 나를 버리고 가시는 님은 / 십리도 못 가서 발병 난다
② 청천 하늘엔 별도나 많고 / 우리네 살림살이 말성도 많어
③ 풍년이 온다네 풍년이 와 / 이 강산 삼천리 풍년이 와요

메기는소리는 사설 뿐 아니라 가락도 그 느낌에 따라 조금씩 다르게 부르기도 한다. 따라서 메기고받는소리로 된 민요의 일반적인 음악적 특징은 이미 약속된 사설과 가락으로 부르는 받는소리를 통해 알 수 있다. 이 곡의 받는소리 중 '아리랑'의 말붙임새를 보면 '아 - 리랑'으로 첫음절인 '아'가 길고 뒷음절인 '리'가 짧다. 대부분의 전승되어 내려온 아리랑의 말붙임새가 '아리--랑'으로 '아'가 짧고 '리'가 긴 경우와 차이를 보이고 있다.

전승된 서울·경지 지역의 〈긴 아리랑〉과 비교해 보면, 시김새의 표현이 많이 줄고, 종지음이 '도'로 변하였고, 사설의 말붙임새가 앞음절을 길게 소리내는 등으로 바뀌었다. 이는 '도'로 끝나야 완전 종지의 느낌을 준다든지, 첫 박에 강세가 오는 등의 서양음악적 요소가 가미되어 편곡되었을 것으로 추측된다. 우리나라에 1880년 경 선교사들에 의해 찬송가가 보급되면서 서양음악이 들어왔고 조선정악전습소에서 서양음악을 가르치고 서양음악가가 배출되기 시작하는 등의 사회적 배경으로 전통 음악에 서양음악적 요소가 가미될 여지는 충분하다.

(3) 밀양아리랑

〈밀양아리랑〉은 경상남도 밀양 지방에서 전승되는 아리랑이다. 1920년대 음반에서부터 〈밀양아리랑〉이 보이며, 일제강점기에는 만주 등지에서 독립운동가로 불러졌다. 음반에 독립군아리랑이라 되어 있는 곡이 〈밀양아리랑〉의 곡조에 독립군들의 사설을 붙여 부른 노래이다.

〈밀양아리랑〉에 대하여 영남루에 얽힌 전설이 전해오고 있다. 옛날 밀양 부사에게 아랑이라는 예쁜 딸이 있었다. 자태가 곱고 인덕이 아름다워 많은 사람들이 부러워하고 사모하였다. 그때 관아에서 일하던 젊은이가 아랑을 본 뒤 사모하게 되어 아랑의 유모를 매수하여 아랑을 영남루로 유인하도록 하였다. 아랑은 유모의 권유로 달구경을 가서 한참 달을 보는데 유모는 간데없고 젊은 사나이가 간곡히 사랑을 호소하였다. 그러나 아랑은 조금도 흐트러진 기색 없이 사나이의 무례함을 꾸짖자 뜻을 이루지 못한 사나이는 연정이 증오로 변하여 비수로 아랑을 살해하고 숲 속에 묻어버렸다. 지금 전하는 밀양아리랑은 그 때 밀양의 부녀자들이 아랑의 정절을 기리기 위해 '아랑 아랑'하고 불러 오늘날의 〈밀양아리랑〉으로 발전하였다는 설이 있다.

이 노래는 밀양 백중놀이에 불리고 있다. 밀양 백중놀이는 바쁜 농사일을 끝내고 고된 일을 해오던 머슴들이 음력 7월 15일경 용날을 선택하여 지주들로부터 하루 휴가를 얻어 흥겹게 노는 놀이를 말한다. 밀양 백중놀이는 농신제, 작두말타기, 춤판, 뒷놀이 등으로 짜여 진행되는데 〈밀양아리랑〉은 뒷놀이에 불려진다. 뒷놀이는 모든 놀이꾼들이 화목의 뜻으로 다 같이 어울려 추는 춤으로 장단가락도 자주 바뀌면서 제각기 개성적이거나 즉흥적인 춤으로 꾸며진다. 춤과 함께 빠르고 흥겹게 〈밀양아리랑〉을 부르며 신명을 더해 준다.

〈밀양아리랑〉은 세마치장단에 맞춰 노래를 한다. 앞에서 살펴보았듯이 세마치장단은 3소박3박의 구조를 가지고 있으며, 이 노래는 여러 아리랑 중 가장 흥겹게 부른다.

구성음은 '라, 도, 레, 미, 솔'로 되어 있고 '라'로 끝난다. 곡조는 경상도 민요로 전승되긴 하였지만 경기도의 '아롱타령'에서 파생되어 경상도 향토음악의 특성을 드러내는 메나리조의 곡조와는 좀 다르게, 부르는 사람에 따라 창부타령조와 메나리조가 섞여 있다. 이 노래가 메나리조의 특성을 나타내는 부분은 높은 음에서 시작하여 차례로 내려오는 부분이 있다는 것과 '라-솔-미'를 빠르게 흘러내리는 부분에서 찾아 볼 수 있다. 받는소리의 가락을 시김새를 덜어 구성음으로 간추려 보면, '라-미라-도라--/라-미라-도라--/라--솔--미--/솔---라솔미'와 같다. 가락선은 '라-미-라-도-라-라-솔-미'로, 숙여다가 올렸다가 제자리로 돌아와 옥타브 위로 내질러 순차적으로 하행하는 모양을 이룬다. 여기에서 옥타브 위의 음은 라처럼 음 위에 점(·)을 찍어 나타냈고, 옥타브 아래의 음은 미처럼 음의 아래에 점을 찍어 나타냈다.

받는소리의 첫 사설이 '아리아리랑 스리스리랑'으로 되어 있고, '아리아리랑'의 말붙임새는 첫음절인 '아'가 길고 뒤음절인 '리'가 짧으며, '아리'를 두 번 반복하여 강한 느낌을 준다. 메기는소리의 사설은 부르는 사람이나 지방에 따라 약간씩 달라질 수 있고, 그 중 대표적인 사설은 다음과 같다.

① 날좀보소 날좀보소 날좀보소 / 동지섣달 꽃 본 듯이 날 좀 보소
② 정든 임이 오시는데 인사를 못해 / 행주 치마 입에 물고 입만 벙긋
③ 울너머 총각의 각피리 소리 / 물긷는 처녀의 한숨 소리
④ 네가 잘나 내가 잘나 그 누가 잘나 / 구리 백통 지전이라야 일색이지

(4) 진도아리랑

〈진도아리랑〉은 진도 지방을 중심으로 하여 전라남도 일원에서 유희요로 즐겨 불리고 있는 민요이며, 일제강점기에 편곡되어서 일제강점기 때 이미 유행하여 유성기 음반에 더러 보인다. 전라도 지역뿐만 아니라 충청남도와 경상남도의 일부 지역, 제주 등지에서 불려진다.

〈진도아리랑〉에 대해서는 남녀의 사랑과 이별에 대한 두 개의 설화가 전해지고 있다. 그 첫 번째의 설화는 설이향의 이야기이다. 목장의 설 감목관의 딸 설이향과 원님의 아들 소영은 굴재를 오가면 사랑을 하였는데, 어느 날 약속한 날에 소영 공자가 모습을 나타내지 않았고, 그 후로 설이향은 그를 만날 수가 없었다. 해가 바뀌어 이른 봄에 소영 공자가 육지의 다른 처녀와 결혼하게 되었다는 소식을 설이향이 듣게 되었다. 이에 설이향은 죽을 결심으로 비수를 품고 신행 길목을 지키고 있었으나, 끝내 신행 행차를 가로막지 못하고 결국은 그 비수로 자기의 머리를 잘라 중이 되고 말았다. 그런데 이들 두 남녀가 굴재에서 서로 만나는 것을 보고 지나던 초군들이 "아애랑 설이랑 아라리가 났네" 하고 노래하던 것이 〈진도아리랑〉이 되었다 한다.

두 번째의 설화는 다음과 같다. 진도의 한 무당집에 무당이 되는 것을 비관한 총각이 한 처녀와 결혼 약속만 남긴 채 진도를 떠나 육지 어느 골에서 머슴으로 살았다. 주인집에 예쁜 처녀가 머슴에게 반해 서로 사랑을 나누게 되었다. 그러나 결국 부모에게 들켜 둘은 그 길로 문경 새재를 넘어 진도에 들어와 살게 되었다. 총각을 기다리던 처녀는 총각이 양가집 규수를 데리고 돌아온 것을 알게 되어 이내 서럽게 울면서 노래했는데 그것이 〈진도 아리랑〉이 되었다고 한다.

한편 수석전문위원을 지낸 진도군 출신 박진주와 인간문화재 박병천 그리고 민속연구가였던 구춘홍 등의 증언에 의하면 1900년도 초반에 대금의 명인 박종기가 당시 신청에서 박진권, 박동준, 채중인, 양홍도 등이 함께 모여 〈진도아리랑〉을 만들었다고 한다. 하지만 음악적 양상을 살펴보면 〈진도아리랑〉은 전라도 동부 지역의 〈산아지타령〉과 사설의 문학적 구조가 같고 육자배기조의 선율에 세마치장단으로 부르는 음악적 특성이 같아, 〈진도 아리랑〉은 전라도 지역 동부의 〈산아지타령〉이라는 일노래를 흥과 멋을 돋울 수 있는 유희요로 1900년도 초에 박종기 등이 정리하여 재구성했다고 보는 것이 가장 설득력 있다.

〈진도아리랑〉의 받는소리는 독특하다. 특히 '응-응-응'하는 부분이 그러한데 이는 콧소리 같기도 하고, 남녀간의 정사에서 내는 흥을 표현하는 소리라고도 하며, 자기의 속사정을 들어 달라고 칭얼대는 표현이라고도 한다. 그런가 하면 원망과 아픔에서 나오는 앓는 소리라고도 하고, 울음소리라고도 한다.

전라도 민요는 일반적으로 가락이 구성지다고 하는데 〈진도아리랑〉의 메기는소리에서도 그 특징이 잘 나타나고 있다. 다른 아리랑들이 메기는소리는 높은 음역에서 소리를 내질러 시작하는 것에 비해 진도아리랑은 '문경 세제는' 처럼 중간 음역에서 평평하게 시작하는 경우도 있고, '노다 가세'처럼 중간 음에서 시작하여 높은 음으로 도약하게 내지르는 경우 등 다양한 모습으로 메기는 소리를 시작한다. 일반적으로 평평하게 시작하는 경우를 평으로내기라 하고, 높은 음에서 내지르는 경우를 질러내기라 하며 낮은 음에서 시작하는 경우를 숙여내기라고 한다. 다른 아리랑들의 메기는소리는 처음 부분만 변화시키고 뒷부분은 받는소리와 같은 가락으로 노래를 하는데 〈진도아리랑〉은 메기는소리의 뒷부분도 '저달이 떴다지도록'처럼 가사의 내용에 맞게 가락을 변화시켜 불러 전체적으로 가락이 구성진 느낌을 준다. '저달이 떳다지도록'에서 '떳'을 높은음으로 내지르는 것은 달이 높이 떠있는 모습을 가락으로 표현하여 가사와 가락의 일치감을 형성시키는 대목이다.

〈진도아리랑〉도 다른 아리랑들과 같이 메기고받는소리로 되어 있다. 여러 사람이 '아리아리랑 쓰리쓰리랑 아라리가 났네'하고 흥겹게 부르면 한 명의 창자가 낮은 음으로 시작하여 '문경 세재는 웬 고갠가 구부야 구부구부가 눈물이 난다'하고 슬픈 감정을 나타내면 듣고 있던 사람들이 마치 '그래 그렇지'하는 듯이 받는소리를 부르며 감정을 공유한다. 그러면 또 다른 창자가 높은 음으로 '노다 가세 노다나 가세 저 달이 떴다지도록 노다나 가세'하면서 첫 번째 창자와는 다른 느낌으로 노래를 한다. 이 메기는소리를 듣고 또 청자들은 '그래 그것도 맞네'하는 식으로 받는소리를 부른다. 이렇게 노래를 메기고 받으며 흥이 끝날 때까지 계속 부른다.

이 노래는 보통 3소박 3박 구조의 세마치장단으로 부르는데, 12박 구조의 중모리장단에 맞춰 부르기도 한다. 보통 중모리장단에 맞춰 느리게 진도아리랑을 부르다가 흥에 겨워 노래가 점점 빨라지면 세마치장단에 맞춰 신명나게 부르게 된다. 세마치장단으로 노래할 때는 '아리아리랑', '쓰리쓰리랑', '아라리가', '났네'에 각각 세마치장단 1장단씩을 치며 부르고, 중모리장단으로 부를 때는 '아리아리랑 쓰리쓰리랑 아라리가 났네'에 중모리장단 1장단을 치며 부른다.

구성음은 '미, 라, 시'의 3음으로 되어 있고 낮은 '라'로 끝난다. '미'는 굵게 떨어주고 '라'는 평으로 소리 내며, '시'는 먼저 '도'를 짧게 소리 내어 꺾어 주는 전형적인 육자배기조로 되어 있다. '미'를 굵게 떨어주고 나면 '라'로 음을 올려 소리 내고, 끝나는 '라' 앞에서 '미'를 굵게 떨어주는 것도 특징적이다. 받는소리의 가락을 시김새를 덜어 구성음으로 간추려 보면, '미-라미-라라--/미-라미-라라--/라라-라-시시--/라--------'와 같다. 가락의 흐름은 '미-라-시-라-미'로, 낮은 음에서 올라갔다 내려오는 산 모양을 이룬다.

메기는소리의 가사는 부르는 사람이나 지방에 따라 약간씩 달라질 수 있는데 일반적인 사설은 다음과 같다.

① 문경 세재는 웬 고갠가 / 구부야 구부 구부가 눈물이 난다
② 만경창파에 두둥둥 뜬 배 / 어기여차 어야디여라 노를 저어라
③ 만나니 반가우나 이별을 어이해 / 이별이 되랴거든 왜 만났던고
④ 노다 가세 노다 가세 / 저 달이 떴다 지도록 노다 가세
⑤ 치어다 보니 만학은 천봉 / 내려 굽어보니 백사지로구나
⑥ 님이 죽어서 극락을 가면 / 이내 몸도 따라가지 지장보살
⑦ 왜 왔던고 왜 왔던고 / 울고 갈 길을 내가 왜 왔던고
⑧ 다려가오 날 다려가오 / 우리 님 귀 따라서 나는 가네

(5) 정선아리랑

〈정선아리랑〉은 〈아라리〉라고 하던 것으로 정선과 영월(寧越)·평창(平昌) 일대와 강원도 전 지역에 두루 전승되고 있으며 아리랑 중 지방무형문화재로

지정되어 있는 아리랑이며 600여 년 전부터 불린 노래라고 한다. 문헌과 음반에 보이는 춘천아리랑, 정선아리랑, 원주아리랑, 통천아리랑, 인제아리랑 등이 정선아리랑의 하위범주에 드는 것들이다. 이 노래는 나무하러 다닐 때나 밭에서 김을 맬 때나, 혼자서 길을 걸을 때나 동네 사람들이 모여서 놀 때 늘 불린다. 사설은 노래하는 그 때 그 때에 즉흥적으로 만들어 부르기도 하는데, 높은 청으로 한껏 내뽑아 부를 때에는 고된 살림살이의 시름도 모두 내질러 버리는 듯한 구슬프고도 서정적인 노래이다.

〈정선아리랑〉은 김옥심이나 이은주 같은 경기 명창들도 즐겨 불렀는데 이를 〈서울제 정선아리랑〉이라고 말한다. 〈서울제 정선아리랑〉은 정선 일대에서 전승되어 부르는 정선아리랑과는 좀 다르게 부른다. 전승되어 부르는 〈정선아리랑〉은 '아리랑 아리랑 아라리요 아리랑 고개고개로 나를 넘겨 주게'의 받는소리를 부르고 나서 '눈이 오려나 비가 오려나 억수장마지려나 만수산 검은 구름이 막모여든다'하고 메기는소리를 부르는데, 〈서울제 정선아리랑〉은 받는소리 다음에 '강원도 금강산 일만이천봉 팔만구암자 유점자 법당 뒤에 칠성단 도두 모고 팔자에 없는 아들 딸 낳아 달라고 석달 열흘 노구메 정성을 말고 타관객리 외로이 나 사람 괄시를 마라'의 많은 사설을 음악적인 질서에 규제받지 않고 거의 동일한 음으로 촘촘히 엮어 부르고 다시 받는소리를 부른다.

〈정선아리랑〉은 1971년 강원도 무형문화재 제 1호로 지정 받으면서 붙여진 이름이고 정선의 창자나 향유 층은 〈정선아라리〉 또는 그냥 〈아라리〉라고 한다. 〈아라리〉는 늘어지게 부르는 '긴아라리'와 이보다 경쾌하고 빠르게 부르는 '자진아라리', 그리고 앞부분을 긴 사설로 엮어나가다가 나중에 늘어지게 부르는 긴 아라리로 되돌아오는 '엮음아라리'가 있다. '자진아라리'는 독립적으로 부르기 보다는 '긴아라리'에 이어 부른다. 〈정선아리랑〉은 '긴아라리'를 가리키며, 강원도 전 지역에서 불려온 세 가지의 〈아라리〉('긴아라리', '자진아라리', '엮음아라리') 중 가장 폭넓고 활발하게 불린다.

많은 토속민요가 그렇듯 〈정선아리랑〉은 장구 장단 없이 그냥 부르는 것이 본 모습이다. 가락의 흐름을 보면 3소박 3박 구조의 세마치장단과 같으나 빠르기가 세마치는 1분에 3소박(♩.)을 72~108번 연주하는 '♩.=72~108'의 빠르기로 빠른 것에 비해, 이 곡은 1분에 3소박(♩.)을 48번 연주하는 '♩.= 48'의 빠르기로 느리다. 그래서 세마치장단보다는 느린 중모리장단에 맞춰 부르곤 한다. 중모리장단에 맞춰 정선아리랑을 부를 때는 1행인 '아리랑 아리랑 아라리요'를 중모리장단 1장단에 맞춰 부른다. 받는소리에서 '아리랑'의 말붙임새는 첫음절인 '아'가 짧고 다음 음절인 '리'가 길은 어단성장을 나타내고 있다.

구성음은 '미, 솔, 라, 도, 레'로 되어 있고, '미'로 끝난다. 올라가는 가락에서는 '미, 라, 도, 레'의 4음이 주로 사용되고, 내려가는 가락에서는 '미, 솔, 라, 도, 레'의 5음이 사용되고 있다. 받는소리의 가락은 시김새를 덜어 구성음으로 간추려 보면, '미-라미----/미-라미-----/라--라도-도--/라--- ----도 라솔미'와 같아 가락의 흐름은 '미-라-도-레-라-솔-미'로 낮은음에서 시작하여 올라갔다 내려오는 산 모양을 이룬다. 시김새 표현은 내려가는 가락에서 '라-솔-미'를 빠르게 흘러내리는 표현과 '레'를 굴려주는 표현 등이 나타나고, 낮은 음에서 순차적으로 올라갔다가 내려가는 가락이 많다. 그 곡조는 메나리조로 되어 있다.

메기고받는소리로 된 민요들이 대부분 받는소리를 부르고 메기는소리를 부르고 다시 받는소리를 부르고 메기는소리를 한소절 부르는 형식인데, 이 곡은 받는소리를 부른 후 메기는소리를 여러 소절 이어 부르고 나서 받는소리를 중간에 한 번씩 노래하여 다른 메기고받는소리와 좀 다르게 부른다.

정선아리랑의 사설은 700여 수나 된다고 한다. 이 중에서 고정적으로 전승되는 사설 중 대표적인 것은 다음과 같다.

① 눈이 올라나 비가 올라나 억수장마
질라나 만수산 검은 구름이 막 모여든다
② 아우라지 뱃사공아 배좀 건너주게
싸리골 올동백이 다 떨어진다
③ 정선의 구명은 무릉도원이 아니냐
무릉도원은 어데 가고서 산만 충충하네
④ 명사십리가 아니라며는 해당화는 왜 피며
모춘 삼월이 아니라며는 두견새는 왜 우나
⑤ 떨어진 동박은 낙엽에나 싸이지
잠시 잠깐 님 그리워서 나는 못 살겠네

첫 번째 사설(①)에는 고려 유신들의 이야기가 담겨 있다. 고려 말엽 조선창업을 반대한 고려 유신 72명이 송도 두문동에 숨어 지내다가 그 중 전오륜을 비롯한 7명이 정선으로 은거지를 옮기고, 고려왕조에 대한 충절을 맹세하여 여생을 산나물을 뜯어먹고 살았다. 이들은 당시 고려왕조에 대한 흠모와 두고 온 가족과 고향에 대한 그리움, 외롭고 고달픈 심정 등을 한시로 지어 읊었는데, 뒤에 세인들이 이를 풀이하여 부른 것이 〈정선아리랑〉의 기원이 되었다고 한다.

두 번째 사설(②)에는 아우라지 지방의 두 남녀의 사랑이 이야기를 담고 있다. 아우라지 나루를 끼고 있는 여랑리의 한 처녀는 날마다 싸리골 동백을 따러 간다는 핑계를 대고 유천리로 건너가 유천리의 한 총각과 정을 나누었다. 그러던 중 여름 장마로 홍수가 져 물을 못 건너가게 되자 총각을 만날 수 없게 된 처녀가 이를 원망하여 부른 데에서 유래되었다고 한다.

(6) 강원도아리랑

〈강원도아리랑〉은 '자진아라리'라고 하던 것으로 영서(嶺西) · 인제(麟蹄)지방 일대에서는 〈뗏목아리랑〉으로도 알려져 있다. 강원도 일대에서 부른 '자진아라리'가 서울의 소리꾼들이 부르면서 〈강원도아리랑〉으로 알려지게 되었고 유성기 음반에도 많이 취입하게 되었다. 〈강원도아리랑〉은 강원도 일대에서 전승되어 온 '자진아라리'와 비슷하나 시김새가 좀 다르게 변하였다. 문헌에 보이는 양양아리랑, 학산리아라리, 강릉아라리라 하는 노래들이 모두 강원도아리랑의 하위범주에 드는 것들이다. 이 노래들은 농요나 노동요로 불리는 것도 있고 즐기는 소리로 불리기도 한다. 〈강원도아리랑〉은 영동(嶺東) · 영서지방에서 불려졌다.

〈강원도아리랑〉은 〈정선아리랑〉에 비해 훨씬 빠르게 부르고 '아리아리 쓰리 쓰리 아라리요 아리아리 고개로 넘어간다'의 받는소리를 가진다. 받는소리의 첫 사설이 '아리아리 쓰리쓰리'로 되어 있고, '아리아리'의 말붙임새를 살펴보면 앞음절인 '아리아'가 짧고 뒤음절인 '리'가 길다.

이 곡은 엇모리장단(♪=200)에 맞춰 노래를 한다. 엇모리장단은 3소박과 2소박이 섞여 있는 혼합 4박의 구조로 되어 있다. 이 장단은 판소리에서 주로 신비한 인물이 등장할 때 사용한다. 3소박과 2소박이 섞여 있어 절뚝거리는 느낌을 주며 한편으로는 균등박으로 이루어진 장단에 비해 독특하고 색다른 느낌을 준다.

구성음은 '미, 솔, 라, 도, 레'로 되어 있다. 올라가는 가락에서는 '미, 라, 도, 레'의 4음이 주로 사용되고, 내려가는 가락에서는 '미, 솔, 라, 도, 레'의 5음이 사용되고 있다. 받는소리의 가락은 시김새를 덜어 구성음으로 간추려 보면, '미-미미-라-라라도레-미레도라소리'와 같다. 가락선은 '미-라-도-레-미-레-라-솔-미'로 낮은음에서 시작하여 올라갔다 내려오는 산 모양을 이룬다. 종지음은 '라'이다.

시김새의 표현은 내려가는 가락에서 '레-도-라', '라-솔-미'를 빠르게 흘러내리는 표현과 '레'를 꺾어주는 표현 등이 나타나고, 낮은 음에서 순차적으로 올라갔다가 내려가는 가락이 많다.

메기고받는소리로 되어 있어 한소절 메기고 한소절 받으며 노래를 한다. 메기는소리의 사설은 부르는 사람이나 지방에 따라 달라질 수 있다. 그 중 대표적인 사설은 다음과 같다.

① 아주까리 동백아 여지 마라 / 누구를 괴자고 머리에 기름
② 열라는 콩팥은 왜 아니 열고 / 아주까리 동백만 왜 여는가
③ 산중의 귀물은 머루나 다래 / 인간의 귀물은 나 하나라
④ 흙물의 연꽃은 곱기만 하다 / 세상이 흐려도 나 살 탓이지
⑤ 감꽃을 줏으며 헤어진 사랑 / 그 감이 익을 땐 오시만 사랑
⑥ 울타릴 꺾으면 나온다더니 / 행랑채를 부셔도 왜 아니 나와

4. 맺으며

우리나라의 수많은 아리랑 중 각 지역별로 전해지는 아리랑을 살펴보고 그 음악적 특징에 대해서 알아보았다. 경기 지역에 전승된 아리랑은 〈긴 아리랑〉과 〈아리랑〉이 대표적이고, 전라도 지역에 전승된 아리랑은 〈진도아리랑〉, 경상도 지역에 전승된 아리랑은 〈밀양아리랑〉, 강원도 지역에 전승된 아리랑은 〈강원도 아리랑〉과 〈정선 아리랑〉이 대표적이다. 이 글을 읽고 악보를 보며 여러 지역의 아리랑을 감상하면서 아리랑의 음악적 매력에 한층 다가가길 바란다.

아리랑은 600여년 전에 생겨 각 지역별로 다양하게 전승되다가 역사의 수난기인 일제강점기에는 민족의 애환과 슬픔을 위로하는 역할을 하며 새롭게 창작

되어지기도 하고 영화에 사용되기도 하는 등 꾸준히 변화 발전하면서 전승되어 왔다. 아리랑의 그 문화적 힘은 근래에도 여전히 강하게 지속되고 있다. 2002년 한일월드컵축구대회를 비롯하여 2010년 남아공월드컵축구대회에서도 응원가로 여러 아리랑이 불렸고, 전국 각지에서 정선아리랑제를 비롯하여 아리랑을 표방한 여러 축제들이 열리고 있으며, 최근에는 정부 주도로 아리랑을 세계화하는 사업까지 벌이고 있다. 이런 아리랑의 역사성과 역동성 그리고 생산성이 잘 어우러져 단순히 전승되어 오는 민요로서의 역할뿐 아니라 현대의 삶 속에서도 살아 숨 쉬는 노래로서의 아리랑을 기대하며 이 글을 마친다.

기간행된 國際文化財團 발간 도서 총목차

(영문판 · 일문판 제외)

1. 韓國文化 시리즈 전 10권

① 『**한국문학의 해학**』(증보판), 국제문화재단 출판부, 1977.

② 『**한국의 선비문화**』, 시사영어사, 1982.

③ **『한국의 불교문화』**, 시사영어사, 1982.

④ **『한국의 민속문화』**, 시사영어사, 1982.

⑤ **『한국의 법률문화』**, 시사영어사, 1982.

⑥ **『한국의 사회』**, 시사영어사, 1982.

⑦ **『한국의 민화』**, 시사영어사, 1982.

⑧『**한국의 경제생활**』, 시사영어사, 1982.

⑨『**한국인의 생활풍습**』, 시사영어사, 1982.

⑩『**한국의 사상**』, 시사영어사, 1982.

2. 韓國文化 시리즈 別卷

①『**한국문화의 제문제**』, 국제문화재단 출판부, 1981.

② 『**한국인과 한국문화**』, 김포대학 출판부, 1996.

3. 韓國文化選集 시리즈

① 『**한국문화의 뿌리**』, 일조각, 1989.

② 『**한국의 무속문화**』, 도서출판 박이정, 1998.

③ 『**암행어사란 무엇인가**』, 도서출판 박이정, 1999.

④ 『**한국의 풍수문화**』, 도서출판 박이정, 2002.

⑤ 『**한국의 판소리문화**』, 도서출판 박이정, 2003.

⑥ 『**한국의 규방문화**』, 도서출판 박이정, 2005.

| 저자소개 |

김태준 동국대학교 국문학과와 대학원 졸업
일본 동경대학 대학원 비교문학 · 비교문화 과정 수학, 동경대학 문학박사
명지대학교 교수, 동경외국어대학 조선어학과 객원교수 역임, 동국대학교 교수

현 : 동국대학교 명예교수
주요저서 : 『홍대용평전』, 『문명의 연행길을 가다』, 『한국문학의 동아시아적 시각』 1-3, 『문학지리-한국인의 심상공간』(상중하), 『한국의 여행문학』, 『虛學から實學へ』, 『Korean Travel Literature』

김연갑 〈모임아리랑〉 창립(1979)
남북단일팀 단가 심의위원(1990)

현 : (사)한민족아리랑연합회 상임이사, DMZ아리랑훼스티벌 공동대회장
아리랑박물관건립추진위 위원장
주요저서 : 『아리랑시원설연구』(2005), 『민족의 노래 아리랑』(1986), 『팔도아리랑기행』(1990), 『애국가 작사자연구』(1992), 『북한아리랑연구』(1995)

김한순 공주대학교 사범대학 음악교육과 졸업
한국교원대학교 교육대학원 음악교육과 졸업(석사)

현 : 단국대학교 국악학과 박사과정, 경기국제통상고등학교 교사
주요저서 : 고등학교 음악이론, 중학교 1학년 음악 교과서, 중학교 2학년 음악 교과서, 고등학교 음악 교과서 '중학교 음악 교과서에 수록된 '한오백년' 악보의 변천 연구', '산조감상을 위한 지도내용에 관한 연구 -박상근류 가야금 산조를 중심으로-'

한국의 아리랑 문화

(한국문화선집 시리즈 제⑦권)

1쇄 발행 2011년 9월 1일
3쇄 발행 2013년 12월 2일

편저자 국제문화재단 편
김태준 · 김연갑 · 김한순
발행인 박찬익
발행처 도서출판 **박이정**

주 소 서울시 동대문구 용두동 129-162
전 화 02)922-1192~3
전 송 02)928-4683
홈페이지 www.pjbook.com
이메일 pijbook@naver.com
온라인 국민 729-21-0137-159
등 록 1991년 3월 12일 제1-1182호

ISBN 978-89-6292-206-6 (93810)